Le stratagème
de Primrose

DE LA MÊME AUTRICE AUX ÉDITIONS J'AI LU

La voleuse de Whitechapel

Sortilèges amoureux
1 – *Les aventures de Charlotte*
2 – *Les petits secrets de Letitia*
3 – *L'honneur d'Eleanor*

EMILY

LARKIN

LES COUSINS GARLAND – 1

Le stratagème de Primrose

Traduit de l'anglais (Nouvelle-Zélande)
par Agathe Nabet

J'AI LU

POUR elle

Si vous souhaitez être informée en avant-première
de nos parutions et tout savoir sur vos autrices préférées,
retrouvez-nous ici :

www.jailu.com

Abonnez-vous à notre newsletter
et rejoignez-nous sur Facebook !

Titre original
PRIMROSE AND THE DREADFUL DUKE

Éditeur original
Published with the agreement of the author,
c/o BAROR INTERNATIONAL, INC., Armonk, New York, U.S.A.

C'est une vérité universellement connue :
les bonnes fées n'existent pas.

1

Primrose Garland aimait les livres. Les livres de toutes sortes, mais surtout ceux qui avaient été écrits plusieurs siècles auparavant, et plus particulièrement ceux qui contenaient les *vraies* pensées de *vraies* personnes. Les lettres de Pline, par exemple. Les poèmes d'amour fou de Catulle. Les méditations philosophiques de Marc Aurèle.

Ce matin-là, elle relisait Marc Aurèle et ressentait le même plaisir et le même émerveillement qu'à chacune de ses précédentes lectures. Marc Aurèle avait été empereur à Rome ; elle-même était une vieille fille londonienne – et pourtant, elle pouvait lire ses pensées et ses réflexions sur la vie. C'était extrêmement intime, cet aperçu de la pensée d'un homme. Elle avait parfois l'impression qu'il s'adressait directement à elle et qu'il lui aurait suffi de tourner la tête pour qu'il soit là – Marc Aurèle, empereur de Rome, assis à son secrétaire. Il aurait levé les yeux de ses notes et il lui aurait dit : « Attarde-toi sur les beautés de la vie. Regarde les étoiles et imagine-toi courant avec elles. »

C'était une de ses citations préférées. Elle avait pleuré, la première fois qu'elle l'avait lue. Deux phrases, écrites par un homme qu'elle ne connaissait pas mille six cents ans plus tôt, avaient le pouvoir de la faire pleurer.

C'était pour ça qu'elle appréciait autant Marc Aurèle.

On comprendra donc aisément que, lorsqu'elle réalisa qu'elle avait laissé le second volume de ses *Pensées* dans le Staffordshire, Primrose se soit sentie un peu déçue. Mais un peu seulement, car elle savait aussi qu'il ne lui faudrait pas plus de quelques minutes pour le récupérer.

Elle monta dans sa chambre, ferma la porte à clef pour qu'aucun domestique ne puisse entrer, serra ses mains l'une contre l'autre, prit une longue inspiration et imagina la bibliothèque de Manifold Park. Plus spécifiquement, le coin qui était plongé dans l'ombre, derrière le paravent de laque noir et or.

Elle formula mentalement le souhait de s'y trouver.

Et un instant plus tard, elle s'y trouvait.

Il y eut un moment de vertige familier – l'impression que la bibliothèque tournoyait autour d'elle – puis tout se stabilisa.

Primrose retint son souffle et prêta l'oreille. La bibliothèque semblait déserte.

Elle risqua un œil de l'autre côté du paravent noir et or. Il n'y avait effectivement personne. Ce qui n'avait rien d'étonnant, puisque la famille Garland résidait à Londres.

Primrose traversa rapidement la pièce jusqu'à l'étagère de livres, sélectionna l'ouvrage qu'elle désirait, puis souhaita regagner sa chambre de Londres.

Elle s'y retrouva en un clin d'œil.

Le vertige se fit à nouveau sentir, comme si elle avait tourné sur elle-même un millier de fois. Primrose attendit que l'effet se dissipe, puis se regarda dans le miroir. Elle s'attendait toujours à trouver ses cheveux et ses vêtements en bataille après une téléportation, mais ce n'était jamais le cas. Elle ressemblait parfaitement à la fille de duc qu'elle était.

Elle déverrouilla la porte de sa chambre et descendit au salon. Une femme de chambre débarrassait le plateau de thé.

— Souhaitez-vous que je renouvelle la théière, lady Primrose ?

— Avec plaisir. Merci, Elsie.

Primrose se rapprocha du sofa, songeant combien la servante aurait été choquée si elle lui avait dit qu'elle venait de faire un aller-retour dans le Staffordshire.

Elle ne lui en souffla pas mot, bien sûr. Elle ne pouvait en parler à personne. C'était un bien trop grand secret. De toute façon, si elle s'était avisée de le dire à Elsie, la fille ne l'aurait pas crue.

Personne ne l'aurait crue.

Primrose se lova sur le sofa et reprit sa lecture.

2

Une soirée du début du mois de juin, Londres

Oliver avait aimé être soldat. Pas pour les tueries, non, mais pour l'esprit de camaraderie, la motivation, les défis, l'amusement. Quand une lettre était arrivée, l'informant qu'il avait hérité du duché de son oncle Reginald, sa première émotion avait été la stupéfaction. La seconde, la contrariété. Il avait eu l'intention de devenir colonel à quarante ans, et à vingt-neuf il se retrouvait duc. Non que le statut de duc n'aille pas sans défis ni motivation. Ni sans amusement, d'ailleurs.

Oliver promena son regard sur la salle de bal. Ses yeux balayèrent les soieries chatoyantes et les tulles pailletés, les coiffures étincelantes et les lèvres rougies – ainsi que les regards affamés des jeunes dames en quête d'un époux.

Il avait apprécié les bals quand il était capitaine de cavalerie en Inde. Il s'agissait d'événements rares, que l'on guettait avec impatience – les danses, les flirts, les baisers volés dans les recoins obscurs...

Mais un bal en tant que duc à Londres, c'était tout à fait différent. Un duc prudent faisait attention à ne pas se retrouver pris au piège du mariage. Il ne volait pas de baisers à une dame respectable. Il ne flirtait même pas pendant qu'il dansait.

Un duc prudent risquait de s'ennuyer ferme s'il n'y prenait garde... mais Oliver avait une stratégie pour parer à l'ennui.

Il traversa la salle de bal, répondant aux salutations murmurées sur son passage, puis s'arrêta devant Mlle Elliott et sa mère.

Il gratifia ces dames d'un hochement de tête froid et ducal.

— Lady Elliott. Mademoiselle Elliott.

— Votre Grâce.

Mlle Elliott fit sa révérence et leva les yeux vers lui à travers ses longs cils.

Elle n'avait que dix-neuf ans, mais maîtrisait déjà parfaitement l'art de rejeter légèrement les épaules en arrière pour faire valoir ses appas. Nichée dans un écrin de soie et de rubans, son opulente poitrine se haussa vers lui.

Mlle Elliott, comme la plupart des jeunes dames non mariées, était en quête d'un époux. Mais devoir se montrer prudent n'interdisait pas à Oliver d'apprécier les efforts que l'on déployait pour lui plaire. Il octroya un point à celle-ci pour son œillade de velours, et deux points pour son appétissant décolleté. Il la gratifia ensuite de son plus charmant sourire et la conduisit sur la piste de danse.

Mlle Elliott commença donc la soirée avec trois points. Son score grimpa rapidement à six points – grâce à trois nouvelles œillades –, après quoi elle réussit un coup de maître : elle mordit brièvement sa lèvre inférieure et l'humecta, un acte qui pouvait sembler anodin mais qui ne l'était absolument pas, surtout quand on laissait entrapercevoir la pointe d'une petite langue rose comme elle l'avait fait.

Cela méritait cinq points d'un coup – et ils dansaient depuis moins d'une minute !

Oliver renouvela son plus charmant sourire.

— Aimez-vous les chevaux, mademoiselle Elliott ? Il faut que je vous entretienne de ma monture, Verdun.

Il s'employa à lui décrire Verdun par le menu, depuis la pointe des oreilles jusqu'aux sabots, pendant que Mlle Elliott orientait son charmant décolleté vers lui.

— Je suis certaine que vous faites un cavalier splendide, Votre Grâce, dit-elle quand il eut terminé de décrire la longueur exacte et la couleur de la queue de Verdun.

Le compliment semblait sincère. Oliver lui accorda deux points supplémentaires et se lança dans la description des chevaux de chaque officier avec lesquels il avait servi en Inde. Il trouvait cela assez plaisant. C'était une sorte de jeu : le décolleté de la demoiselle en échange de son ridicule monologue.

Quand Oliver la rendit à sa mère, vingt minutes plus tard, Mlle Elliott avait atteint le score de cent quarante-trois points.

Sa partenaire suivante était lady Primrose Garland, la sœur de son plus vieil ami, Rhodes Garland – et la seule jeune femme célibataire de la salle dont il savait qu'elle ne voulait *pas* l'épouser.

— Lady Prim, dit-il en s'inclinant gracieusement sur sa main. Vous êtes un joyau dont l'éclat éclipse tous les autres.

Primrose était trop bien élevée pour rouler des yeux en public, mais Oliver comprit au léger tressaillement de ses cils qu'elle en avait envie.

— Je constate que vous êtes toujours prompt à l'hyperbole.

— Vous employez des mots tellement longs, Prim, dit-il d'un ton plein d'admiration.

— Et vous, des mots tellement sots.

— Tut-tut. Ce n'est pas très poli, Prim.

Primrose ignora le commentaire et plaça une main sur sa manche. Ensemble, ils s'avancèrent jusqu'à la piste et se mirent en place.

— Vous ai-je déjà parlé de mon uniforme, Prim ? La veste est bleu sombre et le plastron...

— Je ne souhaite pas entendre parler de votre uniforme.

— Vos manières, Prim. Surveillez vos manières.

Primrose fut tout près de sourire. Elle se retint juste à temps.

— Pouvons-nous parler de livres pendant que nous dansons ? Avez-vous lu *Prolegomena ad Homerum* de Wolf ?

— Bien sûr que non, dit Oliver. Je ne suis pas un intellectuel, Prim.

Les musiciens attaquèrent les premières mesures. Primrose fit la révérence, Oliver s'inclina.

— Il *faut* que je vous parle de mon uniforme. La veste était bleu sombre...

Primrose l'ignora.

— Wolf suggère l'idée que l'*Iliade*...

— ... avec une ceinture rouge à la taille...

— ... et l'*Odyssée* étaient en fait...

— ... et des manchettes de dentelle argent...

— ... l'œuvre de plus d'un poète.

— ... et un casque tarleton à cimier, acheva Oliver d'un ton triomphal.

Ils s'observèrent, tout en accomplissant les pas de danse. Oliver sut, à la lueur qui brillait dans ses yeux et à la façon dont les coins de sa bouche se relevaient, que Primrose s'efforçait de ne pas rire. Il se retenait, lui aussi.

— Vous êtes un fieffé fripon, dit-elle d'un ton sévère.

— Allitération, commenta Oliver. Bien joué, Prim.

Les coins des lèvres de Primrose se crispèrent davantage. S'ils ne s'étaient pas trouvés dans une salle de bal, il était certain qu'elle aurait tapé du pied – il se souvenait de l'avoir souvent vue faire ça quand ils étaient enfants.

— Je me demande pourquoi j'ai accepté de danser avec vous, lança-t-elle d'un ton aigre.

— Être vue avec moi accroît votre importance. Je suis vraiment duc, vous savez.

Il bomba le torse et accomplit les pas de danse suivants en se pavanant.

— Cessez, siffla-t-elle entre ses dents.

— Quoi donc ? demanda Oliver d'un ton innocent en continuant de se pavaner.

— Franchement, Daisy, vous êtes impossible !

Oliver cessa de se pavaner.

— Voilà des années que plus personne ne m'a dit ça.

— Que vous êtes impossible ? J'ai du mal à le croire, répliqua-t-elle sèchement.

— Daisy.

C'était le surnom d'enfance dont Primrose l'avait affublé pour se venger de celui qu'il lui avait attribué – lady Proprette.

Oliver était revenu en Angleterre depuis près d'un mois, et ce mois avait été émaillé de résurgences du passé, certaines très brèves – son esprit marquait un temps d'arrêt, surpris de reconnaître quelque chose de familier, puis passait à autre chose – tandis que d'autres déclenchaient des réactions plus fortes, viscérales. Ce fut le cas du rappel de ce surnom. Il se sentit comme pris à la gorge par ce souvenir, qui l'empêcha de parler pendant plusieurs secondes, et dut toussoter pour s'éclaircir la voix.

— Parlez-moi de ce livre, Prim. Comment s'appelle-t-il ? *Prolapse ad nauseam* ?

— *Prolegomena ad Homerum.*

Oliver fit la grimace.

— C'est très ennuyeux, non ? Je préfère un bon roman, pour ma part. Surtout s'il y a un fantôme ou un cavalier sans tête.

Ils se remirent à se quereller aimablement à propos de livres, l'instant d'émotion se trouvant relégué au passé. Primrose en savait long sur les livres. De fait, Oliver la soupçonnait de les préférer aux personnes – ce qui expliquait sans doute qu'elle ne soit toujours pas mariée à l'âge de vingt-sept ans. Primrose était fille de duc, et avec ses cheveux blond cendré et ses beaux yeux bleus, elle avait tout pour séduire. Si elle avait voulu se marier, cela n'aurait pas été difficile.

Il en déduisait donc qu'elle ne voulait *pas* se marier. Ce qui faisait d'elle un cas unique, dans une salle de bal remplie de dames en quête d'un époux.

— Connaissez-vous Mlle Ogilvie ? lui demanda-t-il.

— Vaguement. Elle semble tout à fait charmante.

— Charmante ? C'est une harpie, vous voulez dire.

— Vous ne pouvez pas la traiter de harpie, objecta Primrose. De sirène, peut-être, mais les harpies ont des griffes et...

— Mlle Ogilvie est une harpie, déclara Oliver avec fermeté. Sous ses gants de soirée, elle a des griffes.

— Alors *ça,* c'est une hyperbole.

— C'est une métaphore, corrigea Oliver. C'est une harpie *métaphorique.* Elle veut se repaître de ma carcasse.

Et « carcasse » était aussi une métaphore : ce n'était pas son corps que Mlle Ogilvie rêvait de dévorer, mais le titre et la fortune dont il avait hérité de façon inattendue.

Primrose laissa échapper un son qui parvint tout juste à ses oreilles.

— Venez-vous de renifler, Prim ? C'est indigne d'une dame.

— Vous êtes l'être le plus stupide que j'aie jamais rencontré, déclara-t-elle d'un ton sévère.

Oliver écarquilla les yeux.

— Jamais ? De toute votre vie ?

— Jamais.

— Félicitations, Prim. Sincères félicitations. Vous me déshumanisez tout à fait.

Cette fois, salle de bal ou pas, Primrose leva les yeux au ciel et Oliver sourit d'un air de triomphe. Il vit qu'elle luttait pour résister à l'envie de lui retourner ce sourire narquois, mais la danse s'acheva à cet instant précis.

Oliver escorta Primrose en dehors de la piste. Du coin de l'œil, il pouvait voir Mlle Ogilvie – les anglaises qui encadraient son visage, le décolleté généreux, les gants de soirée qui dissimulaient ses griffes métaphoriques.

— Épousez-moi, Prim, plaisanta-t-il. Sauvez-moi de Mlle Ogilvie !

— Plutôt épouser un balayeur. Vous êtes encore plus frivole que votre cousin.

— Je suis blessé.

Oliver plaça sa main sur son cœur, fit quelques pas chancelants et se laissa choir dans un fauteuil.

— *Mortellement* blessé. Je vais expirer ici, sous vos yeux.

— Vous ne pouvez pas expirer maintenant, dit Prim. Mlle Ogilvie vous attend pour danser.

Oliver fit la grimace.

— Je devrais peut-être me faire balayeur.

— Nigaud, dit Primrose.

Oliver rit et bondit sur ses pieds.

— Merci pour cette danse, Prim.

Elle fit une sage révérence, comme toutes ses autres partenaires de la soirée l'avaient fait.

— Ce fut un plaisir, Votre Grâce.

— Oh, non ! Pas vous, Prim, dit Oliver, et cette fois son ton était sérieux.

Primrose lui décocha un coup d'œil malicieux.

— Allez ouste, Daisy ! se contenta-t-elle de lancer en lui faisant signe de partir. Mlle Ogilvie se voit déjà duchesse.

— Pas *ma* duchesse, marmonna Oliver. Si j'ai mon mot à dire.

Mlle Ogilvie avait une peau d'albâtre, la lèvre inférieure délicieusement charnue et un décolleté digne de rivaliser avec celui de Mlle Elliott. Et à l'instar de celle-ci, elle maîtrisait l'art de faire valoir ses appas.

Oliver ne l'aimait pas du tout.

Son antipathie avait été instantanée et instinctive. Mlle Ogilvie était jolie, charmante, vive – et sans pitié. Oliver n'aurait pu dire comment il savait qu'elle était sans pitié. Quelque chose dans ses yeux ? Dans son léger rire mélodieux ? Tout ce qu'il savait, c'était qu'il avait déjà vu des personnes comme Mlle Ogilvie – après les combats, sur les champs de bataille, ces gens qui dépouillaient les morts et les blessés de leurs possessions.

Le fait que Mlle Ogilvie lui déplaise ne voulait pas dire qu'il n'aimait pas danser avec elle. Au contraire, danser avec elle était même souvent le clou de sa soirée. Il prenait une voix spéciale pour elle, une sorte de bourdonnement monotone. Il choisissait aussi un sujet spécial – la méthode Trésaguet de la construction des routes, par exemple. Et il s'arrangeait pour lui écraser les orteils et danser à contretemps.

Primrose Garland lui aurait fait sentir le feu de sa langue acérée s'il l'avait soumise à de telles tactiques. Mlle Ogilvie, elle, lui adressa de charmants sourires tout en faisant valoir son décolleté, et à la fin de la danse elle souffla d'une voix très douce et pleine d'admiration :

— Vous êtes tellement savant, Westfell.

Oliver imagina l'expression qu'aurait affichée Primrose si elle s'était trouvée assez près pour entendre ces mots.

— Je me flatte d'en savoir long sur bien des sujets, répondit-il en bombant le torse avant de ramener Mlle Ogilvie auprès de sa tante.

Son score : cent soixante et un.

Il commençait à faire chaud dans la salle de bal. Les visages étaient luisants et les cols de chemise flétris. Oliver se sentit gagné par le besoin d'aller prendre l'air. Il s'était engagé pour deux autres danses, mais après cela il s'éclipserait. C'était une chose qu'il n'avait jamais faite quand il était soldat : quitter un bal de bonne heure. Il lui était même arrivé plus d'une fois de danser jusqu'à l'aube.

— Oliver, lança près de lui une voix joyeuse.

— Oncle Algy, dit-il en se retournant. Comment allez-vous ? demanda-t-il en échangeant avec son parent une vigoureuse poignée de main.

— Très bien, mon garçon. Vraiment très bien.

Lord Algernon Dasenby était l'un de ses deux seuls parents survivants, un homme de forte carrure aux cheveux grisonnants, au regard vif et au rire tonitruant. C'était lui qui s'était chargé des démarches administratives pendant qu'Oliver entreprenait un voyage de six mois pour revenir des Indes, permettant à celui-ci, quand il avait enfin posé le pied sur le sol anglais, de devenir officiellement le neuvième duc de Westfell.

C'était assez ironique, au fond. Il marchait chaque jour dans les pas des septième et huitième ducs, buvait dans les verres où ils avaient bu, dormait dans le même grand lit à baldaquin et utilisait le même pot de chambre qu'eux, et pourtant il ne les avait jamais rencontrés de leur vivant.

Non qu'il s'en plaigne, d'ailleurs.

Oliver n'avait pas besoin d'avoir connu son grand-père pour savoir que celui-ci avait été un monstre sans cœur – comment décrire autrement un homme qui renie son propre fils parce qu'il a osé refuser un mariage arrangé ? Oncle Reginald, le duc suivant, avait été également un monstre sans cœur, pour avoir obéi à l'injonction parentale et coupé les liens avec son frère.

Oncle Algy, lui, n'avait pas obéi à l'injonction parentale. Oliver gardait des souvenirs des visites qu'il leur faisait en cachette – le brouhaha des voix dans le salon, son rire, l'odeur du tabac de sa pipe, et son oncle lui faisant un clin d'œil à son arrivée ou lui glissant une guinée quand il repartait.

Penser qu'oncle Algy était désormais son héritier avait quelque chose d'étrange.

Il aurait aimé rester bavarder avec lui, mais les musiciens avaient déjà repris leurs instruments et la suivante de ses partenaires l'attendait. Oliver ne put que s'excuser à regret. Une dizaine de pas plus loin, il s'inclina devant Mlle Buxton.

Pour la chasse au duc, Mlle Buxton misait sur les minauderies. Oliver les avait en horreur. Chaque fois que Mlle Buxton minaudait, il retranchait un point à son score, qui tomba rapidement en dessous de zéro. Quand les musiciens jouèrent les notes finales, elle avait atteint moins quatre-vingts. Le score le plus bas de la soirée.

Encore une danse, et il pourrait enfin rentrer chez lui.

Alors qu'il se dirigeait vers sa dernière partenaire, Oliver croisa le second de ses deux parents survivants – le fils d'oncle Algernon.

— Ninian, le salua-t-il en inspectant la tenue de son cousin de la tête aux pieds. Vous êtes très, euh...

Le mot qui avait spontanément surgi dans son esprit était « joli ». Leur oncle Reginald, le huitième duc, reposait dans sa tombe depuis plus d'un an. Le temps du deuil était donc passé, mais Ninian s'attardait encore dans des tons lavande ou lilas.

Lavande et lilas n'étaient pas des couleurs qu'Oliver aurait choisi de porter, mais il fallait avouer qu'elles s'accordaient parfaitement aux cheveux dorés et aux yeux bleus de Ninian. Il était très beau.

— Vous aimez ? demanda-t-il, l'œil brillant et plein d'espoir.

Ninian était certes un dandy frivole, mais il était aussi le fils d'oncle Algy et le cousin d'Oliver.

Celui-ci formula le compliment que son cousin attendait.

— Très jolie veste. Quel nom donnez-vous à cette couleur ?

— Bleu pervenche, répondit Ninian, ravi.

— Elle vous va bien, dit Oliver. Veuillez m'excuser, je suis attendu pour la prochaine danse.

Sa dernière partenaire de la soirée atteignit le score honorable de cent vingt-huit points, non du fait de son décolleté, mais grâce à ses jolies fossettes. Oliver appréciait les fossettes et, à une autre époque, il ne lui aurait pas déplu de voler un baiser à Mlle Norton. Mais il n'était plus un intrépide capitaine de dragons. Il était désormais un duc raisonnable, aussi raccompagna-t-il Mlle Norton auprès de sa mère sans avoir tenté de l'embrasser.

Sentant peser sur lui le regard plein d'espoir des jeunes dames présentes dans la salle, Oliver se dépêcha de gagner la sortie.

Une volée de marches l'entraîna vers le rez-de-chaussée. Il poussa un soupir de soulagement et rejoignit le vestibule où un valet se chargea d'aller chercher son chapeau. Oliver s'avança vers l'extérieur. Il ne faisait pas complètement nuit sous le porche – des flambeaux repoussaient les ténèbres –, mais après la bruyante touffeur de la salle de bal, il accueillit avec bonheur la fraîcheur et le silence.

Luisant sous la lumière des torches, une dizaine de marches de marbre menaient à la rue. Oliver resta un moment sur la plus haute. Aussi étonnant que cela paraisse dans une grande ville comme Londres, il se sentit seul à cet instant. Il s'était, de fait, souvent senti seul depuis un mois qu'il était de retour sur le sol anglais.

S'il s'était trouvé en Inde, il aurait été en compagnie de Ned Lovelock et Tubby Hedgecomb. Ils auraient ri ensemble, heureux de se sentir jeunes et vivants.

Mais Oliver n'était plus en Inde.

Il coiffa son chapeau, l'inclina sur sa tête jusqu'à ce qu'il soit parfaitement calé et se promit de rendre visite à Rhodes Garland le lendemain. Quelques heures en compagnie de son vieil ami lui permettraient de se sentir moins seul.

Le discret frottement d'une semelle parvint à ses oreilles... et quelqu'un lui assena alors une violente poussée entre les omoplates.

3

Oliver dégringola les marches de marbre à angle vif jusqu'à la rue. S'il n'avait pas été aussi entraîné, il aurait pu se rompre le cou. Mais il avait passé huit ans dans la cavalerie et enduré plus de chutes de cheval qu'il n'aurait pu les compter, aussi parvint-il à ne rien se casser. Ce qui ne l'empêcha pas de se faire mal.

Il resta étendu sur le pavé un moment, son cri de surprise résonnant encore à ses oreilles, pendant que la nuit tourbillonnait autour de lui – ombres et lumière des flambeaux –, puis il retrouva son souffle et se redressa prudemment en position assise. *Aïe.*

— Monsieur ? appela une voix. Vous allez bien, monsieur ?

Des pas dévalèrent l'escalier de marbre. Quelqu'un s'accroupit près de lui. Un des valets du vestibule, dont le visage prit un air de consternation horrifiée quand il reconnut Oliver.

— Votre Grâce ! Est-ce que tout va bien ?

— Parfaitement.

Il se remit sur ses pieds tandis que le valet papillonnait autour de lui.

Oliver fit rouler ses épaules et passa une main sur sa nuque. Il tourna les yeux vers le porche en haut des marches ; la flamme des torches faisait onduler les ombres, mais il n'y avait pas âme qui vive.

Oliver frotta de nouveau sa nuque. Il se souvenait très clairement d'avoir été poussé.

— Avez-vous vu quelqu'un sous le porche avec moi ?

Le valet ramassa son chapeau et le frotta.

— Avec vous, milord ? Non.

Avait-il rêvé ? Il sentait encore la pression d'une main entre ses omoplates.

— Quelqu'un a-t-il quitté le bal, tout de suite après moi ?

— Non, Votre Grâce, répondit le valet en tendant son chapeau à Oliver.

— Quelqu'un est-il parti juste avant moi ?

Le front de l'homme se plissa.

— Je ne crois pas, Votre Grâce. Mais les invités n'ont pas cessé d'aller et venir toute la soirée.

Oui, évidemment.

Oliver fit tourner son chapeau entre ses mains. Qui avait bien pu le pousser dans cet escalier ? Un inconnu ? Quelqu'un qu'il connaissait ? Et *pourquoi* ?

Il jeta un coup d'œil au valet. Qui lui retourna son regard d'un air inquiet. Était-il inquiet parce qu'il avait poussé Oliver et ne voulait pas être découvert ? Ou bien parce qu'un duc avait frôlé la mort devant la porte de son maître ?

— Voulez-vous retourner à l'intérieur, Votre Grâce ? Vous asseoir un moment, peut-être ?

— Non, dit Oliver.

— Voulez-vous que j'aille vous chercher une voiture ?

— Non. Comment avez-vous su que j'étais tombé ? M'avez-vous vu tomber ?

— Non, Votre Grâce. J'ai entendu un cri.

Il avait crié en tombant ; il se souvenait de cela. Et il se souvenait d'avoir entendu quelqu'un approcher derrière lui. Il se souvenait d'une main entre ses omoplates. Ce n'était pas son imagination. On l'avait bel et bien poussé. Et il y avait peu de chances que ce soit le valet.

Oliver coiffa son chapeau.

— Merci, dit-il à l'homme. Bonsoir.

— Êtes-vous certain de ne pas vouloir de voiture ?

— Tout à fait certain, assura Oliver en plongeant la main dans sa poche pour en sortir une guinée. Je vous remercie de votre aide.

Il descendit la rue d'un pas moins vif que d'habitude ; il allait avoir des bleus, au réveil. Ce ne serait pas la première fois. Les bleus ne le dérangeaient pas. Pas plus que les os brisés. Ce qui le dérangeait, c'était qu'on l'ait poussé dans cet escalier.

Arrivé au coin de la rue, Oliver s'arrêta et regarda la grande maison qui se trouvait derrière lui. Ce porche, ces marches...

Qui diable l'avait donc poussé ? Et pourquoi ?

Il était encore perturbé quand il alla se coucher, mais il se réveilla huit heures plus tard en bien meilleure forme. Personne n'avait essayé de le tuer. On lui avait joué un vilain tour, rien de plus. Quelqu'un qui avait trop bu et était jaloux de sa bonne fortune. Il avait été stupide d'imaginer autre chose.

Il se sentit cependant moins optimiste quand il lui fallut descendre de son lit. Cela faisait longtemps qu'il n'avait pas eu autant de bleus à la fois.

Un bain chaud soulagea ses raideurs. Un copieux petit déjeuner et une chevauchée à Hyde Park achevèrent de restaurer sa bonne humeur. Il passa plusieurs heures à apprendre à être duc en lisant les rapports de ses intendants auxquels il ne comprenait pas grand-chose, mais qui finiraient par faire sens une fois qu'il aurait fait le tour de ses domaines. Après quoi, il traversa la ville pour aller rendre visite à Rhodes Garland.

Rhodes occupait la maison de son père à St. James's Square, comme chaque fois qu'il était à Londres – quoique le terme « maison » convienne assez mal à l'édifice, qui avait les dimensions d'un manoir. On l'appelait Sevenash House, car le père de Rhodes était le duc de Sevenash ; un jour, Rhodes le serait à son tour.

Il espérait cependant que ce ne serait pas avant longtemps.

Le père de Rhodes n'était pas le même genre de duc que le grand-père d'Oliver. Sevenash était d'une étoffe très différente. Il avait soutenu le père d'Oliver quand celui-ci avait été renié, avait soutenu Oliver quand ce même père était mort, et l'avait encore soutenu dix ans plus tard quand sa mère était morte à son tour. C'était Sevenash qui avait payé l'éducation d'Oliver à Winchester et à Cambridge, Sevenash qui avait acheté sa charge dans les dragons de l'armée anglaise.

Oliver avait été trop jeune et désorienté pour protester contre Winchester, mais il s'était insurgé contre Cambridge et contre les dragons aussi. Sevenash s'était contenté de lui sourire.

— Allons, avait-il dit. Vous êtes mon filleul, Oliver. Bien sûr que je vais payer pour cela.

Ce que Sevenash n'avait pas dit, mais qu'Oliver avait su, c'était qu'il l'aimait autant que ses propres enfants. Et ce qu'Oliver n'avait jamais dit, tout en espérant que Sevenash l'avait su, c'était qu'il l'aimait comme s'il avait été son propre père.

Sevenash avait toujours été là quand Oliver avait eu besoin de lui, et Oliver lui avait rendu ses bienfaits de la seule façon possible : en étant le meilleur élève et le meilleur soldat qu'il avait pu. En toute honnêteté, il n'avait pas été un très bon élève – il n'avait aucune aptitude pour conjuguer les verbes latins et grecs –, mais il avait été un sacrément bon soldat. Il espérait que Sevenash en avait été fier.

L'espace d'un instant, alors qu'il se tenait là, à St. James's Square, Oliver éprouva un pincement de regret – il avait vraiment rêvé de devenir colonel à quarante ans, sacrebleu ! –, puis il secoua la tête et pouffa de rire. Il s'apitoyait sur son sort alors qu'il venait d'hériter d'un duché et d'une fortune.

— Dasenby, pauvre nigaud, tu ne connais pas ta chance, murmura-t-il pour lui-même avant de grimper les marches de Sevenash House.

Un valet ouvrit la porte d'entrée monumentale.

Oliver pénétra dans le hall et lui remit ses gants et son chapeau. Depuis son retour à Londres, la résurgence du passé qui avait déclenché sa réaction la plus viscérale s'était produite dans ce hall d'entrée – une réaction si puissante qu'il en avait eu les larmes aux yeux.

Sa réaction ne fut pas la même, cette fois ; il eut seulement l'impression de retrouver son foyer. Ici se trouvaient le sol dallé de noir, blanc et gris sur lequel Rhodes et lui avaient joué à leur propre version de la marelle – les carreaux blancs représentant des mers bouillonnantes, les noirs des puits sans fond – ainsi que l'imposant double escalier avec ses rampes qui semblaient faites pour glisser dessus. De fait, la première fois qu'Oliver s'était cassé le bras, c'était sur ce sol de marbre, après avoir descendu la rampe sur les fesses.

Habituellement, la maison débordait de bruit et d'agitation, d'éclats de voix et de rires, mais le duc et sa duchesse étaient partis pour le Gloucestershire deux jours plus tôt, emmenant les trois jeunes enfants de Rhodes avec eux, ainsi qu'un grand nombre de domestiques. Elle semblait donc plus vide que dans le souvenir d'Oliver, même si elle ne l'était pas puisque Rhodes et ses sœurs y résidaient.

Le majordome, Forbes – qui n'était encore qu'Edward le valet du temps où Oliver était enfant – l'accueillit avec un sourire joyeux, l'appelant « Votre Grâce » du même ton qu'il l'avait appelé « maître Oliver » des années auparavant.

— Bonjour, Forbes, dit Oliver d'un ton guilleret. Le marquis est-il là ?

— Oui, milord.

Rhodes Garland, marquis de Thayne et futur héritier du duché de Sevenash, lisait la *Gazette* dans la bibliothèque. Du moins feignait-il de lire. Il affichait un air triste et lointain, et Oliver devina qu'il devait souvent avoir cet air-là depuis la mort d'Evelyn, sa femme, survenue un an plus tôt.

— Salut, vieux camarade, lança-t-il.

L'air malheureux disparut.

— Ollie ! dit Rhodes en écartant le journal. Que fais-tu ici ?

— Je suis venu te voir, répondit Oliver en allant s'asseoir sur le canapé, réprimant une grimace de douleur quand il s'avisa d'allonger les jambes devant lui. Je ne t'ai pas vu au bal des Cunningham, hier soir.

— Les bals..., dit Rhodes d'un ton qui impliquait qu'il aimait autant y assister que se faire arracher une dent. Veux-tu quelque chose à boire ? ajouta-t-il en faisant l'effort de sourire. Madère ? Sherry ? Cognac ?

— Cognac.

Rhodes leur servit un verre à chacun et ils bavardèrent en sirotant, et sirotèrent en bavardant, jusqu'à ce que finalement Oliver parvienne à faire rire Rhodes. Le premier rire était le plus difficile à obtenir, mais une fois cet écueil franchi, les suivants s'enchaînèrent plus aisément, et quand la pendule de la cheminée sonna 16 h 30, Rhodes était complètement avachi dans son fauteuil, l'air joyeux et détendu.

La porte s'ouvrit, livrant passage à Primrose, vêtue d'un très bel habit d'écuyère.

— Rhodes, viens avec nous à Hyde Park, je t'en prie, dit-elle avant de remarquer la présence d'Oliver.

Elle s'interrompit, visiblement déconcertée, et le rose lui monta aux joues.

— Je vous demande pardon. Je ne savais pas que vous étiez là, ajouta-t-elle avant de se mordre la lèvre. Pourquoi ne viendriez-vous pas à Hyde Park avec nous, Oliver ? lança-t-elle gaiement.

— Nous ?

— Aster, Violet et moi. Nous allons toujours faire un tour à cheval à cette heure-ci.

Oliver jeta un coup d'œil à Rhodes.

— Que dirais-tu de te joindre à la Grande Parade, vieille branche ?

Rhodes hésita et Oliver sentit clairement sa réticence. Primrose dut la percevoir aussi.

— Seulement si tu en as envie, dit-elle.

— Je vous accompagnerai demain, fit Rhodes.

Quelque chose dans l'expression de Primrose incita Oliver à penser qu'il avait déjà dit la même chose la veille.

— Bien sûr.

Primrose sourit, beaucoup moins gaiement cette fois, adressa un salut de la tête à Oliver et quitta la bibliothèque. Il y eut un moment de silence.

— Cognac ? proposa finalement Rhodes.

Oliver lui tendit son verre et le regarda servir. Un buste de Cicéron trônait parmi les carafes de cristal.

— Ce n'est pas le Cicéron dont nous avons brisé le nez, n'est-ce pas ?

— Non, répondit Rhodes en lui tendant son verre.

— Mon Dieu, te rappelles-tu notre état de panique ?

— Je me souviens que tu as tenté de le remettre en place avec de la colle. La tête que tu as faite quand il s'est décollé ! ajouta Rhodes en laissant échapper un éclat de rire.

Ils bavardèrent et rirent en sirotant leur cognac, et ils évoquèrent si bien le bon vieux temps qu'Oliver aurait presque pu croire qu'il n'avait pas quitté l'Angleterre pendant huit ans. C'était là la marque des vraies amitiés - celles que l'on peut reprendre telles qu'on les a laissées en partant, quelle que soit la durée de votre absence.

À bien y réfléchir, il avait renoué avec Primrose avec la même aisance.

Sur le coup de 19 heures, celle-ci passa à nouveau la tête dans la bibliothèque.

— Rhodes, viendras-tu au bal des Turvington, ce soir ?

Rhodes parut se crisper légèrement.

— As-tu besoin d'une escorte ? s'enquit-il d'un ton parfaitement neutre.

Primrose hésita.

— Non. Tante Rosemary a dit qu'elle nous y conduirait.

Rhodes se détendit.

— Alors je ne viendrai pas.

— Nous dînons avec nos cousins avant. Te joindras-tu au moins à nous ? demanda Primrose.

— Pas ce soir, fit Rhodes.

Primrose hocha la tête et jeta un coup d'œil à Oliver, comme si elle essayait de lui transmettre un message silencieux.

Oliver n'était pas entièrement sûr de la teneur de ce message, mais il crut la deviner. Primrose s'inquiétait pour son frère, s'inquiétait de ce qu'il ne semblait pas vouloir quitter la maison.

— Je dîne à mon club ce soir, annonça-t-il. Ça te dit de te joindre à moi, Rhodes ?

— Tu ne vas pas au bal des Turvington ?

Pas avec son genou endolori. Oliver secoua la tête.

— Je ne me sens pas d'humeur à danser, ce soir. Un dîner accompagné d'une bonne bouteille de bordeaux et suivi d'une partie de cartes… Qu'en dis-tu ?

Rhodes considéra l'invitation un moment, fit tourner son verre entre ses mains, une fois, deux fois, trois fois…

— Ma foi… C'est d'accord.

À 20 heures, Rhodes monta se changer. Oliver se rendit dans le hall d'entrée pour l'attendre. Primrose descendit l'escalier dans un doux froufrou de soie bleue. Elle s'approcha de lui.

— Merci.

— Pour quoi donc ?

— Pour l'avoir fait rire. Pour l'inciter à sortir, dit-elle en regardant par terre, traçant un motif sur le marbre de la pointe de sa mule, avant de relever les yeux sur lui. Il n'est plus vraiment lui-même, depuis que les enfants sont partis.

— Pourquoi n'est-il pas parti avec eux ?

— C'est une tradition familiale. En juin, Père et Mère emmènent les enfants à la campagne pendant que nous restons à Londres. Evelyn et Rhodes appelaient ça leur mois de permission – quand ils pouvaient danser jusqu'à l'aube, s'étourdir et être insouciants.

Elle baissa à nouveau les yeux et traça un autre motif de la pointe du pied.

— Quand Rhodes a décidé de rester à Londres, je me suis dit que peut-être... mais je me suis leurrée. Il ne veut pas danser. Il ne veut même pas sortir.

— Il a le cafard, fit Oliver.

— Vous croyez que je ne le sais pas ? répondit-elle d'un ton aigre, avant de soupirer et de presser les mains contre son front comme si elle avait mal à la tête. Je vous demande pardon, Oliver.

Il secoua la tête. C'était sans importance.

— Il aurait dû partir avec les enfants, enchaîna-t-elle. Je le lui avais dit, mais il ne veut pas m'écouter.

— Voulez-vous que je lui parle, que je le persuade de les rejoindre ?

Primrose coula vers lui un regard plein d'espoir.

— Vraiment ? Vous feriez ça ?

— Considérez que c'est déjà chose faite, dit Oliver. Il prendra la route du Gloucestershire avant la fin de la semaine.

— Merci.

Elle lui sourit, le soulagement faisant étinceler ses yeux comme si elle s'apprêtait à pleurer – et Oliver réalisa alors à quel point elle était inquiète.

— S'il prétend devoir rester à Londres sous prétexte qu'il nous faut un chaperon, dites-lui que c'est absurde. Nous pouvons très bien rester avec tante Rosemary et oncle Jerram.

— Je ne le laisserai pas utiliser cet argument, promit-il.

— Merci, répéta Primrose en se hissant sur la pointe des pieds pour déposer un baiser sur sa joue. Je suis contente que vous soyez de retour en Angleterre, Oliver.

Il se sentit sur le point de rougir, et cette réaction le laissa perplexe.

— Même si je suis un nigaud ? dit-il pour cacher son trouble.

Primrose tenta de réprimer son sourire – et échoua.

— Même si vous êtes un nigaud.

— C'est très magnanime de votre part, Prim. J'en suis dans tous mes états.

Le frémissement de ses paupières apprit à Oliver qu'elle se retenait de lever les yeux au ciel.

Un bruit de pas s'éleva dans le grand escalier, accompagné d'un bruit de voix féminines. Il leva les yeux et découvrit Violet et Aster, vêtues d'élégantes robes du soir. Au même moment, un valet ouvrit la porte d'entrée. L'air frais du soir entra dans le hall, apportant une odeur de fumée de charbon et le bruit des sabots des chevaux sur les pavés.

— La voiture est là, milady.

Oliver escorta les trois sœurs jusqu'à la voiture. Il leur offrit sa main pour les aider à escalader le marchepied, se répandant en compliments extravagants tandis qu'il les regardait faire. Il compara Aster à la déesse de l'aube, Violet à la plus envoûtante des sirènes, et déclara que Primrose éclipsait en beauté Hélène de Troie.

— Hyperbole, Daisy, lâcha sèchement Primrose.

Oliver lui sourit et, serrant sa main gantée, l'obligea à s'attarder un instant sur le marchepied. Il s'inclina vers elle et huma le parfum de fleur d'oranger qu'il avait surpris sur elle quand elle l'avait embrassé, un instant plus tôt.

— Ne vous inquiétez pas pour Rhodes, murmura-t-il. Je veille sur lui.

Elle soutint son regard. Pressa brièvement ses doigts.

— Merci, murmura-t-elle en retour.

Il emmena Rhodes dîner à son club – le Brook's, sur St. James's Street – et s'étonna de le trouver très résistant à l'idée d'aller dans le Gloucestershire. Certes, ses enfants lui manquaient, mais il semblait désireux de se prouver quelque chose à lui-même. Oliver ne savait pas très bien quoi. Qu'il n'avait pas le cœur brisé après la mort de sa femme ? Qu'il était capable de continuer à vivre ?

Clairement, Rhodes *avait* le cœur brisé, il n'était pas capable de continuer à vivre comme d'habitude, ses enfants lui manquaient et il aurait dû se trouver dans le Gloucestershire avec eux.

Mais Oliver savait qu'il est parfois préférable de ne pas insister. Demain serait un autre jour et il remporterait cette escarmouche.

— J'ai été invité à une partie de campagne dans l'Oxfordshire, la semaine prochaine, dit-il. Lord et lady Cheevers.

Rhodes leva les yeux de son entrecôte.

— Ah. Voilà qui explique tout.

— Qui explique quoi ?

— J'ai moi aussi reçu une invitation. Je me demandais pourquoi. Les Cheevers et leurs invités ne sont plus de première jeunesse ; ce sont de grands amis de ton oncle Algernon. C'est sans doute pour cela qu'ils t'ont invité : parce qu'il y sera aussi. Et Prim et moi sommes invités pour que tu ne t'ennuies pas trop.

— Prim est également invitée ?

Rhodes acquiesça, avant de reporter son attention sur son assiette.

— Comptes-tu y aller ?

Oliver n'en avait pas eu l'intention, mais Shipton-under-Wychwood se trouvait pratiquement dans le Gloucestershire…

— J'y réfléchis, dit-il. Encore un peu de bordeaux ?

Il ne tarda guère à faire rire son ami et quand ils eurent achevé leur repas, Rhodes était affalé sur sa chaise, d'humeur détendue. Le club s'animait de plus en plus et Oliver vit son oncle Algernon gagner la salle de jeu, où l'on jouait gros au whist et aux dés.

— Une partie de cartes ? proposa-t-il à Rhodes.

Celui-ci réprima un bâillement et secoua la tête.

— Je suis bon pour aller me coucher. Mais ne te gêne pas pour moi.

— Pas ce soir, répondit Oliver, également gagné par la fatigue.

Ils durent attendre dans le vestibule pendant qu'un valet récupérait leurs chapeaux et leurs gants. Le cousin d'Oliver, Ninian, attendait aussi. Il était habillé pour aller danser, ses manchettes de dentelle bouillonnant sur ses poignets, un joyau étincelant parmi les savants replis de sa lavallière. Il portait un gilet lilas et crème rehaussé de fils d'argent, et sa queue-de-pie était d'une délicate nuance lavande. Il était presque aussi joli que les sœurs Garland dans leurs robes de bal.

— En route pour le bal des Turvington, je présume ? lança Ninian en enfilant ses gants. Moi aussi. Voulez-vous que nous fassions le chemin ensemble ?

— Nous avons décidé que ce serait sans nous, dit Oliver.

— Oh, souffla Ninian, l'air un peu déçu. Je vous souhaite une bonne soirée, alors, ajouta-t-il en levant la main pour les saluer avant de sortir.

Oliver reçut son chapeau et ses gants des mains du valet et les enfila. Rhodes et lui sortirent du club. Il n'était pas même minuit - la nuit était encore jeune, selon les critères londoniens. Ils s'attardèrent un moment sur le trottoir, humant l'air chargé de fumée de charbon.

— Un petit galop à Richmond, demain ? demanda-t-il à Rhodes. Histoire de prendre un peu l'air ?

Pour une fois, Rhodes n'hésita pas.

— Entendu.

Ils se séparèrent, Rhodes prenant la direction de Sevenash House, Oliver celle de sa résidence ducale de Berkeley Square. Il chemina le long de St. James's Street, et les piétons qu'il croisa sur sa route n'étaient pas tous sobres. Arrivé à Piccadilly, il attendit qu'un fiacre passe devant lui, puis un coupé de ville dont la portière était frappée aux armoiries de son noble propriétaire.

Une chaise de poste apparut, roulant un peu trop vite, ses quatre chevaux écumant, ses cochers crottés et visiblement pressés de finir la journée. Oliver décida de la laisser également passer.

Mais alors, quelqu'un imprima une violente poussée entre ses omoplates.

4

Oliver bascula vers la chaussée tête la première, en plein sur le trajet de la chaise de poste. Il retomba lourdement, roula – le cheval de tête lui marcha dessus et les suivants passèrent au-dessus de lui dans un claquement de sabots ferrés.

Oliver se ramassa sur lui-même pour former la plus petite boule qu'il put, conscient du passage des roues immenses, susceptibles de le faucher. Quelque chose frôla son poignet et il eut l'impression qu'on tirait sur sa manchette, puis tout s'arrêta.

Il rampa à quatre pattes sur la chaussée, percevant vaguement des cris alarmés. Il n'essaya pas de se relever, tâchant de retrouver son souffle. Il entendait le tonnerre gronder dans ses oreilles. Le fracas des sabots et des roues du véhicule, le martèlement de son cœur…

Des voix l'interpellaient. Il fallut un moment avant que la signification des mots parvienne à son esprit.

— Monsieur ! Tout va bien, monsieur ?

Oliver se mit debout, chancela, puis retrouva l'équilibre.

— Ça va, dit-il. Je vais bien.

Mais ce n'était pas vrai. Il était tremblant, à bout de souffle.

Du regard, il chercha la chaise de poste. Elle s'était arrêtée quelques mètres plus loin, les chevaux s'ébrouant et remuant la tête, les cochers livides tendant le cou pour regarder derrière eux, redoutant certainement de l'avoir tué.

Ils avaient *vraiment* failli le tuer.

Une dizaine de personnes l'encerclaient, parlant avec excitation, les yeux écarquillés. Il ne reconnut aucune d'elles.

— Savez-vous qui m'a poussé ? L'avez-vous vu ? demanda Oliver.

Son public le considéra bouche bée.

— Poussé ? répéta un homme qui avait l'allure d'un clerc de notaire. Personne ne vous a poussé.

Oliver savait très bien qu'on l'avait poussé.

— Avez-vous vu quelqu'un s'enfuir ?

La petite assemblée reflua progressivement dans l'ombre, les badauds reculant et se détournant pour disparaître sous le manteau de la nuit. Pensaient-ils qu'il allait accuser l'un d'eux d'avoir tenté de le tuer ?

Un homme ne se détourna pas. Un balayeur. Il tendit un objet vers lui.

— Vot' chapeau, m'sieur.

Le chapeau d'Oliver ne ressemblait plus à un chapeau. Les roues de la chaise de poste l'avaient pratiquement coupé en deux.

Il le prit et le fit lentement tourner entre ses mains. Son bras aurait pu se retrouver dans cet état. Ou son cou.

Il regarda autour de lui, scrutant les zones d'ombre. Son public s'était dispersé. La chaise de poste était repartie. Il ne vit rien qui sorte de l'ordinaire. Aucun rôdeur. Aucun curieux à l'allure étrange.

Le balayeur restait planté près de lui, espérant sans doute un penny en échange du chapeau endommagé.

— Avez-vous vu ce qui s'est passé ? demanda Oliver. Avez-vous vu la personne qui m'a poussé ?

— J'ai rien vu, m'sieur.

Oliver baissa les yeux sur le chapeau, puis regarda sa manchette que la roue de la voiture avait frôlée. Les boutons avaient disparu, écrasés ou arrachés.

S'il était tombé un centimètre plus près des roues, sa main aurait subi le même sort.

Il sentit un frisson passer sur sa peau, entre ses omoplates. Ce qui venait de se passer ne relevait pas de la mauvaise plaisanterie ; il venait vraiment d'essuyer une tentative de meurtre.

Oliver regarda une nouvelle fois autour de lui. Piccadilly s'étirait de part et d'autre. La lumière des flambeaux et des réverbères trouait la nuit, les ombres s'accumulant dans les intervalles qui les séparaient.

Personne ne semblait l'observer depuis les profondeurs de ces ombres, mais… cela ne voulait pas dire que son agresseur n'était plus dans les parages.

Sa maison de Berkeley Square n'était qu'à deux minutes, mais l'idée de faire le trajet seul ne lui plaisait guère.

Il pêcha une guinée au fond de sa poche et la tendit au balayeur.

— Voulez-vous m'accompagner jusqu'à Berkeley Square ? Je ne suis pas trop sûr de mes jambes.

Ce n'était pas un mensonge. Il se sentait chancelant, et surtout il avait un peu peur.

5

Rhodes lui avait dit qu'il irait faire un tour à cheval à Richmond ce matin-là, aussi Primrose entra-t-elle dans la bibliothèque, persuadée de trouver la pièce vide. Au lieu de quoi, elle découvrit son frère et Oliver Dasenby assis tout près l'un de l'autre sur le canapé et s'entretenant à voix basse.

Ils levèrent les yeux et cessèrent aussitôt de parler, tels des enfants surpris dans l'élaboration d'une farce. Sauf qu'ils avaient l'air sérieux. Mortellement sérieux.

Les doigts de Primrose se figèrent sur la poignée de la porte et son cœur fit une embardée.

— Qu'est-ce qui ne va pas ?

— Rien, dit Rhodes.

Elle étudia le visage de son frère, le visage d'Oliver, et secoua la tête.

— Quelque chose ne va pas.

Oliver grimaça légèrement, se tourna vers Rhodes et murmura quelque chose.

Les deux hommes se livrèrent à une brève dispute chuchotée, puis retombèrent dans le silence et se tournèrent à nouveau vers elle avec cette agaçante expression de sérieux.

— Quoi ? dit Primrose, la main toujours sur la poignée de la porte.

Cette fois, ce fut Rhodes qui grimaça. Il eut un geste de la main, paume ouverte, signifiant qu'il cédait la parole à Oliver.

— Primrose, déclara celui-ci avant de s'interrompre, comme s'il hésitait encore à lui apprendre une nouvelle qui s'annonçait mauvaise.

La jeune femme referma la porte, avança jusqu'à eux et s'assit.

— Qu'y a-t-il ? Que s'est-il passé ?

Rhodes et Oliver échangèrent un nouveau regard.

— Quelqu'un a tenté de tuer Ollie hier soir, dit Rhodes.

Primrose resta un instant bouche bée, laissa passer un moment.

— Comment a-t-on tenté de faire ça ?

— Quelqu'un l'a poussé sous les roues d'une chaise de poste. Et la veille, quelqu'un l'avait déjà poussé dans l'escalier des Cunningham.

Cela semblait trop absurde pour être vrai, mais c'était clairement vrai – les visages de Rhodes et Oliver affichaient la même expression sinistre.

Primrose n'avait encore jamais vu Oliver faire cette tête. Il avait toujours l'œil étincelant de malice, d'habitude.

Elle l'observa plus attentivement. Un léger bleu ornait sa pommette.

— Cela date d'hier soir ? demanda-t-elle en portant la main à sa propre joue pour qu'il comprenne à quoi elle faisait allusion. Avez-vous été blessé ?

— Je n'ai pratiquement rien eu. Un des chevaux m'a piétiné, c'est tout.

— Il vous a *piétiné* !

— D'autres chevaux l'ont déjà fait avant lui, Prim, répondit-il de ce ton que les hommes réservent aux femmes qui s'alarment inutilement.

— S'il vous piétine la tête, un cheval peut vous tuer.

— Il ne m'a pas piétiné la tête. Et avant que vous posiez la question : non, je n'ai rien de cassé. Je vais parfaitement bien.

S'il estimait qu'il allait bien, elle n'avait aucune raison de douter de sa parole.

— Êtes-vous certain d'avoir été poussé ? Il s'agissait peut-être d'une bousculade accidentelle ?

L'expression d'Oliver s'assombrit davantage. Il secoua la tête.

— C'était délibéré. Les deux fois. Aucun doute à ce sujet.

— Mais qui ferait une chose pareille ? Et surtout, *pourquoi* ?

— C'est ce que nous essayons de déterminer, dit Rhodes. Pourquoi quelqu'un souhaiterait-il la mort d'Ollie ?

En d'autres circonstances, Primrose aurait tourné la chose en plaisanterie : « Sans doute parce qu'il est affreusement assommant. » Mais l'heure n'était pas à la plaisanterie. Elle réfléchit à la question.

— La raison la plus évidente, c'est que quelqu'un le hait.

— Mais qui ? demanda Rhodes. Cela fait seulement un mois qu'il est revenu en Angleterre. Il ne s'est encore disputé avec personne.

— Quelqu'un qui le haïssait déjà avant son départ en Inde, peut-être ?

Oliver réfléchit, puis secoua la tête.

— Je n'ai jamais eu d'ennemi.

— Quelqu'un qui vous doit de l'argent et ne peut pas vous rembourser ? suggéra Primrose. Une dette de jeu ?

Oliver secoua à nouveau la tête.

— Une maîtresse, alors ? Quelqu'un estime peut-être que vous braconnez sur son territoire ?

— Je n'ai pas de maîtresse, dit Oliver, avant de la gratifier d'un sourire révélant ses dents. Et c'est très inconvenant de mentionner ce genre de sujet, Prim. Parfaitement indigne d'une dame.

Primrose se sentit rougir, parce qu'il avait raison.

— Sommes-nous certains que c'est un homme qui vous a poussé ? Aurait-il pu s'agir d'une femme ?

Le sourire d'Oliver disparut. Il fronça les sourcils… puis secoua la tête.

— La personne était grande. J'ai ressenti une poussée juste entre les omoplates, les deux fois. Une personne grande et forte. Assez forte pour me faire perdre l'équilibre. Mon instinct m'incite à croire qu'il s'agissait d'un homme.

Primrose fronça les sourcils à son tour. Pour quelles raisons les hommes tuent-ils ? Vengeance, argent, femmes, politique…

— Le duc de Westfell a pour tradition de voter tory, dit-elle. Quelqu'un n'apprécie peut-être pas que vous soyez un whig ?

— Oncle Algy est un whig aussi, et il est mon héritier, releva Oliver.

— Pourrait-il s'agir de lui ? demanda Primrose d'un ton hésitant, certaine de la réaction qu'elle allait obtenir. Votre oncle Algernon ?

Elle avait vu juste : Oliver se raidit.

— Bien sûr que non !

— C'est le prochain duc sur la liste.

— Ça ne peut pas être oncle Algy, dit-il d'un ton qui ne supportait pas la réplique. Depuis mon retour, il a fait tout ce qu'il pouvait pour m'apporter son aide !

— En tout état de cause, ton agresseur veut que ça ressemble à un accident, énonça Rhodes. Si hier soir on t'avait planté un poignard entre les côtes, nous n'aurions pas cette conversation.

Primrose frissonna.

— Tu réalises que si tu venais à mourir, tu serais le quatrième Dasenby qui casse sa pipe en moins de deux ans ? releva Rhodes.

Primrose lui décocha un coup d'œil acéré. Oliver en fit autant.

— Il s'agissait d'accidents, avança lentement Oliver.

— Vraiment ? demanda Rhodes.

Il y eut un long moment de silence. Rhodes le rompit.

— En l'espace de cinq mois, les deux fils de Reginald Dasenby sont morts, puis il est mort à son tour. C'est... une malchance assez extraordinaire.

Primrose se raidit.

— Il y a un autre Dasenby qui est mort pendant ces cinq mois !

Les deux hommes la regardèrent, stupéfaits.

— Je reviens dans un instant, dit-elle. Il faut que je vérifie les dates.

Soulevant ses jupes, elle s'empressa de quitter la bibliothèque, grimpa l'escalier de marbre et franchit le couloir menant à sa chambre. Là, elle s'avança jusqu'à son secrétaire, l'ouvrit et en sortit son journal.

Le journal que tenait Primrose était assez ennuyeux. Il ne contenait ni ragots ni secrets, rien que des notes sur les livres qu'elle lisait.

Deux articles découpés dans la *Gazette* avaient été glissés entre les pages. Primrose vérifia les dates inscrites en haut de chaque coupure, remit son journal à sa place et redescendit en courant.

Rhodes et Oliver se levèrent tous deux à son entrée dans la bibliothèque.

— Qui d'autre est mort ? demanda Rhodes.

Primrose ne répondit pas à la question, préférant en poser une autre.

— Quand le fils du duc est-il mort ?

— Basil est mort en... novembre, me semble-t-il, dit Rhodes. Au milieu de la saison de chasse.

— Et Percival ?

— Cinq ou six semaines plus tard. Début janvier.

— Et le duc ?

Ce fut Oliver qui répondit à cette question.

— En mars.

Primrose s'approcha du grand bureau de chêne, avec sa marqueterie française et ses pieds en pattes de lion.

— Qui d'autre est mort ? insista Rhodes.

Primrose posa les coupures sur le bureau.

— Oliver. Sa mort avait été rapportée par la *Gazette* fin décembre.

— Bonté divine ! s'exclama Rhodes. C'est juste. Nous avons cru que tu étais mort, Ollie.

Les deux hommes se rapprochèrent du bureau. Ils étudièrent, l'un à côté de l'autre, les deux articles du journal. L'un d'eux relatait l'assaut du fort d'Airani et dressait la liste des victimes. L'autre, daté du mois de mars, apportait un rectificatif : c'était le capitaine Oliver Daintree qui avait péri, non le capitaine Oliver Dasenby.

Oliver tendit la main et effleura brièvement la première coupure.

— Mon commandant a mis deux mois à comprendre qu'il avait commis une erreur. Il était mortifié. Il n'arrêtait pas de se répandre en excuses.

« C'est auprès de nous qu'il aurait dû s'excuser », songea Primrose en se souvenant du choc que Rhodes avait ressenti. Mais l'erreur du commandant d'Oliver importait peu désormais ; ce qui importait, c'étaient les conséquences de cette erreur.

— Basil est tombé de cheval et s'est rompu le cou en novembre, dit-elle. Je vais décider d'appeler ça un accident. Êtes-vous d'accord ?

Les deux hommes acquiescèrent.

— Percival est mort dans un accident de tir en janvier. Était-il seul quand c'est arrivé ? Y a-t-il eu des témoins ?

— Il était seul, fit Rhodes.

— Il est donc possible... que ça n'ait pas été un accident ?

Après une hésitation, les deux hommes acquiescèrent.

— Le duc est mort en mars au cours d'un incendie. Quelqu'un d'autre est-il mort lors de cet incendie, ou bien a-t-il été la seule victime ? demanda-t-elle en se tournant vers son frère.

— Il était la seule victime, dit lentement Rhodes.

— Il est donc possible que cela n'ait pas été un accident non plus.

Nouvelle hésitation, nouvelle approbation.

— Voilà comment je vois les choses..., commença Primrose avant de s'humecter les lèvres, prenant soin de choisir prudemment ses mots. Je pense que la première mort était accidentelle, et qu'ensuite on a rapporté votre mort, Oliver, et que quelqu'un y a vu une *opportunité* qui n'existait pas auparavant et qu'il a choisi d'exploiter.

— Non.

Oliver secoua la tête et se détourna du bureau.

— Ce n'est pas la seule explication pour qu'il y ait eu autant de morts, aussi rapprochées, dans une même famille, mais c'est la plus logique, plaida-t-elle. Et cela explique pourquoi quelqu'un a essayé de vous tuer hier soir.

— Ce n'est pas oncle Algy !

— Alors, c'est votre cousin Ninian.

Il se retourna pour la regarder.

— Ninian ? Ce mollasson ? Il ne ferait pas de mal à une mouche !

— Il est grand, jeune et fort. Et si vous mourez, son père devient le duc de Westfell.

Oliver secoua à nouveau la tête.

— Vous pensez que c'est impossible ? insista-t-elle.

Le regard d'Oliver tomba sur les deux coupures de journal, posées sur le bureau.

— C'est possible, admit Rhodes.

Oliver tendit la main vers le deuxième article, et ses doigts effleurèrent la phrase qui le déclarait en vie.

— La déception a dû être rude quand le rectificatif a été publié, déclara Rhodes.

Oliver écarta la coupure, qui glissa sur le plateau du bureau.

— Je suis en Angleterre depuis un mois, dit-il d'un ton presque rageur. Pourquoi avoir attendu aussi longtemps pour me tuer ? On aurait pu le faire dès la première semaine.

— Peut-être qu'il t'apprécie, répliqua Rhodes. C'est le cas de la plupart des gens.

Oliver gagna la fenêtre la plus proche et regarda dehors.

Primrose connaissait Oliver depuis toujours. Elle l'avait vu rieur et enjoué des milliers de fois. Il lui était aussi arrivé de le voir silencieux, fatigué ou pensif, et quelquefois elle l'avait même vu solennel, mais elle ne l'avait encore jamais vu ainsi. Il gardait les bras croisés, la mâchoire pugnace. Il avait l'air dangereux, et n'avait plus rien de Daisy Dasenby, le joyeux petit plaisantin.

— Votre oncle est-il en fonds ? demanda-t-elle. Et Ninian ?

— Je ne sais rien de leurs finances, répondit sèchement Oliver.

— Ton oncle est joueur, intervint Rhodes. Il joue gros, d'après ce que j'ai entendu dire.

Oliver lui adressa un froncement de sourcils.

— Ninian n'est pas joueur, ajouta Rhodes, mais il a des habitudes dispendieuses. Sa garde-robe doit lui coûter une fortune.

Le froncement de sourcils d'Oliver s'accentua, et il explosa.

— Je ne peux pas croire qu'ils puissent l'un ou l'autre avoir besoin d'argent au point d'en venir à tuer !

— Ce n'est peut-être pas pour l'argent, rétorqua Rhodes. C'est peut-être pour le titre.

— Je ne veux pas de ce maudit titre ! Ils peuvent l'avoir, pour ce que j'en ai à faire !

— Ce n'est pas comme ça que ça marche, releva Rhodes.

— Je le sais bien, sacrebleu ! répliqua Oliver qui gardait les bras croisés dans une attitude défensive. Et que fait-on, maintenant ?

« Maintenant, nous tâchons de trouver la preuve qu'un de vos parents essaye de vous tuer », songea Primrose. Un coup d'œil au visage d'Oliver l'incita à reformuler sa pensée.

— Efforçons-nous de prouver qu'ils n'ont rien fait, suggéra-t-elle. S'ils n'ont rien fait, on doit pouvoir le prouver, non ?

Oliver parut se détendre un peu.

— C'est juste.

— Tâchons de déterminer où se trouvaient lord Algernon et son fils quand les deux dernières morts se sont produites.

— Très bien, dit Oliver en décroisant les bras et en s'écartant de la fenêtre. J'imagine que des enquêtes auront été menées ? Et qu'elles auront été relatées dans les journaux ? Avez-vous également conservé ces coupures, Prim ?

— Non. Je n'ai gardé que les articles vous concernant, avoua-t-elle en se sentant rougir.

— Le bureau du journal les aura dans ses archives, déclara Rhodes, son regard passant de l'un à l'autre. Allons-y, voulez-vous ?

Ils s'y rendirent en carrosse. Aucun cheval n'avait piétiné la tête d'Oliver, mais l'un d'eux avait bel et bien piétiné sa jambe. Il boitait. Primrose s'abstint de commentaire. Elle ne l'avait jamais tenu pour quelqu'un d'irascible ou de coléreux, mais ce jour-là il l'était.

Leurs découvertes dans les bureaux de la *London Gazette* n'améliorèrent pas son humeur. Plusieurs témoignages avaient été recueillis dans le cadre de l'enquête sur la mort de Percival Dasenby, dans le Leicestershire. Cinq autres personnes avaient participé à la chasse aux faisans cet après-midi-là, sur le domaine paternel. Toutes avaient entendu le coup de feu fatal, mais aucune n'avait assisté à la scène. Lord Algernon et son fils Ninian avaient donné une brève déposition chacun de leur côté, tout comme le père endeuillé de Percival et deux autres chasseurs.

L'humeur d'Oliver se détériora plus encore quand ils lurent le rapport d'enquête sur la mort du duc, survenue deux mois plus tard dans son domaine du Wiltshire. Un incendie s'était déclaré, tard dans la soirée, dans la chambre à coucher de Westfell. L'envoyé de la Couronne chargé de l'enquête avait conclu à un accident, dû à la chute d'une chandelle allumée. Le duc avait été la seule victime.

Plusieurs personnes avaient témoigné. Des domestiques et des membres de la famille.

— Tous deux étaient présents ce soir-là, releva Rhodes.

— Ce n'est *pas* oncle Algy, maintint obstinément Oliver. Sans lui, je serais encore à tenter de me dépêtrer dans les démarches administratives.

— Alors c'est Ninian, dit Primrose. Il était présent au bal des Cunningham. Il a pu te pousser.

— Et il était au Brook's hier soir, précisa Rhodes. Lord Algernon aussi, d'ailleurs.

— Malédiction, Rhodes. Puisque je te dis...

— Gardons l'esprit ouvert, veux-tu ? coupa Rhodes.

Oliver pinça les lèvres.

— Lord Algernon était-il également présent au bal des Cunningham ? demanda Rhodes à Primrose.

Elle hocha la tête.

Oliver souffla entre ses dents serrées, mais ne dit rien.

Ils regagnèrent Sevenash House et s'attablèrent autour d'un déjeuner tardif. Oliver conserva une mine sombre tandis qu'il mangeait. Rhodes réfléchissait en fronçant les sourcils. Et Primrose n'avait guère d'appétit. Comment savoir si l'un des Dasenby avait tenté de tuer Oliver ?

Rhodes posa ses couverts et repoussa son assiette.

— La mort de trois Dasenby en cinq mois n'est peut-être qu'une simple coïncidence.

Oliver et Primrose le regardèrent.

— Et cela n'a peut-être rien à voir avec l'incident d'hier soir, poursuivit-il. Quelqu'un est peut-être jaloux d'Oliver. Un des amis de lord Algernon ? Quelqu'un qui voudrait qu'Algernon hérite du duché.

Primrose reposa sa fourchette, consternée.

— Lord Algernon a des *milliers* d'amis.

— Je ne pense pas que ce soit un ami d'Algernon, se reprit Rhodes. C'est plus probablement lui ou son fils. Ou alors les deux ensemble. Mais je sais que tu n'es pas d'accord, Oliver, ajouta-t-il en levant la main pour couper court à ses protestations. Commençons donc par prouver que ce n'est pas eux.

— Comment ? demanda Primrose.

— La partie de campagne des Cheevers se tiendra la semaine prochaine. Il ne fait aucun doute que lord Algernon y sera, et j'imagine que Ninian aussi. Qu'en dis-tu, Ollie ? demanda Rhodes en s'adossant confortablement à sa chaise. Offrons à ton oncle et à ton cousin l'occasion de te tuer, et voyons s'ils la mettent à profit.

— L'occasion de le tuer ! s'exclama Primrose, alarmée.

— Une occasion que *nous* choisirons, précisa Rhodes. Et des circonstances que nous contrôlerons. Ollie ne sera pas en danger. Je serai là. Qu'en dis-tu, vieille branche ? ajouta-t-il à l'intention d'Oliver, une pointe de défi dans la voix.

— Je dis oui.

Rhodes parut satisfait, et Primrose comprit soudain que son frère était convaincu que lord Algernon ou Ninian - voire les deux - étaient responsables de ces tentatives de meurtre.

— Je viens aussi, déclara-t-elle.

Rhodes perdit son sourire.

— Certainement pas.

— Les Cheevers m'ont invitée, plaida Primrose.

Rhodes fronça furieusement les sourcils.

— Il n'est pas question que tu...

— Tu risques de trouver ma présence utile, susurra-t-elle. Des yeux et des oreilles supplémentaires.

Rhodes ferma la bouche. Il savait que Primrose possédait un avantage unique au monde, un avantage qui allait bien au-delà de ses yeux et ses oreilles. Mais Oliver n'était pas au courant de cela - et ce n'était pas un sujet dont ils pouvaient discuter devant lui.

— Nous parlerons de cela plus tard, déclara Rhodes.

Ils en reparlèrent tous deux plus tard, et la conversation menaça rapidement de dégénérer en dispute.

— Il n'est pas question que tu viennes chez les Cheevers, dit Rhodes. C'est trop dangereux.

— Vous aurez besoin de moi.

— Pas du tout !

— Sais-tu te téléporter ? demanda Primrose d'un ton éminemment raisonnable.

Rhodes serra les dents.

— Si Oliver est en danger, il aura besoin de nous deux, ajouta-t-elle. Plus il y aura de personnes pour veiller sur lui, plus il sera en sécurité. L'idéal, ce serait qu'Aster et Violet viennent aussi.

— Il n'en est pas question !

Primrose comprit son refus. S'il y avait vraiment du danger, elle ne voulait pas non plus qu'Aster ou Violet s'en approchent. Mais de la même façon, elle ne laisserait pas Rhodes et Oliver l'affronter seuls.

— Je viens, décréta-t-elle. Je suis invitée et j'ai le droit autant que vous de me trouver là-bas. De toute façon, ajouta-t-elle avec un fin sourire, tu n'as aucun moyen de m'en empêcher.

Rhodes serra à nouveau les dents.

— Très bien, concéda-t-il de mauvaise grâce. Mais Violet et Aster restent ici. Je ne veux pas que tu leur parles de tout ça !

— Je ne leur dirai rien, promit Primrose, contente d'avoir gagné la bataille.

La question fut donc réglée : elle irait chez les Cheevers avec Rhodes et Oliver.

Plusieurs autres choses furent également décidées cet après-midi-là. La première fut qu'Oliver séjournerait à Sevenash House jusqu'à leur départ. C'était un peu original, étant donné qu'il avait sa résidence ducale à Londres, mais comme il en était le seul occupant, la domesticité mise à part, il valait mieux qu'il reste ici. Et ce que Rhodes préféra garder pour lui, c'était qu'Algernon et Ninian connaissaient mieux que lui-même la demeure d'Oliver, et que s'ils voulaient s'y introduire sans être vus, ils n'auraient aucun mal à le faire.

La deuxième décision fut qu'Oliver n'assisterait plus à aucun bal tant qu'il serait à Londres, officiellement parce qu'il s'était foulé la cheville, mais en réalité pour éviter d'offrir de nouvelles occasions à l'assassin. Il s'abstiendrait également d'aller seul où que ce soit, et ne devrait sortir de Sevenash House qu'escorté de Rhodes.

La troisième décision fut que pendant qu'Oliver, Rhodes et Primrose seraient dans l'Oxfordshire, Aster et Violet iraient séjourner chez leurs oncle et tante de Grosvenor Square.

Une fois ces décisions prises, Rhodes écrivit aux Cheevers, confirmant que Primrose et lui se faisaient une joie de participer à leur partie de campagne.

Oliver leur écrivit aussi, exprimant son plaisir d'avoir été invité et déclarant qu'il était impatient de séjourner dans leur manoir.

Après cela, il ne restait plus grand-chose à faire. Le valet d'Oliver vint s'installer à Sevenash House, apportant les effets de son maître. Oliver ne jugea pas utile en revanche de faire venir son secrétaire et lui donna carte blanche pour prendre toutes les décisions nécessaires.

— Cet homme s'est occupé de tout avant mon arrivée en Angleterre, il saura très bien se tirer d'affaire. Et ne me regardez pas comme ça, Prim. Je sais que j'ai besoin d'apprendre à être un duc, mais je ne peux pas prendre de décisions duchères quand je suis immobilisé avec une cheville foulée, n'est-ce pas ?

— « Duchère » est un mot qui n'existe pas, commenta-t-elle.

— Vous voulez dire que je viens d'inventer un nouveau mot ? s'extasia Oliver. Comme c'est excitant !

— Dieu me vienne en aide, soupira Primrose avant de monter dans sa chambre pour relire Marc Aurèle.

Oliver et Rhodes passèrent le reste de la semaine à ne strictement rien faire de constructif, pour autant que Primrose puisse en juger. Ils furent aussi paresseux qu'il était possible de l'être pour deux jeunes gens en pleine santé – et cela leur fut profitable, apparemment. Oliver redevint rapidement celui qu'il avait toujours été ; il ne boitillait plus que très légèrement et ne se montrait plus irascible. Quant à Rhodes, il ne s'était jamais montré d'aussi bonne humeur depuis seize mois qu'Evelyn avait trouvé la mort.

Pour Primrose, les jours défilèrent en une succession de bals et de soirées et, la date de départ approchant, de préparatifs de bagages. Non qu'elle ait eu à s'en charger elle-même – sa femme de chambre s'occupait de tout – mais il y avait des décisions à prendre. Quelles robes souhaitait-elle emmener ? Quels souliers ? Combien de livres ?

La dernière chose que Primrose mit dans ses bagages fut son journal intime. Elle en feuilleta lentement les pages, retrouvant les deux coupures de journal.

Elle les effleura du bout des doigts.

Quand elle avait lu l'annonce de la mort d'Oliver, le chagrin qu'elle avait ressenti l'avait laissée abasourdie.

Ce joyeux drille insupportable de Daisy Dasenby était mort – cela lui avait tiré des larmes. Beaucoup de larmes. Pendant plusieurs semaines. Et quand le rectificatif avait été imprimé dans les journaux, elle avait versé de nouvelles larmes de soulagement.

Elle avait presque pleuré, aussi, quand Oliver était revenu à Londres. Presque, parce qu'il n'était plus tout à fait l'Oliver Dasenby dont elle avait gardé le souvenir. Ses cheveux étaient du même brun et ses yeux étaient toujours noisette, mais il lui avait paru plus grand, plus large, plus carré, et plus mûr avec son visage hâlé par le soleil des Indes. Il avait presque l'allure d'un inconnu... Puis il s'était incliné devant elle avec un empressement exagéré, avait placé la main en visière au-dessus de ses yeux et déclaré que sa beauté l'éblouissait, et Primrose avait réalisé que même s'il semblait différent, il n'avait pas tant changé que cela.

C'était à ce moment-là qu'elle avait failli pleurer – quand elle avait retrouvé ses yeux rieurs, ce ton taquin : il était toujours l'Oliver de son enfance.

Elle avait eu envie de le serrer très fort contre elle, de lui dire à quel point elle était heureuse qu'il soit en vie. Elle ne l'avait pas fait, bien sûr. Oliver se serait demandé ce qui lui arrivait si elle avait fait une chose pareille. Non, elle lui avait simplement dit que ses années en Inde ne l'avaient pas guéri de sa tendance à l'hyperbole, et s'était contentée de planter un rapide baiser fraternel sur sa joue. Mais elle avait été heureuse de le revoir. Très, *très* heureuse.

6

Un après-midi de juin, dans l'Oxfordshire

— Parlez-moi de Basil et Percival, dit Oliver après qu'ils eurent passé Leafield. Comment étaient-ils ?

La voiture tangua légèrement quand elle s'engagea sur la route de Shipton-under-Wychwood. Oliver vit Primrose et Rhodes échanger un regard. Ils hésitèrent, chacun permettant à l'autre de parler le premier.

— Tu les connaissais mieux que moi, fit Primrose.

— Pas vraiment, dit Rhodes, grimaçant légèrement.

— Tu ne les aimais guère ? suggéra Oliver, tâchant d'interpréter cette grimace.

— Je les connaissais à peine. Nous évoluions dans des cercles différents, et si le hasard nous faisait assister à un même événement, nous nous évitions généralement.

— Vraiment ? s'étonna Oliver en haussant les sourcils.

— Bien sûr. Mon père a pris le parti du tien, voilà des années. Et à dater de ce jour, Westfell ne lui a plus jamais adressé la parole.

Oliver prit le temps de digérer l'information.

— Quel Westfell ? demanda-t-il finalement. Mon grand-père ou mon oncle ?

— Les deux, répondit Rhodes. Percival et Basil ont perpétué la tradition familiale en me snobant.

— Oh, souffla Oliver, décontenancé. Je n'avais pas réalisé. Je suis désolé.

— Tu n'y es pour rien, dit Rhodes en haussant les épaules. Cela ne dérangeait pas mon père, et cela ne me dérange pas. Comme je te l'ai dit, nous ne fréquentions pas les mêmes cercles et même si nos familles avaient été en bons termes, nous n'aurions jamais été amis. Ton oncle se comportait toujours comme s'il avait un bâton planté dans le...

Il s'interrompit et jeta un coup d'œil à Primrose.

— Disons qu'il était assez figé. Basil aussi.

— Et Percival ? Était-il figé, lui aussi ?

— Plus dissolu que figé, précisa Rhodes. Toujours prêt à tremper dans la première escroquerie venue. Tu vois le genre.

La voiture ralentit avant de négocier prudemment un virage. Primrose jeta un coup d'œil par la fenêtre.

— Nous sommes arrivés.

Oliver l'imita. Il aperçut un grand portail ouvert sur une longue avenue bordée d'ifs bien taillés.

— Et maintenant, Oliver..., commença Primrose d'un ton de mise en garde.

— Et maintenant, Primrose..., répondit-il sur le même ton pour la taquiner.

— Vous n'oublierez pas d'être prudent, n'est-ce pas ? dit-elle d'un air sévère.

Oliver cessa de sourire. Le souvenir d'une violente poussée dans le dos lui était brusquement revenu. Il savait qu'oncle Algy n'avait pas été son assaillant et il doutait fort qu'il ait pu s'agir de Ninian, mais...

— Je serai prudent.

Primrose prit une inspiration, comme si elle s'apprêtait à dresser la liste de toutes les façons dont il devrait se montrer prudent, mais Oliver fut plus rapide qu'elle.

— Je ne m'approcherai d'aucun escalier – intérieur *et* extérieur – si je suis seul. Je ne sortirai pas me promener seul. Je ne monterai pas à cheval seul. Je veillerai à ne jamais me trouver seul avec Algy ou Ninian. De fait, la seule chose que je ferai seul sera de dormir – une fois ma porte verrouillée et avec une chaise calée sous la poignée. Satisfaite ?

Primrose l'observa un instant, puis hocha la tête.

Oliver avait non seulement hérité d'un titre, d'une fortune et de l'hôtel particulier de Berkeley Square, mais aussi de tout un duché dont le siège se trouvait dans le Somerset et qui incluait également des domaines dans le Cambridgeshire, le Wiltshire, le Shropshire, le Leicestershire et le Kent. Il n'avait encore visité aucune de ces propriétés – son secrétaire prévoyait une tournée d'inspection qui s'étalerait sur les mois de juillet, août et septembre – et il ne savait pas s'il apprécierait vraiment un de ses nouveaux foyers. Mais le terme « foyer » ne convenait probablement pas. Une résidence comportant plusieurs centaines de pièces pouvait-elle s'apparenter à un foyer ? Pouvait-on s'y sentir chez soi ?

Cheevers Court n'avait rien non plus d'un foyer. C'était un grand manoir gris et trapu. Si le bâtiment avait été un être humain, il aurait eu d'imposants sourcils, de pesants fanons et une expression lugubre.

Oliver descendit du véhicule, content de pouvoir étirer ses jambes. La voiture des domestiques était arrivée quelques minutes avant eux. Le vicomte Cheevers apparut, tendant les mains en signe de bienvenue et arborant un grand sourire.

Ce n'était pas la faute de Cheevers s'il avait hérité d'un manoir aussi lugubre, et la chaleur de son accueil compensa largement l'austérité de tout ce marbre gris. Le vicomte semblait ravi de les accueillir sur ses terres provinciales, et son épouse dodelinait de la tête en souriant, les deux plumes de son turban oscillant en mesure. Derrière elle se trouvait oncle Algernon, aussi souriant que les Cheevers, qui serra vigoureusement la main d'Oliver, et derrière lui se trouvait Ninian. La joie d'oncle Algy ne pouvait être feinte, pas plus que la sympathie qui animait le regard de Ninian. Alors qu'il se tenait au pied de la voiture entre Primrose et Rhodes, Oliver eut la certitude que ni oncle Algy ni son cousin Ninian n'avaient tenté de le tuer. Et il le prouverait pendant son séjour. Cela ne faisait pas l'ombre d'un doute.

La chambre d'Oliver était une grande pièce décorée dans les tons gris et or. Orientée au nord, elle donnait sur un parc et une étendue d'eau. Un change de vêtements l'attendait sur le lit à baldaquin, et une volute de vapeur s'échappait de l'aiguière qu'on avait placée à son intention sur la table de toilette.

Oliver était habitué au service d'un domestique, mais le service du valet de chambre d'un duc était infiniment supérieur à celui de l'ordonnance d'un officier. Le valet d'un duc le rasait de plus près qu'Oliver ne se rasait lui-même, nouait sa cravate plus habilement qu'il ne la nouait lui-même, et choisissait ses tenues plus astucieusement qu'il n'aurait su le faire.

Il se rafraîchit et se changea tandis que le soleil descendait dans le ciel, nimbant toute chose d'un chaleureux voile d'or. Il s'apprêta alors à gagner le rez-de-chaussée pour faire connaissance avec les autres invités, mais il n'avait pas descendu deux marches qu'il se souvint d'avoir promis de ne descendre aucun escalier tout seul.

Malédiction.

Une promesse est une promesse. Oliver serra les dents et remonta les deux marches, longea le couloir jusqu'à la chambre de Rhodes, voisine de la sienne, et frappa à la porte.

— Tu es prêt ? demanda-t-il quand Rhodes lui ouvrit.

— Fin prêt, répondit celui-ci avec un sourire aimable.

Ils descendirent ensemble. L'escalier se révéla aussi raide que celui des Cunningham, avec plus de marches. Le genre d'escalier au pied duquel un homme peut se rompre le cou, si on le pousse depuis le palier.

Un certain nombre de personnes se trouvaient déjà au salon. Rhodes avait dit que les invités aux parties de campagne des Cheevers n'étaient plus de première jeunesse, mais ce ne fut pas l'impression d'Oliver. Plusieurs jeunes dames étaient présentes. Il en remarqua deux qu'il avait déjà rencontrées à Londres – Mlles Warrington et Carteris – ainsi que deux autres qui lui étaient inconnues.

Lord Cheevers fit les présentations. Oliver gratifia une veuve d'âge moyen, Mme Middleton-Murray, d'un « Enchanté » qu'il réitéra à l'intention de sa fille. Mlle Middleton-Murray était une créature charmante dotée d'une superbe chevelure, d'un teint parfait et de deux ravissantes fossettes. Mais quand Oliver croisa son regard, il fit une autre découverte : la demoiselle était une harpie.

Il n'aurait su dire précisément *comment* il le sut, mais il le sut instantanément. Mlle Middleton-Murray avait peut-être de ravissantes fossettes, mais un cœur dur et cupide battait dans sa poitrine.

Il restait encore une jeune femme à lui être présentée. Lord Cheevers le conduisit vers elle.

— Ma fille, Chloé, annonça-t-il fièrement.

Voilà donc pourquoi lord Cheevers était aussi ravi qu'il ait accepté son invitation, songea Oliver.

L'honorable Chloé Cheevers lui fit sa révérence. C'était une petite chose délicate, brune et toute menue.

Il inclina poliment la tête.

— Enchanté. Je ne me souviens pas de vous avoir vue à Londres, ajouta-t-il.

Mlle Cheevers rougit et bredouilla quelques mots d'une voix inaudible.

— Je vous demande pardon ?

— La rougeole, dit lord Cheevers. Fort regrettable. Mais elle est tout à fait remise, à présent.

Oliver ne fut pas surpris de se retrouver assis à côté de Mlle Cheevers au dîner. Lord Cheevers avait un duc sous son toit et une fille à marier : il les plaçait côte à côte.

Toutefois, la jeune fille ne semblait pas avoir compris qu'elle tenait là sa chance de capturer un duc. Elle ne tendit pas sa poitrine vers lui, ne lui coula pas d'œillades admiratives, ne battit pas des cils et ne prononça pas le moindre compliment.

Noter Chloé Cheevers se révéla impossible, parce qu'elle ne jouait pas le jeu.

Mlle Warrington, installée de l'autre côté, orienta ostensiblement sa poitrine vers lui une quinzaine de fois au cours du repas, ce qui lui valut trente points. Mlle Carteris, assise en face de lui, battait des cils chaque fois qu'il regardait dans sa direction, ce qui lui valut le score honorable de dix-huit points. Mlle Middleton-Murray fut cependant la grande gagnante. Le modeste décolleté de sa robe ne révélait qu'une infime partie de sa poitrine, mais son médaillon était niché au bon endroit car chaque fois qu'Oliver tournait les yeux vers elle, elle touchait le bijou d'un geste apparemment innocent qui attirait le regard vers le sillon de ses seins. Quand le dîner s'acheva, elle avait accumulé quatre-vingt-dix points.

Oliver jeta un coup d'œil à Primrose. Elle parlait avec l'homme qui se trouvait à sa gauche, lord Warrington.

Il l'observa un moment.

Au premier coup d'œil, on aurait pu croire qu'elle ne différait en rien des demoiselles Warrington, Carteris, Middleton-Murray et Cheevers. Toutes étaient jeunes, jolies et vêtues de robes élégantes révélant leurs pâles épaules et leurs cous gracieux ; toutes portaient des joyaux étincelants autour du cou et aux oreilles ; toutes avaient la peau lisse, des lèvres roses et des cheveux brillants. Elles semblaient presque interchangeables – mais elles ne l'étaient pas, car malgré ces similitudes, Primrose était *différente*.

Elle leva les yeux à ce moment-là et découvrit qu'il la regardait. Elle ne battit pas des cils comme Mlle Carteris, ni n'orienta sa poitrine vers lui comme Mlle Warrington ; elle se contenta d'incliner très légèrement la tête en soulevant les sourcils, formulant ainsi un « Quoi ? » silencieux.

Oliver la fixa en louchant.

Les paupières de Primrose palpitèrent et il entendit sa voix dans ses oreilles, aussi clairement que si elle avait parlé – *Idiot !* Puis elle reporta son attention sur lord Warrington.

Oliver se retint de rire. Il jeta un coup d'œil vers Mlle Warrington. Sa poitrine se tendit vers lui.

Il jeta un coup d'œil à Mlle Carteris et eut droit à un battement de cils.

Il jeta un coup d'œil à Mlle Middleton-Murray... qui porta la main à son médaillon.

Finalement, il jeta un coup d'œil à Mlle Cheevers, près de lui. Elle rosit légèrement et baissa les yeux.

Toutes se comportaient ainsi parce qu'il était duc.

Toutes sauf Primrose, qui s'en moquait éperdument.

Les dames se retirèrent, abandonnant la salle à manger aux gentlemen. On servit le porto et le cognac. Oliver se laissa aller contre le dossier de sa chaise, allongea les jambes devant lui et prêta une oreille distraite aux conversations. Il apprit que lady Warrington et lady Cheevers étaient sœurs, que Mme Carteris et lord Cheevers étaient cousins et que Mlle Middleton-Murray était la filleule de lord Cheevers. Il apprit enfin qu'oncle Algy et lord Cheevers étaient d'aussi proches amis que Rhodes et lui-même.

Il glissa un regard vers Rhodes.

Son ami avait adopté la même posture que lui et sirotait son porto tout en étudiant Ninian d'un air pensif. Oliver le vit ensuite tourner légèrement la tête et soumettre oncle Algy au même traitement.

Oliver se sentit offensé pour le compte de ses parents. Si Rhodes s'était trouvé près de lui, il lui aurait décoché un coup de coude dans les côtes. Oncle Algy n'était pas un tueur, et Ninian non plus.

De fait, le seul tueur dans cette pièce c'était lui, le capitaine Dasenby, pourfendeur d'insurgés et de soldats rebelles.

Oliver avala son porto en grimaçant. Depuis qu'il avait reçu cette lettre d'Angleterre, huit mois auparavant, c'était la première fois qu'il se surprenait à penser que le sort d'un duc était préférable à celui d'un soldat.

Fini, le sang sur les mains, la folie des batailles, les inconnus essayant de le passer au fil de leur épée ou de le transpercer d'une balle de leur mousquet. Fini, les combats où il faut tuer ou être tué.

Fini… Sauf que quelqu'un aujourd'hui essayait bel et bien de le tuer.

7

Primrose consacrait habituellement ses soirées à la lecture, mais quand on est invitée on ne peut pas se lover au creux d'un fauteuil et plonger son nez dans un livre. On se doit d'être polie et de siroter du thé en bavardant avec la maîtresse de maison.

Primrose fit donc ce qui était attendu d'elle : elle sirota du thé tout en échangeant une conversation polie avec lady Cheevers. La vicomtesse, qui s'était confortablement coulée dans son rôle de mère de famille, parla tendrement de ses enfants – Chloé étant l'aînée –, évoqua la récente épidémie de rougeole que sa famille avait eu à subir, puis se lança dans une discussion animée avec lady Warrington sur les turbans, un accessoire de coiffure que les deux femmes appréciaient particulièrement.

Primrose, qui ne s'intéressait pas du tout aux turbans, alla s'asseoir sur un divan et s'amusa à regarder les plus jeunes de ces dames se préparer à l'arrivée d'Oliver. Mlle Carteris pinça discrètement ses joues pour leur donner plus de couleur, Mlle Warrington changea de position une petite dizaine de fois avant de trouver la posture la plus avantageuse pour sa silhouette, et Mlle Middleton-Murray se mordilla les lèvres jusqu'à les rendre exceptionnellement charnues et roses.

Mlle Cheevers elle-même tapota discrètement sa coiffure.

Finalement, la porte s'ouvrit. L'atmosphère du salon changea en un clin d'œil. Les dos se redressèrent, les poitrines enflèrent, l'éclat des yeux s'intensifia. Mlle Carteris rejeta ses boucles en arrière. Mlle Middleton-Murray mordit une dernière fois ses lèvres.

Primrose observa les candidates au mariage tandis que les hommes entraient dans la pièce. Les regards des jeunes femmes passaient les visages en revue, tels des joueurs découvrant leurs cartes et décidant lesquelles ils vont garder et desquelles ils vont se défaire.

Lord Cheevers et Warrington furent rapidement rejetés. Ainsi que M. Carteris.

Les regards s'attardèrent davantage sur Rhodes. Il était beau, riche, futur héritier d'un duché, mais il avait trois enfants en bas âge – aussi Primrose ne fut-elle pas surprise quand Mlles Carteris, Warrington et Middleton-Murray jetèrent leur dévolu sur Oliver.

Elle fut surprise, en revanche, de voir Mlle Cheevers choisir Ninian Dasenby.

Voilà qui était intéressant.

Plus intéressant encore : Ninian balaya la pièce des yeux, cherchant clairement quelqu'un, et son regard s'éclaira quand il aperçut Mlle Cheevers. Il lui adressa un sourire.

« Une idylle naissante », songea Primrose en voyant Mlle Cheevers rosir délicatement tandis qu'elle lui retournait son sourire.

La façon dont Mlles Warrington, Carteris et Middleton-Murray restaient figées, guettant l'instant où leur regard pourrait croiser celui d'Oliver sans donner l'impression de le faire volontairement, était tout aussi intéressante – mais moins amusante. Mlle Carteris rejeta ses boucles en arrière et battit des cils. Mlle Middleton-Murray tripota son médaillon. Mlle Warrington cambra le dos pour faire saillir sa poitrine.

Primrose étudia Oliver, curieuse de savoir sur qui son choix allait se porter. Son regard passa d'une dame à l'autre, jusqu'à ce qu'il l'aperçoive. Il lui adressa alors un sourire.

Primrose sentit son cœur tressaillir sottement dans sa poitrine.

Oliver amorça un pas vers elle – et s'immobilisa pour se retourner poliment comme Mme Carteris s'adressait à lui. Celle-ci dit quelque chose que Primrose ne put entendre, mais elle reconnut le ton, gai et enjoué. Oliver l'écouta un moment, puis céda à une habile taquinerie de Mme Carteris et s'avança vers le divan où se tenait sa fille qui n'aspirait qu'à devenir duchesse. Oliver s'assit près de Mlle Carteris – avant de jeter un rapide coup d'œil à Primrose. Il ne fit pas de grimace, mais pendant une fraction de seconde il loucha.

Primrose mordit sa lèvre pour retenir un éclat de rire inapproprié et s'empressa de détourner les yeux.

Une haute silhouette se dressa soudain devant elle. Rhodes. Son frère s'assit, faisant légèrement craquer le divan.

— Oliver s'est fait mettre le grappin dessus par les Carteris.

— J'ai vu ça.

Primrose promena son regard dans la pièce. Ninian et Mlle Cheevers étaient assis côte à côte, inclinant la tête l'un vers l'autre et parlant à voix basse. Lord Cheevers ne semblait pas particulièrement satisfait de ce développement, mais lady Cheevers couvait le jeune couple d'un regard bienveillant.

Mlle Middleton-Murray dévisageait Rhodes d'un air spéculatif.

Tout comme Mlle Warrington.

Primrose aurait pu leur dire que tout espoir était vain. Rhodes n'était pas prêt à se remarier. Il ne le serait sans doute jamais. Une fois qu'on a déjà trouvé le mariage parfait avec l'épouse parfaite, comment se contenter d'une insipide suppléante ?

Son regard retourna se poser sur Oliver, piégé entre les dames Carteris. *Pauvre Oliver.* Elle l'observa cependant avec plus d'attention.

Il pontifiait, bombant légèrement le torse, dans une attitude de jeune coq. L'étincelle qui faisait briller ses yeux aurait alarmé toute personne le connaissant un peu. Quand ils avaient cet éclat malicieux, on pouvait être certain qu'il préparait une espièglerie.

C'était plutôt Mlle Carteris qu'elle aurait dû plaindre, se dit Primrose.

La jeune femme, inconsciente de son sort, écoutait cependant Oliver d'un air captivé, buvant ses paroles avec adoration.

Primrose secoua la tête et reporta son attention sur Rhodes.

— Que penses-tu des Dasenby ? murmura-t-elle discrètement. As-tu eu l'occasion de les observer ?

Rhodes jeta un coup d'œil à lord Algernon qui se tenait devant la cheminée en compagnie de leur hôte, puis regarda Ninian, blotti sur le divan auprès de Chloé Cheevers.

— Oui, et je n'ai rien vu qui puisse indiquer qu'ils voudraient du mal à Oliver.

— Mais tu restes convaincu que c'est l'un des deux ?

— C'est la possibilité la plus logique, répondit Rhodes en attardant son regard sur Ninian.

Primrose partageait cet avis.

Elle observa à son tour lord Algernon et Ninian et, comme Rhodes, ne vit rien d'alarmant. Ni l'un ni l'autre ne regardait Oliver d'un air malveillant. De fait, ni l'un ni l'autre ne s'intéressait à lui. Ninian était entièrement concentré sur Chloé Cheevers, et Algernon était en grande conversation avec lord Cheevers.

On ne pouvait cependant pas en dire autant de Mlle Warrington et de Mlle Middleton-Murray. Toutes deux faisaient comme si cela ne les dérangeait *pas du tout* qu'Oliver bavarde depuis quinze bonnes minutes avec Mlle Carteris, mais leurs sourires pincés et les coups d'œil qu'elles lançaient vers eux signifiaient clairement le contraire.

Lady Warrington suggéra que les jeunes filles jouent du piano pour le divertissement de l'assemblée, et invita Mlle Carteris à se produire la première.

Primrose passa les quarante minutes suivantes à écouter ces demoiselles jouer du pianoforte. Elle n'avait rien contre la musique – elle l'appréciait même assez – mais elle regretta de ne pas avoir de livre à lire en les écoutant. Un tel comportement aurait été perçu comme grossier, aussi continua-t-elle d'observer les occupants du salon. Oliver s'ennuyait ferme, lui aussi ; elle le voyait rien qu'à son sourire – neutre et poli – qui ne lui ressemblait absolument pas. Lord Algernon donnait l'impression de passer un bon moment, dodelinant de la tête au rythme de la musique, tandis que le regard de son fils caressait le profil de Mlle Cheevers comme si son interprétation était la plus éblouissante qu'il ait jamais entendue.

Il est mordu. Complètement mordu.

Primrose regarda Rhodes. Il n'écoutait pas la musique ; il pensait à Evelyn. Elle le voyait à son visage, à la façon dont il était assis – ce regard triste, tourné vers l'intérieur, cette immobilité du corps.

Elle allongea le bras et effleura la main de son frère du bout des doigts. Rhodes eut un léger sursaut, battit des cils et la regarda, haussant les sourcils en guise de questionnement silencieux. La performance de Mlle Cheevers s'acheva au même instant. Tout le monde applaudit.

— Lady Primrose, lança lord Cheevers d'un ton jovial, vous plairait-il de jouer pour nous ?

— Ce serait avec joie, lord Cheevers, mais je ne sais absolument pas jouer.

— La harpe, peut-être ? suggéra lady Cheevers. Nous en avons une.

— Non plus, dit Primrose. Je crains de ne pas du tout être musicienne.

Elle eut conscience du regard de pitié que lui décernèrent plusieurs de ces dames, l'une d'elles – Mlle Warrington – avec quelque chose qui ressemblait fort à de la condescendance.

Dix ans plus tôt, cette pitié aurait embarrassé Primrose. Cinq ans plus tôt, elle l'aurait agacée. Mais Marc Aurèle avait raison : « On ne peut pas contrôler l'opinion d'autrui, mais on peut choisir de ne pas s'en soucier. »

C'était un concept qu'elle n'avait pas encore entièrement assimilé, mais ce soir-là il se révéla fort utile. Il lui permit de considérer le petit air supérieur de Mlle Warrington bien plus amusant qu'agaçant.

Lady Cheevers reporta son sourire sur sa fille.

— Dans ce cas, tu pourrais peut-être nous jouer un air de harpe, ma chérie ?

Primrose songea au livre qui se trouvait dans sa chambre et réprima un soupir.

8

La salle à manger du matin de Cheevers Court était une belle pièce ensoleillée, décorée dans les tons vert pâle. Quand Primrose y entra, elle trouva lady Cheevers et les trois Carteris assis à la longue table, tandis que Ninian Dasenby composait l'assiette de son petit déjeuner devant le buffet.

Le cœur de Primrose se mit à battre un peu plus vite. L'occasion s'offrait à elle de découvrir un peu plus le cousin d'Oliver. Elle choisit rapidement ses plats, s'assit légèrement à l'écart des autres et adressa un sourire à Ninian.

— Joignez-vous donc à moi, monsieur Dasenby, dit-elle.

Il s'exécuta poliment et s'assit en face d'elle.

Primrose parla de banalités pendant quelques minutes, tâchant de trouver un sujet qui l'inciterait à parler.

— J'ai cru comprendre que ce n'était pas votre première visite à Cheevers Court ?

— Mon père et moi venons souvent, dit Dasenby.

— Vos familles sont donc très liées ?

— Oui.

— Vous devez donc bien connaître Mlle Cheevers.

Les joues de Dasenby rosirent légèrement.

— En effet.

Primrose attendit qu'il en dise davantage, mais il n'en fit rien. Elle ne baissa pas les bras pour autant et décida de remédier logiquement au problème. Si elle voulait inciter Dasenby à se livrer, elle devait aborder des sujets qui l'intéressaient.

Il avait vingt-deux ans. C'était un dandy frivole... Ah ! Un dandy... Elle examina sa queue-de-pie. Elle était d'une couleur qu'elle aurait été incapable de nommer. Un bleu chaleureux, rehaussé d'une pointe lavande.

— Comment s'appelle la couleur de votre veste, monsieur Dasenby ?

— Bleu pervenche.

— Elle vous va bien.

— Merci.

Primrose attendit – puis réalisa qu'elle s'était encore engagée dans une impasse.

— J'aime les couleurs, lâcha Dasenby.

Il s'empourpra aussitôt et parut regretter d'avoir parlé.

— Qu'est-ce qui vous plaît dans les couleurs ? demanda Primrose d'un ton encourageant.

— Elles ont le pouvoir de changer l'humeur de quelqu'un, dit Dasenby sans oser la regarder. De changer la perception qu'on peut avoir d'une personne ou d'un lieu.

Primrose battit des cils, puis fronça légèrement les sourcils, perplexe.

— Pourriez-vous me donner un exemple ?

Il croisa son regard, cette fois.

— Cette pièce.

Primrose balaya des yeux les murs vert pâle de la salle à manger.

— Quelle impression ressentez-vous, lady Primrose ?

— C'est... apaisant, dit-elle après réflexion. Paisible.

— Imaginez maintenant ce que vous ressentiriez si ces murs étaient peints en jaune. Pas jaune citron, mais jaune cadmium – si vous savez à quoi ressemble le jaune cadmium ?

Primrose le savait. Cadmium était un jaune soutenu. Elle s'efforça d'imaginer les murs d'une chaude teinte dorée. Avec toutes ces fenêtres et la lumière du matin qui entrait à flots, la salle à manger serait gaie et pleine de soleil.

— Je me sentirais heureuse, dit-elle.

— Précisément, répondit Dasenby en souriant.

Primrose l'observa avec plus d'intérêt.

— Quelle couleur choisiriez-vous pour une salle à manger du matin, monsieur Dasenby ? Ce vert pâle ou un jaune cadmium ?

— Jaune, dit-il en promenant le regard autour de lui, ses yeux s'attardant sur les fenêtres profondément enchâssées, les moulures du plafond et la cheminée de marbre. J'aime imaginer à quoi ressemblerait une pièce si elle était décorée différemment. On trouve presque toujours des améliorations à apporter. Êtes-vous déjà entrée chez mon cousin à Londres ? ajouta-t-il en posant les yeux sur elle.

Primrose acquiesça.

— Aucune couleur ne convient. On se croirait dans un mausolée. C'est froid.

Westfell House était une magnifique résidence ducale, mais très imposante, très formelle, et somme toute assez austère.

— Vous pensez qu'Oliver devrait revoir la décoration ?

— Je le ferais, si c'était chez moi.

Cette déclaration fit réfléchir Primrose. Fallait-il en conclure que Dasenby s'imaginait à la place d'Oliver ? Qu'il ambitionnait d'être le duc de Westfell ? Ou signifiait-elle simplement qu'il n'aimait pas les couleurs de Westfell House et estimait qu'Oliver devrait les changer ?

— Regardez-vous les gens de la même façon ? Les redécorez-vous ?

— Parfois, avoua Dasenby en rougissant.

— Et pensez-vous que les couleurs que porte une personne influencent la façon dont les autres la perçoivent ?

— Oui. Je pense aussi qu'elles peuvent influencer la perception que nous avons de nous-mêmes. Certaines couleurs vous mettent de bonne humeur quand vous les portez, d'autres non.

Il avait eu un haussement d'épaules d'autodérision en disant cela, et Primrose mit un moment à comprendre la signification de ce geste : il s'attendait à ce qu'elle rie de lui.

Elle ne rit pas de lui. Elle étudia plus attentivement sa tenue – le bleu pervenche de sa veste queue-de-pie, le lavande et crème de son gilet... Les couleurs étaient complémentaires et s'harmonisaient parfaitement, tant entre elles qu'avec le bleu azur de ses iris et le blond doré de ses cheveux. Regarder Ninian Dasenby était un vrai plaisir pour les yeux.

— Je pense que vous avez raison, dit-elle.

Il parut légèrement pris de court.

— Comment ces couleurs vous font-elles vous sentir ? demanda Primrose.

Il baissa les yeux sur sa tenue, posa son couteau et lissa son gilet du plat de la main.

— Elles me rendent heureux, dit-il avant de rougir violemment.

Elle feignit de n'avoir rien remarqué.

— Je crains de ne pas prêter grande attention à mes vêtements, soupira-t-elle.

— Comme bien des personnes, répliqua Dasenby en reprenant son couteau. Mon père dit que je suis aussi utile qu'un portemanteau. Et il a raison, bien sûr. C'est absurde de prêter autant d'attention à ses vêtements.

Il ponctua cette déclaration d'un petit rire nerveux, et Primrose comprit qu'il s'attendait à ce qu'elle approuve son père. Toutefois, elle entendit aussi les mots qu'il ne disait pas : « Mais cela me rend plus heureux, alors je le fais quand même. »

Et quel mal y avait-il à cela ? Qu'y avait-il d'absurde à vouloir s'habiller d'une façon qui le rendait heureux ? C'était très sage, au contraire.

— Le fait que ce soit absurde ou non dépend de la raison qu'on a de le faire, selon moi.

Et la raison de Ninian, apparemment, n'était pas la vanité. Ou du moins, *pas seulement* la vanité.

La porte s'ouvrit à cet instant et Mme Middleton-Murray et sa fille entrèrent.

Primrose les jaugea à l'aune de sa conversation avec Dasenby, étudiant les couleurs qu'elles portaient. Mme Middleton-Murray était vêtue de gris pâle, tandis que sa fille portait une jolie robe de mousseline rehaussée d'un ruban orange. Le gris donnait à la mère l'allure d'une veuve respectable – ce qu'elle était – et le ruban orange donnait à la fille quelque chose de dynamique et d'assuré.

Primrose se demanda ce que le choix de sa propre robe disait d'elle.

Elle baissa les yeux sur ses genoux. Sa robe était d'un bleu pâle assez froid. La couturière avait dit que cette nuance s'harmonisait avec ses yeux, mais elle ne se sentait pas particulièrement heureuse en la regardant. Quelle impression donnait-elle à ceux qui la croisaient ? Qu'elle était froide et distante ?

Elle regarda la queue-de-pie de Dasenby et se dit qu'elle aurait nettement préféré porter du bleu pervenche.

La porte s'ouvrit à nouveau, pour livrer passage à Rhodes et Oliver. Primrose observa leurs tenues. Rhodes portait un brun foncé très sobre, tandis que l'habit d'Oliver était vert forêt. Son gilet à rayures vert et crème était rehaussé de fils d'or, et lui-même semblait plein d'énergie et de bonne humeur.

Oui, la couleur des vêtements influençait bel et bien la façon dont on perçoit une personne… à moins que ce qu'elle savait déjà de Rhodes et Oliver n'ait insufflé une signification à leur tenue ? Elle savait que Rhodes était triste, tout comme elle savait qu'Oliver était débordant de vie et de malice.

Elle se souvint alors que sa tâche ne consistait pas à penser aux couleurs ni aux vêtements, mais à observer Ninian Dasenby, surtout dans ses interactions avec Oliver.

Celui-ci et Rhodes garnirent leurs assiettes, puis se tournèrent vers la table.

L'instant rappela à Primrose l'arrivée d'Oliver au salon, la veille, les demoiselles Carteris et Middleton-Murray s'efforçant d'attirer son attention par leur sourire et leur décolleté.

Elle croisa son regard et inclina subtilement la tête vers le siège libre à côté d'elle. Il comprit le message.

— Lady Primrose, dit-il d'un ton enjoué en venant prendre place à sa gauche, posant devant lui une assiette chargée de viande et d'œufs. Comment vous portez-vous, en cette belle matinée ?

Rhodes s'assit à droite de Primrose.

— Je parlais des couleurs avec votre cousin. Dites-lui donc, monsieur Dasenby, comment vous envisagez la décoration de Westfell House.

Ninian rougit et, en dépit de sa mise élégante, se mit soudain à ressembler à un petit garçon pris en faute. Oliver décocha un regard perçant à Primrose avant de le poser sur son cousin.

— Je vous écoute, Ninian.

Dasenby hésita un instant, puis se lança dans son exposé d'un ton d'abord heurté, qui gagna progressivement en confiance. Plus que sur ses mots, Primrose concentra son attention sur l'intonation de sa voix. Il semblait timide et impatient. Son expression était également timide et impatiente, tout comme sa posture et l'inclinaison de sa tête.

Il lui rappelait un jeune chiot guettant l'approbation de son maître.

Oliver mangeait avec un bel appétit tandis que Dasenby lui exposait sa vision de Westfell House. Primrose aurait dit, à l'expression poliment neutre d'Oliver, qu'il écoutait d'une oreille distraite, mais Dasenby ne connaissait pas assez bien son cousin pour s'en rendre compte. Il continuait de parler, débordant d'enthousiasme, son visage reflétant un mélange de crainte et de passion.

Ninian Dasenby ne pouvait pas être l'agresseur d'Oliver, songea Primrose. Ce n'était pas le duché de Westfell qui l'intéressait, c'était l'estime et l'amitié de son cousin.

La porte s'ouvrit à nouveau, livrant cette fois passage à Mlle Cheevers.

Ninian Dasenby s'arrêta de parler au beau milieu d'une phrase.

Les Warrington entrèrent à la suite de Mlle Cheevers, et la salle à manger sembla soudain beaucoup plus animée. Mlle Warrington se servit rapidement et prit le siège vacant à côté d'Oliver, ajustant sa position sur sa chaise avec un petit air satisfait. Mlle Cheevers, après un instant d'hésitation, choisit de s'asseoir à droite de Dasenby. Loin de paraître satisfaite, elle parut consternée de sa propre audace.

Ninian Dasenby lui souhaita le bonjour.

Les joues de Chloé Cheevers rosirent quand elle lui rendit la pareille. Elle portait une robe de style grec, avec de petites manches cannelées, bordée d'un ruban rose d'une nuance festive, un autre ruban de même ton retenant ses boucles brunes. Elle paraissait très jeune et tout à fait charmante.

Primrose vit Chloé Cheevers glisser un regard discret vers Dasenby à travers ses cils. Pas le genre d'œillade mutine que les demoiselles Carteris, Warrington et Middleton-Murray lançaient à Oliver, mais un petit coup d'œil timide et plein d'espoir.

Ninian Dasenby coula un regard vers elle au même instant, et Primrose surprit le moment où leurs yeux se rencontrèrent.

Mlle Cheevers et M. Dasenby se fixèrent un moment, leurs couverts suspendus au-dessus de leurs assiettes, puis détournèrent les yeux en rougissant. Primrose esquissa un sourire tandis qu'ils s'affairaient à découper leurs saucisses tout en échangeant de petits coups d'œil à la dérobée.

Elle regarda Oliver pour voir s'il avait remarqué l'idylle qui naissait sous ses yeux, mais Mlle Warrington retenait toute son attention.

Primrose se concentra sur son assiette. La journée démarrait bien. Elle avait déjà appris trois choses.

Premièrement, Ninian Dasenby n'était pas aussi frivole qu'elle l'avait cru.

Deuxièmement, il ne souhaitait pas la mort d'Oliver.

Et troisièmement, elle ferait peut-être bien de lui demander son avis sur les couleurs qu'elle portait.

Primrose avait éliminé Ninian Dasenby en tant que suspect. Il ne lui restait plus qu'à observer lord Algernon face à Oliver.

L'occasion lui en fut donnée quelques heures plus tard.

Cheevers Court s'enorgueillissait d'un vaste parc au milieu duquel se trouvait un lac. Au centre de ce lac, un îlot bordé de saules était idéal pour les pique-niques.

Sur le coup de 13 heures, un groupe traversa le lac à bord de barques à fond plat pour aller déjeuner sur l'île. Tous les invités n'étaient pas de la partie, Mmes Middleton-Murray et Carteris ayant choisi de rester sur la terre ferme, mais les autres avaient accueilli l'excursion avec joie. Y compris lord Algernon. Celui-ci se chargeait justement de faire traverser à Primrose les eaux paisibles et étincelantes du lac.

Mlle Carteris avait gagné la bataille à celle qui embarquerait avec Oliver et le regardait manier la perche d'un œil éperdu d'admiration.

Primrose ne regardait pas lord Algernon d'un œil éperdu d'admiration ; elle s'efforçait de le questionner sans en avoir l'air.

Elle ne le connaissait que fort peu. Elle savait qu'il était le plus jeune fils d'un duc, à qui l'on avait accordé un titre de courtoisie et rien d'autre. Qu'il était âgé d'une cinquantaine d'années et était veuf. Mais elle ignorait tout de son caractère. Avait-il éprouvé du ressentiment envers son frère aîné ? Ou bien avait-il accepté son sort de troisième fils avec équanimité ? Beaucoup de cadets étaient obligés de travailler pour vivre. L'armée, la marine et le clergé regorgeaient de deuxièmes, troisièmes, quatrièmes, cinquièmes et sixièmes fils. Mais lord Algernon n'avait pas eu besoin de travailler : il avait épousé une héritière. Primrose était encline à penser que ce mariage avait davantage relevé d'une stratégie de la part de l'oncle d'Oliver que de sentiments élevés

– mais peut-être le calomniait-elle ? Peut-être avait-il été sincèrement épris de sa riche épouse ?

— Vous canotez remarquablement bien, dit-elle. Dois-je en conclure que vous n'en êtes pas à votre première expérience ?

Lord Algernon laissa échapper un grand rire.

— J'ai canoté des centaines de fois. Depuis que je suis tout petit, en fait.

— Vous arrivait-il de canoter avec votre épouse ? demanda Primrose en laissant tremper le bout de ses doigts au fil de l'eau.

Lord Algernon rit à nouveau.

— Hou, que non ! Amabel était terrifiée par l'eau, la chère âme.

Primrose tâcha d'évaluer ce « chère âme ». Reflétait-il une authentique tendresse pour sa défunte épouse ou avait-il prononcé cette formule parce qu'elle sonnait bien ?

Elle décida qu'elle n'avait aucun moyen de le savoir.

Ce qu'elle cherchait à établir, c'était si lord Algernon estimait mériter le duché davantage qu'Oliver – et si cette croyance pouvait l'amener à tuer.

— Vous devez être soulagé par le retour d'Oliver en Angleterre.

— Soulagé ? Oui, on peut dire cela.

Le bord du chapeau que portait Primrose lui permettait d'observer son visage en toute discrétion.

— Surtout après l'annonce de sa mort. Quelle horreur !

— Oui. Ç'a été un choc. Un sacré choc, même.

Lord Algernon jeta un coup d'œil au canot d'Oliver et son expression changea légèrement, puis il rit à nouveau.

— Il a encore des progrès à faire en canotage, mon neveu ! Il va finir à l'eau s'il n'y prend garde.

Il détourna les yeux et fit ployer sa gaule avec une tranquille aisance, projetant en l'air des gouttelettes d'eau qui étincelèrent comme des diamants.

— Nous serons les premiers arrivés, je vous le garantis, lady Primrose.

La jeune femme ne sut comment interpréter le changement d'expression qu'elle venait de surprendre. Il n'avait reflété ni inimitié ni rancœur – mais il n'avait pas non plus reflété une joie débordante.

Elle n'eut cependant pas le temps de cogiter davantage. Lord Algernon avait tenu parole : ils étaient les premiers arrivés. Primrose grimpa sur le petit ponton, déçue des résultats de son interrogatoire. Elle n'avait rien appris pendant ce court voyage – si ce n'est qu'oncle Algernon était de santé robuste. Certes, ses cheveux grisonnaient, et certes, il ne manquait pas d'embonpoint, mais il était également grand et fort. Assez fort pour pousser Oliver sous les roues d'une chaise de poste.

Restait à déterminer s'il manquait suffisamment de scrupules pour accomplir un tel acte.

L'îlot était minuscule mais tout à fait charmant, avec ses fleurs sauvages qui poussaient dans la verdure. Une demi-douzaine de domestiques les avait précédés et des coussins jonchaient le sol, abrités de grands parasols, tout autour d'une nappe d'un blanc immaculé, déployée sur l'herbe.

— Oh ! s'exclama Primrose. Comme c'est joli !

— Oh ! Comme c'est joli ! s'exclama Mlle Warrington en applaudissant quand elle arriva un instant plus tard.

Primrose se maudit intérieurement d'avoir laissé échapper une exclamation aussi banale.

— Oh ! Comme c'est joli ! s'exclama Mlle Middleton-Murray en arrivant à son tour.

Bientôt imitée par Mlle Cheevers.

Et lady Warrington.

Et Mlle Carteris.

— Oh, comme c'est joli, murmura quelqu'un à l'oreille de Primrose.

Oliver.

— Ce n'est pas joli, l'informa-t-elle d'un ton acide. C'est charmant, surprenant et parfaitement délicieux !

— C'est ce que j'ai dit, soutint Oliver. C'est joli.

Ils éclatèrent de rire.

— Il faudrait que vous puissiez voir votre visage, Prim.

— Qu'a-t-il donc d'extraordinaire ?

Il sourit, l'œil pétillant de malice.

— On s'est trompé de prénom lorsqu'on vous a baptisée. C'est Rose qu'il aurait fallu vous appeler. Jolie, mais piquante.

Il fit glisser un doigt sur sa joue, puis se détourna, reportant son attention sur la nourriture.

Primrose rougit violemment. Jolie ? Oliver venait-il de lui dire qu'elle était *jolie* ?

Le mot n'avait plus le même sens quand il s'appliquait à elle. Il ne devenait pas subitement original, mais plutôt... flatteur.

Il avait dit aussi qu'elle était piquante, ce qui n'était *pas* un compliment. De fait, elle en fut légèrement piquée.

Primrose se frotta la joue et se dit qu'Oliver ne pensait pas vraiment ce qu'il avait dit. Il s'était contenté de la taquiner, comme il l'avait toujours fait et comme il le ferait toujours. Il devait déjà être en train de taquiner quelqu'un d'autre à l'instant même.

Elle le chercha du regard et l'aperçut au milieu d'un groupe d'aspirantes duchesses, occupé à pontifier en se rengorgeant.

Primrose l'observa un moment, partagée entre amusement et réprobation.

— Ollie fait encore son numéro, dit quelqu'un près d'elle.

Elle n'eut pas besoin de se retourner pour savoir que c'était Rhodes.

— Comment une femme peut-elle songer à l'épouser ? demanda-t-elle. Il se comporte en parfait imbécile !

Parfait imbécile ou pas, les demoiselles Warrington, Carteris et Middleton-Murray rivalisaient de gloussements et de battements de cils pour attirer son attention, chacune s'efforçant d'éclipser les autres.

— C'est un très beau parti, lui rappela Rhodes.

Primrose réprima un petit rire dédaigneux, mais la vérité, c'était qu'Oliver était un excellent parti. Il était duc, il était riche, et malgré cette stupide façon qu'il avait de plastronner, il était beau. Magnifique, même.

— Tu étais un beau parti, toi aussi – et tu l'es toujours ! –, mais aucune femme n'a jamais eu ce genre d'attitude avec toi.

— Parce que je ne me comporte pas comme Ollie. Crois-tu que je devrais ? demanda Rhodes en bombant le torse, adoptant une pose avantageuse.

Primrose lui donna une petite tape sur le bras.

— Je te le défends. Un seul de vous deux, c'est déjà plus qu'assez.

9

Le pique-nique se révéla étonnamment plaisant. Adossée aux coussins, Primrose se sentait détendue. L'îlot les avait tous envoûtés et ils se retrouvaient piégés dans un délicieux enchantement tissé de soleil et de brise légère, du chant des oiseaux et du bourdonnement paresseux des abeilles parmi les fleurs champêtres. Se concentrer sur lord Algernon exigeait un effort de sa part, mais elle persistait à l'observer tout en mordillant une tranche de jambon, en sirotant un verre de limonade ou en grappillant du raisin.

Lord Algernon souriait beaucoup, parlait beaucoup et riait beaucoup, mais à deux reprises elle le surprit en train de regarder Oliver et les deux fois, une expression étrange passa sur son visage.

Une expression qu'il lui sembla reconnaître.

Elle l'avait déjà vue, elle en était certaine. Mais où ? Et quand ?

Primrose fronça les sourcils et croqua un macaron. Il fondit dans sa bouche, la saveur du sucre et de la noix de coco se répandant sous son palais.

L'expression fugace de lord Algernon avait été sérieuse, solennelle même – mais que signifiait-elle ?

Elle avait beau chercher, elle n'arrivait pas à la déchiffrer. Mais elle était convaincue d'une chose : quelle que soit sa signification, cette expression n'était ni malveillante ni dangereuse. Lord Algernon ne souhaitait pas la mort de son neveu.

Primrose jeta un coup d'œil à Rhodes. Inutile d'être grand clerc pour deviner ce qu'il pensait. Son regard se perdait dans le vague, et ses yeux et son nez présentaient une roseur suspecte, comme s'il se retenait de pleurer.

Elle aurait aimé qu'Oliver soit auprès de son frère plutôt qu'au milieu d'une grappe de jeunes filles, car si quelqu'un avait le pouvoir de faire rire Rhodes, c'était bien lui. Il était doué pour rire. Il riait d'ailleurs à cet instant précis, tandis que Mlle Carteris ramassait des fleurs pour les attacher au bord de son chapeau.

Primrose observa les fleurs plus précisément. Jaunes, roses, bleues – et blanches.

Elle étudia Rhodes plus attentivement et le vit se frotter les yeux. Ils étaient encore plus rouges qu'avant, enflés et légèrement injectés de sang.

— Est-ce de la petite angélique ? demanda-t-elle à lady Cheevers en désignant les fleurs blanches, disséminées dans l'herbe.

Tout le monde, Rhodes y compris, se tourna vers elle.

— Ma foi, oui, acquiesça lady Cheevers. Je crois bien que c'est ainsi qu'on les nomme.

Rhodes marmonna ce qui ressemblait fort à un juron et se leva d'un bond.

— La petite angélique et moi ne faisons pas bon ménage, dit-il. Si vous voulez bien m'excuser, je vais regagner la maison.

Oliver et Primrose se levèrent en même temps.

— Je viens avec toi, déclarèrent-ils en chœur.

— Non, fit Rhodes. Je n'ai pas besoin d'escorte. Restez, ajouta-t-il avec un regard entendu à l'intention de sa sœur.

Primrose comprit le message : elle devait rester pour protéger Oliver, au cas où.

Un valet se chargea de faire traverser le lac à Rhodes pendant que les autres restaient sur l'île. Mlle Carteris amadoua habilement Oliver pour lui faire accepter quelques fleurs à la boutonnière de son habit. Elle les y glissa elle-même, Mlles Warrington et Middleton-Murray masquant de leur mieux leur jalousie.

Oliver jeta un coup d'œil à Primrose par-dessus la tête de Mlle Carteris et leva les yeux au ciel.

Mlle Warrington se redressa soudain.

— Lançons des cailloux pour faire des ricochets sur l'eau ! s'écria-t-elle. Je suis sûre que vous êtes très doué pour les ricochets, Westfell.

— Assez, répondit Oliver en adressant un clin d'œil à Primrose.

Il s'avança vers la rive, escorté de ses trois admiratrices, et se mit en quête de petites pierres plates. Primrose resta à sa place pour observer lord Algernon. De temps en temps, il jetait vers Oliver un coup d'œil amusé qui n'apprenait absolument rien à la jeune femme – et puis, juste au moment où elle s'apprêtait à abandonner pour aller cueillir des fleurs, lord Algernon recommença. Il gratifia Oliver de ce regard étrange, sérieux et solennel.

Primrose le dévisagea.

À quoi pensait-il quand il le regardait de cette façon ?

Elle vit lord Algernon pincer les lèvres, pas du tout d'un air fâché mais plutôt…

Brusquement, elle reconnut cette expression. C'était du regret.

Primrose fronça les sourcils et tâcha de comprendre en quoi le fait de regarder Oliver pouvait donner des regrets à lord Algernon. Il fallut un moment, mais la réponse lui apparut soudain comme une évidence.

— Oliver ressemble-t-il à son père ? demanda-t-elle alors que lord Algernon tendait la main vers une grappe de raisin.

— C'est son portrait craché, dit-il. Il a le même rire aussi. Je repense à Tristan chaque fois que je l'entends.

Primrose regarda Oliver et ses admiratrices qui s'amusaient à faire des ricochets sur l'eau. Mlle Carteris se révélait affreusement mauvaise à ce petit jeu et suppliait Oliver de lui montrer comment faire. Celui-ci bomba le torse et s'exécuta obligeamment. Il se rapprocha de la jeune femme et lui prit la main pour lui montrer l'angle à adopter et la façon de pivoter le poignet.

Mlle Carteris leva les yeux vers lui, son regard reflétant un charmant mélange de timidité et d'adoration. Elle l'écouta attentivement, hocha la tête à plusieurs reprises, puis lança sa pierre. Celle-ci coula à pic, et la jeune femme se tourna vers Oliver, profondément dépitée.

Primrose retint une envie de rire. Elle était certaine que l'échec avait été délibéré.

Cette fois, Oliver consacra plus de temps à sa démonstration, gardant le poignet de Mlle Carteris dans sa main pendant une bonne minute.

Primrose secoua la tête, admirant la ruse de la jeune femme. Un coup d'œil à ses rivales lui fit découvrir leurs petits sourires crispés.

Cette fois, Mlle Carteris réussit à faire ricocher son caillou. Elle bondit de joie et se tourna vers Oliver, radieuse et débordante de reconnaissance.

— Oh, merci, Westfell. Vous êtes si *intelligent*.

Le visage d'Oliver se plissa, et Primrose vit qu'il était à deux doigts d'éclater de rire.

— Je crois posséder un certain talent d'instructeur, déclara-t-il pompeusement.

Primrose ravala son propre rire et regarda les deux autres jeunes femmes pour voir comment elles prenaient les machinations de leur rivale. Mlle Warrington avait toujours son petit sourire crispé, mais Mlle Middleton-Murray dardait vers Mlle Carteris un regard chargé d'une telle haine que Primrose perdit soudain toute envie de rire.

La haine disparut instantanément et Mlle Middleton-Murray adressa un sourire suave à Mlle Carteris.

— Félicitations, dit-elle avant de battre des mains comme s'il lui venait soudain une idée. Que diriez-vous d'une compétition entre nous quatre ? Depuis le ponton ?

L'idée fut aussitôt adoptée, et le petit groupe partit vers le ponton. Après un moment, Primrose se mit debout. Le regard mauvais de Mlle Middleton-Murray l'avait perturbée.

Elle les suivit jusqu'au ponton, restant à l'ombre des saules pour les observer tandis qu'ils bavardaient en riant. Mlle Middleton-Murray brûlait d'envie de pousser à l'eau Mlle Carteris – Primrose le *voyait* clairement dans son attitude – mais elle avait aussi la sagesse de ne pas le faire ; au lieu de céder à son envie, elle déployait des trésors de gentillesse, de charme et de douceur. Elle s'apitoya sur le tir manqué de Mlle Warrington, se répandit en louanges sur un autre plus réussi, et quand Mlle Carteris lança une pierre qui ricocha huit fois de suite, elle battit des mains pour exprimer son ravissement.

— Bravo ! s'exclama-t-elle tout en glissant habilement son pied derrière celui de sa rivale, de façon à la faire trébucher quand elle reculerait.

Le piège, remarquablement tendu, fonctionna. Mlle Carteris recula, trébucha et perdit l'équilibre.

Si Primrose n'avait pas vu Mlle Middleton-Murray passer deux minutes à manœuvrer pour adopter la position idéale, elle aurait cru à un accident.

Mais ce n'était pas un accident, et seuls les bons réflexes d'Oliver évitèrent à Mlle Carteris de tomber à l'eau.

— Mon Dieu ! s'exclama Mlle Warrington. Vous allez bien ?

Mlle Carteris allait très bien, mais elle savait aussi reconnaître une occasion quand celle-ci passait à sa portée. Elle se pendit au cou d'Oliver, clamant qu'il l'avait sauvée de la noyade, et quand il tenta de se dégager, elle s'agrippa carrément à lui, feignant d'être prise de vertige.

Les deux autres demoiselles se mirent à papillonner inutilement autour d'elle, rivalisant de sollicitude.

— Je sais ce qu'il lui faut, déclara Oliver. Il faut qu'elle reste assise à l'ombre et qu'elle boive un verre de limonade.

— Oui, râla Mlle Carteris d'un filet de voix, les yeux levés vers lui. C'est exactement ce qu'il me faut. Mais… je ne suis pas sûre de pouvoir marcher.

Primrose rit sous cape.

Oliver souleva galamment Mlle Carteris dans ses bras.

Primrose observa Mlle Middleton-Murray pour voir sa réaction face à la tournure des événements – et surprit sur son visage une expression si haineuse qu'elle en frémit. Elle recula davantage sous l'ombre des saules.

Oliver s'avança, les bras chargés de son précieux fardeau, et Primrose, qui jouissait d'une vue imprenable sur le visage de Mlle Carteris, découvrit alors le sourire triomphant de la demoiselle.

10

Dès qu'elle fut de retour à la maison, Primrose s'empressa d'aller voir Rhodes. Elle le trouva étendu sur son lit, en chemise et pantalon, une compresse humide posée sur les yeux. Son valet, Benoît, lui faisait la lecture.

Il s'interrompit, se leva et s'inclina quand elle entra.

— Lady Primrose.

Le valet était français, jeune, au teint olivâtre et aux yeux sombres, et il s'exprimait avec un léger accent.

— Comment va-t-il ? demanda-t-elle.

— Beaucoup mieux, dit Rhodes.

Le valet grimaça discrètement, et Primrose comprit que Rhodes n'allait pas mieux. Elle s'avança dans la pièce.

— Puis-je voir ?

Le valet souleva la compresse et la mit à tremper dans la cuvette placée près du lit. Primrose saisit aussitôt le sens de sa grimace. Les yeux de Rhodes étaient enflés et injectés de sang.

— Ça te démange encore ?

— Affreusement. Où est Ollie ? demanda-t-il en regardant derrière elle. Tu ne l'as pas laissé seul, j'espère ?

— Il est entouré des Carteris pour l'instant, répondit Primrose. Quel remède employait notre nourrice pour soulager l'inflammation ? Est-ce que tu t'en souviens ?

— Bien sûr que non, gronda Rhodes. Cela remonte à des années ! Pardon, Prim, ajouta-t-il aussitôt. Je n'aurais pas dû hausser le ton.

Primrose balaya ses excuses d'un geste de la main. Rhodes leva la sienne dans l'intention de se frotter les yeux, mais il se ressaisit, se contentant de serrer les dents et les poings.

Primrose croisa le regard du valet et désigna la cuvette. L'homme replaça délicatement la compresse sur les yeux de Rhodes, qui contracta les poings un peu plus, puis les desserra avec un soupir.

— Tu voudras bien m'excuser auprès des Cheevers ? Je ne vais pas pouvoir assister au dîner.

— Veux-tu que j'envoie chercher un médecin ?

— Non. Inutile de t'inquiéter, Prim. Demain, ça ira mieux.

— Veux-tu que je reste avec toi ?

— Ce n'est pas la peine. Benoît me fait la lecture.

— Je pourrais dîner ici, proposa-t-elle. Pour te tenir compagnie.

— Ce n'est pas la peine, répéta Rhodes. Je préfère que tu tiennes compagnie à Ollie.

« Que tu veilles sur lui », voulait-il dire.

Primrose eut envie de lui expliquer qu'Oliver était en sécurité, car elle était désormais convaincue que ni lord Algernon ni son fils n'avaient tenté de le tuer. Mais la présence du valet l'en empêcha.

De retour dans sa chambre, Primrose verrouilla sa porte. Le valet de Rhodes était remarquablement efficace, mais il était aussi très jeune. Et il ne savait pas plus qu'elle comment soigner les yeux du marquis de Thayne. Il lui fallait trouver quelqu'un qui connaisse un remède.

Elle noua ses mains et imagina le boudoir de sa mère dans le Gloucestershire, avec sa méridienne, son secrétaire en bois de rose et son joli paravent peint à la main.

Un paravent qui avait été dressé dans un coin de cette pièce rien que pour elle.

Elle prit une longue inspiration et formula mentalement le souhait de se trouver là-bas – dans le boudoir de sa mère, derrière ce paravent.

Un instant plus tard, elle s'y trouvait.

Il y eut un moment de vertige familier, où elle eut l'impression que le monde s'était renversé et tournait à l'envers, puis tout se stabilisa.

Elle risqua un œil prudent de l'autre côté du paravent.

Le boudoir était désert.

Primrose prit le temps de rassembler ses pensées. Dans sa tête, elle élabora une image du bureau de son père : les étagères de livres et de registres, le bureau, le fauteuil près du feu et le paravent dans le coin le plus sombre.

Elle formula mentalement le souhait de s'y trouver.

Quand elle jeta un coup d'œil de l'autre côté du paravent, elle vit un homme assis à la table, la tête penchée, occupé à écrire. Son père, Frazier Garland, duc de Sevenash.

— De l'eau de rose, dit Primrose au valet de Rhodes vingt minutes plus tard. Vous le soulagerez avec des compresses imprégnées d'eau de rose. Et vous pouvez aussi préparer une infusion de feuilles de camomille. Une fois qu'elle sera refroidie, vous baignerez ses yeux avec.

— Je m'en occupe tout de suite, dit le valet en se dirigeant vers la porte.

Quelqu'un frappa avant qu'il ait eu le temps de l'atteindre. C'était Oliver. Celui-ci resta un instant immobile sur le seuil, figé dans une pose avantageuse, le buste saillant, une main calée sur la hanche.

— Vous avez sous les yeux l'homme le plus beau, le plus courageux et le plus fascinant de toute l'Angleterre.

Rhodes ricana bruyamment. Le valet mordit sa lèvre, ravalant un sourire.

— Qui vous a dit ça ? demanda sèchement Primrose. Mlle Carteris ?

— Naturellement. Je lui ai sauvé la vie, vous savez, ajouta-t-il en pénétrant dans la chambre.

Primrose attendit que le valet soit sorti pour reprendre la parole.

— Vous êtes un niais, Daisy.

Oliver afficha un air offensé.

— Un héros, corrigea-t-il. Je suis un *héros*.

Rhodes souleva la compresse qui couvrait ses yeux.

— Mais de quoi parlez-vous donc ?

Primrose se chargea de lui raconter brièvement la fin du pique-nique, tandis qu'Oliver s'approchait d'un fauteuil placé devant la cheminée et s'y laissait choir avec un soupir théâtral.

— Épousez-moi, Prim, dit-il. Sauvez-moi de Mlle Carteris et de ses compliments.

— Vous êtes un héros, lui rappela-t-elle d'un ton aigre. Vous n'avez qu'à vous sauver vous-même.

Oliver gémit et tâta délicatement son front.

— Il y a une limite aux compliments qu'un homme est en mesure de recevoir. Je crois que ma tête est sur le point d'exploser.

— Vous êtes le plus grand nigaud de toute l'Angleterre, marmonna Primrose.

— Ah, soupira Oliver en se massant les tempes. Ça soulage un peu. Encore, s'il vous plaît, Prim.

— Un grand dadais, dit-elle d'un ton sévère. Un jobard. Un simplet.

— Un simplet ! s'exclama Oliver en baissant les mains. Est-ce que vous venez de me traiter de simplet ?

— Pourquoi ? Pensez-vous ne pas en être un ? répliqua-t-elle, incapable de s'empêcher de lui sourire de toutes ses dents.

Oliver lui renvoya son sourire.

— Je sais que j'en suis un, admit-il en poussant un long soupir de béatitude. Merci, Prim. Je ne sais pas ce que je ferais sans vous. Ah ! Je me sens comme neuf.

Il bondit du fauteuil, la souleva dans ses bras et lui fit faire un tour complet.

— Oliver ! glapit-elle en s'agrippant à ses épaules. Reposez-moi, espèce d'empoté !

— Empoté, dit-il d'un ton approbateur. Bien joué, Prim.

Il la souleva encore plus haut et lui fit faire un nouveau tour.

Primrose découvrit qu'elle riait. Aucun homme n'avait jamais osé la soulever dans ses bras, et encore moins la faire tournoyer ainsi. Oliver lui infligea encore un tour et elle eut l'impression, pendant un court instant, de ne plus être elle-même, mais quelqu'un de beaucoup plus jeune et insouciant.

Agrippée aux épaules d'Oliver, elle baissa les yeux sur son visage et son souffle se bloqua dans sa gorge. Son cœur se mit à battre plus vite et ce n'était pas parce qu'il l'avait fait tourner, mais à cause de la tiédeur de ses bras autour de sa taille, de sa force tranquille, de son humeur joueuse, de son sourire et du rire qui faisait briller ses yeux. Des yeux mi-verts, mi-ocre, étincelant de paillettes d'or.

Elle se révéla incapable de retrouver son souffle et s'étrangla sur son rire.

Mlle Carteris se trompait ; Oliver n'était pas le plus bel homme d'Angleterre – mais c'était sans conteste le plus attirant.

— Lâche ma sœur, espèce de balourd, lança Rhodes.

Il jeta un oreiller sur lui, mais manqua sa cible.

Oliver laissa la jeune femme reposer les pieds par terre et fit claquer un baiser sonore sur chacune de ses joues.

— Merci, Prim. Vous êtes le parfait antidote à Mlle Carteris.

Primrose se sentit rougir et lissa ses jupes avec des mains légèrement tremblantes.

— Vous êtes abominable, grommela-t-elle.

— Je sais, répondit joyeusement Oliver avant de se tourner vers Rhodes. Alors, vieille branche, tes yeux vont-ils jaillir de leurs orbites ? demanda-t-il en ramassant l'oreiller tombé par terre pour le relancer sur lui.

Rhodes esquiva le tir, attrapa un autre oreiller et le projeta. L'oreiller atteignit Oliver en plein torse. Il accusa le coup d'un grand « ouf » et chancela en arrière en moulinant des bras. Ses jambes cédèrent. Il s'écroula théâtralement sur le sol.

Primrose faillit leur dire qu'ils se comportaient comme des enfants, mais ne le fit pas parce que Rhodes riait et qu'elle était heureuse de le voir de bonne humeur. Elle les abandonna donc à leurs jeux puérils et sortit dans le couloir. Une fois la porte refermée, elle resta un instant immobile. Ses joues étaient brûlantes.

Oliver l'avait embrassée.

Pas *vraiment* embrassée, bien sûr, mais ces deux baisers s'étaient révélés différents des bises strictement amicales et fraternelles auxquelles elle était habituée.

Elle toucha d'abord une joue, puis l'autre, et prit soin de mémoriser l'événement. Ce serait peut-être la seule et unique fois qu'Oliver l'embrasserait.

Un nœud se logea douloureusement dans sa poitrine à cette pensée. Pour la première fois de sa vie, elle eut la sensation qu'il lui manquait quelque chose. Une chose qu'elle n'arriverait peut-être jamais à avoir.

Cette idée la dérangeait.

« Attends une minute », se reprit-elle sévèrement.

Qu'est-ce qui lui prenait de se laisser guider par ses émotions ? Elle ne voulait *pas* épouser Oliver.

N'est-ce pas ?

Primrose fronça les sourcils et se dirigea vers sa chambre, située dans une autre partie de la maison, les Cheevers ayant prudemment séparé leurs invités. Les gentlemen célibataires – Rhodes et Oliver, lord Algernon et Ninian Dasenby – résidaient dans l'aile nord, tandis que les dames non mariées ainsi que leurs parents étaient logés dans l'aile sud.

Elle traversa une longue galerie de portraits, puis une autre galerie – plus petite et ensoleillée, qui aurait été parfaite pour lire avec ses fauteuils à haut dossier qui semblaient faits pour s'y lover – et atteignit finalement l'aile sud. Un court escalier permettait d'y accéder – quatre marches, qu'elle grimpa. Un couloir s'étendait de part et d'autre du palier. Elle tourna à gauche… et faillit entrer en collision avec Mlle Middleton-Murray.

— Oh ! s'écria-t-elle, surprise.

— Lady Primrose.

L'autre recula spontanément, puis fit une petite révérence.

— Mademoiselle Middleton-Murray, dit froidement Primrose avant de lui adresser un bref hochement de tête et de reprendre son chemin.

Arrivée à la porte de sa chambre, elle se retourna. Mlle Middleton-Murray se tenait toujours en haut des marches. Attendait-elle quelqu'un ? Mlle Carteris ?

Primrose repensa à ce qu'elle l'avait vue faire sur le ponton et frissonna. Puis se réprimanda. Mlle Middleton-Murray n'allait quand même pas pousser sa rivale dans l'escalier. D'une part, elle n'était pas stupide. D'autre part, une chute du haut de quatre marches ne pouvait être bien méchante.

Une fois qu'elle eut retrouvé l'intimité de sa chambre, sa réaction aux baisers d'Oliver lui parut ridicule. Deux bises sur les joues, et la tête lui tournait !

— Ce n'est pas Oliver le nigaud, dit-elle à voix haute. C'est moi qui suis la nigaude.

Elle s'avança jusqu'à la fenêtre et contempla la roseraie, avec ses allées sinueuses et ses fontaines chantantes, ses coins ensoleillés et ses recoins plus sombres...

Prisés des amoureux.

Elle regarda M. Dasenby et Mlle Cheevers se promener parmi les rosiers pendant une minute et se dit qu'elle allait un peu vite en besogne en employant le terme « amoureux » Un espace très convenable séparait Dasenby de Mlle Cheevers. Et Primrose vit de la défiance dans la façon dont il se tenait et lui parlait ; de la timidité dans la façon dont sa compagne répondait.

Pourquoi diable avait-elle toujours considéré Ninian Dasenby comme un dandy sans substance ?

Cette journée lui avait appris à le voir autrement. Certes, il n'était pas comme les autres Dasenby. Tous ceux qu'elle avait rencontrés avaient un point commun : une très grande assurance. Sauf Ninian. Ninian n'avait pas l'esbroufe de son père, ni sa nature joviale. Il n'avait pas non plus l'assurance insouciante d'Oliver. Ni l'arrogance de ses défunts cousins.

Il était timide. Presque aussi timide que Chloé Cheevers. Il s'arrangeait simplement pour mieux le cacher, derrière des vêtements d'un goût exquis et une attitude élégante.

Primrose les regarda cheminer sans se toucher, se contentant de bavarder, et sut qu'elle n'était pas témoin d'un flirt mais des premiers pas hésitants vers un terrain d'entente. Peut-être même un mariage...

Une sensation étrangement douloureuse enserra sa poitrine, et elle la reconnut pour ce qu'elle était.

— De l'envie, murmura-t-elle, les yeux rivés sur les deux silhouettes qui s'éloignaient.

Quand elle avait eu l'âge de Mlle Cheevers, elle avait envisagé le mariage comme un événement susceptible de lui arriver. Mais elle savait désormais qu'elle ne se marierait sans doute jamais, parce qu'elle avait des idéaux. Des idéaux élevés. Trop, peut-être.

Ses idéaux ne concernaient ni les apparences, ni la fortune, ni le titre ; il s'agissait d'idéaux intellectuels. Primrose voulait épouser un penseur. Un homme avec qui elle pourrait parler d'idées, de philosophie, d'histoire et de science, de la vie et de la mort et de tout ce qu'il y avait entre les deux.

Voilà pourquoi sa réaction aux baisers d'Oliver était aussi ridicule.

Oliver n'était *pas* un penseur. Personne n'aurait osé prétendre le contraire, à commencer par lui-même.

Il possédait cependant un don : le rire. Une fabuleuse aptitude au bonheur, doublée de la faculté de le répandre autour de lui. Ce qui était sans doute aussi important pour la bonne marche du monde qu'une pensée élevée.

11

Primrose passa le reste de l'après-midi à lire. À l'heure du dîner, le souvenir des baisers d'Oliver s'était si bien estompé qu'elle fut en mesure de le ranger dans son esprit comme un incident trivial. Et quand elle s'habilla pour le dîner, elle se sentit merveilleusement calme et rationnelle. En guise de bijoux, elle ne choisit ni diamants ni perles, mais le minuscule pendentif en or qui lui venait de son arrière-arrière-grand-mère. En partie parce qu'elle n'essayait pas de briller ni d'éclipser qui que ce soit, mais essentiellement parce que c'était le bijou qu'elle préférait.

Elle passa voir Rhodes avant de descendre et trouva son valet occupé à baigner ses yeux avec une infusion de camomille.

— Ollie est déjà descendu, lui apprit son frère d'un ton hargneux.

Primrose comprit le sous-entendu – « tout seul » – et réalisa qu'elle n'avait pas encore eu l'occasion de lui dire que les deux derniers parents vivants d'Oliver ne cherchaient pas à le tuer.

— Je le retrouverai donc en bas, se contenta-t-elle de répondre, du fait de la présence de Benoît.

Elle trouva effectivement Oliver au salon. En compagnie de tous les autres invités. L'ambiance lui parut étrangement morose. Les yeux de Chloé Cheevers semblaient rougis, comme si elle avait pleuré.

— C'est tout à fait épouvantable, disait lady Cheevers en se tordant les mains, visiblement agitée.

Leur hôtesse était coiffée d'un nouveau turban de crêpe bleu, bordé de pampilles de perles.

Lady Warrington secoua la tête d'un air mélancolique.

— La pauvre enfant. C'est vraiment affreux. Il ne faut jamais courir dans les escaliers.

Un frisson d'appréhension traversa Primrose.

— Que s'est-il passé ?

— La pauvre Mlle Carteris a trébuché dans l'escalier.

Primrose sentit sa bouche se dessécher.

— Est-ce qu'elle est *morte* ? demanda-t-elle, cherchant du regard Mlle Middleton-Murray – qu'elle aperçut, assise sur le canapé, l'air solennel.

— Oh, non, s'empressa de répondre lady Cheevers. Rien d'aussi dramatique, lady Primrose. Mais elle s'est cassé le poignet, la pauvre chérie. Ses parents l'ont ramenée à Londres.

Une étincelle de jubilation fit pétiller le regard de Mlle Middleton-Murray – mais cela ne dura qu'une fraction de seconde.

— L'a-t-on poussée ? ne put s'empêcher de questionner Primrose.

— Poussée ? répéta lady Cheevers d'un ton choqué. Bien sûr que non ! Elle s'est pris les pieds dans l'ourlet de sa robe.

Du fait de l'absence de Rhodes et du départ des Carteris, il y eut quatre convives en moins à la table du dîner. Les dames restaient plus nombreuses que les messieurs, et Primrose se retrouva avec lady Warrington assise à sa gauche.

Heureusement, celle-ci se révéla très bavarde. Dès la fin du premier plat, Primrose avait appris que l'escalier dans lequel Mlle Carteris avait chuté était bien celui près duquel elle avait vu rôder Mlle Middleton-Murray.

Après le deuxième plat, elle savait que Mlle Carteris avait emprunté cet escalier pour se rendre au rez-de-chaussée, où elle devait retrouver Mlle Middleton-Murray pour travailler un duo.

— Toutes deux ont d'assez jolies voix, mais je trouve que mon Emma les surpasse. Elle possède un talent vraiment supérieur.

Lady Warrington parlait d'un ton empreint d'une suffisance qui rappela à Primrose les postures avantageuses prises par Oliver un peu plus tôt.

— Emma a eu les meilleurs professeurs, bien sûr. J'y ai personnellement veillé. Aucune jeune fille n'est véritablement accomplie si elle ne sait ni chanter ni jouer d'un instrument de musique. Les parents qui négligent l'instruction musicale de leurs filles m'inspirent le plus grand mépris. Vraiment.

Lady Warrington dut soudain se rappeler que Primrose n'était absolument pas musicienne – et qu'elle était fille de duc –, car elle devint soudain rouge comme une betterave.

Primrose faillit éclater de rire. Elle mordit l'intérieur de ses joues et souhaita qu'Oliver ait entendu ce commentaire. Comme il devait s'amuser, si c'était le cas !

Ce soir-là, au lieu de performances musicales, on joua aux cartes. Lord et lady Warrington disputèrent une partie de pamphile[1] contre lord et lady Cheevers, tandis que les autres s'assemblaient autour d'une table pour une partie de spéculation[2]. Primrose était plus intéressée par les participants que par le jeu lui-même. Elle ne s'en était jamais rendu compte auparavant, mais on pouvait dire beaucoup de choses du caractère d'une personne en la regardant jouer aux cartes. On pouvait ainsi classer les joueurs de spéculation en trois groupes distincts. Il y avait les prudents comme Ninian Dasenby, les audacieux comme Oliver, qui riaient autant s'ils perdaient que s'ils gagnaient, et enfin les ambitieux qui tenaient absolument à gagner.

Lord Algernon et Mlle Middleton-Murray appartenaient à cette dernière catégorie. Ni l'un ni l'autre n'aimait perdre. En cas de défaite, les lèvres de lord Algernon devenaient plus minces et le rire de Mlle Middleton-Murray montait dans les aigus.

Primrose s'excusa au bout de trois parties, prétextant qu'elle voulait aller voir comment se portait Rhodes. Oliver recula sa chaise.

— Je vous accompagne.

Un valet de pied se trouvait dans le couloir, aussi Primrose attendit-elle qu'ils aient atteint le vestibule pour s'adresser à lui.

— Oliver…

---

1. Également nommé lanturlu ou jeu de la bête, il s'agit d'un jeu de cartes basé sur le même principe que le pouilleux ou le mistigri. *(N.d.T.)*

2. Jeu de cartes très à la mode à la fin du XVIIIe et au début du XIXe siècle en Angleterre, qui se pratiquait dans les salons et dans le cadre familial. Ce jeu revêt un rôle important dans *Mansfield Park* de Jane Austen, où le comportement des joueurs éclaire le caractère de certains protagonistes. *(N.d.T.)*

Il lui prit le coude et se pencha vers elle.

— Prim, vous devez être prudente, dit-il à voix basse d'un ton urgent.

— Moi ? s'étonna Primrose avec un battement de cils.

Il l'entraîna dans un coin sombre et baissa la tête pour chuchoter à son oreille.

— Mlle Middleton-Murray a volontairement fait tomber Mlle Carteris dans l'escalier.

— Vous l'avez vue faire ? Pourquoi n'avoir rien dit ?

Il secoua la tête.

— Je ne l'ai pas vue, mais je suis certain qu'elle l'a fait. J'ai su que c'était une harpie dès le premier instant.

— J'ignorais que c'en était une jusqu'à ce midi. Mais quand Mlle Carteris a failli tomber du ponton, ce n'était pas un accident : elle lui a fait un croche-pied.

— Je m'en doutais, dit-il. Que savez-vous d'elle, Prim ?

— C'est la filleule de lord Cheevers. Je crois que sa situation financière n'est pas des meilleures, car les Cheevers s'étaient engagés à parrainer ses débuts cette année, mais l'épidémie de rougeole les en a empêchés.

— Je ne vous suis pas.

— D'après ce que j'ai compris, lady Cheevers et Chloé ont attrapé la rougeole. Et comme elles n'ont pas pu aller à Londres, Mlle Middleton-Murray n'a pas pu y aller non plus. Elle va devoir attendre l'année prochaine.

— Elle n'a clairement pas envie d'attendre, commenta Oliver. Elle veut trouver un époux au plus vite, quitte à éliminer la concurrence.

— Tout à fait.

Primrose frissonna en repensant à l'escalier et au poignet brisé de Mlle Carteris. Oliver pressa son bras d'un geste rassurant.

— Alors, vous serez prudente, n'est-ce pas ?

— Ce ne sera pas nécessaire, dit Primrose. Elle sait que je ne suis pas une rivale. Je suis trop vieille.

— Trop vieille ? répéta-t-il en haussant les sourcils.

— J'ai vingt-sept ans, Oliver. Ce qui fait de moi une vieille fille.

Il s'esclaffa bruyamment.

— Qui donc se rend coupable d'hyperbole, cette fois-ci ?

Primrose ignora ce commentaire.

— Mlle Middleton-Murray sait très bien que vous ne m'épouserez jamais. Tout le monde le sait.

— Ah. Vraiment ?

— Évidemment !

— Je vois mal comment ils peuvent savoir cela, alors que je n'en sais rien moi-même.

Le cœur de Primrose fit un drôle de petit bond dans sa poitrine.

— Mais si, vous le savez.

— Non, je n'en sais rien. Mais c'est sans importance, Prim. L'essentiel, c'est que vous me promettiez d'être prudente, ajouta-t-il en pressant de nouveau son bras.

Primrose eut soudain une conscience aiguë de la force de ses doigts, du fait qu'ils étaient très près l'un de l'autre, et de l'intimité de la situation – dans un recoin obscur du vestibule, occupés à faire des messes basses. Elle sentit ses joues s'échauffer.

Oliver la secoua légèrement.

— Promettez-le-moi.

Le ton était sévère, presque dur. Pour la première fois depuis son retour en Angleterre, il venait de parler comme un soldat.

— Je promets d'être prudente, dit Primrose sans chercher à se dégager de son étreinte alors qu'elle aurait dû le faire.

Ils restèrent ainsi un moment, la main d'Oliver sur son bras. Elle pouvait l'entendre respirer et humer son parfum – bois de santal.

Son cœur se mit à battre plus vite. Une idée folle lui passa soudain par la tête : s'apprêtait-il à l'embrasser ?

Il lâcha son bras et recula.

— J'aimerais inspecter cet escalier où est tombée Mlle Carteris, dit-il.

— Je sais où c'est arrivé, répondit Primrose en frottant son bras, là où la main d'Oliver avait tiédi sa peau.

Après qu'ils furent passés voir Rhodes, Primrose montra l'escalier à Oliver. Seulement quatre marches.

Mais suffisant pour se casser le poignet.

Ils s'attardèrent en haut des marches, là où Primrose avait vu rôder Mlle Middleton-Murray. Le couloir était désert, seulement éclairé par les chandelles des appliques murales.

— Ma chambre est par là-bas, dit-elle en pointant le doigt vers la gauche. Tout comme celle des Carteris et des Warrington. Les chambres des Middleton-Murray sont de ce côté, ajouta-t-elle en désignant la droite.

Alors qu'elle effectuait ce geste, elle aperçut une alcôve qu'elle n'avait pas remarquée auparavant – vide, bien que normalement destinée à accueillir une statue.

— Restez où vous êtes, dit-elle.

Elle se dirigea vers l'alcôve, située à trois pas de l'escalier, grimpa à l'intérieur et se plaça dos au mur.

— Est-ce que vous pouvez me voir ? demanda-t-elle.

— Pas du tout, répondit Oliver.

Elle sortit de l'alcôve et revint près de lui.

— Mlle Carteris a trébuché. Peut-être sur l'ourlet de sa robe, mais plus probablement...

— Sur un fil qu'on aura tendu, dit-il.

Primrose hocha la tête, heureuse qu'ils soient parvenus à la même conclusion.

— Si Mlle Middleton-Murray se tenait dans cette alcôve, prête à tirer sur une extrémité de ce fil...

— L'autre extrémité devait forcément être attachée à ce pilastre, dit Oliver en s'accroupissant pour examiner le pied dudit pilastre. C'est là que je l'attacherais si je voulais tendre un piège, ajouta-t-il en pointant le doigt. À hauteur de cheville. Et regardez comme c'est commode... il y a justement une rainure au bon endroit.

Primrose s'accroupit à côté de lui. Ils étaient si proches que leurs bras se touchaient. Elle perçut à nouveau le bruit de sa respiration, sentit sa chaleur et décela son parfum.

Elle examina attentivement la base du pilastre et désigna un endroit.

— Est-ce une éraflure ?

Oliver plissa les yeux.

— Difficile à dire, avec cet éclairage.

— Oui, c'est bien une éraflure, affirma Primrose. Je parie qu'elle a ensuite coupé le fil avec des ciseaux. Défaire un nœud aurait demandé trop de temps.

— Bien vu, approuva Oliver en se redressant.

Il regarda vers le bas des marches, les mains sur les hanches. Primrose resta accroupie, tâchant d'imaginer ce qui avait pu se passer.

— Elle a attaché le fil à ce pilastre et l'a laissé reposer sur le sol. Il devait être pratiquement invisible, dit-elle.

Oliver acquiesça.

— Elle a ensuite attendu dans l'alcôve la venue de Mlle Carteris, et elle a tiré sur le fil.

Il hocha à nouveau la tête.

— Et une fois que Mlle Carteris est tombée, elle a coupé le fil aussi vite qu'elle a pu, et elle a filé.

Oliver approuva une troisième fois.

— Vous savez, dit-elle d'un ton pensif, si je devais tendre ce genre de piège, je m'y prendrais à l'avance. Mlle Carteris était juste montée chercher une partition ; elle n'a pas dû rester dans sa chambre plus d'une minute.

Oliver lui jeta un coup d'œil. Elle continua :

— J'attacherais le fil à l'avance, en le cachant bien derrière le pilastre. Ainsi, le moment venu, il ne me faudrait qu'une seconde pour tendre le fil jusqu'à l'alcôve.

Il réfléchit, son regard passant du pilastre à l'alcôve, et hocha encore la tête.

— Il n'y a aucune preuve, bien sûr, précisa Primrose en se relevant.

— Non. Ce ne sont que des suppositions. Mais je suis sûr qu'elle l'a fait.

Elle partageait cette certitude.

— Prim, vous devez faire très attention. Elle peut recommencer. Promettez-moi que vous...

— Je regarderai dans l'alcôve avant de descendre l'escalier. À chaque fois. C'est promis.

Oliver n'eut pas l'air rassuré, et son regard retourna se poser au pied du pilastre.

— Je vous rappelle que vous êtes plus en danger que moi, dit Primrose. Ce n'est pas moi qu'on a essayé de pousser sous les roues d'une voiture.

Le visage d'Oliver se tordit sur une brève grimace.

— Je ne pense pas que ce soit votre oncle qui vous ait poussé, ajouta-t-elle. Pas plus que Ninian.

— Moi non plus. Qu'est-ce qui vous a fait changer d'avis ? demanda-t-il en la considérant d'un air intrigué.

— Je vous dirai cela demain. Nous en parlerons avec Rhodes.

— Entendu. Bonne nuit, Prim. Et pour l'amour du ciel, soyez prudente !

— Je le serai. Bonne nuit, répondit-elle en le regardant s'éloigner depuis la plus haute marche du petit escalier.

12

Quand Oliver frappa à la porte de Rhodes le lendemain matin, il le trouva parfaitement rétabli. Ils descendirent prendre le petit déjeuner ensemble.

— Il faudra que nous parlions avec Prim, tout à l'heure, dit Oliver.

Mais au cours du petit déjeuner, lord Cheevers proposa aux messieurs de faire un tour à cheval, et quand ils revinrent de promenade, Primrose n'était visible nulle part. Toutes les autres femmes semblaient également avoir disparu.

— Ces dames visitent la maison, leur apprit un domestique.

Ce qui signifiait qu'elles pouvaient se trouver dans l'une des deux cents pièces de Cheevers Court.

Ninian s'approcha timidement d'Oliver pour lui faire savoir qu'il aimerait s'entretenir avec lui, et suggéra d'aller faire quelques pas dans le parc. Oliver accepta, intrigué. Mais Rhodes leur emboîta le pas et pendant vingt minutes, Ninian parla exclusivement des changements qu'Oliver pourrait apporter à Westfell House, maintenant qu'il était duc.

Primrose était toujours absente à leur retour, aussi Oliver accepta-t-il d'aller tirer quelques lapins quand son oncle Algy le lui proposa.

— Je vous accompagne, décréta Rhodes.

— Il ne vaudrait mieux pas, dit oncle Algy. Vos yeux...

— Je suis parfaitement rétabli, annonça Rhodes d'un ton joyeux. Et je prendrai soin d'éviter la petite angélique.

Il les accompagna donc, ne quittant pas Oliver d'une semelle. Bien que celui-ci apprécie que son ami s'inquiète pour lui, il ne pouvait s'empêcher de trouver cela pénible. D'autant plus qu'il avait l'impression qu'oncle Algy aurait voulu lui parler seul à seul.

Une fois qu'ils eurent chacun tué un lapin et les eurent remis au garde-chasse pour qu'il les apporte en cuisine, ils rentrèrent au manoir et trouvèrent les dames revenues de leur expédition.

— Où diable étiez-vous donc passée ? lança Oliver à Primrose quand ils passèrent à table.

— Oh, partout ! Au belvédère, au jardin d'hiver, dans les appartements royaux...

Oliver baissa la voix de façon que Mlle Cheevers, assise en face d'eux, ne puisse l'entendre.

— Il faut que nous parlions avec Rhodes de toute urgence, Prim. Il me rend fou.

— Je dois faire une promenade à cheval après le déjeuner. Disons à mon retour ? Vers 16 heures ?

— Avec qui faites-vous cette promenade ? demanda Oliver, contrarié.

— Avec ces dames.

— Ne pouvez-vous pas décliner ?

— Non, c'est moi qui ai lancé l'idée. Navrée.

Oliver fut donc contraint de se résoudre à son sort, et Rhodes ne le quitta pas des yeux de l'après-midi. Quand oncle Algy proposa de lui montrer le belvédère – dans ce qui était clairement une nouvelle tentative de s'entretenir en privé avec son neveu –,

Rhodes insista pour les accompagner. La vue depuis ce perchoir se révéla superbe. Il offrait une vue panoramique sur le domaine, le village, et ce qui restait de la forêt de Wychwood, mais le parapet était bas et Rhodes resta collé à lui, empêchant oncle Algy de l'approcher. Oliver endura la situation en serrant les dents. Et endura le chemin du retour dans les différents escaliers, Rhodes veillant toujours à rester entre lui et son oncle. Retrouver la terre ferme lui fut un véritable soulagement. Il vérifia l'heure à sa montre : 14 h 45.

À 14 h 50, Ninian proposa une partie de billard à Oliver. Rhodes les suivit comme un petit chien.

— Je viens en spectateur, clama-t-il.

Oliver serra les dents une fois de plus. Qu'est-ce que Rhodes s'imaginait ? Que Ninian allait l'empaler avec une queue de billard ?

Alors qu'ils se trouvaient dans la salle de billard, la porte s'ouvrit. Oncle Algy passa la tête dans l'entrebâillement.

— Ah, te voilà, Oliver, dit-il en s'avançant avec un grand sourire. Je voulais te donner ceci. Je me souviens que ton père en avait une semblable et quand je l'ai vue, je n'ai pas pu m'empêcher de l'acheter pour toi.

Il tendit une petite tabatière en écaille de tortue sertie d'or. Oliver ne prisait pas, mais il savait se montrer poli.

— Merci, mon oncle. Elle est très jolie.

Oncle Algy sourit, visiblement content de lui.

— Vas-y, essaye-la. C'est le mélange que préférait ton père. Spanish Bran et Macouba.

Oliver avait senti Rhodes se raidir et s'ils avaient été seuls, il lui aurait conseillé de se détendre. Pour l'amour du ciel, ce tabac à priser n'était pas empoisonné !

— Puis-je l'essayer ? demanda Rhodes.

Oliver sut alors que s'il lui donnait la tabatière, son ami s'arrangerait pour en faire tomber le contenu par terre.

— Puis-je l'essayer aussi, cousin ? s'enquit Ninian d'un ton mal assuré, derrière son épaule.

Oliver tendit la tabatière à son cousin. Ninian examina l'extérieur de la boîte, puis fit gauchement jouer le petit loquet, réussissant ainsi à ouvrir la tabatière *et* à en faire tomber le contenu par terre en même temps.

Les grains de tabac à priser se répandirent partout.

Oliver leva les yeux au ciel, puis éclata de rire.

Ninian ne rit pas. Il était rouge de mortification. Oncle Algy ne riait pas non plus ; il semblait furieux. Seul Rhodes parut satisfait.

— Je suis navré, dit Ninian. J'ai un pot de tabac à priser. Je vais aller la regarnir pour vous, annonça-t-il en ramassant la tabatière avant de quitter précipitamment la pièce.

Oncle Algy sonna un valet pour qu'il vienne nettoyer, et le pauvre homme éternua six fois en balayant les grains.

Ninian revint et rendit la tabatière à Oliver.

— J'enverrai quelqu'un en ville pour acheter le mélange de votre père.

— Ne vous donnez pas cette peine, dit Oliver. Je ne suis pas un connaisseur, je ne ferais même pas la différence.

Rhodes tendit la main.

— Puis-je essayer ? demanda-t-il, et Oliver se sentit gagné par une puissante impression de déjà-vu.

Il remit la tabatière à Rhodes et le regarda, résigné, refaire exactement ce que Ninian avait fait : ouvrir maladroitement la boîte et en renverser le contenu par terre.

Rhodes ne rougit pas de mortification, mais fit quand même l'effort de paraître embarrassé. Et il pouvait l'être.

Ninian laissa échapper un glapissement de rire, puis s'empourpra à nouveau – sans doute parce qu'il venait de rire d'un marquis.

— Je vais la remplir, annonça-t-il en se baissant pour ramasser la boîte.

— Non, merci, fit Oliver. Je crois que nous avons renversé assez de tabac à priser pour la journée.

Il prit la tabatière vide que lui tendait Ninian et la fourra dans sa poche.

— Merci, mon oncle, c'est un présent très attentionné. J'en prendrai grand soin, dit-il avant de ponctuer cette promesse d'un éternuement.

Quelques secondes plus tard, Rhodes éternua à son tour.

Puis Ninian.

Oncle Algy n'éternua pas. Il affichait un petit sourire pincé, et Oliver fut soulagé quand il aperçut Primrose sur le seuil.

— Vous revenez de bonne heure, remarqua-t-il.

— Il s'est mis à pleuvoir, répondit-elle en s'avançant dans la pièce. Quelle est donc cette odeur ? demanda-t-elle en plissant le nez.

— Du tabac à priser. Si vous voulez bien nous excuser, mon oncle, mon cousin. Rhodes et moi avons à nous entretenir avec Mlle Primrose de façon assez urgente.

Il saisit la jeune femme par le coude et l'entraina hors de la pièce, Rhodes leur emboîtant le pas.

— Si tu n'étais pas mon meilleur ami, je jure devant Dieu que je te tuerais, dit Oliver quand ils eurent enfin trouvé un endroit tranquille pour parler – ce qui n'avait pas été facile.

Ils avaient d'abord essayé la bibliothèque, mais lady Warrington y lisait le dernier numéro du *Ladies' Monthly Museum*. Au salon, la gouvernante arrangeait des vases de fleurs fraîches, et des valets dressaient la table dans la salle à manger. Mlle Warrington jouait du piano dans le salon de musique. Lady Cheevers et sa fille occupaient le salon jaune et Mme Middleton-Murray et sa fille, le salon bleu. Lord Warrington et lord Cheevers jouaient au piquet dans la salle de jeu. Même dans la salle à manger du matin, deux femmes de chambre astiquaient les petites cuillères.

Primrose avait alors pris les choses en main. Elle leur avait fait traverser le vestibule – pour la troisième fois –, passer à nouveau devant la bibliothèque et le salon de musique, puis longer un couloir au bout duquel elle avait ouvert une porte.

— Et voilà, dit-elle.

Oliver pénétra dans une pièce merveilleusement déserte. Il contempla la cheminée de marbre noir, les murs tendus de damas rouge et les meubles recouverts de housses. Sentit ses pieds s'enfoncer dans un tapis aussi épais que somptueux. Leva les yeux vers le plafond et découvrit les dorures.

— Quelle est cette pièce ? entendit-il Rhodes demander derrière lui.

— C'est le salon d'apparat des appartements royaux.

La porte se referma sur eux avec un cliquetis.

Enfin seuls.

Oliver se retourna vers Rhodes et cala ses poings sur ses hanches.

— Ce tabac à priser n'était *pas* empoisonné, dit-il.

— Il aurait pu l'être.

— Uniquement dans un roman. Et nous ne sommes pas dans un roman ! Nous sommes dans la vie réelle et dans la vie réelle, le tabac à priser n'est *pas* empoisonné.

— De quoi diable parlez-vous donc ? demanda Primrose.

— Oncle Algy m'a offert un mélange de tabac à priser, ainsi que Ninian, et Rhodes s'est imaginé chaque fois qu'il s'agissait de tabac empoisonné ! lui expliqua Oliver en levant les bras au ciel pour donner plus d'emphase à son propos.

— Il aurait *pu* être empoisonné, s'entêta Rhodes.

Oliver secoua la tête, s'assit sur un canapé recouvert d'une housse et tourna la tête vers Primrose.

— Répétez-lui ce que vous m'avez dit hier soir, Prim.

— Ni lord Algernon ni Ninian Dasenby n'ont tenté de tuer Oliver, déclara la jeune femme. J'en suis certaine.

— Et moi aussi, fit Oliver. Je suis très touché que tu veilles à ma sécurité, Rhodes, mais sincèrement j'aimerais que tu arrêtes.

— Quelle preuve as-tu de ce que tu avances ? demanda Rhodes à sa sœur.

Primrose s'assit sur ce qui devait être un fauteuil à dossier de lyre, sous la housse.

— Ma preuve, c'est l'observation. J'ai très attentivement observé Ninian hier. Il vous idolâtre complètement, Oliver.

— Ah bon ? s'étonna celui-ci.

— Oui. L'idée de vous tuer ne pourrait jamais lui traverser l'esprit. Quant à lord Algernon, vous lui rappelez puissamment son frère. Son cœur se serre chaque fois qu'il vous regarde. Aucun risque qu'il vous assassine.

Oliver releva les sourcils encore plus haut.

— Son cœur se serre ? C'est lui qui vous l'a dit ?

— Non. Mais je sais lire sur les visages.

— Tout cela est bien gentil, Prim, mais ce n'est pas une preuve, dit Rhodes. C'est une extrapolation. Et nous sommes justement venus ici pour prouver – sans aucun doute possible – que ni lord Algernon ni son fils ne cherchent à tuer Ollie.

— J'en suis convaincue, fit Prim.

— Moi aussi, renchérit Oliver.

— Eh bien, pas moi, dit Rhodes d'un air buté. Nous devons leur offrir à chacun une occasion de te tuer.

— Merveilleux, soupira Oliver, exaspéré. Je n'ai plus qu'à me tenir en haut du grand escalier en faisant semblant d'être absorbé dans mes pensées et...

— Non, l'interrompit Rhodes. Pas d'escalier. Et pas d'arme à feu non plus. Il faut agir en toute sécurité, sinon je ne maîtriserai pas la situation.

Oliver fut tenté d'envoyer Rhodes au diable, puis se souvint que son ami avait perdu sa femme l'année précédente et qu'il était encore en deuil. « Que ressentirait-il si je venais à mourir ? » se demanda-t-il. Son agacement se dissipa instantanément et il lui sembla soudain très important de rester en vie – pas seulement pour lui, mais pour Rhodes aussi.

— J'ai une idée, déclara brusquement Primrose. Nous voulons quelque chose qui ressemble à un accident, n'est-ce pas ?

— Un accident ou une mort naturelle, acquiesça Rhodes. C'est le mode opératoire du tueur.

— Dans ce cas, je suggère que nous lui donnions l'occasion de noyer Oliver dans le lac.

— Mais Ollie sait nager.

— Il sera ivre, précisa Primrose. Ou du moins, il feindra de l'être.

Sourcils froncés, Rhodes rejoignit le canapé et s'assit près d'Oliver.

— Fais-nous part de ton idée.

— Après le dîner, Oliver invitera l'un ou l'autre de nos suspects à faire le tour du lac, sous prétexte de s'entretenir avec lui en privé, et il fera mine d'être très saoul. Il s'avancera alors jusqu'au bord, et si le suspect est bel et bien coupable...

— Il me poussera et me regardera me noyer, termina Oliver à sa place.

— Voilà. Il fera nuit, il n'y aura pas de témoin, une noyade peut passer pour un accident, énuméra-t-elle en comptant sur ses doigts. Mais surtout, ce n'est pas dangereux, car vous ne serez pas vraiment ivre et vous savez nager. Qu'en pensez-vous ? demanda-t-elle, son regard passant de Rhodes à Oliver.

— Je dis que ça peut se tenter.

Rhodes approuva.

— Quand ferons-nous ça ? Demain soir ?

— Ce soir, déclara fermement Oliver. Ne le prends pas mal, Rhodes – tu es mon meilleur ami et tu es cher à mon cœur –, mais je ne supporte vraiment plus que tu me suives partout comme un petit chien et que tu te croies obligé de me porter secours face à du tabac à priser qui n'est même pas empoisonné.

— Il aurait *pu* l'être, maintint Rhodes avec obstination.

— Nous ne pouvons pas faire ça ce soir, dit Primrose. Il pleut et vous pouvez difficilement suggérer une promenade autour du lac sous la pluie, n'est-ce pas ?

Oliver concéda à regret qu'elle n'avait pas tort.

— Demain soir, alors.

13

Le lendemain matin, il pleuvait toujours. Oliver regarda les gouttes qui ruisselaient sur sa fenêtre et se dit que la pluie cesserait sans doute avant la tombée de la nuit. Il soupira, puis alla chercher Rhodes dans la chambre voisine.

Il trouva son ami encore couché, une compresse sur les yeux, son valet de chambre affichant une mine inquiète à son chevet.

— C'est grave ? demanda-t-il au valet, gagné par un mauvais pressentiment.

— C'est encore pire qu'avant, Votre Grâce, répondit Benoît en faisant la grimace.

— Comment est-ce possible ? Il allait parfaitement bien quand il est allé se coucher.

— Nous n'en avons pas la moindre idée, Votre Grâce, répondit le valet en haussant les épaules.

Oliver s'approcha du lit.

— Je suppose que tu ne descendras pas prendre le petit déjeuner, mon pauvre ?

Il aurait pu s'estimer soulagé – plus de Rhodes attaché à ses pas toute la journée – mais ce n'était pas le cas.

— Non, répondit Rhodes d'une voix un peu essoufflée.

Oliver s'assit avec précaution au bord du lit.

— Puis-je voir ?

Le valet souleva la compresse, et Oliver tressaillit. Benoît n'avait pas exagéré : c'était pire qu'avant. Les yeux de Rhodes – le peu qu'on pouvait en voir – étaient injectés de sang et ses joues étaient enflées comme s'il avait la fièvre.

— Bonté divine, Rhodes..., souffla-t-il.

— Ce n'est pas aussi affreux qu'il le paraît, assura Rhodes d'un filet de voix comme si sa gorge était enflée, elle aussi. Je serai rétabli d'ici le déjeuner.

— Je pense que tu devrais partir d'ici, dit Oliver. Aujourd'hui même.

— Ne sois pas ridicule. Benoît, la compresse, je vous prie.

Le valet replaça soigneusement le linge humide sur les yeux de Rhodes, qui laissa échapper un soupir de soulagement. Oliver vit ses épaules se détendre contre les oreillers relevés.

— Il faut faire venir le médecin.

— J'ai envoyé quelqu'un en chercher un, dit le valet.

— Très bien. Ma foi..., ajouta Oliver, ne sachant que faire d'autre. Je crois que je vais descendre pour le petit déjeuner, dans ce cas.

— Ollie, souffla Rhodes, tâtonnant à l'aveugle autour de lui.

Oliver prit sa main, et Rhodes l'étreignit presque douloureusement.

— Promets-moi d'être prudent.

— C'est promis, dit Oliver. Pas d'armes, pas de tabac à priser, pas d'entretien privé avec mon oncle ou mon neveu, et je regarderai derrière moi chaque fois que j'approcherai un escalier. Je serai aussi prudent que le renard quand la meute est lâchée.

Il se souvint alors de la présence du valet qui se tenait sans rien dire de l'autre côté du lit. Il lui jeta un coup d'œil. Le visage du valet était parfaitement neutre. Si les paroles d'Oliver lui avaient semblé étranges, il n'en laissait rien voir.

Après le petit déjeuner, il retourna voir Rhodes en compagnie de Primrose. Le valet leur répondit quand ils frappèrent à la porte, mais ne les invita pas à entrer.

— Le médecin pose des ventouses à monsieur le marquis.

— Des ventouses ? s'étonna Primrose, tendant le cou pour regarder derrière lui.

— Il pense que cela aidera, dit le valet.

— Nous reviendrons plus tard, déclara Oliver en prenant Primrose par le coude pour l'entraîner dans le couloir.

— Mais…

— Plus tard, Prim. Respectons son intimité.

Ils redescendirent au rez-de-chaussée, où Oliver fut aussitôt assailli par Mlles Warrington et Middleton-Murray.

— Chantez-vous, Westfell ? demanda Mlle Warrington en tendant sa poitrine vers lui.

— Je suis sûre que vous chantez divinement, Westfell. Vous faites tout si bien ! s'exclama Mlle Middleton-Murray en le regardant à travers ses cils.

Oliver se révéla incapable de résister à une aussi belle occasion de bomber le torse.

— Je me flatte de posséder une très belle voix, dit-il.

— Venez donc chanter quelques duos avec nous, fit Mlle Warrington tandis que Mlle Middleton-Murray le gratifiait d'un sourire révélant ses fossettes, les deux jeunes femmes l'entraînant vers le salon de musique.

Oliver venait de tomber dans un piège, mais il était des pièges infiniment plus douloureux. Il aimait assez chanter, au demeurant, et si Mlle Middleton-Murray chantait plutôt bien, Mlle Warrington avait une voix exceptionnelle. Le baryton d'Oliver et son contralto s'harmonisaient à merveille. Mlle Middleton-Murray elle-même s'extasia sur le phénomène.

— Oh, c'est merveilleux quand vous chantez ensemble ! Vous devez absolument en chanter une autre. Je vais jouer pour vous.

Elle s'assit au piano avec un grand sourire, une lueur dangereuse animant son regard.

Ils ne tardèrent guère à jouir d'un public. Les dames plus âgées furent les premières arrivées – Cheevers, Warrington et Middleton-Murray. Ninian se glissa dans la pièce en compagnie de Mlle Cheevers, bientôt suivi d'oncle Algy, puis des lords Cheevers et Warrington. Primrose elle-même s'approcha pour écouter.

Il ne déplaisait visiblement pas à Mlle Warrington d'être le centre de l'attention. Ses joues s'étaient parées d'une jolie nuance de rose, et elle s'arrangeait pour se rapprocher un peu plus d'Oliver à chaque nouvelle chanson. Quand ils entamèrent leur troisième duo, leurs bras se frôlaient. Elle ne tentait pas de faire valoir sa poitrine pendant qu'elle chantait, car c'était sa bouche qui était devenue son atout majeur – ces lèvres souples et charnues, cette langue rose et mobile, ces parfaites petites dents blanches… Oliver n'y avait encore jamais songé, mais il réalisa que le chant exposait davantage la bouche d'une femme que toute autre activité. À l'exception de l'acte sexuel, bien sûr.

— Bravo ! s'exclama leur public. Encore !

Mlle Warrington proposa *Scarborough Fair*, et Oliver se prépara mentalement à ce qu'il devinait inévitable.

Il ne s'était pas trompé. Mlle Warrington transforma la ballade comique en duo intime, truffé de sous-entendus.

— « Il sera mon véritable amour », modula-t-elle de son vibrant contralto, fixant son visage d'un air d'adoration, sa bouche articulant amoureusement chaque mot, l'éclat fugitif de ses dents et de sa langue laissant entrevoir de délicieuses promesses.

— Ils semblent faits l'un pour l'autre, s'exclama Mme Warrington à la fin de la chanson. Le couple parfait !

— Oh, mère, je vous en prie, dit Mlle Warrington en rougissant, sans parvenir à cacher tout à fait son petit sourire satisfait.

Oliver ne put se permettre de lever les yeux au ciel face à son public, mais il jeta un regard à Primrose et, à sa grande stupéfaction, *elle* roula des yeux. Il laissa échapper un aboiement de rire, qu'il s'empressa de faire passer pour une quinte de toux.

— Tout va bien, Westfell ? s'enquit Mlle Warrington d'un ton plein de sollicitude, posant une main sur son bras.

— Trop de chant, sans doute, dit Oliver en reculant, échappant ainsi poliment à sa main.

Il jeta un coup d'œil vers Mlle Middleton-Murray qui avait joué pour eux pendant tout ce temps. Elle souriait, mais la froide lueur de son regard lui déplut. Il se rappela la chute de Mlle Carteris.

Son envie de rire s'en trouva douchée. Il s'approcha du piano et s'y accouda pour adresser à Mlle Middleton-Murray un sourire reconnaissant.

— Merci pour votre accompagnement. Sans vous, nous n'aurions pas eu la moitié de ce succès.

La jeune femme accepta le compliment d'un air de modestie charmante, mais l'éclat froid et vengeur de son regard persista.

Oliver chercha à attirer l'attention de Primrose ; il devait lui parler de toute urgence. Il eut à peine le temps de faire deux pas vers elle que Mme Warrington l'intercepta pour répandre sur lui des louanges aussi profuses que l'eau d'une fontaine. Il hocha la tête, sourit et tâcha de s'écarter, conscient du fait que le salon de musique se vidait rapidement. Jetant un coup d'œil au piano, il s'aperçut que Mlle Middleton-Murray avait quitté son tabouret. Elle avait même quitté la pièce.

Il tourna la tête vers Primrose et découvrit qu'elle se dirigeait vers la porte.

Gagné par un sentiment proche de la panique, il faillit ouvrir la bouche et crier « Prim ! Attendez ! », mais au même instant Mlle Cheevers adressa la parole à Primrose, qui s'arrêta pour lui répondre.

— Oui... eh bien..., dit-il à Mme Warrington en faisant un pas de côté.

Mais la dame était lancée. Elle suivit le mouvement sans cesser de parler tandis que Primrose s'apprêtait à quitter la pièce, jetant un dernier regard derrière elle.

Oliver croisa ce regard et haussa les sourcils de la façon la plus significative qu'il put, comme s'il essayait de crier avec les yeux.

Ses efforts furent couronnés de succès. Primrose s'immobilisa et haussa légèrement les sourcils sur un « Quoi ? » silencieux.

Il ne pouvait articuler « Il faut que je vous parle » alors que Mme Warrington persistait à le harceler, mais il leva la main pour se caresser le nez. C'était le signal auquel Rhodes et lui recouraient quand ils avaient des secrets à se dire, et il pria pour que Rhodes ait confié ce code à sa sœur.

— Votre fille est vraiment très douée, dit-il un peu au hasard à lady Warrington. Si vous voulez bien m'excuser...

Malheureusement, le compliment relança de plus belle la logorrhée de la dame. Le flot de ses paroles se déversait à présent aussi abondamment que *deux* fontaines. Oliver l'écouta, impuissant, tandis que Primrose lui adressait un froncement de sourcils perplexe. Visiblement, Rhodes ne lui avait pas fait part de leur signal secret.

Il renouvela quand même sa tentative et se caressa le nez en la regardant, tout en se rapprochant subrepticement de la porte.

Primrose fronça les sourcils. Après un moment, elle se frotta le nez, comme si elle cherchait à faire partir une tache.

Oliver faillit secouer la tête de frustration et caressa de nouveau délibérément son nez. Lady Warrington le considéra d'un air intrigué. Primrose sortit son mouchoir et en tamponna le bout de son nez.

Oliver renonça à tout semblant de politesse.

— Pardonnez-moi, dit-il à lady Warrington en l'interrompant au beau milieu d'une phrase, mais il faut vraiment que je parle à lady Primrose.

Et il abandonna la dame, qui en resta bouche bée. C'était grossier de sa part, mais après tout il était duc : son rang l'autorisait à se montrer grossier envers une vicomtesse, si la situation l'exigeait. Il traversa le salon de musique en quatre enjambées, saisit Primrose par le coude et l'entraîna hors de la pièce.

— Qu'est-ce qui ne va pas avec mon nez ? s'inquiéta-t-elle.

— Rien. Il faut que je vous parle. En privé. C'est urgent.

— Très bien. Où cela ?

La question méritait qu'on s'y attarde, mais Oliver prit rapidement une décision.

— Le salon d'apparat, dit-il. Dans cinq minutes.

— Très bien, fit Primrose en repliant son mouchoir pour le ranger dans sa poche.

Il s'inclina brièvement devant elle et la regarda disparaître au bout du couloir.

— Oliver, dit quelqu'un près de lui.

Il sursauta. Son oncle se tenait là, souriant cordialement.

— Tu as un bien bel organe. Ta voix me rappelle celle de ton père.

— Merci, répondit Oliver.

— Que dirais-tu d'une partie de piquet ? Rien que toi et moi ?

— Navré, mon oncle, mais j'ai d'autres engagements. Plus tard, peut-être ?

Le sourire d'oncle Algy retomba et Oliver se sentit un peu coupable, mais ce fut très fugitif. Pour l'heure, parler à Primrose était plus important que tout le reste. D'autant que s'il avait joué au piquet avec oncle Algy, il aurait rompu la promesse faite à Rhodes.

Deux minutes plus tard, Oliver entra dans le salon d'apparat et referma silencieusement la porte derrière lui. La pièce ne contenait que des meubles recouverts de housses qui faisaient penser à des suaires. Un léger parfum de lavande moisie flottait, une odeur qu'il n'avait pas remarquée la première fois qu'il était venu là.

Il se mit à faire les cent pas, ses pieds s'enfonçant dans l'épais tapis. Il finit par remarquer que les portes donnant sur les autres pièces des appartements royaux étaient ouvertes, de part et d'autre du salon.

Il jeta un coup d'œil de l'autre côté de la porte de gauche. Elle ouvrait sur un autre salon, plus petit, avec une cheminée de marbre noir ; ses murs étaient également tendus de damas rouge. Une porte ouverte se trouvait au fond. Une porte qui ouvrait sur un boudoir – avec une cheminée de marbre noir et des murs tendus de damas rouge – au-delà duquel se trouvait la chambre à coucher royale.

— Fichtre ! s'exclama Oliver, non à cause du lit à baldaquin, mais à cause de l'estrade à colonnes dorées sur laquelle celui-ci était perché.

Un bruit étouffé lui parvint – quelqu'un ouvrant puis refermant une porte. Oliver revint rapidement sur ses pas et trouva Primrose au beau milieu du salon d'apparat.

— Où étiez-vous passée ? lui demanda-t-il.

— Vous avez dit « cinq minutes » il y a exactement cinq minutes. Que se passe-t-il donc de si important ?

— Mlle Middleton-Murray. Je crois qu'elle...

Il s'interrompit et dressa l'oreille. Était-ce un bruit de pas qu'il entendait dans le couloir ? Primrose tourna la tête vers la porte. Elle avait entendu quelque chose, elle aussi.

Oliver la prit par la main et l'entraîna dans le salon voisin, puis dans le boudoir, l'épais tapis étouffant le bruit de leurs pas. Un immense paravent chinois ornait l'un des angles du boudoir, des dragons rouges et noirs caracolant sur ses panneaux laqués, et ils s'empressèrent de se cacher derrière.

Ils attendirent en silence pendant qu'Oliver égrenait mentalement une minute. Aucun bruit de porte ni de pas ne parvint jusqu'à eux. Ils étaient seuls. Une fois la minute écoulée, il réalisa qu'il tenait toujours la main de Primrose. C'était si agréable qu'il décida de la garder. Ils quittèrent l'abri du paravent et se rapprochèrent d'un canapé recouvert d'une housse.

— Que se passe-t-il avec Mlle Middleton-Murray, Oliver ? demanda-t-elle une fois qu'ils furent assis.

— Je crois qu'elle va tendre un nouveau piège. Vous allez devoir redoubler de vigilance.

— Que lui ai-je donc fait ? s'étonna Primrose.

— Pas vous : Mlle Warrington. Mais comme vous empruntez le même escalier, vous pourriez trébucher sur un fil aussi facilement qu'elle et...

— Oliver, ma main, souffla Primrose en grimaçant.

Il assouplit l'étreinte de sa main.

— Prim, vous devez faire très attention. Dans *tous* les escaliers. Promettez-le-moi.

— Je vous le promets, dit-elle, à condition que vous soyez prudent aussi.

— Je suis toujours prudent.

Primrose garda le silence un moment, le front plissé.

— Si c'est vrai... si elle a l'intention de recommencer... il faut l'en empêcher. Comment peut-elle songer à faire une telle chose ? Pas une fois, mais *deux* !

— « Si ce n'est pas bien, ne le fais pas », murmura Oliver pour lui-même.

Il pensait avoir parlé assez bas, mais Primrose l'avait visiblement entendu car elle le dévisagea comme si une corne avait soudain jailli de son front.

— Plaît-il ? s'enquit Oliver.

— « Si ce n'est pas bien, ne le fais pas. Si ce n'est pas vrai, ne le dis pas. »

— J'approuve entièrement, fit Oliver.

— Vous lisez donc Marc Aurèle ?

Il possédait un exemplaire, souvent feuilleté, des *Pensées* de Marc Aurèle, mais il adorait taquiner Primrose.

— Qui donc ? demanda-t-il.

— Marc Aurèle. L'empereur romain.

Il adopta une expression parfaitement neutre.

— Vous l'avez forcément étudié en classe, insista Primrose d'un ton teinté d'exaspération. « Si ce n'est pas bien, ne le fais pas. Si ce n'est pas vrai, ne le dis pas. » C'est une des pensées de Marc Aurèle.

— Aurèle ? répéta Oliver en plissant le front. N'est-ce pas ce type qui a écrit sur les légumes ?

Ce fut au tour de Primrose de plisser le front.

— « Si ton concombre est amer, jette-le », cita-t-il. J'ai toujours trouvé étrange d'écrire une phrase pareille pour la postérité.

— C'est une leçon de philosophie, dit Primrose, fâchée. Le concombre illustre un point de sa démonstration.

— Je sais, répondit Oliver avec un grand sourire. Inutile de me fusiller du regard, ajouta-t-il en pouffant de rire face à son expression.

— Vous êtes un parfait idiot, Daisy, dit-elle en s'efforçant de libérer la main qu'il tenait toujours.

— Un vrai simplet, acquiesça-t-il, refusant de lui rendre sa main.

— Oliver, grommela-t-elle en tirant plus fort sur sa main. Si quelqu'un entre et nous trouve ainsi…

— Vous serez déshonorée, confirma-t-il joyeusement. Irrémédiablement déshonorée. Surprise en plein rendez-vous galant avec un duc ! Nous serions contraints de nous marier pour sauver votre réputation. Mais voilà une idée, Primrose ! ajouta-t-il en écarquillant les yeux. Épousez-moi. Sauvez-moi de lady Warrington et des trémolos de sa fille.

— Vous êtes épouvantable, Oliver ! Ce serait bien fait pour vous si j'acceptais.

— Je crois que vous voulez dire que ça m'arrangerait, répliqua-t-il avec un grand sourire.

— Vous arranger ? Certainement pas. Cela ne nous arrangerait ni l'un ni l'autre.

— Vraiment ? répondit-il en faisant mine de réfléchir à la question. Je ne suis pas d'accord. Je pense que cela pourrait me convenir.

Primrose se sentit rougir.

— Eh bien, pas à moi ! dit-elle en tentant une fois de plus de dégager sa main. Un peu de sérieux, Oliver. Je suis la dernière personne que vous pourriez souhaiter épouser.

— Non, la dernière c'est Mlle Middleton-Murray.

— L'avant-dernière, alors, soupira-t-elle.

— Non plus.

De fait, s'il réfléchissait sérieusement à la question – ce qu'il n'avait encore jamais fait jusqu'à présent –, Primrose Garland figurait probablement en tête de la liste des dames qu'il aurait eu envie d'épouser. Outre ses attributs physiques – et ceux-ci étaient nombreux –, il appréciait sa compagnie plus que celle de toute autre femme. Elle était intelligente, intéressante et drôle. Mais le point le plus important, c'était qu'elle voyait en lui Oliver Dasenby et non le duc de Westfell.

Il l'étudia d'un regard neuf, comme si c'était la première fois qu'il la regardait vraiment. Non en tant que sœur de Rhodes ou amie d'enfance, mais comme une vraie femme.

Sa main était tiède dans la sienne, et ils étaient assis si près l'un de l'autre qu'il perçut son parfum de fleur d'oranger. Pour une raison inconnue, cette senteur accéléra les battements de son cœur. Primrose était vraiment *très* séduisante. Ces lèvres parfaitement lisses, cette taille souple et ce somptueux décolleté... Ces cheveux blond cendré et ces yeux bleu pâle... Sans compter cet esprit brillant et cette langue acérée...

Il se demanda quel goût avait sa bouche.

Primrose plissa les yeux.

— Pourquoi me regardez-vous ainsi ?

Oliver n'avait pas idée de l'expression qu'il pouvait avoir, mais il savait qu'elle reflétait son envie de l'embrasser. Lui, Oliver Dasenby, avait envie d'embrasser la piquante Primrose Garland.

— Piquante Primrose, dit-il à voix haute.

Elle rougit, détourna les yeux et tira plus fermement sur sa main.

— Lâchez-moi, Oliver.

— Ce n'était pas une insulte.

Il approcha sa main libre de son visage et caressa doucement sa joue. Sa peau se révéla aussi douce et tiède qu'il l'avait imaginé.

— J'aime vos épines, souffla-t-il.

Primrose chassa sa main d'une petite tape.

— Mais lâchez-moi donc, Oliver ! Si quelqu'un entrait...

Il lâcha sa main.

— Toujours aussi proprette, Primrose, la taquina-t-il.

— Raisonnable, le reprit-elle en se levant, lissant aussitôt ses jupes. Franchement, tenez-vous vraiment à ce que nous soyons contraints de nous marier ?

Contraints ? Non. Mais mariés... pourquoi pas ?

— Venez, dit-elle. Nous devons inspecter cet escalier. Et je veux passer voir mon frère.

Oliver remit de l'ordre dans ses pensées. Comment avait-il pu oublier Mlle Middleton-Murray ? Et Rhodes ?

Il se leva à son tour et se dirigea vers la porte.

— Allons, pressons, Prim. Cessez de lambiner, dit-il en jetant un coup d'œil derrière lui, avant de sourire quand il découvrit son expression. Vous ne devriez pas grimacer de la sorte, ajouta-t-il. C'est indigne d'une dame.

14

Ils allèrent frapper à la porte de Rhodes. Le valet vint ouvrir, mais il ne recula pas pour les laisser entrer et plaça son index sur ses lèvres.

— Il dort ? chuchota Primrose.

Benoît acquiesça et sortit dans le couloir.

— Qu'a dit le médecin ? demanda Oliver à voix basse. A-t-il une idée de la cause de l'affection ? Du moyen d'y remédier ?

— Non, monsieur.

— N'avait-il aucune suggestion à faire ? demanda Primrose.

— De l'eau de rose ou du lait, que nous employions déjà, répondit le valet avec un haussement d'épaules.

— Il existe une solution très simple, dit Oliver. Quitter cet endroit.

— Je suis d'accord avec vous, Votre Grâce, acquiesça le valet en croisant son regard. Mais monsieur le marquis ne veut rien savoir.

— S'il ne va pas mieux demain, il n'aura pas le choix, décréta Oliver.

— Merci, Votre Grâce, dit le valet, visiblement soulagé, avant de se retirer dans la chambre, refermant la porte sur lui.

Oliver contempla le battant de bois d'un air mécontent. Cette affaire ne lui plaisait pas. Pas du tout, même. Près de lui, Primrose laissa échapper un soupir. Et il la connaissait si bien que ses oreilles comprirent le sens de ce soupir : ce n'était pas de l'exaspération, mais de l'inquiétude. Il tourna les yeux vers elle et vit qu'elle mordillait sa lèvre inférieure.

— Il sera bientôt rétabli, assura-t-il en passant un bras autour de ses épaules pour l'enlacer brièvement.

Elle eut un pâle sourire et il ajouta :

— S'il ne va pas mieux demain, nous l'emmènerons dans le Gloucestershire, je vous le promets. Je ferai un baluchon des draps de son lit et je le hisserai sur mon épaule, tel un mauvais sujet enlevant une riche héritière.

Elle laissa échapper un petit rire étranglé.

— J'aimerais vous voir essayer ça.

— Ce serait amusant, non ? fit Oliver en souriant.

— Sans doute, dit-elle avant de retrouver son sérieux. Allons vérifier l'escalier.

Ils examinèrent très attentivement l'escalier. Aucun fil n'avait été attaché à la base du pilastre, mais cela ne suffit pas à atténuer les craintes d'Oliver. Il sentait quelque chose qu'il avait seulement ressenti en Inde : l'appréhension naturelle que l'on éprouve avant la bataille.

Si Primrose venait à trébucher dans cet escalier…

Quatre marches suffisaient à se fracturer un os – Mlle Carteris en avait fourni la preuve.

— Je vérifierai de nouveau après le déjeuner, déclara Primrose quand ils prirent la direction du rez-de-chaussée.

— *Nous* vérifierons, corrigea-t-il.

— Oliver, si vous n'arrêtez pas de monter ici en même temps que moi, les gens vont jaser.

— Peu m'importe.

Ce n'était pas tout à fait la vérité. S'il ne se souciait pas trop de sa propre réputation, celle de Primrose lui importait - pas assez cependant pour la laisser prendre des risques.

— Je ne suis ni impuissante, ni incompétente, ni aveugle, dit-elle avec une pointe d'exaspération dans la voix. Je vérifierai l'alcôve chaque fois que j'emprunterai cet escalier, et si Mlle Middleton-Murray s'y trouve, je la verrai forcément.

— Ça ne m'empêche pas d'être inquiet.

Il passa son bras autour de ses épaules pour la seconde fois et l'attira vers lui.

— Promettez-moi de ne pas venir ici toute seule à moins de devoir absolument le faire, et si vous êtes seule, d'être très, *très* prudente.

Primrose soupira, et les oreilles d'Oliver lui apprirent qu'elle n'était pas aussi exaspérée qu'elle feignait de l'être.

— C'est entendu. Mais vous aussi devez rester prudent.

— Je suis toujours prudent.

Oliver écarta son bras à regret, et ils descendirent une nouvelle volée de marches.

— Oh, Prim, dit-il comme ils atteignaient le vestibule. Quand je ferai ce geste, ajouta-t-il en se caressant le nez, cela voudra dire qu'il est urgent que je vous parle. Dans les appartements royaux.

Elle releva le menton de façon à le regarder de haut, alors qu'elle était plus petite que lui.

— Vous pourriez aussi vous contenter de *me dire* que vous avez besoin de me parler.

— Vous avez tout d'une gouvernante revêche quand vous prenez cet air-là, Prim, dit-il avec un grand sourire.

Elle rougit et cessa de le regarder de haut.

— Il n'empêche que vous pourriez vous contenter de me le dire, répéta-t-elle d'un ton aigre.

— Un signal secret est bien plus amusant.

Primrose leva les yeux au ciel.

— Quoi ? se défendit-il en écartant les mains. C'est la vérité !

Oliver déjeuna entouré de demoiselles. Mlle Warrington broda habilement à partir de leur succès au salon de musique, associant leurs noms à chaque occasion – « quand Westfell et moi avons chanté » –, sous-entendant qu'un lien s'était créé entre eux. Elle renforça cette impression en lui décochant des regards complices, parlant à voix basse et s'arrangeant pour être assise plus près de lui sans déplacer sa chaise ni son couvert, véritable tour de magie.

Oliver avait parfaitement conscience de l'apparence qu'ils présentaient aux autres convives : familiarité, complicité, intimité...

En temps ordinaire, il aurait récompensé Mlle Warrington en la gratifiant d'une excellente note, mais il était trop occupé pour le faire ce jour-là, car il surveillait attentivement Mlle Middleton-Murray. Plus ses fossettes se creusaient, plus ses yeux étincelaient, et plus le pressentiment d'Oliver se précisait.

Chaque fois que Mlle Warrington disait « Westfell et moi », il réprimait un rictus. Chaque fois qu'elle lui adressait une œillade complice, il se hérissait. Chaque fois qu'elle murmurait un propos destiné à ses seules oreilles, il grimaçait intérieurement.

À l'issue du repas, il croisa le regard de Primrose et caressa ostensiblement son nez, puis recula sa chaise dans l'intention de gagner la porte.

Mlle Warrington le retint en plaçant sa main sur son bras.

— Westfell, dit-elle en le regardant à travers ses cils. Avez-vous eu l'occasion d'admirer le jardin d'hiver ? Il est absolument magnifique.

— Plus tard, peut-être, répliqua Oliver en dégageant son bras.

Il avança vers la porte. De deux pas seulement.

— Oliver...

— Oui, mon oncle ? répondit-il en s'immobilisant.

— Que dirais-tu d'une partie de piquet ? Il n'y a pas grand-chose d'autre à faire, avec cette pluie.

— Navré, mon oncle, mais cela m'est impossible.

Il avait presque atteint la porte quand on le héla de nouveau.

— Oui, Ninian ? répondit-il.

— Pourrais-je m'entretenir avec vous ?

Oliver observa son cousin avec plus d'attention. Deux plis inquiets barraient son front et il ne cessait d'agiter les mains, comme s'il se retenait de les tordre.

— Navré, Ninian, mais je ne peux vraiment pas.

Les plis du front de son cousin se multiplièrent. Oliver posa la main sur son épaule et la pressa d'un geste qui se voulait rassurant.

— Plus tard. Je vous le promets.

Oliver pénétra discrètement dans les appartements royaux. Le salon d'apparat rouge et noir était désert, tout comme le petit salon, le boudoir et la chambre à coucher. La pluie ruisselait sur les carreaux. L'après-midi était encore jeune, mais il faisait si sombre qu'on se serait cru au crépuscule. Les angles des pièces étaient plongés dans l'obscurité et s'il avait été de nature timorée, il n'aurait pas apprécié de rester là tout seul. Mais Oliver n'était pas timoré ; il était impatient.

Alors qu'il consultait l'heure à sa montre de gousset pour la cinquième fois, il entendit enfin la porte s'ouvrir. L'instant d'après, Primrose le rejoignait dans le boudoir.

— Dix minutes ! dit Oliver en faisant osciller sa montre devant son visage. Où étiez-vous donc passée ?

Primrose accomplit de nouveau ce tour de le regarder de haut alors qu'elle levait les yeux vers lui.

— Si vous tenez absolument à le savoir, je suis allée cueillir une rose.

Oliver considérait cet euphémisme comme ridicule, et tenait celui qui avait un jour jugé bon de rapprocher l'acte de cueillir une rose de celui d'utiliser un pot de chambre pour un parfait imbécile.

Il laissa retomber sa montre dans son gousset, puis se figea soudain.

— Vous n'êtes pas montée dans votre chambre, n'est-ce pas ?

Primrose le dévisagea un moment avant de lui répondre.

— Personne ne vous a donc jamais enseigné aucune *manière,* Oliver ?

Il se sentit rougir – mais choisit de l'ignorer.

— Dites-moi que vous n'êtes pas montée dans votre chambre.

— Évidemment que je suis montée dans ma chambre, enfin !

Oliver gronda, puis se détourna d'elle en saisissant ses cheveux des deux mains.

— Vous auriez dû être comédien, observa Prim. Vous avez un tel sens de la théâtralité.

Oliver se tourna à nouveau vers elle et relâcha ses cheveux.

— N'avez-vous donc pas vu ce qui s'est passé pendant le déjeuner ?

— J'ai vu beaucoup de choses au déjeuner, répondit Primrose en s'asseyant sur le canapé recouvert d'une housse. À quoi faites-vous allusion ?

— À Mlle Warrington, bien sûr ! Son comportement vous aurait-il échappé ?

— Je l'ai vue manger. Deux tranches de jambon, trois tartelettes et du raisin.

— Elle a fait bien plus que *manger,* s'épouvanta Oliver en allant jusqu'à la fenêtre avant de revenir sur ses pas. Elle a fait comme s'il existait un lien entre elle et moi !

Primrose ouvrit la bouche. Pointant le doigt vers elle, il la réduisit au silence.

— Et ne me dites pas que je me fais des idées, parce que ce n'est pas le cas.

— Ce n'était pas mon intention, répondit doucement la jeune femme. J'allais dire que je trouvais qu'elle n'y était pas allée avec le dos de la cuillère.

Oliver ricana.

— « Westfell et moi », singea-t-il.

Elle rit, puis s'interrompit brusquement.

— Mlle Middleton-Murray n'était pas contente. C'est pour cela que vous vouliez me parler ?

— Évidemment ! s'exclama-t-il en s'avançant jusqu'au divan pour s'asseoir à son côté. Vous devez vraiment faire très attention, Primrose.

— Je vous remercie, mais la mise en garde n'est pas nécessaire.

— J'irai vérifier cet escalier toutes les heures, annonça-t-il d'un ton résolu.

Primrose baissa le regard, lissa le jupon de sa robe et releva les yeux vers lui.

— Ne pensez-vous pas que nous devrions en parler à quelqu'un ?

— Qui donc ? Lord et lady Cheevers ? Ils ne nous croiraient pas. Personne ne nous croirait !

— Dans ce cas, nous devrions peut-être en parler à Mlle Middleton-Murray elle-même. Lui dire que nous avons déjoué son piège de l'escalier et que nous la surveillons.

— Ma crainte, si nous faisons cela, répondit Oliver après un temps de réflexion, c'est qu'elle ne décide de s'y prendre autrement. De faire quelque chose que nous remarquerons trop tard, une fois que le mal sera fait.

— Elle pourrait aussi renoncer.

— Oui, concéda Oliver avec un haussement d'épaules. Mais j'aimerais l'attraper sur le fait, avoua-t-il.

— Pensez-vous que ce soit possible ?

— Je pense que nous avons une bonne chance de réussite, répondit-il en se levant. Je retourne vérifier cet escalier.

— Je viens juste de le faire, protesta Primrose. Je n'ai rien vu de suspect, mais si vous n'avez pas confiance en mon jugement...

Oliver hésita. Il avait confiance en son jugement. En son intelligence aussi. Il se rassit.

— Nous vérifierons aussi souvent que possible, décida-t-il. Il nous faudrait un nouveau signal. Quelque chose de discret.

Il réfléchit un instant, puis se toucha le coin de l'œil du bout du doigt.

— Ce geste signifiera que je vais vérifier l'escalier.

Primrose approuva d'un hochement de tête.

— Et celui-ci, ajouta-t-il en levant le pouce, signifiera que j'ai vérifié et qu'il n'y a rien à signaler.

— C'est un geste de gladiateur, commenta-t-elle.

— Je sais, répondit-il, content de briller aux yeux de la pointilleuse et studieuse Primrose Garland.

Mais elle n'avait pas vraiment l'air studieuse, assise près de lui sur ce canapé. Elle semblait un peu irréelle dans ce salon peuplé d'ombres, avec sa chevelure qui formait une torsade de fils d'argent, sa peau aussi pâle qu'un clair de lune et ses yeux lumineux.

Irréelle, et très belle aussi.

Il se sentit soudain gagné par une envie folle de l'embrasser.

Oliver la dévisagea et écouta les battements de son cœur égrener les secondes. Que ferait Primrose s'il l'embrassait ? Le giflerait-elle ? Ou bien répondrait-elle à son baiser ?

Il n'y avait qu'une seule façon de le savoir.

Les Romains avaient le sens de la formule, et celle qui correspondait le mieux à ce moment lui revint en tête : *Fortuna audaces juvat.* « La chance sourit aux audacieux. »

Oliver prit le menton de Primrose entre ses doigts, le releva, inclina la tête et effleura brièvement ses lèvres des siennes.

La jeune femme se raidit. Il l'entendit retenir son souffle. Elle posa une main sur son torse, mais ne le repoussa pas.

Il attendit – deux, trois, quatre secondes – puis l'embrassa à nouveau, attardant ses lèvres un peu plus longuement cette fois, prenant le temps de découvrir le contour de sa bouche, sa douceur et sa saveur... Et il apparut que la chance souriait effectivement aux audacieux, car au lieu de le gifler Primrose entrouvrit les lèvres.

Elle n'avait jamais embrassé quiconque – l'évidence s'imposa d'elle-même – mais Oliver avait assez d'expérience pour deux. Il l'attira plus près et, plaçant sa main sous sa nuque, immisça les doigts dans la soie de sa chevelure tout en faisant légèrement pivoter sa tête, parfaitement disposé à initier lady Primrose Garland à l'art du baiser. Il resta taquin et léger, ses dents venant délicatement mordiller sa lèvre inférieure pour l'agacer ensuite de la pointe de sa langue. Comme elle ne cherchait toujours pas à s'écarter de lui, il accentua son baiser et poussa l'audace jusqu'à investir sa bouche, à la langue habituellement aigre et acérée – mais sa bouche n'avait rien d'aigre et sa langue se révéla une perfection de douceur.

Oliver réprima un gémissement de plaisir, gagné par une onde de chaleur. Il eut envie d'attirer Primrose plus près encore, de la serrer contre lui et de s'emparer fougueusement de cette petite bouche délicate.

« Doucement, Dasenby, s'intima-t-il. Elle n'a jamais embrassé un homme. »

Difficile pourtant de s'en souvenir quand Primrose lui retournait délicieusement son baiser. Sa bouche s'adaptait parfaitement à la sienne et le sang d'Oliver bouillonnait d'excitation.

Malgré ses meilleures intentions, il perdit le contrôle. Il n'aurait su dire à quel moment la chose se produisit ; tout ce qu'il savait, c'est que ce qui avait été lent et tendre était soudain devenu beaucoup plus urgent. Primrose était toujours l'élève et il était toujours le maître, mais à présent c'était *elle* qui investissait sa bouche et c'était *elle* qui le savourait.

Le boudoir royal, avec son canapé recouvert d'une housse et ses fenêtres battues par la pluie, cessa d'exister. L'univers d'Oliver se rétrécit à Primrose

– ses douces lèvres, sa soyeuse chevelure qui enveloppait ses doigts, ses mains agrippées aux revers de sa veste, son corps contre le sien. Ils s'embrassaient comme si c'était la seule chose qui comptait. Leurs baisers étaient affamés. Intimes. Et ils ne s'interrompirent que lorsqu'ils furent tous deux à bout de souffle.

Oliver écarta sa bouche à regret. Il avait le cœur battant et la tête lui tournait. Il contempla le visage de Primrose. Il la connaissait depuis toujours et pourtant elle lui apparut comme une étrangère à cet instant précis, comme une femme passionnée, enivrante et pleine de secrets, une femme mystérieuse dont il avait furieusement envie de faire la connaissance.

Primrose se dégagea de ses bras et s'adossa au canapé. Elle porta ses doigts à sa bouche, visiblement aussi perdue que lui. Que diable venait-il de se passer ? Étaient-ce vraiment eux qui venaient de s'embrasser ainsi ? Quelle conclusion fallait-il en tirer ?

— Pourquoi avez-vous fait cela ? demanda-t-elle d'une voix haletante qui ne lui ressemblait pas.

Le premier instinct d'Oliver fut de se réfugier derrière la plaisanterie. Comme souvent. Mais une réponse désinvolte – « Je me suis dit que c'était un bon moyen d'occuper un après-midi de pluie », par exemple – aurait pu l'offenser, ou pire la blesser, et c'était bien la dernière chose qu'il souhaitait faire. Ne venait-il pas de lui offrir son premier baiser ?

Le premier baiser de Primrose.

Ce qu'ils venaient de faire lui parut soudain beaucoup plus significatif.

S'attendait-elle à ce qu'il lui présente sa demande en mariage ?

Oliver se sentit gagné par un élan de panique. Puis il se souvint de ce qu'elle lui avait dit le matin même : « Cela ne me conviendrait pas. » Clairement, elle ne souhaitait pas l'épouser et s'il lui avait demandé sa main, accomplissant ainsi son devoir de gentleman après avoir embrassé une jeune fille pure et innocente, elle aurait certainement refusé.

Au lieu de ressentir du soulagement, Oliver découvrit qu'il était déçu – sans pouvoir s'expliquer la cause de cette déception.

— Pourquoi, Oliver ? répéta-t-elle.

Primrose l'avait récemment traité de nigaud, et c'est exactement l'effet qu'il se faisait. Ses pensées étaient sens dessus dessous, il ne savait pas comment répondre à sa question. Par une plaisanterie ? Par la vérité ? Quelle était la vérité ?

— Pourquoi m'avez-vous embrassée ? insista-t-elle.

Sa voix avait retrouvé ce petit ton aigre qui lui était familier, et cela lui remit les idées en place.

— Parce que j'en avais envie, répondit-il. Êtes-vous fâchée ?

Primrose détourna les yeux pour regarder le paravent de laque qui se trouvait dans le coin du boudoir.

— Non, dit-elle. Je ne suis pas fâchée.

Le cœur d'Oliver bondit de soulagement.

— Dans ce cas, cela ne vous dérangera pas de recommencer ? C'est une plaisanterie, Prim, s'empressa-t-il de préciser. À moins, ajouta-t-il plus lentement, que vous ayez envie que ça n'en soit pas une.

Primrose le dévisagea, et Oliver se surprit à retenir son souffle.

— Cela ne me dérange pas, dit-elle après ce qui lui parut un très long moment.

— Cela ne vous dérange pas que nous recommencions ? demanda-t-il pour s'assurer qu'il avait bien compris.

La pénombre ne l'empêcha pas de voir ses joues s'empourprer.

— Cela ne me dérange pas, dit Primrose en évitant son regard. Mais pas maintenant, ajouta-t-elle en se levant. Si vous voulez bien m'excuser, j'aimerais aller voir si Rhodes est réveillé.

— Bien sûr.

Elle quitta la pièce d'un pas vif. Il eut même l'impression qu'elle se retenait de courir. Après un moment, il entendit la porte du salon d'apparat s'ouvrir et se refermer.

Oliver resta là, sur le canapé. La saveur de sa bouche s'attardait encore dans la sienne, tout comme la douce pression de ses lèvres contre les siennes et le frémissement d'excitation qui parcourait ses veines.

Comme il avait eu raison, ce matin, de penser qu'ils allaient bien ensemble.

15

Oliver alla vérifier l'escalier. Non parce qu'il ne faisait pas confiance à Primrose, mais parce qu'il se défiait de Mlle Middleton-Murray. Il se rendit ensuite dans la chambre de Rhodes, où il retrouva la jeune femme.

Une fois passé le premier moment de gêne – il ne sut tout d'abord où poser les yeux ni comment s'adresser à elle, et elle était visiblement aussi embarrassée que lui –, tout redevint comme avant et il put à nouveau la taquiner quand elle l'accusait d'être un nigaud. Oliver en rit de soulagement.

Au bout de dix minutes, Primrose s'excusa. Oliver releva discrètement son pouce pour lui faire savoir qu'il avait vérifié l'escalier, et elle hocha brièvement la tête.

Il passa ensuite un moment à bavarder avec Rhodes, puis descendit au rez-de-chaussée après avoir jeté un prudent regard derrière lui. Il n'oubliait pas que quelqu'un, quelque part, souhaitait sa mort.

La pluie tombait sans discontinuer. Oliver aperçut la plupart des dames dans le salon bleu, et il s'éloigna discrètement avant qu'elles le remarquent. Les gentlemen s'étaient rassemblés dans la bibliothèque, une pièce magnifique d'une hauteur d'au moins dix mètres sous plafond, dotée d'une galerie desservant les rayonnages supérieurs – galerie sur laquelle il savait que Rhodes lui interdirait de poser le pied, tant elle semblait idéale pour les chutes accidentelles.

— Ah, vous voilà enfin ! fit oncle Algy d'un ton chaleureux. J'étais sur le point de lancer une battue pour vous retrouver.

— J'étais avec Thayne.

— Comment se porte-t-il ? demanda lord Cheevers, en hôte plein de sollicitude.

— Pas très bien, répondit Oliver en faisant la grimace. Il ne pourra malheureusement pas nous rejoindre pour le dîner.

Le visage d'oncle Algy se plissa de compassion.

— C'est fort dommage... Que diriez-vous d'un verre de madère ? proposa-t-il tout à trac, son visage retrouvant son sourire. J'ai apporté une bouteille de ma réserve personnelle.

Un murmure intéressé parcourut l'assemblée, et oncle Algy quitta la bibliothèque en promettant de revenir très vite.

Il mit cependant une bonne vingtaine de minutes à revenir. Une fois qu'il fut là, ils passèrent dans la salle de jeu, une pièce plus masculine que la bibliothèque avec ses panneaux de bois sombre, ses fauteuils à haut dossier et ses carafes alignées sur le buffet.

Oncle Algy avait déjà fait le service et versé le madère dans cinq verres de cristal.

— Cinquante-cinq ans d'âge, dit-il en leur montrant la bouteille. Le même millésime que moi. Excellente année ! s'exclama-t-il avant de laisser échapper son rire tonitruant.

— Jouons aux cartes pendant que nous buvons, suggéra lord Cheevers. Tout le monde est partant pour une partie de vingt-et-un ?

Ils prirent place autour de la table. Ninian choisit de s'asseoir à droite d'Oliver. Il semblait assez nerveux, remuant sur sa chaise et tripotant sans cesse les manchettes de sa chemise.

Cheevers sortit un paquet de cartes et distribua, tandis qu'oncle Algy faisait passer les verres de madère. Il avait servi généreusement et le verre le plus rempli de tous, presque à ras bord, était celui d'Oliver.

— Le duc a droit au plus grand verre, précisa-t-il avec un clin d'œil.

Oliver eut un rire gêné.

Ninian ne rit pas. Il continuait de tripoter ses manchettes et semblait aussi mal à l'aise qu'une vierge dans un bordel.

Oncle Algy leva son verre.

— Puisse le mousquet d'un soldat être toujours chargé et prêt à l'action ! dit-il en décochant un nouveau clin d'œil à Oliver.

Celui-ci avait entendu ce toast des centaines de fois – un toast qu'il lui arrivait de porter lui-même et qu'il ponctuait lui aussi d'un clin d'œil, car le « mousquet » avait évidemment un double sens grivois. Entendre son oncle prononcer ces mots le mit pourtant mal à l'aise sans qu'il puisse s'en expliquer la raison.

Il laissa échapper un nouveau rire gêné, leva son verre. Au même instant, Ninian tomba de sa chaise et heurta les genoux d'Oliver.

Oliver lâcha son verre, évitant de justesse de basculer de sa propre chaise. Le madère s'était renversé sur la table.

L'incident déclencha tout un remue-ménage – on s'empressa de mettre les cartes à l'abri et on épongea le madère. Cheevers traita Ninian de balourd, d'un ton à mi-chemin entre la plaisanterie et la réprimande.

Taquin, lord Warrington l'accusa d'avoir déjà bu avant que le madère soit servi. Mais oncle Algy ne dit rien. Il garda les dents serrées, visiblement mortifié par la maladresse de son fils.

Oliver ne dit rien non plus. Car il était absolument certain que Ninian avait fait exprès de tomber sur lui.

Mais pourquoi ? Qu'est-ce qui avait bien pu inciter son cousin à faire une chose pareille ?

Ninian redressa sa chaise et se rassit. Son visage était encore empourpré.

— Je suis vraiment désolé, cousin. Prenez mon verre, je vous en prie. Je n'aime pas tellement le madère, à dire vrai.

Il poussa son verre vers Oliver – et celui-ci eut la réponse à sa question. Si Ninian était volontairement tombé de sa chaise, c'était pour pouvoir lui donner son propre verre. Ce même madère qui s'était trouvé devant lui pendant qu'il tripotait ses manchettes.

Oliver sentit ses cheveux se dresser sur sa nuque, certain que Ninian avait glissé quelque chose dans ce verre – et il regretta que Rhodes ne soit pas là.

— Merci, Ninian, dit-il en tendant brusquement la main, s'ingéniant à renverser le verre.

Le remue-ménage reprit de plus belle, chacun s'employant à sortir son mouchoir ou à ramasser les cartes. Oliver prononça les paroles qu'on attendait de lui – des excuses et une plaisanterie dirigée contre lui-même – puis accepta un nouveau verre d'oncle Algy. On porta un toast. Et tout le monde but. Cheevers et Warrington s'extasièrent sur la qualité exceptionnelle du madère, mais Oliver fit à peine attention à son goût, tant il était préoccupé.

Rhodes ne s'était pas trompé.

Un de ses parents tentait bel et bien de le tuer.

16

Primrose se tenait dans le salon bleu pour garder un œil sur Mlle Middleton-Murray. Elle écoutait d'une oreille distraite une discussion sur la dernière mode en matière de robes de voyage, quand la porte s'ouvrit. Lord Cheevers et lord Warrington entrèrent, Oliver sur les talons. Les deux premiers avaient les joues roses et semblaient très guillerets. Mais pas Oliver, qui affichait une mine franchement sinistre. Dès qu'il croisa le regard de Primrose, il caressa son nez d'un geste brusque et ressortit dans le couloir.

Primrose laissa passer un moment, puis se leva.

— Je vous prie de m'excuser. Je vais voir comment se porte mon frère.

Lady Cheevers leva les yeux, les plumes de son turban oscillant au gré de son hochement de tête.

— Faites-moi savoir s'il a besoin de quoi que ce soit, lady Primrose.

— Je n'y manquerai pas, lady Cheevers.

Elle trottina aussi vite qu'elle put pour traverser le vestibule et le long couloir, et s'arrêta pour jeter un coup d'œil derrière elle avant d'ouvrir la porte dorée des appartements royaux.

Oliver l'attendait dans le boudoir en faisant les cent pas d'un mur à l'autre, tel un animal en cage.

— Que se passe-t-il ? demanda-t-elle. J'ai vérifié l'escalier il y a moins d'une heure et...

— Rhodes avait raison, l'interrompit Oliver en s'immobilisant au milieu de la pièce. Je pense que Ninian cherche à me tuer.

Primrose ouvrit la bouche, mais aucun son n'en sortit. Elle était trop stupéfaite.

— Je suis presque certain qu'il vient de tenter de m'empoisonner. Avec un verre de madère. Et il a sans doute déjà essayé hier, ajouta-t-il avec un froncement de sourcils. Avec ce satané tabac à priser.

Il se frotta le front, comme si les plis qui s'y étaient inscrits lui faisaient mal, s'approcha de la fenêtre et contempla le jardin détrempé par la pluie.

— Je veux que nous lui tendions ce piège, au bord du lac, ajouta-t-il. Dès que possible.

— Mais... Ninian vous idolâtre, Oliver ! Il ne pourrait pas plus essayer de vous tuer que de...

— Il ne m'idolâtre pas du tout, répliqua-t-il sans quitter des yeux la fenêtre. Il cherche à me tuer.

Primrose secoua la tête. Oliver ne la vit pas faire, mais il interpréta sans doute son silence comme une désapprobation.

— Si vous aviez pu voir ce qu'il a fait, vous n'en douteriez pas. Il a tenté de façon tellement *maladroite* de me faire boire son verre au lieu du mien...

Sa voix avait pris un nouvel accent qui ne relevait pas de la colère. Il était à la fois meurtri et éberlué.

— Oliver..., dit Primrose en s'approchant de lui.

Il se retourna, et sa façon de tordre la bouche ressembla davantage à une grimace qu'à un sourire.

— Il faut que nous parlions à Rhodes.

— Oui, mais racontez-moi d'abord précisément ce qui s'est passé.

Oliver s'exécuta obligeamment.

— Je sais que ça semble incroyable, Prim, dit-il quand il eut achevé son récit, mais je n'ai rien imaginé. Je vous en donne ma parole d'honneur.

— Je sais bien que vous n'inventez rien.

Oliver pressa un moment ses poings contre ses yeux, puis soupira et laissa retomber ses mains. Ce soupir et l'expression de son visage reflétaient une désolation qui ne lui ressemblait vraiment pas, et Primrose eut envie de le serrer dans ses bras. Mais elle se contenta de poser la main sur sa manche.

— Oliver...

Celui-ci eut moins de scrupules. Il l'enlaça. Loin d'être romantique, cependant, cette étreinte était davantage celle d'un homme qui a besoin de réconfort.

Il poussa un nouveau soupir.

— Si seulement cette maudite pluie voulait bien cesser...

— Elle finira par s'arrêter. Et dès qu'elle cessera, nous tendrons notre piège à Ninian.

Une part d'elle-même peinait toujours à accepter la culpabilité de Ninian Dasenby, car elle avait bien vu à quel point il adorait son cousin. Mais Oliver en était persuadé, et l'histoire qu'il venait de lui raconter était convaincante.

Il soupira une troisième fois et relâcha son étreinte.

— Allons voir Rhodes, dit-il.

— Quel que soit son état de santé, il ne voudra jamais partir demain matin.

Oliver garda le silence un moment.

— Je veux qu'il reste, dit-il finalement. Je tiens à le garder près de moi.

— Dans ce cas, il serait bon de trouver un remède pour ses yeux, non ? fit Primrose en se détournant pour gagner la porte.

Oliver la suivit, et le tapis étouffa le bruit de leurs pas quand ils traversèrent le petit salon. Dans le salon d'apparat, il prit sa main et la serra.

— Je suis heureux que vous soyez venue à Cheevers Court, Prim.

— J'en suis heureuse aussi, répondit Primrose en se sentant rougir.

— J'ai de la chance de vous avoir pour amis, Rhodes et vous, ajouta-t-il en penchant la tête pour déposer un baiser sur sa joue.

Primrose se sentit rougir encore plus, et son cœur se mit à cogner dans sa poitrine. Elle peina à trouver quelque chose à répondre.

— C'est nous qui sommes chanceux.

La bouche d'Oliver effleura à nouveau sa joue. Puis il y eut une pause au cours de laquelle l'univers sembla retenir son souffle. L'angle de sa tête changea alors imperceptiblement, et ses lèvres touchèrent les siennes.

Ce ne fut pas un baiser comme ceux qu'ils avaient échangés plus tôt, passionné et sauvage. Ce baiser se révéla étonnamment doux et tendre. Quand leurs lèvres s'unirent, elle perçut la saveur du madère sur sa langue. Puis il écarta la tête et baissa les yeux vers elle. Il n'avait plus l'air sinistre et semblait à présent… pensif.

Il ne dit rien pendant un long moment, se contentant de la regarder à travers ses yeux légèrement plissés, comme si elle représentait une question à laquelle il tentait de répondre.

Le cœur de la jeune femme battait douloureusement, et elle se surprit à retenir son souffle.

L'expression songeuse d'Oliver se dissipa alors, et il lui décocha un de ses sourires malicieux.

— Vous perdez vos épines, Prim, dit-il en effleurant sa joue du bout de son doigt.

Pour autant que puisse en juger Primrose, la pose de ventouses n'avait absolument pas soulagé Rhodes. Son frère avait le visage tuméfié, la voix éraillée, et les paupières si enflées qu'il peinait à garder les yeux ouverts. Pendant qu'Oliver lui racontait son histoire, elle l'observa attentivement et vit l'expression de son frère devenir de plus en plus grave.

— La question est réglée, déclara-t-il quand Oliver eut fini de parler. Je ne resterai pas dans cette chambre une minute de plus, ajouta-t-il en rabattant les couvertures et en descendant de son lit, vêtu de sa chemise de nuit.

— Du calme, vieille branche ! dit Oliver en posant la main sur l'épaule de Rhodes pour l'inciter à se remettre au lit. Nous n'avons pas encore besoin de toi. Nous allons devoir attendre que la pluie s'arrête et que tes yeux aillent mieux.

Rhodes chassa sa main, chancela, retrouva l'équilibre et regarda autour de lui de ses yeux mi-clos.

— Où sont mes vêtements ?

Oliver saisit plus fermement son épaule.

— Au lit !

Rhodes était habituellement le plus pondéré des hommes. Primrose pouvait compter sur les doigts d'une main le nombre de fois où elle l'avait vu perdre patience. Mais il n'avait rien de pondéré ce jour-là.

— Si tu t'imagines que je vais rester au lit alors que ce petit imbécile essaye de te tuer, c'est que tu ne me connais pas, gronda-t-il d'un ton furieux.

Primrose ouvrit la bouche pour lui dire qu'il devait vraiment se recoucher, regarda son visage farouche et tuméfié, et se dit que son frère n'apprécierait pas que sa petite sœur lui dise ce qu'il avait à faire. Elle jugea donc plus prudent de se taire et s'approcha de la fenêtre.

Le lac était visible depuis cet angle, vague étendue grisâtre parmi les arbres. Tandis qu'elle l'observait, elle repensa à son projet destiné à prouver que les parents d'Oliver n'essayaient pas de le tuer.

Sauf que l'un d'eux essayait *vraiment*.

Elle n'arrivait toujours pas à y croire. Une part d'elle voulait s'accrocher à sa première impression concernant Ninian Dasenby. Trois faits indéniables demeuraient, cependant.

Premièrement, il était amoureux de Mlle Cheevers.

Deuxièmement, lord Cheevers ne voulait pas d'un simple roturier pour sa fille ; il voulait un duc.

Troisièmement, si Oliver venait à mourir, Dasenby ne serait plus un simple roturier. Il deviendrait l'héritier d'un duché.

Primrose contempla le lac. La saveur du baiser d'Oliver s'attardait encore dans sa bouche, aussi suave et caramélisée que le madère qu'il avait bu.

Elle aurait aimé que la pluie s'arrête. Et que les yeux de Rhodes guérissent. Elle aurait aimé que toutes ces manigances soient terminées – celles de Ninian Dasenby et celles de Mlle Middleton-Murray.

Et elle aurait aimé qu'Oliver l'embrasse encore.

Elle tourna la tête pour le regarder, debout, les mains sur les hanches et le menton projeté en avant, en train de se chamailler avec Rhodes. Il semblait impossible qu'il ait pu l'embrasser quelques minutes plus tôt ; impossible qu'il l'ait serrée dans ses bras.

Il leva les bras en l'air en signe d'exaspération et pivota vers elle.

— Primrose, dites à votre frère qu'il se comporte comme un imbécile.

Le regard de la jeune femme passa d'un visage buté à l'autre. Si elle prenait parti, la situation ne ferait que s'envenimer. Elle réfléchit un moment et haussa les épaules.

— Je pense que vous devriez rester ici tous les deux.

— *Quoi ?* s'exclamèrent-ils en chœur, aussi indignés l'un que l'autre.

— Toi, tu dois te recoucher, dit-elle à son frère en désignant le lit à baldaquin, et remettre cette compresse sur tes yeux. Et *vous,* ajouta-t-elle en dirigeant l'index vers Oliver, vous feriez bien de rester ici, hors d'atteinte de Ninian.

Les deux hommes la fixèrent, bouche bée.

Un livre reposait sur l'appui de la fenêtre, un ruban marquant la page. Primrose le prit et le tendit à Oliver.

— Faites-lui la lecture.

— Mais..., dit-il en prenant le livre machinalement.

— Je ne suis pas invalide, Prim, ronchonna Rhodes.

— Au lit ! décréta Primrose, l'index tendu. La compresse sur les yeux, immédiatement.

Rhodes marmonna dans sa barbe. Elle gagna la porte.

— Je vais vérifier l'escalier, annonça-t-elle.

— L'escalier ? fit Rhodes. Quel escalier ? Pourquoi ?

— Oliver, dit Primrose en lui jetant un coup d'œil, pourquoi ne pas tout lui raconter au sujet de Mlle Middleton-Murray ?

— De quoi ? s'exclama Rhodes.

— Mais seulement une fois qu'il sera au lit avec sa compresse sur les yeux, précisa-t-elle avant de leur adresser un sourire suave et de quitter la chambre.

Dans le couloir, elle faillit se heurter à Benoît. Il portait plusieurs linges propres et pliés, ainsi qu'une aiguière d'eau. Il revenait sans doute des cuisines par l'escalier de service.

L'escalier de service...

Tandis qu'elle se rendait dans l'aile sud, Primrose réfléchit à la présence des escaliers de service. Elle grimpa les quatre marches au pied desquelles Mlle Carteris s'était brisé le poignet, vérifia qu'aucun fil n'était attaché au pied du pilastre, puis se mit en quête de l'escalier de service.

Elle le découvrit presque à l'opposé de sa propre chambre, derrière une petite porte discrète.

L'escalier se révéla raide, étroit et dépourvu de tapis. Il ne se contentait pas de descendre les quatre marches jusqu'au corps principal de la maison, mais tournait et plongeait jusque dans les profondeurs du domaine réservé aux domestiques : la cuisine, l'office et les caves.

Primrose contempla l'escalier d'un air songeur. Mlle Middleton-Murray était la filleule de lord Cheevers. Elle venait sans doute régulièrement en visite à Cheevers Court, et si elle connaissait bien la maison, elle connaissait aussi l'existence de cet escalier.

Elle tourna les yeux vers le couloir garni de tapis, l'endroit où Mlle Carteris avait trébuché et l'alcôve plongée dans l'ombre – puis reporta à nouveau les yeux vers l'escalier de service. Elle n'avait aucun mal à imaginer la scène : Mlle Carteris tombant, Mlle Middleton-Murray coupant aussitôt le fil et s'engouffrant dans l'escalier de service, pour se faufiler discrètement dans le salon bleu ou le salon jaune et reprendre la conversation avec les autres dames – puis jouant la surprise en apprenant l'accident de Mlle Carteris.

Elle jeta un dernier coup d'œil au couloir, puis s'avança dans l'escalier et referma la porte derrière elle. Elle descendit une volée de marches sur la pointe des pieds, puis une autre. Au-dessus d'elle, une porte s'ouvrit et se referma. Des pas entamèrent une descente rapide.

Primrose reprit sa descente, plus prestement.

En dessous d'elle, une porte s'ouvrit et se referma. Des pas entamèrent la montée des marches.

Primrose se figea.

Les pas qui descendaient atteignirent le demi-palier situé au-dessus de sa tête.

Primrose se sentit gagnée par la panique. Elle ferma les yeux très fort et souhaita se trouver derrière le paravent laqué du boudoir royal.

Il y eut un moment de vertige, le monde tournoya autour d'elle... puis tout se stabilisa.

Elle se trouvait derrière un paravent dans une pièce froide et plongée dans la pénombre. Elle entendit la pluie battre aux carreaux et huma un parfum de lavande moisie qui flottait dans l'air.

Elle jeta un coup d'œil prudent de l'autre côté du paravent. Les meubles recouverts de housses ressemblaient à des fantômes dans le clair-obscur. Elle libéra le souffle qu'elle retenait et émergea de sa cachette.

— Idiote, se dit-elle à elle-même.

Pourquoi avait-elle paniqué ? Les deux personnes qui s'étaient trouvées dans l'escalier étaient des domestiques, pas des scélérats de mélodrame. Ils se seraient contentés de la dévisager s'ils l'avaient croisée.

D'un autre côté, l'un des domestiques aurait pu être la femme de chambre de Mlle Middleton-Murray. La servante aurait pu rapporter cette surprenante rencontre à sa maîtresse. Et Mlle Middleton-Murray aurait pu comprendre ce que faisait Primrose dans cet escalier.

Primrose fit tourner ces pensées dans sa tête un moment, puis décida qu'elle avait pris la bonne décision, mais que sa motivation avait été mauvaise. La panique n'est jamais bonne conseillère.

Elle quitta les appartements royaux et remonta dans la chambre de Rhodes. Le valet la fit entrer. Non seulement son frère était au lit avec une compresse sur les yeux, mais Oliver était encore là. Tous deux tournèrent la tête quand elle entra.

— Alors ? demanda Rhodes en soulevant un coin du linge pour la regarder d'un œil injecté de sang.

Primrose jeta un coup d'œil au valet.

— Benoît n'ira rien dire à personne. N'est-ce pas, Benoît ?

— Bien sûr que non, monsieur, répondit le valet.

Primrose observa le domestique un moment. Benoît était jeune, mais il était aussi intelligent. Et discret.

— Elle n'a pas encore posé de piège, déclara-t-elle. Je vais descendre pour la garder à l'œil, annonça-t-elle.

Primrose ressortit, referma la porte et se rendit au salon bleu. Mlle Middleton-Murray ne s'y trouvait pas. Pas plus que dans le salon jaune, le salon de musique ou la bibliothèque.

Sapristi.

Primrose soupira, puis remonta jusqu'au couloir de l'aile sud, où se trouvait sa chambre ainsi que celles de Mlles Warrington et Middleton-Murray. Tout était tel qu'elle l'avait laissé. Pas de fil attaché au pied du pilastre, ni de Mlle Middleton-Murray tapie dans l'alcôve.

Elle revint sur ses pas jusqu'au salon bleu. Cette fois, Mlle Middleton-Murray s'y trouvait.

Primrose la couva d'un œil torve, ramassa un exemplaire du *Ladies' Monthly Museum* et fit mine d'être absorbée par la contemplation des gravures de mode. Elle n'avait pas tourné deux pages que Mlle Middleton-Murray quittait à nouveau la pièce.

Comme elle n'était toujours pas revenue au bout de dix minutes, Primrose reposa la revue et partit à sa recherche. Salon jaune, salon de musique, bibliothèque, puis le couloir jusqu'à l'aile sud.

Mlle Middleton-Murray n'était visible nulle part.

Primrose soupira. Elle allait encore mettre une éternité à regagner le salon bleu.

Elle jeta un coup d'œil derrière elle. Le couloir était parfaitement vide.

Elle grimpa dans l'alcôve et se représenta mentalement le paravent de laque du boudoir royal – et une seconde plus tard, elle se retrouvait derrière.

Primrose émergea prudemment, consciente de deux émotions contradictoires. D'une part, le soulagement d'avoir évité tous ces maudits escaliers. D'autre part, une émotion qu'elle n'avait plus ressentie depuis l'enfance : la sensation inconfortable d'avoir fait quelque chose de mal et d'encourir une réprimande si ses parents venaient à l'apprendre.

Elle ressortit des appartements royaux et gagna le salon bleu. Mlle Middleton-Murray ne s'y trouvait pas. Pas plus que dans le salon jaune, le salon de musique ou la bibliothèque.

Primrose serra les dents, prête à escalader de nouveau toutes ces marches – à moins qu'elle n'ait l'audace de se téléporter jusqu'à sa chambre ? Non, elle ne pouvait pas faire ça alors que sa femme de chambre risquait de s'y trouver.

Elle soupira donc et se tourna vers le grand escalier du vestibule... quand le bruit d'une conversation féminine parvint jusqu'à elle.

Les demoiselles Warrington et Middleton-Murray arrivaient dans le couloir, bras dessus, bras dessous.

— Où étiez-vous donc passées ? s'enquit Primrose en s'efforçant d'adopter un ton détaché.

— Dans le jardin d'hiver. C'est si plein de poésie par ce temps, répondit Mlle Warrington avec un frisson exagéré. Je vous conseille d'aller y faire un tour, lady Primrose.

Les deux demoiselles regardèrent dans la bibliothèque, le salon bleu, le salon jaune et le salon de musique. Constatant qu'Oliver ne se trouvait dans aucun de ces lieux, elles décidèrent de s'installer dans le salon bleu en compagnie des dames Cheevers, et se lancèrent rapidement dans une conversation animée au sujet de la dernière mode en matière de bonnets.

Primrose ramassa la revue qu'elle avait abandonnée un peu plus tôt et recommença à faire semblant de s'y intéresser. Elle étudiait la gravure d'une dame portant un turban assez semblable à celui de lady Cheevers quand Mlle Middleton-Murray se leva.

— Si vous voulez bien m'excuser un moment, dit-elle.

Laissant dépasser ses yeux au-dessus du magazine, Primrose regarda Mlle Middleton-Murray quitter la pièce et sentit son pouls s'accélérer. L'heure de vérité allait-elle sonner ?

Elle lui laissa prendre un peu d'avance, puis monta jusqu'à l'aile sud. Tout était exactement comme avant : pas de fil attaché au pilastre à hauteur de cheville, personne dans l'alcôve. Elle attendit cinq minutes, puis dix, puis quinze – et finit par se résigner et souhaita se retrouver derrière le paravent du boudoir royal.

Elle gagna alors le salon bleu et trouva la porte légèrement entrouverte. Des rires et des voix animées lui parvinrent.

Primrose poussa légèrement la porte et vit Mlle Warrington rejeter ses boucles en arrière. Elle avait les yeux brillants et ses joues étaient empourprées.

— Oh, Westfell, vous êtes si amusant !

Oliver avait décidé d'abandonner la sécurité de la chambre de Rhodes.

Primrose secoua la tête, puis entra et observa la façon dont une seule personne pouvait complètement modifier l'atmosphère d'une pièce. Un puissant courant d'énergie faisait crépiter l'air. Tout semblait plus lumineux, plus vivant, comme si Oliver avait fait pénétrer un rayon de soleil dans le salon bleu. Ou la lumière d'une lampe, car Mlles Warrington et Middleton-Murray voletaient autour de lui comme des papillons de nuit autour d'une lanterne.

Il croisa le regard de Primrose, au-dessus des têtes des deux demoiselles, et haussa légèrement les sourcils.

Elle répondit à la question dans son regard en levant le pouce, lui signifiant ainsi que tout était en ordre dans l'escalier. Puis elle retourna s'asseoir dans son fauteuil et reprit son magazine. Elle tourna les pages en écoutant Mlle Warrington tâcher de convaincre Oliver de se lancer dans un nouveau duo avec elle, tandis que Mlle Middleton-Murray s'évertuait à changer de sujet.

Malgré les drames qui menaçaient, Primrose sentit grandir en elle une terrible envie de rire, tant cette conversation à trois voix avait quelque chose de profondément comique.

Oliver surprit son regard et caressa discrètement son nez.

L'envie de rire s'évanouit telle une bulle de savon qui éclate. Il voulait parler avec elle ?

Elle reposa son magazine et quitta son fauteuil.

— Si vous voulez bien m'excuser, murmura-t-elle bien que personne, excepté Oliver, ne lui prêtait attention.

Le chemin jusqu'aux appartements royaux lui était devenu si familier qu'elle aurait pu les trouver les yeux bandés. Elle regarda autour d'elle pour s'assurer qu'aucun domestique n'était dans les parages, ouvrit la porte et se faufila dans le salon d'apparat.

Elle traversa le petit salon et le boudoir, et jeta un coup d'œil à la chambre à coucher.

La vision de ce lit immense, perché sur son estrade, suffit à la faire reculer dans le boudoir. Alors qu'elle s'approchait de la fenêtre, elle entendit la porte du grand salon s'ouvrir, puis se refermer.

Elle tourna la tête et son cœur fit un absurde petit bond quand Oliver entra dans le boudoir. La saveur de sa bouche resurgit sur sa langue – madère. Elle se sentit stupidement nerveuse et timide. *Faites que je ne rougisse pas*. Trop tard : ses joues s'étaient déjà échauffées.

— Vous vouliez me parler ? demanda-t-elle en s'écartant de la fenêtre, souhaitant que la pénombre suffise à cacher le rouge de ses joues.

Oliver se laissa choir à même la housse du canapé avec un grognement sourd.

— Sauvez-moi, Prim.

— De quoi donc ?

— Des femmes, répondit-il du même ton que s'il avait dit « de la peste ».

— Je suis une femme, lui rappela-t-elle.

La chaleur de ses joues décrut rapidement. Oliver n'avait pas vraiment souhaité lui parler ; il avait seulement cherché à échapper à ses admiratrices.

Pourquoi en concevait-elle du dépit ?

— Des femmes qui rêvent d'épouser un duc, précisa Oliver en laissant aller sa tête contre le dossier du canapé pour tourner les yeux vers le plafond avec un grand soupir.

Faisait-elle partie de ces femmes ? Rêvait-elle d'épouser Oliver ?

À son entrée dans le boudoir, la chose lui avait semblé possible. Et puis il avait ouvert la bouche et réussi à faire ce qu'il faisait le mieux : l'irriter.

— C'est vous qui les aiguillonnez, lui dit-elle. Si vous étiez resté distant dès le début, elles ne mettraient pas autant de zèle à tenter de vous séduire.

Oliver fit rouler sa tête sur le dossier pour la regarder.

— Qu'est-ce que cela aurait eu d'amusant ?

— Tout n'est pas prétexte à jouer dans la vie, répondit-elle d'un ton sévère.

— Vous auriez vraiment dû vous faire gouvernante, Primrose, déclara-t-il avec un sourire malicieux.

— Et vous, vous auriez dû vous faire clown !

Oliver rit. Il ne manifestait pas l'intention de se relever, se contentant de rester vautré, la tête renversée sur le dossier.

— Je me demande comment vous avez réussi à devenir capitaine dans l'armée, marmonna-t-elle.

— Oh, je ne faisais jamais le fou quand j'étais en service.

Il lui sourit, ses yeux luisant faiblement dans la pénombre de la pièce.

Primrose sentit son cœur se mettre à cogner dans sa poitrine. Elle savait que les hommes pouvaient avoir du charme, mais elle n'avait jamais vraiment réalisé qu'ils pouvaient être beaux. Oliver l'était à ce moment précis, d'une beauté à couper le souffle – ce regard doux et sombre, ce sourire joueur et les ombres qui venaient creuser ses joues. Que venait-il de dire ? Oh, qu'il n'avait jamais fait le fou en service.

— Je trouve cela difficile à croire !

— Je sais être sérieux quand il le faut, Prim. Je n'ai pas eu beaucoup de raisons de l'être, dernièrement. J'ai l'impression d'être en permission depuis mon retour en Angleterre. Mais j'ai l'intention d'accomplir mes devoirs de duc avec le plus grand sérieux, je vous assure – surtout quand la Chambre des lords siégera.

Oliver ruina ce discours en le ponctuant de son habituel sourire malicieux. Primrose émit un reniflement dédaigneux.

— Venez là, Prim, dit-il en tendant une main vers elle.

— Pourquoi ?

Elle regarda sa main un moment, puis s'avança vers le canapé et la prit.

Les doigts d'Oliver se refermèrent autour des siens, tièdes et puissants. D'une souple flexion du bras, il la fit asseoir près de lui.

— Parce que vous êtes le parfait antidote à Mlles Warrington et Middleton-Murray.

— Parce que j'ai des épines ? demanda-t-elle en se raidissant.

— Parce que vous êtes *vraie,* dit-il en plaçant son bras autour de ses épaules pour l'attirer vers lui. Vous ne tentez pas de vous faire passer pour quelqu'un que vous n'êtes pas.

Primrose se sentit à nouveau rougir. Allait-il l'embrasser ? Elle humecta nerveusement ses lèvres.

— Pourtant vous le faites bien, vous, dit-elle. Vous faites semblant d'être pompeux, frivole et prétentieux. Franchement, Oliver, l'opinion des autres vous est-elle totalement indifférente ?

— Ce n'est qu'un jeu, Prim. Et je n'y joue qu'avec celles qui cherchent à me mettre le grappin dessus. Pas avec les autres.

Ce qui se passait entre eux relevait-il également du jeu à ses yeux ? Toutes ces rencontres secrètes dans les appartements royaux, et cette façon qu'il avait de passer son bras autour de ses épaules ou de l'embrasser ?

La prise de conscience fut aussi glacée que soudaine. Évidemment que ce n'était qu'un jeu pour lui. Il n'aurait pas été aussi détendu, sinon. Contrairement à elle.

La mortification remplaça l'excitation et le désir dans sa poitrine. Comment avait-elle pu être assez sotte pour s'imaginer qu'il pouvait exister quelque chose entre eux ? Qu'elle était peut-être en train de tomber amoureuse d'Oliver ? Et que la réciproque était envisageable ?

— Vous ne devriez pas jouer à autant de jeux, dit-elle d'un ton pincé.

— Vous désapprouvez ?

— Absolument. Vous êtes aussi changeant qu'une girouette, Oliver. « Incarne celui que tu veux être et reste celui-là, que ce soit vis-à-vis de toi-même ou vis-à-vis des autres. » C'est Marc Aurèle qui a dit cela, et il avait entièrement raison.

Oliver pencha la tête vers elle.

— Il a aussi dit : « Débarrasse-toi de tes livres. » Avait-il raison sur ce point ?

Comment osait-il lui sourire ainsi ? Ne voyait-il donc pas qu'elle était mortifiée et furieuse ?

Primrose se dégagea de lui.

Oliver la laissa faire. Il se redressa, plaça l'avant-bras sur le dossier du canapé et se pencha vers elle. Tout près. Si près que le souffle tiède de son haleine souleva ses cheveux.

— Piquante, murmura-t-il à son oreille.

Cela ne sonnait pas comme une insulte quand c'était dit comme ça. Cela sonnait comme un compliment. Comme une caresse.

Un frisson la traversa, et son cœur s'emballa. Elle se raidit.

— Ce n'est pas bien de jouer avec les gens, Oliver.

Il redressa la tête et la regarda.

Pouvait-il voir à quel point elle se sentait blessée ? À quel point elle était fâchée contre elle-même ? Contre lui ?

— Pensez-vous que je joue avec vous, Prim ?

— Évidemment que vous le faites !

Il secoua la tête.

— Je vous donne ma parole d'honneur que non.

Elle avait tellement envie de le croire.

— Comment voulez-vous que je vous croie, quand vous êtes aussi...

— ... changeant qu'une girouette ? acheva-t-il à sa place avec un grand sourire.

— J'allais dire aussi *faux*.

— Pas toujours, dit Oliver. Pas même la moitié du temps. Et avec vous, jamais

Primrose repensa au bal des Cunningham, quand il avait bombé le torse et plastronné pendant qu'ils dansaient.

Mais il plaisantait ouvertement à ce moment-là, et ils l'avaient su aussi bien l'un que l'autre. Il s'était contenté d'être lui-même, l'agaçant Oliver Dasenby.

Il effleura sa joue du bout du doigt – et les pensées de la jeune femme se figèrent instantanément. Tout son être se concentra sur ce doigt. Qui glissa lentement le long de sa joue, traçant un chemin brûlant sur sa peau, puis le long de sa mâchoire jusqu'au milieu de son menton, où il s'arrêta.

Primrose se révéla soudain incapable de respirer. Incapable de bouger, incapable de détourner les yeux d'Oliver, dont le visage reflétait une expression qu'elle n'avait encore jamais vue, d'une étrange intensité.

Il lui fit relever le menton, concentra son regard sur sa bouche – puis baissa la tête et l'embrassa.

Primrose savait qu'elle aurait dû s'écarter vivement... mais elle n'en eut pas envie. La bouche d'Oliver était parfaite, le doigt qu'il avait laissé sur son menton était parfait, son baiser était parfait – *tout* était parfait, même la pluie, et même le parfum de lavande moisie des appartements royaux.

Sa langue toucha ses lèvres, puis s'immisça dans sa bouche et elle perdit toute faculté de penser. Elle n'était plus un être de raison, mais une créature dominée par l'instinct. Tout n'était plus qu'action et réaction. La langue d'Oliver glissant le long de la sienne, son souffle haletant. Les dents de Primrose mordillant la lèvre inférieure d'Oliver, ses grondements de plaisir.

Il l'attira encore plus près. Les mains de Primrose agrippèrent son gilet sans se soucier des délicats boutons de nacre ni des broderies raffinées.

Quand Oliver rompit finalement leur baiser, ils étaient tous deux haletants. Il recula légèrement, prit plusieurs inspirations, puis laissa échapper un rire rauque.

— Dire que je vous appelais lady Proprette !

Comme elle avait détesté ce surnom. Comme elle l'avait détesté, *lui,* quand il l'appelait ainsi. Il semblait impossible qu'Oliver ait pu un jour être ce garçon railleur – et elle, cette fillette susceptible.

— Cela semble si loin, dit-il.

— Presque vingt ans.

Mais cela semblait plus lointain encore. Comme s'il s'agissait d'une vie antérieure ou de la vie de quelqu'un d'autre, comme s'ils n'avaient jamais été ces enfants.

Le sourire d'Oliver s'atténua. Il tendit la main et fit doucement glisser son pouce le long de sa lèvre inférieure, dans un sens puis dans l'autre, et recommença.

— Si quelqu'un m'avait dit à l'époque qu'un jour nous nous embrasserions à perdre haleine, je ne l'aurais pas cru.

— Moi non plus, répliqua Primrose. Ce que je souhaitais le plus au monde, c'était vous tordre le cou.

Oliver sourit, bomba le torse et se rengorgea.

— Je produis souvent cet effet-là.

Primrose ne put s'empêcher de rire.

— Quel idiot vous faites, Daisy...

— Je sais, répondit-il sans cesser de sourire. Mais vous aimez cela.

Et il avait raison. Elle aimait cela. Beaucoup. D'ailleurs, elle aimait beaucoup cet homme.

De fait, elle l'aimait trop – car la vérité, c'était qu'Oliver Dasenby et elle ne se marieraient jamais. Il le savait. Elle le savait. Et pourtant elle acceptait de le retrouver secrètement et de l'embrasser. Un comportement parfaitement déshonorant. Et même *dangereux*. Si Rhodes venait à l'apprendre... Pire, si ses parents le découvraient...

Primrose se leva brusquement.

— Je ferais mieux d'aller voir Rhodes. Tâchez d'occuper Mlle Middleton-Murray, Oliver. Si elle est affairée à vous ensorceler, elle n'aura pas le temps de tendre des pièges.

— Ce que vous pouvez être rabat-joie, souffla-t-il en faisant la grimace.

Ignorant ce commentaire, Primrose regagna vivement le salon d'apparat et sortit dans le couloir. En réalité, elle aurait préféré rester sur le canapé avec Oliver, mais elle se força à monter l'escalier pour gagner la chambre de Rhodes. Elle fut soulagée de trouver son frère allongé, sa compresse humide sur les yeux, écoutant son valet lui faire la lecture.

Elle se rendit ensuite dans l'aile sud, où elle inspecta le pilastre et l'alcôve, mais ne vit rien d'anormal. Elle lança un coup d'œil à droite et à gauche, tendit l'oreille. Aucun bruit de pas ne lui parvint, aucun craquement de plancher, aucune voix. Satisfaite, elle se glissa dans l'alcôve et souhaita se retrouver dans le boudoir royal.

Le monde tournoya autour d'elle pendant un moment - et quand il se stabilisa, elle se trouvait derrière le paravent de laque.

Elle jeta un coup d'œil de l'autre côté, aperçut le canapé vide dans la pénombre, s'avança dans la pièce - et heurta violemment quelqu'un.

Elle recula en laissant échapper un petit cri. L'autre personne poussa un cri et tomba à la renverse.

17

Oliver amorça le mouvement de se relever – et resta figé quand il reconnut celle qui se trouvait devant lui.

La chose qui avait surgi du paravent – fantôme, goule, ou Dieu savait quoi – c'était... *Primrose* ?

Primrose qu'il avait vue quitter cette pièce un quart d'heure plus tôt.

Oliver la scruta, et plus il observa cette silhouette assombrie et ce visage très pâle, plus sa certitude s'affermit.

C'était *bien* Primrose. Les yeux écarquillés et les mains plaquées sur la poitrine, comme si son cœur cherchait à s'échapper de sa cage thoracique.

Son propre cœur tentait précisément de faire la même chose, et son pouls martelait follement ses tympans.

— Prim ? s'enquit-il prudemment.

— Vous m'avez fait peur, dit-elle d'une voix ténue et légèrement haletante.

Oliver se redressa lentement, encore incertain sur ses jambes. « Vous m'avez fait peur aussi », fut-il sur le point de répondre alors que c'était évident, après le cri qu'il avait poussé.

Il ne savait pas ce qui le gênait le plus : que Primrose l'ait entendu hurler de peur et l'ait vu tomber à la renverse, ou de ne pas comprendre par quel miracle elle avait pu soudainement surgir derrière le paravent. Il n'avait pas entendu le moindre son, aucun bruit de porte ni de pas. Absolument rien.

— Que diable faites-vous là, Prim ? demanda-t-il d'une voix aussi haletante que la sienne, quoique plus brusque.

— Je suis désolée. Je pensais qu'il n'y aurait personne, répondit-elle, les mains toujours pressées sur sa poitrine.

Oliver la contourna pour aller regarder derrière le paravent. Il n'y découvrit que des ombres. Il examina les murs et ne distingua aucune porte.

Il se retourna vers elle.

— Comment êtes-vous arrivée derrière ce paravent ?

Primrose le dévisagea, puis son regard alla se poser sur le mur - comme si elle cherchait une porte, elle aussi.

— Eh bien ?

Elle humecta nerveusement ses lèvres mais ne dit rien. Oliver cala les mains sur ses hanches.

— Prim... comment êtes-vous arrivée là sans que je voie ni entende rien ?

Elle le regarda et pressa ses mains l'une contre l'autre.

— Vous ne me croiriez pas si je vous le disais.

— Vraiment ?

Elle secoua la tête.

— *Expliquez-moi*, Prim.

Elle le dévisagea un long moment, puis tourna les talons.

— Venez avec moi.

— Où cela ? demanda-t-il d'un ton méfiant.

— Voir Rhodes.

— Rhodes ? dit-il en lui emboîtant le pas. Pourquoi ?

— Parce que je sais que vous ne me croirez pas. Lui, vous le croirez.

Oliver la suivit en silence, repassant dans sa tête les événements qui venaient de se produire. Quand ils émergèrent des appartements royaux, tout lui parut aussi irréel qu'un rêve, et il aurait presque pu croire que ce n'était pas arrivé. Mais c'était arrivé : Primrose avait soudain surgi du néant.

Ils s'arrêtèrent devant la porte de Rhodes. Primrose leva la main pour frapper, puis la laissa retomber.

— Êtes-vous certain de ne pas pouvoir tout oublier, Oliver ? demanda-t-elle en le regardant d'un air suppliant.

Non. Il ne pourrait jamais oublier. Il aurait pu, cependant, se comporter en gentleman et accéder à sa supplique en faisant *comme si* rien n'était arrivé. Sauf que le fait de ne pas savoir l'aurait rendu fou. Et il avait besoin de savoir, parce qu'il avait embrassé Primrose une heure plus tôt et que si ce mystère restait entre eux, il ne pouvait pas jurer qu'ils s'embrasseraient à nouveau.

— J'en suis tout à fait certain.

Primrose accepta sa réponse en tordant la bouche sur le côté. Elle frappa à la porte, et le valet de Rhodes vint leur ouvrir.

— Westfell et moi aimerions parler à mon frère en privé, Benoît.

— Bien sûr, lady Primrose, répondit le valet en sortant dans le couloir.

Elle pénétra dans la chambre. Oliver la suivit et referma la porte. Rhodes souleva sa compresse, révélant un œil injecté de sang.

— Que se passe-t-il ? C'est Ninian ? A-t-il tenté quelque chose ?

Primrose pressa ses mains l'une contre l'autre et prit une grande inspiration.

— Oliver m'a vue me téléporter.

Rhodes parut comprendre cette étrange déclaration. Il grimaça.

— Vraiment ?

— Oui. C'était un accident, je suis désolée.

— Je m'en doute, dit Rhodes en écartant tout à fait le linge humide pour le placer dans une cuvette sur la table de chevet.

Il regarda Oliver. Son expression était difficile à déchiffrer, tant ses paupières étaient enflées, mais Oliver lui trouva un air prudent, peut-être même méfiant.

— Et... qu'en penses-tu, Ollie ?

— Je n'en pense rien parce que je ne *sais* rien. Que diable se passe-t-il, au juste ?

Rhodes jeta un coup d'œil à Primrose.

— Tu ne lui as rien dit ?

— Je me suis dit qu'il serait plus enclin à te croire, plutôt que moi.

— J'en doute, ricana Rhodes.

— Allez-vous cesser tous ces mystères et m'expliquer enfin ce qui se passe ? s'impatienta Oliver.

Le frère et la sœur le dévisagèrent avant d'échanger un regard. Finalement, Rhodes haussa les épaules.

— Primrose a une fée marraine.

Oliver laissa échapper un rire de dérision.

— Je suis sérieux, ajouta Rhodes d'un ton *très* sérieux. Toutes les femmes de notre famille ont cette fée. Notre mère, Prim, Violet, Aster. Mes tantes. Mes cousines.

Oliver pouffa de nouveau.

— Elle leur accorde un souhait le jour de leur vingt-troisième anniversaire. Primrose a choisi la téléportation, ce qui signifie qu'elle peut se déplacer d'un endroit à un autre comme ça, dit Rhodes en claquant des doigts.

Oliver secoua la tête. Il ne pouvait pas le croire.

— Montre-lui, Prim, dit Rhodes.

Oliver tourna les yeux vers elle – et il venait à peine de le faire qu'elle disparut sous ses yeux. Elle se volatilisa purement et simplement, comme si elle n'avait jamais existé.

— C'est instantané, déclara la voix de Primrose derrière lui.

Oliver réussit à ne pas crier et à ne pas tomber, cette fois. Il se contenta de sursauter violemment et pivota vers elle. Tous les poils de son corps s'étaient hérissés.

— Je voulais voyager à la fois dans l'espace *et* dans le temps, mais Sinistre n'a pas voulu. Elle m'a expliqué que les êtres humains ne doivent jamais se mêler du temps. Alors j'ai choisi la téléportation.

Oliver ne fut pas certain de l'ordre dans lequel il devait répondre à cette série d'affirmations.

— Sinistre ? releva-t-il finalement.

— C'est le nom de ma fée marraine.

Oliver laissa échapper un petit rire incrédule. « Je ne crois pas aux fées, eut-il envie de dire. Ni aux souhaits, ni à la magie. » Mais comment aurait-il pu dire cela alors qu'il venait de voir Primrose disparaître puis réapparaître ?

D'une main, il frotta vigoureusement l'arrière de son crâne. Il n'avait pourtant rien bu de la journée. Était-il en proie à la fièvre ? À des hallucinations ? À moins qu'il ne s'agisse d'une plaisanterie, d'une farce remarquablement sophistiquée ?

Il regarda Primrose. Son expression était grave. Sérieuse.

Il se tourna vers Rhodes. Son plus vieil ami était tout aussi grave et sérieux.

Il n'était pas victime d'une hallucination.

Il ne s'agissait pas d'une farce.

C'était réel.

Oliver s'approcha de la fenêtre et contempla le paysage détrempé de pluie. Il croisa les bras, sans trop savoir s'il faisait cela parce qu'il était fâché ou sur la défensive. À moins qu'il n'ait cherché à s'ancrer quelque part, parce que le monde se retrouvait subitement à l'envers.

Des fées ?

Il écouta la pluie qui tambourinait aux carreaux. Finalement il se retourna, gardant les bras croisés.

— À quoi ressemble-t-elle, cette fée ?

— Elle est effrayante, répondit Primrose en frissonnant.

Oliver arqua un sourcil et décroisa les bras.

— Effrayante ?

— Elle a les yeux noirs et des dents aussi pointues que celles d'un chat.

Oliver s'adossa à l'appui de la fenêtre.

— Quelle taille fait-elle ?

— À peu près la même que moi.

— L'as-tu vue, toi aussi ? demanda-t-il en regardant Rhodes, qui secoua la tête.

— Elle ne se montre pas à nous.

— Nous ?

— Les hommes.

Oliver réfléchit à cela un moment.

— Qui d'autre connaît son existence ?

— Personne, en dehors de la famille.

— Evelyn le savait-elle ?

Rhodes secoua de nouveau la tête.

— Et mes enfants ne le sauront pas non plus. Il vaut mieux garder cela secret.

— Mais ta fille...

— Sinistre ne viendra pas la voir.

— Tu viens pourtant de dire qu'elle se manifestait à toutes les femmes de ta famille.

— Seulement celles issues d'une lignée de femmes, expliqua Primrose. La lignée se poursuit à travers Violet, Aster et moi, mais elle est rompue avec Rhodes.

Oliver se concentra sur tous ces éléments.

— Cet… héritage a donc été transmis par votre grand-mère à votre mère, puis à vous, Violet et Aster, et il sera transmis à vos filles si vous en avez, mais pas à Rhodes ni à ses filles ?

— Absolument.

— Et… vos deux tantes ont eu droit à un souhait, poursuivit-il en plissant les yeux. Ainsi que Lily, Clem et Daph. Et *leurs* filles y auront droit aussi – si elles ont des filles. Mais pas Carlyle, ni aucune des filles qu'il pourrait avoir ?

— C'est exact.

Oliver regarda Rhodes.

— Ça ne te fait rien ?

— Je vais être duc, répondit Rhodes avec un haussement d'épaules. Je m'estime plutôt chanceux.

Oliver rit – d'un vrai rire, cette fois – puis retrouva son sérieux.

— Si tu ne vas pas en parler à tes enfants, comment se fait-il que tes parents t'en aient parlé ? demanda-t-il à Rhodes.

— Je suis destiné à devenir le chef de la famille, aussi est-il préférable que j'en sois informé. Et peut-être qu'un jour, j'en parlerai à mon fils aîné. Tout dépendra des mariages que feront mes sœurs. Si elles choisissent de se marier.

Oliver préféra ne pas s'attarder sur ce dernier point et piocha au hasard parmi toutes les questions qui tournoyaient dans son esprit.

— Comment se fait-il que votre famille ait une fée marraine ?

— Une de nos ancêtres a rendu service à Sinistre, répondit Primrose. C'est notre récompense.

— Votre récompense ? Qu'a donc fait cette ancêtre ?

— Nous ne savons pas, dit Rhodes. Cela remonte à plusieurs siècles. Quelque chose d'important, en tout état de cause.

Important ? Oliver aurait plutôt dit « colossal ».

— D'autres familles ont-elles une fée marraine ?

Primrose secoua la tête.

— On nous a toujours dit que nous étions la seule.

— Et... quel a donc été le souhait de Violet et Aster ? Et celui de votre mère ? À moins que ce ne soit secret ?

— Notre mère peut se téléporter, comme moi, et...

On frappa soudain à la porte.

Primrose se tut et se chargea d'aller ouvrir. Benoît se tenait sur le seuil.

— Mlle Warrington a fait une mauvaise chute dans l'escalier, annonça-t-il.

— Malédiction ! s'exclama Oliver en se détachant de l'appui de la fenêtre. Est-elle blessée ?

— Il est possible qu'elle se soit cassé le nez, Votre Grâce. On a envoyé quérir le médecin.

— Quelqu'un a-t-il été témoin de sa chute ?

— Non, Votre Grâce. Elle était seule quand c'est arrivé.

— Dans quel escalier ? demanda Primrose.

— Le même que celui qui a valu à Mlle Carteris de se briser le poignet. Les femmes de chambre disent que c'est la faute d'un fantôme, ajouta-t-il avec un haussement d'épaules.

— Pas un fantôme, juste une maudite harpie, corrigea Oliver d'un ton sinistre. Venez, Prim. Allons voir de quoi il retourne.

18

Ils traversèrent d'un pas vif le couloir, puis une galerie remplie d'échos et une autre plus modeste. Le petit escalier permettant d'accéder à l'aile sud se profila au loin. Une servante se tenait à quatre pattes au pied des marches, frottant le tapis.

— Est-ce l'endroit où Mlle Warrington est tombée ? demanda Oliver quand ils l'eurent rejointe.

— Oui, Votre Grâce.

Oliver regarda la tache humide sur le tapis et souhaita que le nez de Mlle Warrington soit seulement tuméfié et non pas cassé.

Son travail terminé, la servante essuya ses mains sur son tablier, ramassa seau et brosse, puis s'éloigna.

Oliver et Primrose attendirent que le bruit de ses pas décroisse, avant de grimper les quatre marches. Le couloir qui s'étirait depuis le palier était désert.

Il examina l'alcôve, mais n'y découvrit aucun fil. Primrose se chargea de vérifier le pied du pilastre. Elle s'accroupit et tendit le doigt.

— Regardez, Oliver.

Oliver regarda et ne vit rien. Il s'avança plus près.

Primrose désignait la rainure située à hauteur de cheville. Elle semblait exactement telle qu'elle avait été. Ah, mais non… Était-ce un fil qui était attaché autour ?

Il leva les yeux vers elle.

— Vous le voyez ? demanda Primrose.

— Je le vois, en effet.

Oliver tourna la tête en entendant des voix se rapprocher dans la galerie.

— C'est absolument épouvantable ! disait Mlle Middleton-Murray.

Primrose se releva, saisit le bras d'Oliver et l'entraîna dans le couloir où ils trottinèrent sur la pointe des pieds, courant presque. Elle ouvrit une porte et le poussa dans ce qu'il crut d'abord être la chambre de la jeune femme.

Il regarda autour de lui.

Ce n'était pas du tout la chambre de Primrose. Ni la chambre de personne, d'ailleurs. C'était un escalier de service.

Primrose referma silencieusement la porte. Ils restèrent immobiles sur le petit palier, dressant l'oreille. Aucun son ne leur parvint.

— Nous avons une preuve, maintenant ! chuchota Primrose, très excitée. Nous allons pouvoir le dire à Cheevers !

Oliver secoua la tête.

— Ce n'est pas une preuve suffisante, murmura-t-il en retour. N'importe qui aurait pu attacher ce fil.

— Vous voulez que nous gardions cela pour nous ? demanda Primrose en plissant le front.

— Je ne sais pas. Nous allons devoir réfléchir. Mais pas ici, ajouta-t-il en se tournant vers l'escalier qui descendait. En route !

— Je vous laisse descendre de votre côté. Rejoignez-moi dans les appartements royaux dans dix minutes.

Oliver acquiesça, descendit une marche, puis s'immobilisa et tourna les yeux vers elle.

— Allez-vous... vous savez quoi ? demanda-t-il en claquant des doigts comme l'avait fait Rhodes.

Primrose hésita.

— Peut-être.

— Pouvez-vous attendre que je sois arrivé là-bas pour le faire ? J'aimerais vous voir arriver.

— C'est trop dangereux, répondit-elle en secouant la tête.

— Dangereux ? Comment cela ?

— Imaginez ce qui arriverait si je me téléportais à l'endroit précis où vous vous trouvez.

Oliver réfléchit un instant et frissonna.

— C'est pour ça que j'ai utilisé le paravent : parce que je savais que personne ne serait derrière. Mais vous avez presque failli vous y trouver.

— Je vous promets de me tenir à un mètre du paravent, Prim. J'aimerais tant vous voir arriver, cette fois...

Elle saisit sa lèvre inférieure entre ses dents, et il sentit son indécision.

— Allez, Prim, dites oui ! S'il vous plaît.

Elle libéra sa lèvre.

— D'accord. Mais ne vous tenez surtout pas derrière le paravent, Oliver.

— Je ne le ferai pas. Parole d'honneur.

Oliver était légèrement essoufflé lorsqu'il atteignit les appartements royaux. Il traversa le salon d'apparat et le petit salon pour se rendre dans le boudoir. Cette enfilade de pièces avait quelque chose de lugubre. La pâle lueur du jour peinait à percer l'obscurité, le damas rouge des murs semblait presque noir, et les meubles enveloppés de housses peuplaient les lieux d'ombres sinistres.

Sépulcral. C'était le mot qui convenait pour décrire l'endroit.

Il avança prudemment jusqu'au paravent de laque rouge et noir.

— Prim ?

Personne ne répondit. Oliver fit deux pas de côté, jusqu'à ce que son épaule effleure le mur tendu de soie et qu'il ait une vue parfaite sur l'espace situé derrière le paravent.

Il prit appui contre le mur et attendit. Son cœur battait un peu trop vite. Une émotion lui picota la peau. Il n'aurait su dire si c'était de la crainte ou de l'impatience.

« Ne crie pas, cette fois, se dit-il. Et évite de tomber à la renverse. » Parce qu'un homme ne pouvait espérer restaurer sa fierté après avoir poussé un cri de peur et...

Primrose apparut derrière le paravent.

Alors qu'il s'était attendu à son apparition, Oliver eut un mouvement de recul si soudain que sa tête heurta le mur. Un son jaillit de sa gorge. Un glapissement plutôt qu'un cri, cette fois – ce qui était peut-être encore pire.

Et puisqu'un homme ne pouvait espérer restaurer sa fierté après avoir crié *ou* glapi, Oliver décida de surjouer le moment, tel un acteur dans un mauvais mélodrame. Il plaqua les deux mains contre son torse comme si son cœur avait lâché, chancela de quelques pas et s'écroula sur le sol, les bras en croix et les yeux clos.

Après un moment, des pas étouffés se rapprochèrent. Il souleva les paupières. Primrose baissait les yeux vers lui, les mains sur les hanches.

— Vous êtes vraiment un idiot, Daisy.

Les traits de son visage étaient indéchiffrables, car son visage se trouvait dans l'ombre, mais il sut au ton de sa voix qu'elle avait du mal à garder son sérieux.

— Les meilleurs ducs le sont tous, dit Oliver sans détacher la tête du sol.

Elle s'assit près de lui, croisant les jambes en tailleur.

— Qu'allons-nous faire ? demanda-t-elle.

Il tendit la main et noua ses doigts aux siens.

— Au sujet de Mlle Middleton-Murray ?

— Oui.

— Je n'en sais rien, soupira Oliver en s'asseyant.

— Nous ne pouvons pas la laisser s'en tirer comme ça.

Oliver recula sur le tapis jusqu'à ce que son dos touche le mur. Il attira alors Primrose près de lui et passa son bras autour de ses épaules.

La jeune femme se laissa aller contre lui.

— Elle ne recommencera sans doute pas, enchaîna-t-elle. Elle n'a plus aucune rivale, à présent.

— Croyez-vous ? répondit Oliver en déposant un baiser sur ses cheveux soyeux. Je n'en suis pas si sûr.

— Vous ne me voyez peut-être pas comme une vieille fille, Oliver, mais pour Mlle Middleton-Murray c'est une évidence. Elle m'a rangée dans la catégorie des célibataires endurcies, des chaperons et des vieilles dames.

— Elle commet là une belle erreur, dit-il.

Il embrassa à nouveau ses cheveux, qui avaient la même odeur de fleur d'oranger que sa peau.

— Quant à Mlle Cheevers, elle ne fait pas non plus une rivale car elle est amoureuse de votre cousin.

— Pardon ? demanda Oliver en relevant la tête.

— Mlle Cheevers est amoureuse de M. Dasenby.

— Du diable si elle l'est !

— Comment avez-vous pu ne rien remarquer ? demanda Primrose en poussant un soupir exagéré. Elle ne flirte pas du tout avec vous.

— C'est parce qu'elle est un peu timide.

— Très timide, approuva Primrose. Et follement amoureuse de votre cousin. Et si vous ne l'avez pas remarqué, Mlle Middleton-Murray, elle, l'a très bien vu.

— Mlle Cheevers préfère ce mollasson à moi ? dit Oliver, légèrement piqué.

— Mais oui. Ce qui est une excellente chose, car nous n'avons pas à craindre que Mlle Middleton-Murray ne lui tende un piège.

Oliver grommela un vague assentiment. Il ne l'écoutait plus que d'une oreille. Il songeait à Ninian. Ninian qui avait renversé la boîte à priser, la veille. Ninian qui avait renversé le madère, aujourd'hui.

Il repensa à la main qui l'avait poussé entre les omoplates.

— Si nous ne pouvons pas pincer Mlle Middleton-Murray, nous devrions réussir à piéger votre cousin, dit Primrose comme si elle avait suivi le cours de ses pensées. Avez-vous décidé de ce que vous ferez de lui ?

— Non, soupira Oliver. S'il a vraiment tué oncle Reginald et Percival, il mérite d'être pendu. S'il ne les a pas tués, l'exil dans les colonies suffira, dit-il avant de fermer soudain les yeux. Mon Dieu ! Comment annoncer à oncle Algy que son fils a tenté de me tuer ?

— Nous réfléchirons à cela le moment venu, dit Primrose. Une chose à la fois, Oliver. La première consiste à le prendre sur le fait.

— Oui, soupira-t-il, gagné par une mélancolie qui ne lui ressemblait guère.

C'était sans doute à cause de la pluie. Et de l'obscurité qui régnait dans le boudoir. La maladie de

Rhodes n'aidait pas non plus. Si on ajoutait à cela les odieux stratagèmes de Mlle Middleton-Murray et de Ninian, il n'était guère étonnant qu'il n'ait pas le moral.

Mais il était duc, et son bras enlaçait les épaules de Primrose Garland : la vie n'était donc pas si affreuse. Il s'ébroua mentalement.

— « Ne dis pas : “Je suis malheureux parce que telle chose m'est arrivée.” Dis plutôt : “Je suis heureux *même si* telle chose m'est arrivée.” »

Il sentit Primrose se raidir de surprise.

— Ce Marc Aurèle avait quand même compris deux ou trois choses, commenta-t-il.

Elle s'écarta de façon à pouvoir le regarder.

— Je ne peux pas croire que vous l'ayez lu. Et que vous l'aimiez assez pour le citer. Vous avez dit préférer les romans. Surtout ceux qui contiennent des fantômes ou des cavaliers sans tête.

— C'est le cas, répondit-il avec un sourire malicieux. J'en ai lu un, une fois, dans lequel on trouvait un fou, un passage secret, une oubliette, et *deux* fantômes, l'un d'eux étant privé de tête. Le meilleur livre que je connaisse.

Primrose roula des yeux.

— À dire vrai, Prim..., dit-il en l'attirant vers lui pour remettre son bras autour de ses épaules, Marc Aurèle n'avait pas vraiment retenu mon attention quand je l'ai étudié en classe. Mais votre père m'a donné un exemplaire de ses *Pensées* quand j'ai embarqué pour l'Inde, en me disant que Marc Aurèle avait été un bon soldat et un bon chef, et que sa lecture me serait profitable puisque j'avais choisi de me faire soldat, se souvint-il avec un gloussement. Je ne vous cache pas que je n'avais pas trop envie de le lire. Je ne l'ai fait que par devoir envers votre père. Mais ce qui est drôle, c'est que je l'ai trouvé bien plus intéressant qu'à l'école. À tel point que je me suis surpris à le relire, et chaque fois je trouvais ça encore plus intéressant que la fois précédente.

— Quelle est votre citation préférée ? demanda-t-elle.

Oliver réfléchit à la question.

— « La première règle est de garder un esprit serein. La seconde est de regarder les choses en face et de les connaître pour ce qu'elles sont. »

— « Un esprit serein » ? releva-t-elle en laissant échapper un léger rire. Oui, c'est tout à fait vous.

Elle laissa reposer sa tête contre l'épaule d'Oliver et sa main sur son torse, tandis que ses doigts faisaient machinalement tourner un des boutons de son habit dans un sens puis dans l'autre. Sans doute pensaient-ils tous deux à la même chose.

Regarde les choses en face et connais-les pour ce qu'elles sont.

Mlle Middleton-Murray.

Ninian.

— « Pense aux choses qui incitent un homme à vouloir en détruire un autre », dit-il à voix basse.

Primrose compléta la citation.

— « Ces choses sont l'espoir, l'envie, la haine, la peur et le mépris. » Mlle Middleton-Murray *espère* devenir duchesse et elle a *peur* de ne pas le devenir.

— Ninian m'envie, dit Oliver.

— Non, je ne crois pas, corrigea Primrose. Je crois qu'il a peur que lord Cheevers ne lui permette pas d'épouser sa fille.

— Quoi ?

— Il est aussi amoureux d'elle qu'elle de lui. Vous n'aviez pas remarqué ?

— Non, répondit Oliver, troublé.

— Mais lord Cheevers veut un duc pour gendre, ajouta Primrose. Ce qui signifie...

— Que je contrarie les projets amoureux de Ninian.

— Je suis désolée, Oliver, souffla-t-elle en détachant la main du bouton de sa veste pour la poser sur son torse.

— Moi aussi, soupira-t-il avant de se ressaisir. « Supporter noblement le malheur est un bonheur. »

— Facile à dire, observa Primrose. Mais difficile à faire. Pour moi, en tout cas.

— Rassurez-vous, je ne trouve pas cela facile, moi non plus, pouffa Oliver.

Il se sentait beaucoup moins mélancolique, en revanche – et ce n'était pas grâce à Marc Aurèle, mais grâce à Primrose. Il laissa aller sa tête contre le mur, se contentant de savourer l'instant, assis par terre, son bras enlaçant Primrose Garland.

Le moment ne dura guère, malheureusement. La jeune femme se coula hors de l'étreinte de son bras, se remit debout et épousseta sa robe.

— Venez, dit-elle en lui tendant la main. Rhodes sera curieux d'apprendre ce que nous avons découvert.

Oliver prit sa main et se releva, mais garda sa main dans la sienne.

— Il y a quelque chose que nous devons faire, d'abord.

— Quoi donc ?

Il l'attira dans ses bras.

— Échanger un baiser.

— Oliver ! protesta Primrose, sans chercher pour autant à s'esquiver.

Elle inclina même la tête sur le côté, et quand leurs bouches se touchèrent, ses lèvres s'entrouvrirent.

Oliver avait embrassé bon nombre de femmes en son temps, et toutes s'étaient révélées plus expérimentées que Primrose dans l'art du baiser. Mais peut-être était-ce justement ce qui faisait la particularité des baisers qu'il échangeait avec elle. L'innocence de son enthousiasme l'enflammait comme aucun talent expert ne l'avait jamais fait. Ou peut-être était-ce parce que celles qu'il avait embrassées jouaient un jeu – le même que celui auquel il jouait lui-même, un jeu de flirt et de tranquille intimité.

Primrose, elle, ne jouait pas – et lui non plus. Et même si ça l'effrayait un peu, ça faisait aussi battre son cœur et courir une onde de chaleur sous sa peau.

Il n'était jamais rassasié d'elle – cette bouche tiède et accueillante, ces lèvres douces, ces dents lisses et cette langue veloutée… mais surtout, sa *saveur*. Sans doute une des plus grandes énigmes de l'humanité : comment les baisers d'une dame à la langue acérée pouvaient-ils être aussi suaves ?

Oliver l'embrassa jusqu'à ce qu'il n'ait plus de souffle, puis releva la tête et remplit d'air ses poumons. Il était légèrement tremblant, ce qui ne lui était encore jamais arrivé après avoir embrassé une femme. Un fait sans précédent. Mais tout ce qui concernait Primrose était sans précédent.

Il la serra étroitement contre lui tandis que son pouls cessait de galoper, et ce fut presque aussi bon que le baiser qu'ils venaient d'échanger – le simple fait d'être là, enlacés, la joue de Primrose pressée contre son torse, la sienne reposant sur sa chevelure.

Et même quand les battements de son cœur se furent calmés et qu'il eut retrouvé son souffle, Oliver rechigna à s'écarter d'elle. Parce que c'était le meilleur moment de toute cette journée. Le meilleur moment de n'importe quelle journée depuis son retour en Angleterre.

Une émotion toute simple : le bonheur.

Il s'infiltrait jusque dans la moelle de ses os. N'était-ce pas ridicule ? Son cousin cherchait à le tuer, et lui, il était heureux.

Grâce à Primrose.

Il consentit finalement, la mort dans l'âme, à la relâcher.

Elle recula et lissa sa robe.

— Vous êtes quelqu'un de très surprenant.

— Moi ?

Oliver songea pêle-mêle aux langues acérées et aux baisers suaves, aux femmes qui apparaissent et disparaissent en un clin d'œil, aux fées marraines et aux souhaits magiques.

— Vous ne l'êtes pas moins, dit-il en lui tendant la main. Venez, allons voir votre frère.

Main dans la main, ils se rendirent jusqu'au salon d'apparat, et Oliver rechigna autant à lâcher la main de Primrose qu'il avait rechigné à rompre leur baiser. Ce qui était plus que troublant.

Regarde les choses en face et connais-les pour ce qu'elles sont.

S'il regardait cela en face… il y avait tout lieu de penser qu'il était en train de tomber amoureux de Primrose Garland.

19

Une fois qu'ils eurent raconté à Rhodes les derniers événements, ils réalisèrent que l'heure du dîner approchait sérieusement. Oliver passa dans sa chambre pour se changer. Son valet avait préparé un pichet d'eau chaude et sa tenue de soirée était étalée au pied du lit.

Il nouait sa lavallière quand on frappa à la porte. Il interrompit son geste, et son valet se chargea d'aller ouvrir.

Benoît se tenait dans le couloir, l'air passablement agité.

— Je suis confus de vous déranger, Votre Grâce…

— C'est au sujet de Rhodes ?

— Oui, Votre Grâce.

Oliver sortit aussitôt dans le couloir, sans se soucier de marcher bas aux pieds et d'être encore en bras de chemise.

Benoît le guida jusqu'à la chambre de son maître et referma la porte.

Rhodes se tenait au beau milieu de la pièce, en chemise de nuit. Le lit était sens dessus dessous, les oreillers gisant sur le sol.

— Que se passe-t-il ?

— Encore un coup de ton maudit cousin, voilà ce qui se passe, gronda Rhodes d'un ton furieux.

Le valet ramassa un des oreillers et l'apporta à Oliver.

— Regardez, dit-il en rabattant la taie d'oreiller.

Oliver regarda. Puis regarda plus attentivement.

— Est-ce... ?

— De la petite angélique, confirma Rhodes en serrant les poings, livide de rage. Ton maudit cousin a caché de la petite angélique dans mon oreiller – et je vais le tuer !

Oliver s'approcha et referma la main sur son poignet.

— Parle plus bas. Il n'est qu'à deux portes d'ici.

Rhodes retint son souffle, partagé entre rage et prudence.

— En avez-vous trouvé une grande quantité dans ce lit, Benoît ?

— Je n'ai pas encore cherché à fond, répondit le valet.

— Occupons-nous de ça tout de suite, dit Oliver en lâchant le poignet de son ami. Et toi, reste loin du lit.

Rhodes poussa un soupir, se contentant d'acquiescer.

Oliver et Benoît inspectèrent entièrement le lit. L'opération demanda plusieurs minutes et leur permit de découvrir de la petite angélique non seulement à l'intérieur de chaque oreiller, mais également sous les draps et jusque sous le matelas. On en avait même coincé des brins dans les tentures de lit.

La rage d'Oliver s'accrut au fur et à mesure de leurs découvertes, et quand ils eurent terminé, il était aussi furieux que Rhodes. Peut-être même davantage. Il mit les mains sur ses hanches, prit une longue inspiration et tâcha de ne pas se laisser guider par la colère.

— Bien. Voilà ce que nous allons faire. Benoît, dit-il en se tournant vers le valet, mon cousin cherche à me tuer.

Le domestique arrondit les yeux.

— Il a fait ça, ajouta-t-il en désignant le lit, pour empêcher Rhodes de me protéger.

Le regard du valet passa du lit à Rhodes, puis revint sur Oliver qui expliqua :

— Je veux prendre mon cousin sur le fait. Je pense qu'il est donc préférable que nous fassions comme si nous n'avions pas trouvé la petite angélique. Rhodes, toi et moi allons échanger nos chambres. Tu dormiras dans mon lit et je dormirai ici.

Rhodes inclina la tête.

— Et demain, je veux que tu restes dans ma chambre toute la journée, conclut Oliver.

— Mais...

— Ainsi, le soir venu, tu seras suffisamment rétabli pour m'aider à attraper Ninian – qui ne se doutera de rien. Il te croira toujours allongé dans ton lit.

Rhodes referma la bouche.

— Supporteras-tu de porter mes vêtements demain ? Je pense qu'il vaut mieux que tu laisses tous tes effets ici.

— Je suis d'accord, intervint le valet. Je veux vérifier les doublures et toutes les poches des vêtements du marquis.

Oliver jeta un coup d'œil à la pendule.

— Malédiction, il faut que je file ! Attendez que tout le monde soit descendu dîner pour changer de chambre. Il nous faut agir aussi discrètement que possible. Mon cousin ne doit surtout pas en entendre parler.

— Personne ne nous verra, promit Benoît.

Oliver gagna la porte.

— Je tiendrai Primrose au courant. Et je préviens mon valet de votre arrivée.

Une fois qu'il eut tout expliqué à Grimshaw, son valet, tandis que ce dernier finissait de l'aider à s'habiller, Oliver constata qu'il serait en retard au dîner. Il se dépêcha de descendre et trouva tout le monde réuni au salon – même si « tout le monde » ne représentait plus tant de monde, maintenant que les Carteris étaient partis et que Mlle Warrington et Rhodes étaient cantonnés dans leur chambre. Lady Warrington était également absente – sans doute restée auprès de sa fille.

— Je vous prie de m'excuser, fit Oliver. J'ai perdu la notion du temps.

Son regard balaya les visages – son oncle, son cousin, Mlle Middleton-Murray – pour s'arrêter sur celui de Primrose. Il regretta qu'ils n'aient pas mis au point un signal secret pour dire : « Il faut que je vous parle dès la fin du dîner. » Il tenta cependant de lui adresser ce message d'un seul regard, puis reporta son attention sur lord Warrington.

— Comment se porte votre fille, monsieur ? J'espère que ses blessures ne sont pas trop graves ?

— Elle a le nez cassé, répondit Warrington d'un ton bourru.

Oliver fut très tenté de lancer un regard furieux à Mlle Middleton-Murray, mais il se retint.

— Je suis tout à fait navré de cette nouvelle.

Le dîner fut annoncé à ce moment-là, et tout le monde se leva. Oliver fila rejoindre Primrose et lui offrit son bras. Entourés comme ils l'étaient, ils pouvaient difficilement espérer avoir une conversation privée, mais il pinça délicatement le dos de sa main et lui adressa un regard entendu. Il renversa alors une chaise à dossier de lyre et prit tout son temps avant de la redresser et de la remettre sur ses pieds.

— Vraiment, Westfell..., souffla Primrose d'un ton exaspéré tout en heurtant elle-même une table basse, ce qui eut pour effet de faire tomber les bibelots qui se trouvaient dessus.

Elle s'attarda pour les remettre en place, et quand elle s'estima satisfaite de leur disposition, ils étaient les dernières personnes présentes au salon. Elle croisa le regard d'Oliver.

— Que se passe-t-il ? murmura-t-elle.

— Il faut que je vous parle. Dès que le dîner sera fini, répondit-il avant de réaliser qu'à cette heure-là les appartements royaux seraient plongés dans l'obscurité totale. Dans la bibliothèque ? Je m'éclipserai avant que le porto soit servi.

Primrose acquiesça, et ils gagnèrent le couloir. Une minute plus tard, ils étaient assis de part et d'autre de la table de la salle à manger.

Oliver déploya sa serviette. Il avait pour voisines de table Mlle Middleton-Murray à sa gauche et Mlle Cheevers à sa droite. Il réprima un soupir et s'apprêta à endurer le repas.

Le premier plat fut servi. Il prit du poulet à la reine avec des asperges et des petits pois, et deux roulades de bœuf aux olives. Il se tourna alors vers Mlle Cheevers dans l'intention de démarrer une conversation polie, mais l'attention de Mlle Cheevers était entièrement tournée vers l'homme situé à sa droite : Ninian.

Oliver l'observa un moment – ses joues rosies et le timide sourire de ses lèvres... Primrose ne s'était pas trompée : Mlle Cheevers était amoureuse de Ninian.

Comment avait-il pu ne rien voir ?

La seule personne à qui Oliver pouvait faire la conversation était Mlle Middleton-Murray. Il dégaina son sujet favori pour les harpies : la méthode Trésaguet de la construction des routes.

Mlle Middleton-Murray était une excellente actrice. Quoi qu'il puisse penser d'elle par ailleurs, Oliver devait lui reconnaître ce talent. Elle écouta son monologue, littéralement captivée, et s'il s'interrompait pour reprendre son souffle, au lieu de chercher à changer de sujet, elle se répandait en compliments.

— C'est fascinant, Westfell. Dites-m'en davantage.

Ou :

— Comme vous êtes savant, Westfell. Avec vous, tout devient tellement intéressant !

Après le service du deuxième plat, la demoiselle changea de tactique et lui posa des questions sur les modifications qu'il comptait apporter à son domaine.

— Un homme aussi intelligent et visionnaire que vous a forcément une idée en tête.

Intelligent et visionnaire ?

Oliver en avala son vin de travers. Quand il put à nouveau respirer normalement, il jeta un coup d'œil à Primrose, mais fut déçu de constater qu'elle n'avait pas entendu les louanges de Mlle Middleton-Murray.

— Une idée en tête ? répéta-t-il. Ma foi, oui, en effet...

Il entreprit alors de lui décrire par le menu tout un tas de détails fastidieux concernant sa demeure de Berkeley Square. Il lui parla des tuiles de la toiture pendant dix bonnes minutes, puis passa aux lambris, aux plinthes, aux rampes d'escaliers et à l'habillage des fenêtres. Dieu merci, quand il arriva à ce dernier point, les valets entrèrent pour desservir.

Il était si épuisé qu'il se demanda s'il n'avait pas davantage souffert que Mlle Middleton-Murray pendant ce dîner.

Les dames se retirèrent. Primrose lui lança un coup d'œil en quittant la pièce, auquel Oliver répondit par un infime hochement de tête.

On apporta le cognac et le porto.

Oliver repoussa sa chaise.

— Si vous voulez bien m'excuser quelques minutes...

Il quitta la salle à manger et resta un moment immobile dans le couloir. Tout était silencieux.

Oliver gagna aussi prestement que discrètement la bibliothèque, ouvrit la porte et se faufila à l'intérieur.

Les bougies des appliques murales étaient allumées et un feu brûlait dans l'âtre, mais leur lumière parvenait à peine à dissiper les ombres. Il n'apercevait même pas le plafond, ni la galerie permettant d'accéder aux étagères les plus hautes.

Deux fauteuils à haut dossier étaient placés face à la cheminée. Oliver s'en approcha pour y attendre Primrose.

Il était arrivé tout près quand une silhouette se leva soudain du fauteuil sur lequel il avait eu l'intention de s'asseoir.

Oliver fut si stupéfait que, pour la deuxième fois de la journée, il poussa un cri perçant, feignit de défaillir et tomba sur le sol.

— *Franchement*, Oliver, grommela Primrose audessus de lui.

Il ouvrit un œil et la découvrit, les mains calées sur les hanches.

— Est-ce pour cela que vous vouliez me voir ? Pour me faire une démonstration de vos talents d'acteur ?

— Non, dit-il en ouvrant l'autre œil et en lui décochant un grand sourire. Mais vous êtes tout simplement renversante, Primrose.

Elle secoua la tête.

— Vous m'avez surpris, précisa Oliver en se relevant. Je m'apprêtais justement à m'asseoir sur ce fauteuil.

— Que se passe-t-il ? demanda Primrose une fois qu'ils furent assis.

— C'est au sujet de votre frère, dit Oliver qui avait retrouvé son sérieux.

Il lui expliqua tout au sujet de la petite angélique qu'ils avaient trouvée dans le lit de Rhodes et de leur changement de chambre.

— Vous ne pourrez donc plus lui rendre visite, sinon les gens penseront que c'est *moi* que vous allez voir, conclut-il avant de jeter un coup d'œil à la pendule. Fichtre ! Je ferais bien de retourner à mon porto.

— Et moi à mon thé, renchérit Primrose en se levant. Oh ! J'allais oublier de vous dire... Le fil a été retiré.

— Le fil ? Vous voulez parler de celui qui était noué au pied du pilastre ?

— J'ai constaté qu'il avait été retiré quand je suis descendue pour le dîner, acquiesça-t-elle. Nous n'avons plus aucune preuve, ajouta-t-elle en faisant la grimace tandis qu'elle se dirigeait vers la porte.

Oliver lui emboîta le pas, et ils se séparèrent dès qu'ils eurent atteint le couloir.

20

Oliver s'endormit au bruit de la pluie tambourinant contre les carreaux – et s'éveilla le lendemain matin dans le plus parfait silence. Il rabattit le couvre-lit de Rhodes, s'approcha de la fenêtre et ouvrit les rideaux.

Un clair soleil inonda la pièce.

Il se sentit gagné par un sursaut d'exultation mauvaise. *Le jour de la révélation. Enfin.*

On frappa discrètement à la porte.

— Qui est là ? répondit-il.

— C'est Benoît.

Oliver déverrouilla la porte et l'ouvrit.

Benoît apportait une aiguière d'eau chaude.

— Comment se porte Thayne ? demanda Oliver pendant que le valet déposait l'aiguière sur la table de toilette.

— Il va beaucoup mieux, Votre Grâce.

Oliver se rasa et s'habilla à la hâte, puis se rendit dans la chambre voisine afin de juger par lui-même. Il trouva Rhodes occupé à inspecter le contenu de sa propre garde-robe en compagnie de Grimshaw.

— Tes manches sont trop courtes de deux centimètres, lança Rhodes en le voyant.

— Ce sont plutôt tes bras qui sont trop longs de deux centimètres, répliqua Oliver.

Il s'approcha pour examiner son ami.

— Tu as cent fois meilleure mine.

— Je me *sens* cent fois mieux, surtout !

Sa voix était redevenue normale et son visage n'était plus enflé. Seules ses paupières restaient légèrement boursouflées. Mais c'était sans comparaison avec l'état dans lequel il était la veille.

— Tes yeux piquent encore ?

— Très peu, répondit Rhodes. Je vais continuer à poser des compresses. Je devrais être parfaitement rétabli d'ici ce soir. C'est toujours prévu pour ce soir, j'imagine ? ajouta-t-il après une pause.

— Absolument, confirma Oliver d'un ton résolu.

Benoît partit chercher le plateau du petit déjeuner pour Rhodes, et Oliver descendit dans la salle à manger.

Quatre personnes étaient déjà attablées : oncle Algernon, Ninian et les dames Middleton-Murray. Chacun des convives le gratifia d'un sourire différent. Si Oliver avait dû les noter, il aurait attribué à Mlle Middleton-Murray la note la plus élevée – dix sur dix pour l'élégante courbure de ses lèvres, ses ravissantes fossettes et la chaleur de son regard.

Il empila œufs et bacon sur son assiette, puis alla s'asseoir à côté d'elle afin de garder l'œil sur Ninian, assis de l'autre côté de la table. Mlle Middleton-Murray se méprit sur ses intentions ; elle baissa les yeux vers son assiette d'un air modeste, mais Oliver avait eu le temps d'y voir briller une lueur de triomphe.

Il laissa la responsabilité de la conversation à ses compagnons de table, qui avaient presque tous fini de manger. Mlle Middleton-Murray se révéla particulièrement enjouée – grâce au soleil, selon elle, ce qui était peut-être vrai, mais Oliver ne put s'empêcher de penser que c'était parce qu'elle avait réussi à éliminer ses rivales.

Ninian n'était pas du tout enjoué, en revanche. Il semblait à cran et ne cessait de jeter de rapides coups d'œil vers Oliver.

Celui-ci faisait mine de ne rien remarquer. Il mâchait sa nourriture, souriait et hochait la tête, gardant ses pensées pour lui.

La porte s'ouvrit. Il leva les yeux, s'attendant à voir Primrose, mais c'était Mlle Cheevers. Elle rougit, leur souhaita le bonjour, garnit son assiette au buffet et s'assit à côté de Ninian.

Ce dernier concentra alors toute son attention sur elle.

Lord Cheevers fut le suivant à entrer, et il fronça les sourcils quand il découvrit sa fille assise près de Ninian. Il semblait donc que Primrose ait également raison sur ce point : Cheevers ne voulait pas que sa fille épouse un simple roturier.

Raison pour laquelle je dois mourir.

Oliver dissimula une grimace et décapita un œuf.

Heureusement, Primrose fut la suivante à apparaître. Lord Cheevers ayant pris place à côté d'Oliver, elle s'assit à côté de Mlle Cheevers.

— Avez-vous vu mon frère, ce matin ? demanda-t-elle à Oliver. Comment va-t-il ?

— Je crois que son mal empire, répliqua-t-il en lui adressant un subtil clin d'œil.

— Quelle tristesse, commenta oncle Algy. Pauvre Thayne.

— Oui, dit Oliver en évitant de lancer un regard noir à Ninian. Pauvre Thayne.

— Il faudrait peut-être lui poser à nouveau des ventouses ? s'enquit oncle Algy.

— Je le lui suggérerai, répondit poliment Oliver.

Il croisa le regard de Primrose, se caressa le nez et fit discrètement claquer ses doigts.

Primrose comprit le message silencieux : « Rejoignez-moi dans les appartements royaux quand vous aurez fini de manger. Pouvez-vous vous téléporter derrière le paravent pour que je puisse vous voir apparaître ? » Elle hocha la tête sans le regarder.

Satisfait, Oliver termina de manger.

— Il faut que nous fassions une promenade tout à l'heure, dit-il à Mlle Middleton-Murray. Ce serait péché de ne pas profiter de ce beau temps. À 11 heures, qu'en dites-vous ?

Il surprit une nouvelle lueur de triomphe.

— Cela me plairait beaucoup, Votre Grâce, répondit-elle en levant les yeux pour le regarder à travers ses longs cils.

Oliver repoussa sa chaise et se leva. De l'autre côté de la table, une expression de consternation passa sur le visage de Ninian. Il repoussa sa propre chaise.

Oliver était déjà dans le couloir quand Ninian le rattrapa.

— Dites-moi, cousin, avança-t-il timidement. Je me disais que nous pourrions peut-être...

— Oh, c'est vrai, vous souhaitiez m'entretenir en privé, fit Oliver en se forçant à lui sourire aimablement. Allons faire un tour à cheval, voulez-vous ? Dans une demi-heure ?

Le soulagement détendit le visage de Ninian.

— Ce sera parfait. Merci, cousin.

Le soleil apportait un grand changement au boudoir royal. Sa lumière parait la pièce d'un air d'opulente majesté qui n'avait plus rien de sinistre ou de sépulcral.

Oliver s'approcha du canapé et jeta un coup d'œil sous la housse. Boiseries dorées et velours rouge. Il plissa le nez.

Quoique, à la réflexion, maintenant qu'il était le duc de Westfell, il se devrait de posséder quantité de mobilier en bois doré tapissé de velours rouge.

Son épouse allait devoir l'aider à revoir la décoration. Mieux encore, il s'en remettrait entièrement à elle pour cette tâche.

Il se demanda quels étaient les goûts de Primrose en matière de mobilier… et, de là, en vint à se poser tout un tas d'autres questions à son sujet.

À quel point appréciait-il Primrose ?

Assez pour souhaiter l'épouser ?

Car s'il continuait à l'embrasser, c'était le chemin qu'ils prenaient.

Oliver se plaça près du mur depuis lequel il avait une vue imprenable sur l'arrière du paravent de laque.

Quand il avait des décisions difficiles à prendre, il avait pour habitude de les aborder par étapes.

La décision du jour était la plus importante qu'il ait eue à prendre de toute sa vie ; c'était plus important encore que de décider d'entrer dans l'armée. Quand on la regardait en face, elle était sacrément intimidante. Mais peut-être qu'en s'y prenant petit à petit…

Oui, peut-être qu'elle serait moins intimidante.

Il fit rouler ses épaules et se posa la première question : voulait-il se marier ?

La réponse était facile : oui, il souhaitait se marier. Un jour.

La deuxième question était : entre toutes les femmes qu'il avait connues depuis son retour en Angleterre, quelle était celle qu'il appréciait le plus ?

Nouvelle réponse facile : lady Primrose Garland.

Ce qui l'amenait à une question autrement plus difficile : voulait-il épouser Primrose ?

Oliver réfléchit un moment. La compagnie de la jeune femme était stimulante. Elle le faisait rire. Il la trouvait extrêmement attirante. Et surtout, elle ne le traitait pas comme un duc ; elle le traitait comme une vraie personne. La réponse à la question était donc...

Oui. Tout le portait à penser qu'il voulait bel et bien l'épouser.

Ce qui l'amena à la plus importante de toutes les questions : si Primrose et lui se mariaient, seraient-ils heureux ensemble ?

Bien que la question fût cruciale, il n'était pas vraiment difficile d'y répondre. Les imaginer mariés et heureux ne demandait pas des trésors d'imagination. Ce qui ne voulait pas dire qu'ils connaîtraient un bonheur sans nuages, mais ils s'aimaient et se respectaient suffisamment l'un l'autre pour surmonter d'éventuels désagréments.

Il ne restait donc plus qu'une seule décision à prendre : quand présenter sa demande à Primrose ?

Oliver avait eu l'intention de trouver ses marques en tant que duc avant de se mettre en quête d'une épouse, mais une femme telle que Primrose, qui avait grandi dans la demeure d'un duc, pourrait justement l'aider à trouver ses marques. Et elle en savait certainement bien plus long que lui sur la gestion des domaines et les devoirs qui l'attendaient à la Chambre des lords.

Tout cela signifiait qu'il n'y avait aucune raison d'attendre.

Un léger problème demeurait cependant... Primrose pouvait ne pas vouloir l'épouser.

Suprême ironie ! Des dizaines – non, des centaines de jeunes femmes rêvaient de l'épouser, et pourtant celle qu'il voulait risquait de l'éconduire.

Parce qu'elle pensait qu'ils n'allaient pas ensemble.

Oliver fronça les sourcils et cala une épaule contre le mur. Primrose était intelligente. Elle finirait bien par comprendre tôt ou tard qu'ils allaient très bien ensemble.

De nouveaux baisers l'aideraient probablement à défendre sa cause, car plus elle apprécierait ses baisers, plus elle serait susceptible de...

Primrose se matérialisa sous ses yeux à cet instant précis.

Oliver ne cria pas et ne recula pas. Ses cils frémirent à peine.

N'étant pas homme à laisser passer une occasion de s'amuser, il poussa quand même un petit cri, fit semblant de défaillir et se laissa tomber sur le tapis.

De légers bruits de pas se rapprochèrent. Une ombre le recouvrit. La pointe d'un soulier piqua sa cuisse.

— Duc de West*fool*, lâcha Primrose, le traitant d'idiot.

Oliver rouvrit les yeux, tout sourire.

— Joli jeu de mots, Prim.

Elle roula des yeux.

— Comment va Rhodes ?

— Il est en excellente forme, dit Oliver en se relevant. Il sera d'attaque pour ce soir.

— Tant mieux.

Primrose parut aussi soulagée que Ninian l'avait été un peu plus tôt, ce qui lui rappela que...

— Puis-je solliciter votre aide aujourd'hui, Prim ? Ninian souhaite s'entretenir en privé avec moi, et j'aurais besoin de l'éviter.

— Bien sûr, acquiesça-t-elle.

— Je dois aller faire une promenade à cheval avec lui. J'aimerais que vous vous invitiez à vous joindre à nous.

La porte de la chambre royale attira son attention et il se demanda à quoi la pièce pouvait ressembler ensoleillée. Il jeta un coup d'œil à l'intérieur et grimaça. Ces piliers dorés étaient vraiment tape-à-l'œil. Il s'avança jusqu'à l'immense baldaquin.

— Des rois ont-ils déjà dormi ici ?

— Un seul, je crois.

Oliver sauta sur le lit recouvert d'une housse.

— Oliver ! Vous ne pouvez pas faire ça ! C'est un lit royal.

— Je suis duc. Je peux m'allonger sur un lit royal si je veux.

Primrose le regarda en secouant la tête.

— À quelle heure devez-vous faire votre promenade avec Ninian ?

Oliver tira sa montre de sa poche.

— Dans vingt minutes.

— Vingt minutes ! Mais je ne suis pas habillée pour monter !

— Autant vous dépêcher, dans ce cas, dit-il en faisant claquer ses doigts.

— Je ne peux pas me téléporter dans ma chambre. Ma femme de chambre s'y trouve peut-être.

— Oh. Alors, vous allez devoir courir.

Primrose souffla par le nez en le regardant et fit précisément cela : elle sortit de la pièce en courant. Un instant plus tard, il entendit la porte du salon d'apparat s'ouvrir et se refermer. Oliver se sentait un peu coupable, mais il était surtout submergé de gratitude.

Je peux compter sur elle. Elle veille sur moi.

Oliver monta chercher ses gants et son chapeau d'équitation, ainsi que sa cravache. Il traîna exprès dans sa chambre, parce qu'il savait que vingt minutes étaient un laps de temps très court si Primrose devait entièrement changer de tenue. Rhodes le regarda enfiler ses gants sans rien dire, mais son expression était éloquente : il aurait bien aimé monter à cheval, lui aussi.

— Nous irons faire une longue promenade demain, lui promit Oliver.

— J'espère bien !

— Et n'oublie pas que ce soir, nous sortons chasser.

— Je ne risque pas d'oublier, répondit Rhodes, la mine sombre. Sois prudent.

— Je le suis toujours.

Oliver ressortit de sa chambre, longea le couloir et s'arrêta en haut des marches.

Ninian l'attendait dans le vestibule, seul. Nulle trace de Primrose.

Il descendit lentement l'escalier, une seconde par marche, trente-six secondes en tout. Comme il atteignait le rez-de-chaussée, il entendit un bruit de pas rapides derrière lui. Il se retourna et aperçut Primrose.

— Oh ! s'exclama-t-elle d'un ton joyeux. Vous allez faire un tour à cheval, vous aussi ? Allons-y ensemble !

Oliver échangea un regard avec Ninian et fit mine de se montrer réticent.

— Euh...

— Ce sera tellement amusant ! déclara-t-elle en arrivant sur la dernière marche, légèrement haletante.

Oliver échangea un nouveau regard avec Ninian, et se plia aux règles de la courtoisie.

— Chevaucher avec vous sera un plaisir, lady Primrose.

La promenade à cheval meubla une heure. Et celle qu'il fit au jardin en compagnie de Mlle Middleton-Murray meubla la suivante. La demoiselle incita Oliver à lui raconter ses exploits de soldat, l'encourageant à poursuivre en dévidant tout un chapelet d'éloges. Comme il avait dû être *beau* dans son uniforme, et *courageux*, et *vaillant*, et *audacieux*, et même *héroïque*. Oliver s'amusa à imaginer sa tête qui enflait un peu plus à chaque compliment. Quand ils eurent regagné la maison et grimpé la volée de marches jusqu'à la terrasse – elle en comptait vingt-quatre et figurait sur la liste des escaliers où il devait veiller à ne pas se faire pousser –, sa tête était aussi grosse qu'un carrosse de douairière. Heureusement, ils rencontrèrent fort opportunément Primrose, qui avait troqué son habit d'écuyère contre une ravissante robe de mousseline.

— Où étiez-vous passée ? demanda Oliver.

— Je suis descendue jusqu'au lac, répondit-elle en caressant son nez.

Ah, ah ! Elle voulait lui parler.

Oliver sourit pour lui faire savoir qu'il avait compris le message et fit discrètement claquer ses doigts.

Primrose battit des cils, montrant qu'elle avait également compris le sien.

Une fois à l'intérieur de la maison, Oliver se débarrassa de Mlle Middleton-Murray aussi vite qu'il put et gagna les appartements royaux.

Primrose apparut une minute plus tard derrière le paravent de laque.

— Aargh ! éructa Oliver en se jetant sur le sol.

— Vous auriez dû être acteur plutôt que duc, dit-elle sèchement.

Oliver ouvrit un œil.

— Je sais.

Il ouvrit alors l'autre.

— Attendez ! Pensez-vous que je puisse être à la fois duc *et* acteur ? demanda-t-il en s'asseyant. En voilà une idée ! Qu'en dites-vous, Prim ? Le duc de Westfell en... Roméo !

— Le duc de Westfell en... Dogberry.

— Vous êtes dure, Prim. Très dure, dit Oliver en notant mentalement de se procurer un exemplaire de *Beaucoup de bruit pour rien* pour apprendre quelques répliques de Dogberry.

Primrose ignora son commentaire.

— J'ai examiné les environs du lac. Le hangar à bateaux n'a pas de fenêtres, mais si nous laissons la porte entrouverte, nous pourrons tout voir. La lune est presque pleine ; il devrait y avoir assez de lumière.

— *Nous* ?

— Rhodes et moi.

Oliver secoua la tête.

— Ce ne sera pas nécessaire, Prim. Rhodes et moi pourrons très bien faire cela seuls.

— Vous ne pouvez quand même pas espérer que je ne vienne pas !

— Je l'espère, si.

Primrose croisa les bras et le regarda de haut.

— Pourquoi ? Parce que je suis une femme ?

Oliver, réalisant que le fait d'être assis par terre le désavantageait, se remit debout.

— Parce que ce n'est pas nécessaire.

— Nous tenons à avoir le plus de preuves possible, n'est-ce pas ? Autant de témoins que possible ?

— Ma foi... oui.

— Alors je viens.

Oliver prit le temps de réfléchir à l'ampleur du danger auquel elle souhaitait s'exposer.

— Savez-vous nager ?

— C'est *vous* que Ninian poussera à l'eau. Pas moi.

Ce rappel tira une grimace à Oliver.

— Quand bien même...

— Je sais nager, déclara Primrose. Assez pour sortir du lac, en tout cas. Et j'ai toujours le recours de me téléporter jusqu'à la rive, ajouta-t-elle avec un sourire malicieux.

C'était on ne peut plus vrai, mais cela ne rassura pas Oliver pour autant.

— La situation pourrait s'envenimer, Prim. Si Ninian déclenche une bagarre, il risque d'y avoir du sang et des paroles qui manqueront d'élégance.

— J'ai vingt-sept ans, Oliver. Je peux supporter la vue du sang et d'entendre quelques jurons.

Oliver restait hésitant mais il réalisa, avec un peu de retard, qu'il ne pouvait pas empêcher Primrose de se trouver dans le hangar à bateaux ce soir-là. Si elle voulait s'y rendre, il lui suffirait de le souhaiter.

— Bon, d'accord, bougonna-t-il. Mais vous devez me promettre que vous serez prudente.

— Je vous le promets.

— Et que vous ne serez là qu'en tant qu'observatrice. Que vous ne vous mêlerez de rien.

— Je vous le promets, répéta-t-elle.

— Très bien. Vous pouvez venir.

Mais au fond, cela ne lui plaisait pas. De fait, cela lui déplaisait même tellement qu'il se révéla incapable de rester en place. Il avança jusqu'à la fenêtre, regarda au-dehors un moment, puis passa dans la chambre royale et regarda par la fenêtre, là aussi. Les deux pièces offraient une jolie vue sur la roseraie. Quand il se retourna, Primrose se tenait sur le seuil.

— Restez toujours derrière Rhodes, dit-il. Ne cherchez pas à défier Ninian. Rhodes et moi nous en chargerons.

— Oui, Oliver, répliqua-t-elle en souriant comme si son inquiétude l'amusait. Je ne suis pas idiote, vous savez.

— Je sais.

Mais il était toujours inquiet.

Primrose s'avança jusqu'à lui. La lumière du jour éclaira sa chevelure, lui tirant des éclats d'or et d'argent, et le pendentif qui ornait sa gorge – une petite corne d'or – étincela aussi vivement que le soleil. Elle glissa la main au creux de son bras dans l'intention de le réconforter. Et le plus étrange de tout, c'est qu'Oliver trouva cela *vraiment* réconfortant.

— Plus que quelques heures, dit-elle.

— Oui.

Penser que toute cette affreuse affaire serait bientôt résolue le réconforta aussi. La conclusion ne serait pas heureuse, bien sûr – il grimaça en songeant à la réaction d'oncle Algy quand il apprendrait la vérité au sujet de son fils – mais au moins, tout serait terminé. Réglé. Dépassé.

Il pourrait alors tenir son rang de duc de Westfell. Apprendre à gérer ses domaines. Siéger à la Chambre des lords. Prendre épouse.

Il coula un coup d'œil oblique vers Primrose. « Je vous désire », pensa-t-il. Mais plus qu'une pensée, ce fut une sensation, une certitude.

— Je m'efforcerai de rester près de vous cet après-midi, dit-elle. Mais je crois qu'il nous faudrait un autre signal, au cas où Ninian chercherait à arranger un tête-à-tête avec vous.

— Oui, approuva Oliver. Lequel ?

Ses lèvres s'étirèrent joliment tandis qu'elle réfléchissait à la question, puis elle relâcha – malheureusement – son bras.

— Que pensez-vous de celui-ci ? demanda-t-elle en tirant sur le lobe de son oreille.

— D'accord, dit-il.

Au même instant, il se souvint de l'habileté diabolique dont Ninian avait fait preuve pour effacer Rhodes du tableau.

— Mais si vous devez interrompre un tête-à-tête, tâchez d'amener Mlle Cheevers avec vous. Ou même Mlle Middleton-Murray. Plus il y aura de monde, mieux ce sera. Et ne mettez jamais en avant le fait que l'idée venait de vous.

Primrose hocha la tête.

Oliver reporta les yeux sur la roseraie. Son humeur était étrange. D'un côté, il était heureux de sentir Primrose auprès de lui, mais d'un autre côté...

— Ninian va ronger son frein, ce soir, observa la jeune femme.

— Oui.

Pourquoi cela ne lui faisait-il pas plaisir ? Parce qu'il redoutait la confrontation à venir avec Ninian. Parce qu'il aurait aimé que ce ne soit pas nécessaire.

Que des étrangers cherchent à vous tuer sur un champ de bataille, c'était une chose, mais savoir que son cousin essayait de l'assassiner, c'était une tout autre affaire.

Oliver soupira, puis réalisa que Primrose glissait à nouveau sa main au creux de son bras.

— Ce sera bientôt terminé, dit-elle.

Il tourna la tête et lui sourit.

— Oui.

Et quand ce serait fini, il lui demanderait de l'épouser.

Quelques baisers seraient cependant bénéfiques d'ici là, car plus il l'embrasserait, plus elle aimerait cela, et plus elle serait susceptible d'accepter sa demande. N'est-ce pas ?

Il pencha la tête et effleura ses lèvres des siennes – des lèvres douces, suaves et consentantes. Il accentua alors le baiser et inséra la langue entre ses lèvres – mais elle s'écarta soudain.

— Le déjeuner sera servi dans quelques minutes, Oliver.

— Et alors ?

— Et alors, je ne peux pas me présenter dans la salle à manger en ayant l'air de m'être laissé embrasser.

— Personne ne le remarquera, assura-t-il en tentant de rapprocher ses lèvres.

— Mlle Middleton-Murray pourrait le voir.

Oliver sentit un frisson passer le long de son dos.

— Ce serait regrettable.

— Tout à fait.

— Partie remise, alors, dit-il en tapotant légèrement ses lèvres du bout du doigt. Rendez-vous après le déjeuner.

Mais après le déjeuner, Ninian demanda à nouveau à s'entretenir avec lui.

— Absolument, répondit Oliver en jetant un coup d'œil à Primrose, assise en face de lui. Une partie de billard ? proposa-t-il en tirant sur le lobe de son oreille.

— Volontiers, acquiesça Ninian avec un sourire.

Ils gagnèrent ensemble la salle de billard. Moins d'une minute plus tard, Primrose, Mlle Cheevers et Mlle Middleton-Murray les rejoignirent. Oliver adressa à Ninian une grimace d'excuse – et un clin d'œil discret à Primrose.

Il consacra l'heure suivante à expliquer à ces dames l'art du billard, puis jeta un coup d'œil à sa montre.

— Bonté divine ! s'exclama-t-il. J'ai promis à Thayne une partie d'échecs. Si vous voulez bien m'excuser...

Dans le vestibule, il croisa son oncle.

— Que diriez-vous d'une promenade ? suggéra oncle Algy. Il fait un temps splendide.

— Ce serait avec grand plaisir, répondit sincèrement Oliver, mais Thayne m'attend. Plus tard, peut-être ?

Rhodes et lui ne jouèrent pas aux échecs. Ils parlèrent et consolidèrent le plan qu'ils avaient prévu pour le soir. Rhodes semblait complètement rétabli. Le blanc de ses yeux avait retrouvé son aspect normal.

Au bout d'une heure, Oliver redescendit et trouva tout le monde réuni au salon jaune pour le thé.

Le visage de Ninian s'illumina quand il vit Oliver.

— Dites-moi, cousin...

— Voulez-vous du thé, Westfell ? demanda Primrose.

— Volontiers.

Lady Cheevers fit les honneurs et lui en versa une tasse.

Oliver prit place sur un canapé et le sirota avec une infinie lenteur, conscient de la présence de Ninian qui rôdait dans son champ de vision.

Après la huitième minuscule gorgée d'Oliver, son cousin s'approcha. Il baissa la voix.

— Mon cher cousin...

— Oui, nous devons parler, dit Oliver en se forçant à lui sourire. Dès que j'aurai fini mon thé.

Le soulagement illumina le visage de Ninian – et presque immédiatement, celui-ci redevint neutre.

— Merci.

Oliver prit sa neuvième gorgée, puis renversa le reste de sa tasse sur ses genoux.

— Peste ! grommela-t-il en se levant d'un bond pour frotter son pantalon. Je vous prie de m'excuser.

Il décocha un clin d'œil à Primrose et quitta la pièce.

Il ne lui fallut pas longtemps pour changer de pantalon, mais il fit volontairement traîner les choses. Il bavarda un moment avec Rhodes, changea de cravate, peigna ses cheveux et prit même un moment pour lustrer ses bottes à l'aide du pantalon qu'il venait d'ôter – ce qui aurait fait blêmir son valet s'il l'avait vu faire.

— Sois prudent, dit Rhodes quand Oliver quitta finalement la chambre.

Il longea le couloir et s'attarda un moment en haut des marches du grand escalier qui en comptait trente-six. Dieu merci, celui des Cunningham avait été moins haut. La chute aurait pu lui être fatale, autrement.

Oliver tira sa montre de sa poche. Il était plus tard qu'il ne l'aurait cru. Plus que quelques heures à éviter Ninian, et ce serait la fin de cette histoire.

Une fin malheureuse. Pour Ninian. Et aussi pour oncle Algy.

Oliver soupira. Dieu qu'il redoutait cet instant – devoir annoncer à oncle Algy que son fils avait tenté de commettre un meurtre.

Il remit sa montre dans sa poche… et alors même qu'il accomplissait ce geste, il sentit ses cheveux se dresser sur sa nuque.

Ne venait-il pas d'entendre quelqu'un *respirer* derrière lui ?

Avant qu'il ait pu tourner la tête, une main imprima une violente poussée entre ses omoplates.

21

Primrose conversait avec Mlle Middleton-Murray quand la porte du salon jaune s'ouvrit. Celle-ci lui avait demandé quels étaient ses auteurs favoris et écoutait sa réponse avec attention, mais Primrose n'était pas dupe de son manège : Mlle Middleton-Murray s'intéressait autant aux livres qu'elle à la broderie, autant dire pas du tout.

Elle s'applique à me flatter. Pourquoi ?

Primrose était donc en train de réfléchir à cela, tout en expliquant à Mlle Middleton-Murray ce qui rendait les lettres de Pline si fascinantes, quand la porte du salon s'ouvrit. Oliver passa la tête dans l'entrebâillement. Son regard balaya les occupants de la pièce et lorsqu'il aperçut Primrose, il caressa son nez et se retira.

Primrose perdit le fil de ses pensées. Oliver lui avait semblé étrange, pas tout à fait comme d'habitude.

Elle mit un moment à mettre le doigt sur la différence – ses cheveux. Il était aussi décoiffé que s'il venait de se battre avec quelqu'un.

Elle observa les occupants du salon. À quel moment Ninian Dasenby avait-il quitté la pièce ? Il était pourtant là la dernière fois qu'elle avait regardé autour d'elle.

— Lady Primrose ?

Elle battit des cils et découvrit le regard intense que Mlle Middleton-Murray posait sur elle.

Que disait-elle, déjà ?

— Oh, je, euh... je trouve la description de l'éruption du Vésuve tout à fait fascinante sous la plume de Pline. C'est le récit d'un témoin oculaire, voyez-vous, ajouta-t-elle en coulant un regard vers la porte. Mais si vous voulez bien m'excuser, je crois qu'il est temps que j'aille voir mon frère.

Primrose gagna prestement les appartements royaux, s'assura que personne n'était en vue, et se faufila dans le salon d'apparat. Dès que la porte fut fermée, elle souhaita se retrouver derrière le paravent du boudoir. Cela ne lui fit gagner que quelques secondes, mais elle était inexplicablement impatiente de retrouver Oliver.

Il l'attendait. Il ne poussa pas de cri strident et ne fit pas semblant de s'évanouir. Il se contenta de la regarder apparaître en silence – et elle sut alors qu'il l'avait fait venir pour quelque chose de grave.

— Que se passe-t-il ? demanda-t-elle.

Oliver fit la grimace. Il se retourna et boitilla en direction de la chambre royale.

Primrose le suivit, très inquiète à présent.

— Qu'y a-t-il, Oliver ?

Il ne sauta pas pour se laisser retomber sur le lit royal ; il s'y hissa précautionneusement.

— Vous êtes blessé, dit-elle, énonçant l'évidence.

Il s'étendit sur le lit aussi délicatement qu'un vieillard.

— Oliver, dit-elle, partagée entre la crainte et l'impatience. Que s'est-il donc *passé* ?

— Ninian m'a poussé dans le grand escalier, et je suis tombé jusqu'en bas des marches.

Primrose le dévisagea, horrifiée. Elle se représenta la longue volée de marches et le rude dallage de marbre à l'arrivée.

— Mais... comment se fait-il que vous soyez encore en vie ?

Oliver laissa échapper une sorte de grognement de rire.

— L'habitude.

Primrose grimpa sur le lit et s'agenouilla à côté de lui.

— Il faut qu'un médecin vous examine. Vous avez forcément des os brisés !

— Je n'ai pas besoin de médecin, Prim. Je vais très bien. Un peu courbaturé, c'est tout, déclara-t-il en tendant une main vers elle.

Primrose prit sa main entre les siennes.

— Vous n'allez *pas* très bien. Mon Dieu, il y a au moins trente marches dans cet escalier !

— Trente-six. Mais je ne me suis rien cassé.

— Mais...

— Savez-vous comment m'appelaient mes camarades de régiment ?

Primrose secoua la tête.

— Gamelle, dit Oliver. Gamelle Dasenby. Parce que je n'arrêtais pas de prendre des gamelles. À cheval surtout, ajouta-t-il avec un sourire en coin. Alors, croyez-moi, je sais ce que l'on ressent quand on s'est brisé un os.

— Oui, mais il faut quand même que vous voyiez un médecin. Pour en être tout à fait certain.

— Je me suis déjà cassé le bras – deux fois –, quelques doigts, la clavicule et quelques côtes. Je *sais* ce que l'on ressent, Primrose.

Elle mordit sa lèvre et entrelaça ses doigts aux siens.

— Vous avez dû faire beaucoup de chutes de cheval.

— En effet, répondit-il en forçant son sourire. Mon cheval adorait me faire desseller quand nous étions à la parade. Et je vous jure qu'il *riait*.

— Pourquoi n'avez-vous pas changé de cheval ?

— Parce que je l'aimais bien. Il avait le sens de l'humour, et il était solide comme un roc sur un champ de bataille.

Primrose baissa les yeux sur sa main et aperçut une légère éraflure en travers des phalanges. Elle l'effleura délicatement de son pouce.

— Trente-six marches, c'est quand même beaucoup plus haut qu'un cheval, Oliver.

— Il y a un truc pour ne pas se faire mal quand on tombe. Il faut se détendre complètement et suivre le mouvement.

— Vous vous êtes quand même rompu plusieurs os en tombant de cheval.

— Pas après que j'ai compris le truc. Faites-moi confiance, Prim, dit-il en pressant ses doigts. Je vais bien. J'ai dévalé cet escalier comme une poupée de chiffon.

Primrose se représenta à nouveau l'escalier. *Trente-six* marches. Elle réprima un frisson.

— L'avez-vous vu ? Ninian ?

Oliver secoua la tête.

— Il est arrivé derrière moi, aussi silencieux qu'un chat, m'a poussé et a filé sans attendre son reste. Il m'a fallu une bonne minute pour réussir à me relever, de toute façon. Il avait eu tout le temps de filer.

Elle serra sa main un peu plus fort.

— Ce soir, nous l'aurons.

— Absolument, approuva-t-il d'un air sombre. Il me tarde d'y être.

Son ton promettait la présence du sang contre lequel il l'avait mise en garde un peu plus tôt... et Ninian ne méritait pas moins.

Primrose caressa à nouveau ses phalanges de son pouce.

— Vous devriez monter vous étendre un peu avant le dîner.

— Je repose sur le meilleur lit de la maison, dit Oliver. Un lit conçu pour accueillir un roi. En outre…, ajouta-t-il avec un sourire en coin, vous vous trouvez justement sur ce lit.

Elle se sentit rougir.

— Dans une demi-heure, je monterai. Promis, dit-il en fermant les yeux.

Primrose l'observa. Il semblait las, ses cheveux étaient ébouriffés et sa cravate était de travers. Oliver ne s'était peut-être rien cassé, mais il devait être noir et bleu sous ses vêtements.

Il souleva les paupières.

— Étendez-vous, Prim. C'est très confortable.

— M'étendre ? s'exclama-t-elle, choquée. C'est hors de question !

— Parce que c'est un lit royal ? Vous êtes déjà assise dessus, bécasse.

— Je ne peux pas m'y étendre parce que *vous* êtes déjà étendu dessus. Ce ne serait pas du tout convenable !

Elle vit une émotion passer sur son visage. De la déception, lui sembla-t-il.

— Lady Proprette, dit-il avant de refermer les yeux.

Primrose laissa échapper un soupir. Le surnom l'agaçait. Était-elle vraiment trop collet monté, trop prude ?

« Vis chaque jour comme si c'était le dernier », avait dit Marc Aurèle. Et si ce jour devait être le dernier, que regretterait-elle le plus ? De s'être allongée près de lui ou bien de ne *pas* l'avoir fait ?

Primrose lâcha la main d'Oliver et s'étendit prudemment à son côté.

Il tourna la tête vers elle et lui sourit.

— Alors ? Confortable ?

Primrose se révéla incapable de lui répondre.

Oliver étendit son bras et l'attira plus près, l'incitant à caler la tête au creux de son épaule.

Le cœur de la jeune femme se mit à battre plus fort. Elle tâcha de ne pas se raidir.

— Je ne vous fais pas mal, comme ça ?

— Non.

Oliver exhala un long soupir. Elle pouvait difficilement voir son visage depuis cet angle, mais il lui sembla qu'il avait à nouveau fermé les yeux.

Elle se détendit progressivement. Il avait raison : c'était confortable d'être allongé comme ça. Extraordinairement confortable. Son corps était tiède, et son bras autour d'elle lui procurait une sensation de sécurité qu'elle n'avait encore jamais expérimentée. Son odeur parvenait jusqu'à elle – bois de santal et linge frais. Elle l'entendait respirer, sentait les mouvements de son torse et pouvait presque percevoir les battements de son cœur.

— Je suis contente que vous n'ayez rien, murmura-t-elle.

— Moi aussi. Quand il m'a poussé... pendant un instant, j'ai cru...

Elle aurait pu finir la phrase à sa place. Pendant un instant, Oliver avait cru qu'il allait mourir.

Elle le sentit frissonner.

— Je remercie Verdun.

— Verdun ?

— C'était le nom de mon cheval.

— Merci, Verdun, murmura Primrose.

Il affermit l'étreinte de son bras autour d'elle. Ils restèrent allongés sans rien dire et, au bout d'un moment, Primrose ferma les yeux. Toutes les fibres de son être se réjouissaient de sentir Oliver en vie – sa peau, la chaleur de son corps, son souffle, son odeur. Son propre cœur répétait inlassablement la même petite phrase. *Il est vi-vant, il est vi-vant.*

Un léger sursaut agita Oliver.

— Hou, j'ai bien failli m'endormir ! Parlez-moi, Prim.

Elle rouvrit les yeux et contempla le ciel de lit.

— De quoi donc ?

— Je ne sais pas, bâilla-t-il. Quels souhaits vos sœurs ont-elles faits, par exemple ?

— Violet a choisi de pouvoir voler, et...

— Voler ? Violet peut *voler* ?

— Oui.

— A-t-elle des ailes qui lui poussent dans le dos ?

— Non, bien sûr que non. C'est plus comme de la lévitation.

— Ah. Et Aster ?

— Elle a choisi l'invisibilité.

— L'invisibilité ? s'étonna-t-il.

— Oui. Une de mes cousines a fait le même choix.

— Laquelle ? Non, attendez, laissez-moi deviner... Clematis ?

— Daphné.

— Daphné, répéta-t-il avant de garder le silence pendant plusieurs secondes. Je dois vous avouer, Prim, que tout cela est assez...

Elle guetta le mot qu'il allait choisir. Accablant ? Perturbant ?

— Je suis assez abasourdi, dit-il finalement. Pensez-vous que Violet m'autoriserait à la regarder voler ?

— Probablement. Qu'est-ce que vous auriez choisi, si vous aviez pu faire un souhait ? demanda-t-elle en tournant la tête vers lui.

— Je ne sais pas. Quelles sont les autres possibilités ?

— Elles sont infinies. Mon arrière-arrière-grand-mère a demandé à Sinistre d'ensorceler un bracelet à breloques pour que celle qui porterait une des breloques ne puisse pas tomber enceinte.

— Quoi ? s'exclama-t-il en la dévisageant, les yeux écarquillés. Vous plaisantez, n'est-ce pas ?

— À quel sujet ?

— Au sujet de ces breloques.

— Non. Mon arrière-arrière-grand-mère avait vingt-trois ans et était déjà mère de six enfants. Elle voulait choisir le moment où elle en aurait d'autres. *Si* elle décidait d'en avoir d'autres.

— C'est... un choix intéressant.

— Un choix sensé, assura Primrose. Bien des femmes meurent en couches.

— Je sais, dit-il, son bras se resserrant autour de ses épaules. Votre aïeule était une femme très intelligente.

— En effet, admit Primrose en portant la main au pendentif en forme de corne qui ornait sa gorge. Ma mère et mes tantes possèdent une des breloques de ce bracelet, ainsi que toutes leurs filles.

— Quoi ? s'exclama à nouveau Oliver. Cette fois, vous plaisantez vraiment, n'est-ce pas ?

— Non.

Il garda le silence une minute.

— Je suis encore plus abasourdi que tout à l'heure, dit-il finalement. S'agit-il de la corne que vous portez autour du cou ?

— En effet.

Il écarta son bras de ses épaules et roula sur le côté pour lui faire face, le mouvement lui tirant une grimace.

— Puis-je voir ?

Primrose se redressa sur les coudes et alla pêcher le pendentif dans son décolleté. Elle l'exhiba devant lui. Il était petit, lisse et tiède entre ses doigts.

Oliver prit la corne dorée. Leurs visages se touchaient presque.

— Une breloque magique de votre arrière-arrière-grand-mère, dit-il d'un ton médusé.

Il secoua la tête en riant, puis remit le pendentif à l'intérieur de son décolleté.

— Maintenant je suis abasourdi *et* décontenancé.

Primrose se sentit légèrement abasourdie et décontenancée, elle aussi. Le bref contact des doigts d'Oliver sur sa peau n'avait rien eu de lascif – son geste, bien qu'intime, avait été tout au plus amical – mais son cœur se mit à battre très fort et un picotement la parcourut. Et une part d'elle-même se révéla déçue que son geste n'ait pas été plus lascif.

Oliver la gratifia d'un petit sourire malicieux.

— Avez-vous testé le pouvoir de cette corne, Prim ?

— Bien sûr que non !

Son sourire s'élargit.

— Je m'en doutais.

Il l'embrassa, soutenant l'arrière de sa tête d'une main... puis rompit le baiser en faisant la grimace.

— Aïe !

— Allongez-vous, Oliver.

Il s'exécuta avec un grognement de frustration.

— Rappelez-moi de tordre le cou de Ninian quand nous l'attraperons ce soir.

Primrose se redressa.

— Il serait vraiment plus sage de faire venir le médecin.

— Je n'ai pas besoin de médecin. Ce qu'il me faut, c'est quelqu'un qui m'embrasse.

Elle le regarda en secouant la tête.

Oliver soutint son regard d'un air innocent.

— Je vous assure.

Primrose mordit sa lèvre et l'étudia à travers ses cils.

— Où avez-vous mal ?

Elle entendit alors ce qu'elle venait de dire, et le *ton* sur lequel elle l'avait dit. Cherchait-elle à flirter ? Elle qui n'avait jamais flirté de toute sa vie ?

Oliver eut un autre de ses petits sourires malicieux.

— Ici, dit-il en désignant son coude. J'ai très mal ici.

Primrose le gratifia de son meilleur regard de gouvernante – sourcils relevés, lèvres pincées, l'air extrêmement sceptique.

Oliver écarquilla les yeux, feignant la plus parfaite innocence.

Primrose laissa échapper un soupir désabusé.

— Admettons, dit-elle en se penchant pour déposer un baiser sur le coude désigné, pressant ses lèvres sur l'étoffe de son habit.

Elle releva alors la tête et croisa le regard d'Oliver. Il la scrutait d'un regard intense et n'avait plus du tout l'air innocent ou malicieux. Il donnait l'impression de retenir son souffle, à peu près de la même façon qu'elle-même retenait le sien.

— Ici, aussi, dit-il doucement en désignant son épaule.

Primrose se pencha obligeamment et pressa les lèvres contre son épaule, puis releva la tête et croisa de nouveau son regard. Elle aurait dû se sentir stupide et gênée… mais ce ne fut pas le cas. Pas le moins du monde. Un frisson d'impatience passa sur sa peau.

— Et ici, dit-il en désignant son oreille.

Elle rit.

— Vous n'avez pas mal là !

— Si. Très.

Primrose leva les yeux au ciel, se pencha et déposa un baiser sur son oreille. Ses courts cheveux bruns chatouillèrent légèrement son nez. Elle eut envie d'enfouir le visage dans sa chevelure – une envie si forte, si urgente, qu'elle en était presque irrésistible. Elle dut faire un violent effort pour rompre le contact, mais parler se révéla impossible : elle avait la gorge nouée.

Oliver semblait avoir le même problème. Sans prononcer un mot, il désigna l'angle de sa mâchoire.

Primrose baissa à nouveau la tête.

Elle connaissait la saveur et la texture de ses lèvres. Son menton se révéla différent. Nettement moins doux – rien que de la peau à même l'ossature. C'était un contact très masculin, et son chaume de barbe picota ses lèvres.

Elle eut envie d'ouvrir la bouche pour goûter cette peau avec la langue, découvrir si sa saveur était masculine elle aussi. Elle eut envie de le mordiller, de planter ses dents dans cette fine couche de peau, si tentatrice.

Primrose releva soudain la tête. Elle était un peu étourdie, comme si elle avait trop chaud.

Oliver l'observait. Ses yeux semblaient plus sombres que d'habitude et ses pupilles étaient légèrement dilatées. Il déglutit, puis désigna sa bouche.

— Là. C'est là que ça fait le plus mal.

C'était évidemment absurde, mais elle ne releva même pas. Elle pencha la tête et l'embrassa.

Pour un homme qui disait beaucoup de bêtises, Oliver avait la bouche étonnamment douce. Une bouche *parfaite* – lèvres souples, dents taquines et langue rusée.

Elle se rapprocha pour mieux l'embrasser. Les bras d'Oliver enlacèrent sa taille. Il l'attira plus près et soupira contre sa bouche.

Elle s'immergea dans la danse de leurs langues – lente, chaude et gourmande –, dans la pure perfection du moment. Le prince régent en personne aurait pu entrer dans la pièce qu'elle ne l'aurait pas remarqué. Tout son univers se résumait à Oliver. Ses lèvres, sa langue, ses bras autour d'elle, son corps chaud et ferme en dessous d'elle...

Primrose réalisa soudain qu'elle ne se contentait pas de se pencher *au-dessus* d'Oliver : elle s'appuyait *sur* lui, le poids du haut de son corps reposant sur son buste.

Elle s'empressa de se redresser.

— Je dois vous faire mal !

Il laissa échapper un rire rauque.

— Mal ? Ce n'est pas comme ça que j'appellerais ce que vous me faites.

— Mais vos blessures...

— Je me sens mille fois mieux, assura-t-il en saisissant son menton d'une main, son pouce venant effleurer ses lèvres. Vos baisers sont magiques, Primrose Garland.

La jeune femme se sentit rougir violemment. Elle tenta de secouer la tête mais il l'en empêcha, gardant son menton aussi captif que son regard. Le destin du monde en eût-il dépendu qu'elle se serait révélée incapable de détacher les yeux des siens.

Oliver passa à nouveau son pouce sur ses lèvres.

— Nous allons devoir tester cette corne, Prim. Vous le savez, n'est-ce pas ? demanda-t-il dans un doux murmure que Primrose sentit glisser le long de sa colonne vertébrale, tel un frisson sensuel.

Elle pouvait à peine respirer, à peine parler.

— Peut-être, murmura-t-elle en retour.

Oliver lui sourit. Pas de son habituel sourire malicieux, mais d'un sourire sensuel. Un sourire riche de promesses. Puis il relâcha son menton.

— Mais pas maintenant, déclara-t-il avant de se redresser en réprimant un gémissement. Maintenant, il faut que j'aille me préparer pour le dîner, car c'est ce soir que Ninian va recevoir ce qu'il mérite.

Primrose descendit du lit et lissa les plis de sa robe. La corne d'or lui parut soudain brûlante au bout de sa chaîne.

Oliver descendit à son tour, en grimaçant copieusement.

— À quel moment Rhodes et moi devrons-nous aller nous cacher ? demanda-t-elle.

— Tout de suite après le dîner, répondit-il en se massant la nuque. Ne vous rendez pas au salon. Présentez vos excuses et montez changer de tenue à l'étage. De là, vous irez directement près du lac, ajouta-t-il en claquant des doigts. Rhodes sera déjà là-bas. Il a dit qu'il ne mettrait pas un pied sur le ponton avant votre arrivée : ainsi, vous pourrez vous y téléporter en toute sécurité.

Primrose hocha la tête.

— De mon côté, je prendrai le porto et j'inviterai Ninian à faire le tour du lac avec moi. Je serai saoul. *Très* saoul. Quand nous serons sur le ponton, j'irai me planter tout au bout – et Ninian me poussera et me regardera me noyer – pendant que Rhodes et vous serez témoins.

— Et ensuite ? demanda Primrose.

— Rhodes lui flanquera son poing sur la figure, dit Oliver. Et moi aussi.

« Et moi aussi », songea-t-elle.

— Après quoi, nous aurons une petite conversation avec lui, histoire de voir ce qu'il a à dire pour sa défense, et pour tâcher de savoir s'il a tué mon oncle et mes cousins. Après cela...

Il poussa un long soupir et rabattit ses cheveux en arrière des deux mains. Il semblait triste et las.

— Je ne sais pas, Prim. Nous verrons en fonction des circonstances.

Il lui adressa un sourire en coin et tendit la main.

— Prête ?

Primrose plaça sa main dans celle d'Oliver.

— Prête, répondit-elle.

22

Faire semblant d'être saoul était plus difficile qu'Oliver ne l'avait cru. Il arrivait sans problème à prendre une voix pâteuse, à feindre le hoquet et à répéter le récit de son voyage de six mois depuis l'Inde ; il parvenait sans peine à trébucher quand il marchait, au risque de perdre l'équilibre... mais faire tout cela en même temps se révélait étonnamment compliqué. Il perdait sans cesse le fil de son monologue – ce qui, heureusement, ne faisait qu'ajouter plus de vraisemblance à son ivresse.

Il fut soulagé quand Ninian et lui atteignirent la rive du lac. Son cœur fit un petit bond dans sa poitrine lorsqu'il aperçut le ponton.

Nous y voilà.

Oliver s'immobilisa un moment et s'appliqua à tanguer en restant sur place, le regard tourné vers l'étendue d'eau noire et lisse, la forme plus sombre de l'île se détachant au loin, éclairée par la pleine lune et son reflet d'argent. Il jeta aussi un coup d'œil discret vers l'abri à bateaux, dont la porte était légèrement entrouverte.

— C'est joli, hein ? dit-il avant d'émettre un hoquet sonore.

— Oui, fit Ninian. Mon cher cousin, je dois *vraiment* vous parler…

— N'est-ce pas ce que vous faites en ce moment ? Vous me parlez, non ? l'interrompit Oliver d'un ton enjoué en appliquant une tape amicale sur l'épaule de Ninian, avant de s'avancer en titubant sur le ponton.

Son cousin le suivit.

— Nous ferions peut-être mieux de ne pas aller par là, dit-il d'un ton inquiet. Vous risquez de tomber.

— Moi ? Tomber ? Je suis aussi leste qu'un chat !

Oliver fit un bond qui se voulait gracieux, mais dont la réception se solda par deux pas de côté pour retrouver l'équilibre.

— Je ne crois pas que ce soit une bonne idée, cousin, insista Ninian en posant la main sur sa manche.

Oliver dégagea son bras d'une secousse.

— Fadaises ! clama-t-il en trottinant sur le ponton, déviant d'abord vers la gauche, puis virant soudainement à droite.

Il arriva tout au bout et resta à osciller sur place, le regard tourné vers la lune, bouche bée.

— Regardez-moi cette lune. Elle est ronde comme un… comme un… comme une chose ronde.

Il avait senti Ninian le rejoindre et se placer à côté de lui. Son cœur se mit à battre plus vite. Il cessa de regarder la lune et fit semblant de contempler le reflet de l'astre dans l'eau. Un picotement s'éleva entre ses omoplates, comme si sa peau guettait l'instant où elle recevrait une poussée devenue familière.

— Une citrouille, déclara-t-il. Ronde comme une citrouille.

L'eau semblait noire. Froide. Profonde. Il réprima un frisson. Qui donc avait eu l'idée de ce plan absurde ?

— Non, pas comme une citrouille, enchaîna-t-il. Ronde comme une or… comme la *norange*. Ah, ah ! s'esclaffa-t-il, gagné par une appréhension grandissante. Vous entendez ça, Ninian ? La norange !

Ninian pinça le tissu de sa manche.

— Je vous en prie, cousin. Rentrons à la maison. Il faut vraiment que je vous parle.

Oliver réprima un soupir de frustration. *Regarde toute cette eau, idiot. Ne vois-tu pas que ce lac est parfait pour commettre un meurtre ?*

— La norange, répéta-t-il plus fort. C'est un nouveau mot, vous savez. C'est moi qui l'ai inventé.

— Oui, j'ai entendu, fit Ninian. Bien trouvé, répondit-il en agrippant plus fermement sa manche.

Oliver se raidit, frissonnant à l'idée du choc imminent de l'eau glacée.

Mais Ninian ne le poussa pas. Il avait clairement autre chose en tête. Sans doute une bouteille de porto empoisonnée.

Oliver comprit qu'il allait devoir prendre les choses en main.

Il hoqueta, fit un bond sur place, s'élança du ponton… et s'abîma dans le lac.

L'eau était plus froide qu'il ne s'y était attendu. *Beaucoup* plus froide. Assez froide pour lui couper le souffle.

Le choc incita Oliver à aspirer une goulée d'air et il agita les bras en tous sens. Un de ses pieds toucha le fond, et il eut envie de nager jusqu'au ponton aussi vite qu'il le pourrait. Au lieu de quoi il prit une longue inspiration, s'étendit à plat ventre sur l'eau et resta immobile.

Il se retrouvait aveugle, dans cette position. Et il ne pouvait plus respirer. Il imagina Ninian, baissant les yeux vers lui depuis le bord du ponton…

Un corps troua soudain la surface de l'eau et presque aussitôt, Oliver sentit une main se refermer sur son bras.

— Au secours ! cria son sauveteur. À l'aide ! Par ici !

Ninian.

Oliver se dégagea de l'étreinte de son cousin et reprit pied au fond de l'eau.

— Qu'est-ce qui vous prend ? demanda-t-il, le visage ruisselant.

— Tout va bien, cousin ! cria Ninian en agrippant de nouveau son bras. Je vous tiens.

Oliver se dégagea violemment et recula.

— Pourquoi ne tentez-vous pas de me noyer ?

Ninian le contempla, sidéré, le visage aussi pâle que celui d'un fantôme sous le clair de lune, sa bouche ouverte formant un trou noir.

— Pardon ?

— Pourquoi ne tentez-vous pas de me noyer ? répéta Oliver.

— Pourquoi ferais-je une chose pareille ?

— Parce que vous voulez me tuer.

— Quoi ? Mais non, pas du tout !

— Pourquoi m'avoir poussé sous les roues de cette chaise de poste, alors ? demanda Oliver d'un ton rageur en se rapprochant.

Ninian chancela en arrière, se retrouva brièvement submergé, puis reprit pied.

— Je ne vous ai jamais poussé, protesta-t-il en crachant.

— À d'autres ! railla Oliver en serrant les poings.

— Non ! Je ne l'ai pas fait, je le jure !

— Et c'est peut-être par hasard que vous êtes *tombé* de votre chaise hier ? enchaîna Oliver d'une voix aussi glaciale que l'eau. Je ne suis pas idiot, Ninian. J'ai compris que vous cherchiez à m'empoisonner.

— Je ne cherchais pas à vous empoisonner ! s'écria Ninian. J'essayais de vous *sauver*.

— Non, dit Oliver en secouant la tête.

— Il vient de sauter dans le lac pour te sauver la vie, intervint Rhodes au-dessus d'eux.

Oliver et Ninian se retournèrent en même temps. Deux silhouettes les observaient depuis le ponton.

— Et il a appelé à l'aide, observa Primrose.

— Des preuves irréfutables, conclut Rhodes.

Oliver ne dit rien. Le froid commençait à lui donner mal à la tête. Il s'avança jusqu'au ponton et grimpa l'échelle en silence.

Ninian l'imita. Ils ne parlèrent ni l'un ni l'autre. Intérieurement, Oliver s'entêtait à nier. Non, non, ce n'était pas vrai. Ce ne pouvait *pas* être vrai.

— Tenez, dit Primrose en lui tendant un plaid.

Il l'attrapa de ses doigts engourdis et s'en enveloppa.

— En voilà un pour vous, Ninian.

Oliver quitta le ponton et s'arrêta sur la rive. Il ne savait que faire ni que dire, ne savait même pas dans quelle direction aller. Il resta donc là, grelottant, la vérité planant de plus en plus lourdement au-dessus de lui.

Qui lui avait offert une tabatière garnie d'un « mélange spécial » ?

Qui avait versé cinq verres de madère à l'avance, dont un verre plus rempli que les autres, destiné à Oliver ?

Qui était le successeur direct du duc de Westfell ?

Il sentit Rhodes venir se placer silencieusement à côté de lui. Un bruit de pas humides sur le ponton se rapprocha. Ninian.

Ninian, qui n'avait *pas* essayé de le tuer.

Oliver se retourna et regarda son cousin.

Celui-ci formait une vague silhouette sous le clair de lune - couverture sombre et visage blafard.

— Je ne comprends pas, dit Oliver.

Il ne reconnut pas sa propre voix.

Ninian se voûta sous son plaid.

— Je veux dire..., reprit Oliver. J'aurais compris que *vous* puissiez vouloir me tuer, puisque Cheevers veut un gendre titré. Mais oncle *Algy*... ?

Sa voix se brisa sur ce nom et il se révéla à nouveau incapable de parler pendant un moment. Le sentiment d'incrédulité, de trahison était trop écrasant.

Oncle Algy avait tenté de le tuer ?

Celui qui leur rendait visite quand il était petit, qui riait très fort et lui glissait des pièces d'une guinée ?

Oncle Algy qui s'était occupé de toutes les démarches administratives quand Oliver avait hérité du duché, et qui avait accueilli avec enthousiasme son retour en Angleterre ?

— Pourquoi ? demanda-t-il d'une voix qui ressemblait à un cri, rauque et râpeuse, comme s'il essayait de contenir ses larmes. *Pourquoi ?*

— L'argent, dit Ninian d'une voix ténue.

Oliver secoua la tête. Non. Ce n'était pas vrai. Ça ne pouvait pas être vrai.

Il fixa Ninian, dégoulinant et grelottant, recroquevillé sous son plaid, et réalisa soudain quelque chose. Ce devait être aussi affreux pour son cousin que pour lui-même. Peut-être même plus affreux encore, car si lord Algernon était l'oncle d'Oliver, il était le *père* de Ninian.

Il s'approcha de son cousin et le serra dans ses bras.

— Je suis désolé, Ninian.

Et il était *vraiment* désolé. Désolé de l'avoir mal jugé. Désolé pour la douleur que devait éprouver son cousin.

— Merci d'avoir sauté à l'eau pour me sauver.

Ninian frissonna et laissa échapper un son qui ressemblait à un sanglot.

— C'est pour ça que vous teniez tant à me parler en privé ? Pour me parler de votre père ?

Ninian fut parcouru d'un nouveau frisson.

— Oui. Je suis désolé. Je...

— Non, c'est moi qui suis désolé. *Nous* sommes désolés, dit Oliver en l'étreignant plus fort. Nous pensions...

Il se révéla incapable de dire qu'ils l'avaient pris pour un assassin et préféra garder le silence.

— Il faut que nous parlions, lança Rhodes derrière eux. Tous ensemble. Mais d'abord, vous avez tous les deux besoin de vêtements secs – et d'un bon remontant.

23

Primrose patienta dans sa chambre en faisant les cent pas, les yeux rivés sur la pendule de la cheminée. Au bout d'une demi-heure, elle gagna la chambre de Rhodes.

Benoît ouvrit la porte. Rhodes se tenait devant la cheminée, les bras croisés, la mine sévère.

Primrose s'avança vers son frère.

— Alors ? dit-elle en guise de salutation.

— Devine sur qui je suis tombé juste devant la porte d'Oliver ?

Le cœur de Primrose se serra.

— Lord Algernon ?

— En personne. Je lui suis – littéralement – rentré dedans.

— Fâcheuse coïncidence.

— Oui, car il sait que je suis rétabli, maintenant.

On frappa discrètement à la porte. Un instant plus tard, Ninian Dasenby franchissait le seuil.

— Entrez, monsieur Dasenby, dit Primrose en lui adressant son plus gracieux sourire.

Dasenby hésita, puis s'exécuta. Il était visiblement inquiet, voire méfiant.

— Comment vous sentez-vous ? demanda Primrose qui le trouvait très pâle. Venez donc vous asseoir dans ce fauteuil, près du feu.

Dasenby hésita encore, puis s'approcha de la cheminée et s'assit. Rhodes servit un verre de cognac et le lui offrit, avant de s'en servir un autre.

— J'en prendrai un aussi, dit Primrose. Cette soirée a été...

Il y avait trop d'adjectifs pour la décrire – aussi spectaculaire qu'épouvantable, pour n'en citer que deux.

Rhodes ne lui dit pas que boire du cognac n'était pas convenable pour une dame ; il lui servit un verre sans un mot.

Primrose prit une gorgée. Le goût n'était pas vraiment plaisant, mais l'impétueuse morsure de l'alcool compensait cela, tout comme l'afflux de sensations sur sa langue et le long de sa gorge, suivi d'une onde de chaleur apaisante. Elle regarda Dasenby, nerveusement perché au bord du fauteuil, la main crispée sur son verre. Peut-être était-ce un effet de la lueur des flammes, mais il lui parut étonnamment jeune – un tout jeune homme à l'air pâle et vulnérable.

« Il n'a que vingt-deux ans », se rappela-t-elle. Vingt-deux ans, et il devait affronter le fait que son père essayait de tuer son cousin.

On frappa à la porte.

Benoît fit entrer Oliver, puis tourna les yeux vers Rhodes.

— Souhaitez-vous que je vous laisse, monsieur ?

— Non, vous faites également partie de cette aventure.

— Bien, monsieur, dit Benoît en verrouillant la porte.

Dasenby s'était levé à l'entrée d'Oliver, l'air soudain encore plus jeune et anxieux, mais celui-ci lui fit signe de se rasseoir.

— Cognac, Ollie ?

— Volontiers.

Oliver prit le verre que Rhodes lui tendait et s'assit au pied du lit, prenant appui contre l'un des montants. Il sirota le cognac, puis tourna les yeux vers Dasenby.

— Bien.

Ninian soutint son regard, la main toujours crispée sur son verre.

— Je propose que vous nous racontiez ce que vous savez. Après quoi, nous en ferons autant de notre côté, et nous déciderons ensemble de la suite. Qu'en dites-vous ? fit Oliver du ton de celui qui entend être obéi.

Dasenby déglutit et hocha nerveusement la tête. Avant de se lancer, il prit une courte inspiration.

— Cela a commencé le soir du bal des Turvington, quand je vous ai souhaité le bonsoir au Brook's, commença-t-il d'une voix ténue, comme s'il avait la gorge nouée. Après avoir traversé Piccadilly, je me suis retourné et je vous ai vu. Vous attendiez pour traverser la rue et j'ai pensé…

Il rougit et baissa les yeux sur son verre.

— J'ai pensé vous attendre pour faire le trajet avec vous jusque chez vous. Puis j'ai vu quelqu'un surgir derrière vous et vous pousser sous les roues de la voiture, dit-il en pâlissant. Mon Dieu, j'ai cru que vous étiez mort ! J'ai couru après lui – l'homme qui vous avait poussé. Il a descendu St. James's Street jusqu'à notre club et quand il en a franchi la porte, j'ai vu son visage…

Il y eut un silence, avant que Rhodes prenne la parole.

— C'était votre père.

Dasenby hocha la tête. Il tremblait. Primrose se demanda si c'était de froid ou de chagrin.

— Buvez votre cognac, dit-elle doucement.

Dasenby obéit et avala une gorgée. Il frissonna, inspira, et reprit son récit.

— J'ai cru que je m'étais trompé – il faisait nuit, après tout, et j'étais de l'autre côté de la rue quand c'est arrivé. Alors j'ai couru jusqu'à Piccadilly, mais vous n'y étiez plus. C'était comme si rien ne s'était passé.

— J'ai eu de la chance, dit Oliver. Je suis tombé entre les roues.

Dasenby acquiesça et tourna son verre entre ses mains.

— Je ne savais pas quoi faire. Ça ne semblait pas réel. Je me suis dit que j'avais dû faire erreur, que mon père n'irait jamais pousser quelqu'un, surtout vous. Je suis désolé, cousin, dit-il, visiblement bourrelé de remords. J'aurais dû vous en parler dès le lendemain.

Oliver secoua la tête.

— Ne soyez pas désolé. Vous l'avez dit : il faisait nuit et vous étiez sur le trottoir opposé. Il pouvait très bien s'agir d'une erreur. De toute façon, ajouta-t-il après une légère pause, je ne vous aurais pas cru.

Dasenby rougit et baissa à nouveau les yeux. Cette fois, le silence qui suivit fut lourd d'embarras.

— Qu'est-ce qui vous a fait changer d'avis ? demanda doucement Primrose. Quand avez-vous compris que votre père essayait *vraiment* de tuer Oliver ?

Dasenby fit tourner son verre entre ses mains – une fois, deux fois – puis les immobilisa.

— Il m'a fallu un moment.

— Quel a été le premier indice ? insista-t-elle avec douceur.

Dasenby la regarda.

— Je crois... que c'est quand il m'a dit qu'il avait perdu la maison.

— Quelle maison ?

— Notre maison du Dorset.

— Vous voulez dire qu'il l'a perdue au jeu ?

Dasenby hocha la tête.

— Quels autres biens votre père possède-t-il ?

— Aucun, dit Dasenby. Il a fini de dilapider la fortune de maman voilà des années. La maison était la dernière chose qu'il possédait.

Il refit pivoter son verre, une fois, deux fois.

— Il m'en a parlé avant de venir ici. D'habitude, quand il me demande de l'argent, il s'arrange pour tourner cela en plaisanterie, mais cette fois il était... *fâché*.

Rhodes haussa les sourcils.

— Votre père vous emprunte de l'argent ?

Dasenby hocha la tête.

— Ma mère m'a légué la moitié de sa fortune. J'en ai hérité l'année dernière.

— Et votre père vit à vos crochets depuis lors ? releva Oliver d'un ton sardonique. C'est élégant de sa part.

Dasenby rougit encore une fois et baissa les yeux sur son verre.

Primrose ressentit un vif élan d'empathie pour le jeune homme. *Pauvre garçon. Hériter d'une fortune à vingt et un ans, et se faire tondre par son propre père.*

— Vous rembourse-t-il ? demanda Rhodes.

— Pas encore, mais il a promis de le faire. Il m'a dit qu'il avait un plan...

Dasenby s'empourpra violemment cette fois, et sa main se crispa autour de son verre.

Tous avaient compris de quel plan il s'agissait.

— Quel a été l'indice suivant ? demanda Primrose.

Dasenby lui jeta un coup d'œil, puis avala une gorgée de cognac.

— C'était il y a quelques jours. J'avais égaré une de mes épingles à cravate, qui est ornée d'une perle, et mon père m'a dit qu'il en avait une exactement semblable dans son coffret à bijoux et que je pouvais la lui emprunter, si je voulais. Je suis donc allé la chercher dans sa chambre.

Il prit une autre gorgée de cognac.

— Je n'ai pas trouvé l'épingle dans le coffret. Mais je me suis souvenu du tiroir secret qui se trouve à l'arrière, et je me suis dit qu'il l'avait peut-être mise là. Sauf qu'elle n'y était pas non plus.

— Oncle Algy a un tiroir secret dans sa boîte à bijoux ? s'étonna Oliver avec un haussement de sourcils.

Dasenby hocha la tête.

— Qu'y avait-il dans ce tiroir ? questionna Primrose.

— Une tabatière en écaille de tortue sertie d'or et un petit flacon étiqueté *Arsenic blanc,* dit Ninian avant de laisser échapper un petit rire sans joie. Ça m'a d'abord effrayé parce que j'ai cru que papa avait l'intention de mettre fin à ses jours. Et puis je me suis dit que je déraillais, qu'il devait simplement réutiliser un flacon ayant contenu autrefois de l'arsenic, alors j'ai refermé le tiroir et j'ai continué à chercher l'épingle, que j'ai fini par trouver sur la commode.

Il garda le silence un moment, puis leva les yeux vers Oliver.

— Le lendemain, mon père vous a offert cette tabatière.

Rhodes et Oliver échangèrent un regard.

— Vas-y, lui lança Oliver. Dis-le : « J'avais raison au sujet du tabac à priser. »

— Je crois que c'est inutile, répondit Rhodes.

Oliver émit un grognement et prit une gorgée de cognac.

— Et le madère ? demanda Rhodes à Dasenby. Êtes-vous certain qu'il était empoisonné ?

Ninian hésita, puis secoua la tête.

— Non, mais cela semblait tellement suspect. Cette façon qu'il a eue de garder un verre à part, spécialement pour vous. Alors je me suis dit... Je ne sais pas, acheva-t-il avec un haussement d'épaules.

— Moi, je sais, dit Oliver. Il était empoisonné. Et je l'aurais bu - parce que je lui faisais *confiance*.

Primrose perçut l'accent rageur de sa voix. Dasenby dut l'entendre aussi, car il se recroquevilla sur lui-même.

— Je suis désolé.

— Vous n'avez pas à être désolé, répliqua Oliver. Vraiment pas. Vous m'avez sauvé la vie. Par deux fois. Je vous suis redevable.

L'accent rageur n'avait pas quitté sa voix.

« Il est fâché contre lui-même, comprit Primrose. Fâché d'avoir fait confiance à la mauvaise personne, et d'avoir douté de la bonne. »

— Pour en revenir au tabac à priser, dit Rhodes, il aurait pu nous tuer tous les trois. Bonté divine, vous avez failli en prendre une pincée et vous êtes son fils ! À quoi diable pensait-il donc ?

— Si vous me permettez, monsieur ?

Tous les visages se tournèrent vers Benoît qui se tenait devant la porte, tel un garde.

— J'ai quelques connaissances au sujet de l'arsenic, ajouta le valet.

Rhodes eut un haussement de sourcils, surpris.

— Vraiment ?

— Oui, monsieur. Pendant un temps, j'ai été au service d'un... comment appelez-vous cela ? D'un savant. J'étais chargé de prendre des notes pour lui.

Les sourcils de Rhodes n'étaient pas redescendus.

— Poursuivez.

— Administré à petites doses, pendant un certain temps, l'arsenic peut tuer un homme. C'est sans doute ce que lord Algernon a tenté de faire avec le tabac à priser. Une pincée ne pouvait pas tuer. Mais dix pincées par jour pendant plusieurs jours…

— Et le madère ? demanda Rhodes.

— C'était un seul verre ? Mis de côté pour vous ?

Oliver acquiesça.

— Dans ce cas, je suppose qu'il y avait assez de grains d'arsenic dissous dedans pour vous tuer.

Il y eut un long silence, au cours duquel ils s'efforcèrent de digérer cette déclaration.

— Oliver ne risquait-il pas de déceler le *goût* de l'arsenic ? demanda Primrose.

Le valet secoua la tête.

— L'arsenic n'a ni goût ni odeur. On le surnomme « le poison invisible ».

Primrose frissonna.

Oliver frissonna aussi.

— Il faut vous montrer prudent, Votre Grâce, dit le valet. Vous devez tous être très prudents, tant que cette affaire ne sera pas terminée. Ne mangez et ne buvez que les boissons et les plats prévus pour tous les convives.

— Je pourrais aussi faire disparaître l'arsenic de la chambre de mon père, proposa Dasenby.

— Non, dit Oliver. Nous ne voulons pas l'alerter ; nous voulons le pincer.

— Avec votre respect, Votre Grâce, l'arsenic pourrait être remplacé par quelque chose d'autre. Je veux bien m'en charger, avec l'aide de M. Dasenby.

Le regard du valet passa du visage d'Oliver à celui de Dasenby, et finalement à celui de Rhodes.

— D'accord, acquiesça celui-ci. Nous allons recommencer ce que nous avons fait au ponton, ajouta-t-il en se tournant vers Oliver. Demain soir. Surprendre ton oncle en flagrant délit. Cela a très bien marché ce soir. Nous avons obtenu la preuve dont nous avions besoin.

— C'est vrai, opina Oliver en adressant un sourire d'excuse à son cousin.

Dasenby rougit et regarda son verre.

— Très bien, déclara Rhodes. Voici notre plan. Benoît : avec Ninian, vous vous chargerez de l'arsenic demain matin, le plus tôt possible. Soyez discrets. Nous ne voulons pas que lord Algernon se doute que nous l'avons repéré.

Le valet hocha la tête.

— Prim et moi veillerons à ce qu'Oliver ne soit jamais seul, enchaîna Rhodes. Et à la nuit tombée, nous rejouerons exactement la même scène que ce soir.

Primrose et Oliver acquiescèrent.

— Voudrez-vous venir avec nous demain soir, Dasenby ? proposa Rhodes.

Celui-ci se raidit sur son fauteuil.

— Non, s'empressa d'intervenir Primrose. Je ne pense pas que ce soit une bonne idée, ajouta-t-elle en s'efforçant d'adresser des yeux un message à Oliver. *Ne le laissez pas voir son père tenter de vous supprimer.*

Oliver croisa son regard.

— Je suis d'accord. Il est préférable que Ninian ne vienne pas.

— Non, bien sûr que non, renchérit Rhodes, quelque peu déconfit. Je vous prie de m'excuser, Dasenby, c'était inconsidéré de ma part.

Ninian secoua la tête.

— Il n'y a pas de mal, milord.

Primrose fut une fois de plus frappée par l'aspect juvénile de Dasenby. Il semblait si triste et vulnérable, recroquevillé sur ce fauteuil.

Son cœur se serra pour lui. Elle eut envie de le prendre dans ses bras. Elle jeta un coup d'œil à Oliver. Il regardait son cousin, et son air solennel était plein d'empathie.

« Il le voit aussi », réalisa-t-elle avec soulagement.

— Buvez donc votre cognac, cousin, dit-il à Ninian. Nous en avons tous les deux grand besoin, après ce plongeon dans le lac.

Dasenby arrima son regard à celui d'Oliver. Après un moment, il eut un sourire hésitant et avala la fin de son verre.

Oliver en fit autant et se leva.

— Ce dont vous et moi avons le plus besoin, c'est une bonne nuit de sommeil, Nin.

Dasenby se leva à son tour.

— Nous parlerons demain matin. Rien que vous et moi, dit Oliver en pressant brièvement son épaule. Nous réglerons cela, je vous le promets.

Primrose redouta un instant que Dasenby n'éclate en sanglots, mais le garçon se força vaillamment à sourire.

Benoît déverrouilla la porte et l'ouvrit.

— Allez vous coucher, Nin, conclut Oliver d'un ton bienveillant.

Dasenby déglutit, le salua de la tête et quitta la pièce.

Il y eut un silence, une fois la porte refermée, qu'Oliver finit par rompre d'un soupir.

— Je suis fatigué, laissa-t-il tomber.

Plus que fatigué, il semblait épuisé.

Primrose aurait aimé pouvoir le serrer dans ses bras, lui aussi, mais la présence de son frère et de Benoît le lui interdisait.

— C'est normal, répondit-elle. Vous avez fait une chute de trente-six marches et vous avez tenté de vous noyer dans un lac gelé. N'importe qui serait fatigué après ça !

Oliver lui adressa un petit sourire las.

Primrose abandonna son verre de cognac à demi plein. Elle se hissa sur la pointe des pieds pour déposer un baiser sur la joue de Rhodes, fit de même avec Oliver, puis se dirigea vers la porte.

Benoît la lui ouvrit.

La jeune femme jeta un coup d'œil dans le couloir. Il était désert. Elle se retourna et toisa Oliver d'un air sévère.

— Au lit, ordonna-t-elle. Et n'oubliez pas de verrouiller votre porte !

24

Trop préoccupé par tout ce qui était arrivé, Oliver n'avait pas vraiment prêté attention à ses contusions quand il était allé se coucher. Mais le lendemain matin, elles se rappelèrent à son bon souvenir.

Quelqu'un frappa doucement à la porte.

— Qui est là ?

— Benoît.

Oliver se redressa en réprimant un gémissement. Il dut en réprimer un deuxième quand il descendit du lit, puis un troisième quand il se déplaça jusqu'à la porte pour la déverrouiller.

Le valet de Rhodes se tenait sur le seuil, chargé d'une aiguière d'eau chaude.

— Bonjour, Votre Grâce.

— Bonjour, Benoît.

Oliver clopina jusqu'à la fenêtre et regarda au-dehors pendant que le valet préparait la table de toilette. Les volutes d'un nuage se découpaient nettement sur le ciel d'un bleu semblable à celui des œufs d'étourneau. Il s'étira prudemment en élevant les bras au-dessus de sa tête. Ses muscles protestèrent, aussi renonça-t-il et se détourna-t-il de la fenêtre.

Il découvrit Benoît qui l'observait attentivement.

— Seriez-vous offensé, Votre Grâce, si je vous conseillais de prendre un bain chaud avant le petit déjeuner ?

— Non, pas offensé le moins du monde.

Le bain le soulagea grandement. Et quand il descendit dans la petite salle à manger en compagnie de Rhodes, il se sentait à nouveau humain.

Trois occupants seulement se trouvaient dans la salle à manger : Mme Middleton-Murray, lady Cheevers et oncle Algernon.

Oliver se raidit. Il adressa un sourire collectif aux convives, s'approcha du buffet pour garnir son assiette, puis s'assit aussi loin de son oncle que possible. Heureusement, personne ne semblait s'attendre à ce qu'il prenne la parole et toute l'attention était concentrée sur Rhodes, qui réapparaissait après deux jours d'alitement. Oliver se concentra quant à lui sur le contenu de son assiette – des œufs, du bacon et des saucisses.

Finalement, le sujet du rétablissement de Rhodes se trouva épuisé. Il y eut un blanc dans la conversation. Oliver ne voulait pas regarder son oncle... mais il savait qu'il allait devoir le faire. Il était impératif qu'il traite oncle Algy de la même façon qu'il l'avait fait la veille.

Il se força à lever les yeux. Son ventre se serra quand il croisa le regard de son oncle.

— Vous avez bel appétit, ce matin, lança oncle Algy, ponctuant cette observation de son rire jovial.

— Oui, répondit Oliver avec un sourire.

Il reporta les yeux sur son assiette.

Ce premier coup d'œil, ce premier mot, ce premier sourire lui avaient permis de faire le plus dur. Bientôt, il découvrit qu'il était capable de soutenir le regard de son oncle, de converser avec lui et même de rire – mais aussi que cela avait un mauvais effet sur son appétit. Pourquoi avait-il empilé autant de nourriture sur son assiette ? Il se retrouvait avec l'estomac noué, et chaque fois qu'il riait aux plaisanteries d'oncle Algy, il se sentait gagné par la nausée.

La porte s'ouvrit et Primrose entra dans la salle à manger. Son regard passa d'un convive à l'autre – et s'arrêta sur lui. Elle sourit.

Le nœud dans l'estomac d'Oliver se détendit légèrement. Il lui retourna son sourire.

Primrose garnit son assiette avant de prendre la chaise libre à gauche d'Oliver. Elle lui sourit de nouveau et le nœud se relâcha un peu plus. Il cessa de se sentir nauséeux. De fait, il réussit même à manger presque tout ce qui se trouvait dans son assiette. Et il venait à peine de reposer ses couverts quand Ninian fit son apparition.

Les émotions qu'il avait ressenties la veille l'assaillirent alors, pêle-mêle. La honte était celle qui dominait. Honte d'avoir mal jugé son cousin. Honte de l'avoir maltraité. Il avait choisi de le voir comme un être frivole et mollasson, n'avait pas prêté attention à ce qu'il lui disait.

Il le regrettait, maintenant. Il regrettait de ne pas avoir fait l'effort de regarder Ninian au-delà de son apparence pour s'intéresser à sa véritable personnalité.

Ninian élabora son assiette, puis hésita, et s'assit finalement en face d'Oliver. Leurs regards se croisèrent.

— Comment allez-vous ? demanda Oliver.

— Très bien, je vous remercie, mon cousin.

Oncle Algy repoussa sa chaise et se leva.

— Je vois que vous avez fini, Oliver. Tenté par une promenade à cheval ?

Oliver gratifia son oncle de son plus chaleureux sourire.

— Navré, mon oncle, mais je me dois à Ninian, ce matin. Cet après-midi, si vous voulez ? Après le déjeuner ?

Il amènerait Rhodes avec lui – et Primrose aussi.

Oncle Algy accueillit ce refus avec une apparente bonne grâce et s'éclipsa.

Ninian regarda son père quitter la pièce, puis baissa les yeux sur son assiette. Il semblait avoir perdu l'appétit.

— Dites-moi encore quels coloris conviendraient à Westfell House, fit Oliver. Je crains d'avoir oublié.

Et c'était vrai ; il avait oublié parce qu'il n'avait pas écouté convenablement, la première fois.

— Vous tenez vraiment à le savoir ? demanda Ninian d'un ton dubitatif.

— Mais oui, assura Oliver.

Le visage de Ninian s'illumina. Il reprit son petit déjeuner avec appétit et lui fit part de sa vision pour Westfell House.

Les appartements royaux auraient parfaitement convenu pour avoir un entretien privé avec Ninian, mais c'était comme une sorte de jardin secret pour Prim et lui. Aussi Oliver décida-t-il d'emmener son cousin au bord du lac. Ils canotèrent jusqu'à l'île où ils s'installèrent sur le petit ponton, les jambes pendues dans le vide, assis côte à côte au soleil. C'était une journée parfaite – ciel bleu, vrilles de nuages duveteux, légère brise et chants d'oiseaux.

— Nous avons enlevé l'arsenic, dit Ninian. Pendant que mon père prenait son petit déjeuner.

— Bien. Merci.

Oliver contempla le lac un moment, puis se tourna vers son cousin.

— Je vous dois des excuses, Ninian.

Celui-ci secoua la tête.

— Si, insista Oliver. Je vous ai traité de façon odieuse. Je vous ai jugé sur vos vêtements et non sur votre caractère. Je peux seulement vous offrir mes plus profondes excuses, en espérant que vous voudrez bien les accepter.

Ninian rosit légèrement et baissa les yeux sur l'eau.

— J'imagine que vous m'avez jugé aussi digne d'estime qu'un... portemanteau, dit-il finalement.

— Non, répondit Oliver d'un ton amer. Je me suis contenté de vous qualifier de frivole et de mollasson. Mon Dieu, Ninian..., ajouta-t-il en fermant les yeux. Je suis tellement désolé.

— Ce n'est pas grave.

— Mais si, c'est grave ! Vous avez veillé sur moi pendant tout ce temps, et je ne m'en suis même pas rendu compte ! Voilà cinq semaines que je suis revenu en Angleterre, et je n'ai même pas essayé de faire connaissance avec vous. Je suis désolé, répéta Oliver en secouant la tête.

— Ce n'est pas grave, répéta à son tour Ninian.

— Pourquoi avez-vous décidé de veiller sur moi ?

Ninian jeta un coup d'œil vers lui.

— Parce que je vous aime bien. Vous êtes plus gentil avec moi que Basil et Percy ne l'ont jamais été.

Cette réponse laissa Oliver sans voix.

— Je ne les ai jamais rencontrés, dit-il finalement. Comment étaient-ils ?

Ninian fit une grimace et concentra son regard sur l'eau qui clapotait contre les piliers du ponton. Oliver attendit.

— C'étaient des brutes, énonça finalement Ninian. Tous les deux, mais Basil était le pire. Et oncle Reginald ne valait pas mieux. Grand-père, aussi. Les ducs de Westfell ont tous été des tyrans. Vous êtes le seul à ne pas l'être.

Oliver fut tellement surpris par cette réponse qu'il ne sut que dire. Ninian porta son regard vers le lac.

— Je ne dis pas que leur mort me fait plaisir, mais je suis vraiment content que ce soit vous le duc, désormais. Vous êtes infiniment plus aimable.

Ce fut au tour d'Oliver de grimacer.

— Je ne suis pas toujours aimable.

Ninian haussa une épaule.

— Au moins, vous n'êtes pas un tyran. C'est toujours ça.

Oliver l'observa attentivement et découvrit une lueur d'amusement dans ses yeux. Il rit, soulagé de découvrir que son cousin avait le sens de l'humour.

— Non, je ne suis pas un tyran, soupira-t-il. Mais je suis un idiot. La première fois que je vous ai vu, je vous ai collé l'étiquette de « modiste », pour vous attribuer ensuite le rôle d'un meurtrier ! Je m'en veux, Nin.

Ninian haussa une épaule.

— Vous ne me connaissiez pas.

— Je vous connais, maintenant, répondit Oliver en tendant la main vers lui. Voulez-vous accepter mes excuses ?

— Bien sûr.

Gravement, ils échangèrent une poignée de main.

— Je suis heureux que vous soyez mon cousin, dit Oliver.

— J'en suis heureux aussi.

Le sourire de Ninian était timide, et quand Oliver croisa son regard, son expression le prit de court un instant. Il se souvint de ce que lui avait dit Primrose, quelques jours plus tôt. « Ninian vous idolâtre. »

Oliver avait ricané sur le moment, mais elle ne s'était pas trompée : l'admiration qui brillait dans le regard de son cousin était clairement lisible.

Il lâcha sa main. Il n'avait rien fait pour mériter une telle admiration. Il était peut-être moins odieux que Basil et Percival, mais il n'avait jamais été *gentil* avec Ninian ; à peine s'était-il contenté de rester courtois.

Il décida de faire mieux, désormais.

Un poisson bondit hors de l'eau près du ponton, puis replongea. Oliver regarda une série de cercles rider la surface de l'eau à partir du point d'impact. Il avait eu l'intention de parler à Ninian des autres tentatives de meurtre d'oncle Algy, mais il hésitait à présent. Son cousin avait-il vraiment besoin de savoir ce qui s'était passé le soir du bal des Cunningham ? Ou la veille, dans le grand escalier ?

Après un moment de réflexion, il décida que non. Cela n'aurait servi à rien, sinon à le rendre plus malheureux qu'il ne l'était déjà. Mais il restait un sujet qu'il ne pouvait vraiment pas contourner.

Il s'éclaircit la gorge.

— Ninian ?

Son cousin le regarda.

— J'hésite à vous demander cela, mais il le faut, déclara Oliver en le regardant franchement. Pensez-vous que votre père ait eu quelque chose à voir avec la mort d'oncle Reginald ? Ou de Percival ?

Ninian accusa le coup.

— Je suis désolé, dit Oliver. Mais j'ai besoin de savoir.

Son cousin secoua la tête, blême, les yeux écarquillés.

— Je ne sais pas ! Comment le saurais-je ? Je n'ai jamais pensé... Je n'ai jamais...

— Pensez-y maintenant, fit Oliver d'une voix douce. Vous voulez bien ?

Ninian hocha la tête et détourna les yeux. Il dirigea son attention sur l'un des boutons de son habit qu'il tirailla nerveusement.

— Pas Percy, dit-il finalement. Je me souviens que mon père était aussi choqué que nous tous.

Oliver approuva de la tête, soulagé.

Ninian reporta son attention sur son bouton.

Son front se plissa, ses lèvres se pressèrent l'une contre l'autre. Cette journée était trop belle pour aborder un sujet aussi sinistre. Oliver avait conscience du soleil qui lui chauffait le dos et du léger clapotis de l'eau contre le ponton.

— Il a peut-être tué oncle Reginald, déclara finalement Ninian en le regardant.

Oliver vit des larmes briller dans ses yeux.

— Oh, Nin, dit-il en se rapprochant pour passer un bras autour de ses épaules. Je suis désolé.

Ninian renifla et prit une courte inspiration. Son corps était si tendu qu'il semblait soudain devenu cassant.

— Ce n'est pas grave, ajouta Oliver, alors qu'ils savaient tous deux que ce n'était pas vrai.

Ils restèrent assis au soleil, le bras d'Oliver reposant sur les épaules de Ninian. Celui-ci ne pleura pas, mais il aurait peut-être mieux valu qu'il le fasse. La tristesse qui l'habitait était palpable.

Sa tension décrut petit à petit. Il laissa échapper un soupir qu'Oliver sentit plutôt qu'il ne l'entendit.

— Mon père a changé, après la mort de Percy. Il est devenu distrait, soucieux. Il passait des heures à réfléchir. Il a été à cran toute la semaine qui a précédé notre départ dans le Wiltshire, et une fois qu'on est arrivés là-bas, ça n'a fait qu'empirer. J'ai cru que c'était à cause du comportement déplaisant d'oncle Reginald, mais c'était peut-être lié à autre chose.

— Déplaisant ? De quelle façon ?

— Le duc a dit, au beau milieu du dîner le premier soir, que c'était dommage que je ne sois pas mort à la place de ses fils.

— Mon Dieu, Nin…, souffla Oliver, horrifié.

— Père n'a rien répondu. Il s'est contenté de rester assis, à regarder oncle Reginald comme s'il souhaitait sa mort.

— Cela ne veut pas dire qu'il l'a *vraiment* tué, précisa Oliver.

— Non, mais ensuite, après l'incendie, Père était… J'ai bien vu qu'il n'était pas mécontent. Je ne dis pas qu'il se réjouissait ou qu'il jubilait. Non, il était très calme, en fait. Je crois que je ne l'avais encore jamais vu aussi calme. Mais il avait un petit air… satisfait.

Satisfait. Oliver fit tourner ce mot dans sa tête. Cela signifiait-il que lord Algernon avait tué son frère ? Ou qu'il était simplement content de sa mort ? Ils ne le sauraient qu'en lui posant directement la question, et Oliver doutait qu'oncle Algy avoue son crime – s'il s'agissait bien d'un crime.

— Quand la presse anglaise a rectifié l'annonce de ma mort… comment votre père a-t-il réagi ?

— S'il a été déçu de ne pas devenir duc, il l'a bien caché. Il a dit que le fait que vous soyez en vie était la meilleure nouvelle du monde – et quand vous êtes revenu, il était fou de joie de vous revoir, j'en suis sûr. Il vous apprécie, ajouta Ninian après un silence. Tout le monde vous apprécie.

Oliver ne dit rien. Qu'oncle Algy l'apprécie ou non, il n'en tentait pas moins de le tuer.

Son cousin ajouta :

— S'il n'avait pas de problèmes d'argent, je ne pense pas qu'il aurait… vous savez quoi.

— Qu'il m'aurait poussé sous une chaise de poste ? demanda sèchement Oliver. Non, je ne pense pas qu'il l'aurait fait.

— Je suis désolé, dit Ninian d'une toute petite voix.

— Vous n'avez aucune raison d'être désolé. Bien au contraire. Sans vous, j'aurais bu ce madère.

Ninian ne répondit pas, et une idée déplaisante frappa soudain Oliver.

— Pensez-vous qu'il a compris que vous le suspectiez de vouloir m'empoisonner ? Votre intervention n'était vraiment pas discrète...

— Je ne sais pas. Je ne crois pas.

Oliver se sentit soudain doublement heureux que l'arsenic ait été enlevé. Mais une autre pensée dérangeante l'assaillit.

— Ninian... Si vous veniez à mourir, qui hériterait de votre argent ?

Les épaules de Ninian se contractèrent à nouveau, ce qui était une réponse en soi.

— Mon père ne ferait pas cela.

— Bien sûr que non, dit Oliver en s'efforçant de paraître plus confiant qu'il ne l'était. Mais... faites quand même attention, d'accord ?

La dissonance entre la beauté de la journée et l'horreur de leur conversation s'était encore accentuée. Était-il possible qu'ils évoquent la possibilité d'un père tuant son fils alors que le soleil brillait, que le lac étincelait et que des vaguelettes venaient laper le ponton ?

— Qu'allez-vous faire ? demanda Ninian d'une voix si basse qu'elle n'était plus qu'un murmure.

Oliver entendit les mots que son cousin n'avait pas osé prononcer : « une fois que vous aurez surpris mon père en flagrant délit de tentative de meurtre, ce soir ».

— Je ne sais pas, répondit-il franchement. J'aimerais régler les choses aussi discrètement que possible. En dehors des tribunaux. Mais tout dépendra de l'attitude de votre père. J'avais pensé... lui offrir le choix entre l'Amérique et l'Australie. Croyez-vous qu'il serait disposé à partir ?

Les épaules de Ninian se détendirent. Avait-il craint que son père finisse pendu ?

— Oui, je crois.

Ils restèrent assis plusieurs minutes sans rien dire, le soleil chauffant leurs dos. Finalement, Oliver poussa un long soupir, détacha son bras des épaules de Ninian et se redressa. Il tendit la main à son cousin.

— Il est temps de rentrer, Nin. J'espère que cela ne vous dérange pas que je vous appelle Nin, au fait ?

Ninian accepta la main tendue et se redressa à son tour.

— Bien sûr que non, cousin.

— Oliver. Ou Ollie, si vous voulez. En voilà assez de ce « cousin ».

— D'accord, acquiesça Ninian avec une certaine réserve.

Oliver perçut cependant à nouveau cette lueur d'admiration. Primrose avait parlé d'idolâtrie. Bien mal placée.

— Nin... vous avez veillé sur moi pendant tout ce temps. Je veux que vous sachiez qu'à partir de maintenant, c'est moi qui veillerai sur vous.

Ninian rougit, puis le gratifia d'un sourire radieux.

— Merci, cousin. Je veux dire... merci, Oliver.

25

Oliver aperçut Ninian, assis dans le salon jaune en compagnie de Mlle Cheevers et sa mère. Mlle Middleton-Murray était là aussi. Elle portait une robe au décolleté flatteur, et elle le gratifia d'un sourire qui révéla ses fossettes tout en le regardant à travers ses cils.

Oliver l'ignora et poursuivit sa recherche de Rhodes et Primrose. Il les dénicha rapidement dans la bibliothèque voisine. Rhodes lisait le journal de Londres, tandis que Primrose inspectait les étagères de la galerie.

Oliver se caressa le nez et fut satisfait de la vitesse à laquelle Rhodes posa son journal. Primrose descendit de la galerie avec un empressement parfaitement indigne d'une dame.

— C'est magique ! déclara Oliver avec un grand sourire. Il suffit que je me touche le nez pour que vous accouriez vers moi.

Rhodes ne se donna pas la peine de répondre.

— Alors ? Comment s'est passée cette entrevue avec ton cousin ?

— Je viens de faire une plaisanterie, grommela Oliver. Tu pourrais te donner la peine de rire.

Rhodes croisa les bras et soutint son regard.

— Comment cela s'est-il passé ?

Oliver jeta un coup d'œil à Primrose.

Elle avait mis les mains sur ses hanches et son expression était presque identique à celle de son frère – inquisitrice.

Oliver poussa un soupir.

— Quelle paire de bonnets de nuit vous faites, tous les deux !

— Ollie, dit Rhodes d'un ton qui frisait la mise en garde, faut-il que je te soulève et que je te secoue pour que tu veuilles bien entendre raison ? Je n'hésiterai pas à le faire, tu sais.

Oui, Oliver le savait. Rhodes l'avait déjà « secoué » plus d'une fois.

Ils firent une longue promenade à travers le parc de Cheevers Court. Oliver leur rapporta tout ce que Ninian avait dit.

— Je m'inquiète pour sa sécurité, conclut-il. Si oncle Algy devine qu'il a compris…

— Il y a peu de chances qu'il devine, contra Rhodes.

— Et même s'il devinait, il n'irait pas jusqu'à tuer son propre fils ! renchérit Primrose. N'est-ce pas ? ajouta-t-elle d'un ton plus dubitatif.

Le galop d'un cheval leur parvint à cet instant. Un cavalier traversait l'allée d'ifs au petit galop. Oliver reconnut la robuste silhouette – oncle Algy.

Ils regardèrent le cavalier faire passer sa monture au trot, puis disparaître en direction de l'écurie.

— J'ai promis d'aller chevaucher avec lui cet après-midi, dit Oliver. Après le déjeuner. Pourrez-vous vous trouver dans la cour de l'écurie et vous joindre à nous ?

— Sans problème, répondit Rhodes.

— Pourrais-tu également garder Ninian à l'œil, Rhodes ? Jusqu'au déjeuner ? Je te promets de rester avec Primrose. Nous ne nous quitterons pas des yeux.

— Tes désirs sont des ordres, dit Rhodes en lui adressant un salut ironique avant de se diriger vers la maison.

Oliver attendit qu'il soit hors de vue, puis se tourna vers la jeune femme. Son expression était solennelle. Il tendit la main et effleura sa joue du bout du doigt.

— Souriez, Prim.

Elle sourit faiblement.

— J'aurai davantage le cœur à sourire quand cette affaire sera derrière nous.

— Comme nous tous.

Il prit sa main et la passa au creux de son bras.

— Où souhaitez-vous que nous allions ? La roseraie ? Le bassin aux nymphéas ?

Ils allèrent voir l'une et l'autre, puis retournèrent vers le manoir sans se presser. Le regard d'Oliver passa du belvédère à la vaste terrasse du rez-de-chaussée – puis remonta jusqu'au belvédère.

Il se souvint d'oncle Algy lui faisant admirer le panorama depuis la promenade surélevée, au lendemain de leur arrivée à Cheevers Court.

Que se serait-il passé si Rhodes ne s'était pas joint à eux ?

Oncle Algy l'aurait-il fait basculer dans le vide ?

Oliver réprima un frisson.

— Nous avons encore une demi-heure avant le déjeuner, Prim. Voulez-vous faire un tour dans les appartements royaux ?

— Nous pouvons parler ici. Personne ne peut nous entendre.

— Oui, mais nous ne pouvons pas nous embrasser. Quelqu'un pourrait nous voir.

Ils se faufilèrent à l'intérieur du manoir par une porte latérale, longèrent un couloir et pénétrèrent subrepticement dans le salon d'apparat. La porte se referma silencieusement derrière eux.

Oliver décida que ce parfum de lavande moisie n'était pas pour lui déplaire, finalement. Il exaltait son attente et faisait bouillonner son sang dans ses veines.

Primrose s'approcha de la fenêtre et jeta un coup d'œil au-dehors. Le soleil dorait sa chevelure. Oliver songea en l'observant à la jeune fille qu'elle était encore quand il avait embarqué pour l'Inde, huit ans auparavant. À dix-neuf ans, Primrose aurait pu devenir bien des femmes. Mais elle était devenue celle qu'il avait sous les yeux. Cette Primrose à la langue acérée, fine observatrice et courageuse, qui savait ce qu'elle voulait et n'avait pas peur de le dire, qui le traitait de nigaud et citait Marc Aurèle, et qui était prête à déjouer les stratagèmes d'oncle Algy à ses côtés.

À son retour, Oliver aurait pu découvrir qu'elle était devenue une harpie. Ou une coquette. Ou un bas-bleu vivant en recluse, comme sa tante Lavande.

Ou même, qu'elle s'était *mariée*.

Primrose se hissa sur la pointe des pieds et tendit le cou tout en regardant par la fenêtre.

— Ces nuages ne me disent rien qui vaille. Que ferons-nous s'il pleut, ce soir ?

— Il ne pleuvra pas, dit Oliver, savourant la vision de ses chevilles tendues.

Primrose avait de très jolies chevilles. Une jolie taille aussi, parfaitement tournée pour qu'un homme l'enlace. Et une magnifique poitrine. Et une bouche qui appelait les baisers. De fait, tout en elle appelait les baisers. Sa gorge, la face interne de ses poignets, sa nuque. Ses seins. Toute cette peau tendre qui attendait d'être touchée, goûtée, explorée.

Une onde de chaleur envahit son corps quand il s'imagina en train de la déshabiller, ôtant ses vêtements un à un pour révéler cette peau et l'initier aux plaisirs de la chair.

Chaleur ? Appelons les choses par leur nom : désir.

Pur désir.

Il désirait Primrose Garland. Il la désirait aussi bien vêtue que nue. Il voulait la tenir sous lui et qu'elle le chevauche, la faire haleter, rire et crier.

Primrose se retourna vers lui. Le regard d'Oliver s'attarda brièvement sur ses lèvres, avant de croiser le sien. Son cœur se mit à battre un peu plus vite, car pour aussi délectable que soit sa bouche, il préférait ses yeux. Ces yeux bleus qui permettaient à son esprit aiguisé d'observer le monde. Ces yeux qui le voyaient, lui, Oliver Dasenby, et non le duc de Westfell.

— Qu'y a-t-il ? demanda-t-elle en inclinant la tête sur le côté.

Il mourait d'envie de l'embrasser et de la demander en mariage.

« Une chose à la fois », se raisonna-t-il.

Il la prit par la main, prit la direction du boudoir – puis s'arrêta et jeta un coup d'œil à la porte située à droite du salon d'apparat, celle au-delà de laquelle il ne s'était encore jamais aventuré.

— Qu'est-ce qui se trouve par là-bas ?

— Un autre salon. Il y a deux suites royales, de part et d'autre du salon d'apparat.

— Une pour le roi et une pour la reine ?

— Absolument.

Oliver s'approcha de la porte de droite, entraînant Primrose dans son sillage.

— Essayons ce côté-ci, aujourd'hui.

Primrose avait dit vrai ; les deux suites se reflétaient l'une l'autre – un petit salon, un boudoir et une chambre, dotée de la même estrade ridicule et du même lit à baldaquin. Oliver promena son regard dans cette chambre majestueuse. Il avait beau désespérément vouloir embrasser Primrose, le décor de cette pièce… n'allait pas.

— Non, dit-il. Pas ici.

Il lui fit retraverser les appartements – chambre, boudoir, petit salon, salon d'apparat, petit salon, boudoir, chambre – accélérant le rythme à chaque pas, jusqu'à ce qu'ils se mettent à courir comme des enfants.

Quand ils débouchèrent dans la dernière pièce, Oliver lâcha la main de Primrose et se laissa tomber à plat dos sur le lit, hors d'haleine.

— Pourquoi ici ? demanda Primrose, haletante et amusée. Les suites sont exactement semblables.

— Non, elles ne le sont pas, répondit Oliver en lui souriant depuis le lit. Cette suite a une histoire.

Primrose rougit légèrement.

— Cette *chambre* a une histoire.

Les joues de la jeune femme devinrent plus roses encore.

Oliver la regarda en remuant les sourcils.

— Ce *lit* a une histoire.

Le rose s'intensifia encore et elle détourna les yeux.

— Franchement, Oliver, vous êtes…

Il n'attendit pas de savoir ce qu'il était. Il saisit sa main et l'attira pour la faire asseoir à côté de lui sur le lit.

— Oliver !

Les cils d'Oliver s'abaissèrent, et il leva les yeux pour la regarder à travers.

— Embrassez-moi, je vous prie, lady Primrose.

Elle le gratifia d'un regard sévère et fit saillir sa lèvre inférieure, formant une moue exagérée.

— Par pitié, petite Primrose.

Il afficha un sourire victorieux.

— Allitération, Prim ! s'exclama-t-il. Cela mérite un baiser.

Elle roula des yeux.

— Ne cessez-vous donc jamais vos petits jeux ? demanda-t-elle avant d'incliner la tête pour l'embrasser délicatement.

La réponse à cette question était qu'il lui arrivait de cesser de jouer. Assez souvent, en fait. Et malgré ce qu'elle pensait, il n'était *pas* en train de jouer. Ses intentions vis-à-vis d'elle étaient très sérieuses – mais cela ne voulait pas dire que son baiser devait être sérieux, n'est-ce pas ?

Le baiser devint rapidement très sérieux, cependant. Oliver enveloppa sa nuque d'une main tandis que l'autre se déployait sur sa chevelure pour l'attirer plus près et s'emparer voracement de sa bouche, prenant ses lèvres et sa langue en otage. Non, c'était *lui* l'otage, et c'était elle qui procédait au pillage de sa bouche. Elle le laissait haletant, étourdi, désarmé. Elle pouvait lui prendre ce qu'elle voulait. Il était prêt à tout lui donner. Absolument tout.

Primrose voulait sa bouche, aussi Oliver la lui donna-t-il, encore et encore. Il était presque à bout de souffle et ce n'était pas parce qu'ils venaient de traverser sept pièces en courant, mais uniquement à cause des baisers avides et passionnés de la jeune femme.

Il aurait voulu que cela ne s'arrête jamais. Il aurait voulu rester avec elle dans la chambre royale toute la journée, rien qu'elle et lui… Il laissa échapper une protestation inarticulée quand Primrose rompit le baiser et s'écarta.

— Non, Oliver, dit-elle, aussi essoufflée que lui. Nous devons cesser. Le déjeuner.

Son visage était empourpré, ses lèvres pleines et roses, sa blonde chevelure décoiffée. Oliver se dit qu'il n'avait jamais rien vu d'aussi beau de toute sa vie.

— Au diable le déjeuner, gronda-t-il. J'ai tout ce qu'il me faut ici.

Primrose échappa à l'étreinte de ses mains.

— Les gens remarqueraient notre absence.

Elle avait raison. Oliver ne chercha pas à la retenir. Il s'adossa à l'oreiller et se concentra pour tâcher de retrouver son souffle.

Primrose descendit du lit.

— Il me faut un miroir.

Après un moment, Oliver descendit du lit à son tour, grimaçant quand son corps lui rappela les contusions de la veille. Il rejoignit sa compagne dans le boudoir. Elle avait écarté la housse d'une grande psyché et tentait d'arranger sa coiffure.

Il contempla ses propres cheveux. Ils étaient presque aussi décoiffés que ceux de Primrose. Il se repeigna à l'aide de ses doigts, puis rectifia le nœud de sa lavallière. Quand il eut terminé, il regarda la jeune femme. Elle fronçait les sourcils devant son reflet.

— À quoi pensez-vous ? demanda-t-elle.

Sa coiffure avait retrouvé un aspect ordonné, mais elle avait toujours l'allure d'une femme qui vient de se laisser embrasser. Ses belles lèvres gonflées la trahissaient.

— Je pense que nous devrions encore attendre quelques minutes, dit Oliver en venant se placer derrière elle.

Il enlaça sa taille de ses bras et contempla leur reflet dans le miroir.

Il pouvait le voir si clairement. Le *sentir* si clairement. Pas le simple désir charnel, mais la connexion.

Comme si les années d'enfance passées à se chamailler, leurs récentes petites joutes verbales et les baisers qu'ils avaient échangés ces derniers jours s'étaient assemblés pour former un tout inévitable et parfait.

Primrose ressentait-elle la même chose ? Sentait-elle qu'ils étaient destinés l'un à l'autre ? Que tout avait conduit à ce moment-là – ses bras autour de sa taille, la chaleur de son corps pressé contre le sien, leurs regards soudés l'un à l'autre dans ce miroir ?

Peut-être le sentait-elle aussi, car elle ne se dégagea pas et leva même une main pour la poser sur la sienne.

Oliver eut l'impression que son cœur se retournait dans sa poitrine. Le sentiment de connexion se renforça. Il la dévisagea dans le miroir. Primrose. Sa Primrose. Primrose à la langue acérée et aux lèvres suaves. Primrose qui embrassait comme un ange déchu. Et qui lui retournait son regard dans le miroir comme s'il comptait autant pour elle qu'elle comptait pour lui.

Le carillon d'une pendule, quelque part à l'intérieur des appartements royaux, vint briser l'enchantement.

Elle détourna les yeux.

Il la relâcha et recula.

— Déjeuner ? dit-il en tendant la main vers elle.

Primrose l'accepta et ils gagnèrent le salon d'apparat main dans la main. Oliver ne sentait plus du tout ses contusions.

— De quoi ai-je l'air ? demanda-t-elle quand ils atteignirent la porte.

— Vous êtes très belle.

— Non... Je voudrais savoir si j'ai l'air d'une femme qui vient d'échanger des baisers ?

Ses lèvres étaient un peu plus roses que d'habitude, un peu plus pleines. Oliver se dit que les siennes devaient l'être aussi, mais cela se remarquerait moins.

— Non, assura-t-il.

Il était temps d'ouvrir la porte, mais il n'en avait pas envie. Il se sentait prisonnier d'un enchantement, comme si les appartements royaux étaient un monde de bonheur absolu et que le charme se romprait quand il livrerait passage à tous les problèmes du monde réel.

Oliver lâcha la main de Primrose et ouvrit la porte à regret.

Ils sortirent dans le couloir... et le monde réel reprit instantanément ses droits, car quelqu'un se tenait là.

Oliver réussit à se retenir de sursauter.

— Oh. Mademoiselle Middleton-Murray. Quelle heureuse rencontre, dit-il avec un sourire qui se voulait nonchalant. Lady Primrose vient de me faire visiter les appartements royaux.

— Comme c'est aimable à elle, fit la harpie. La visite vous a-t-elle plu ?

— Pas grand-chose à voir, à l'exception de quelques housses de meubles, répondit-il en haussant les épaules.

Il avait une conscience aiguë du picotement de ses lèvres, échauffées par les baisers. Mlle Middleton-Murray allait-elle deviner qu'ils s'étaient embrassés ? Il avança d'un pas, de façon à l'empêcher de voir le visage de Primrose.

— Allons déjeuner, voulez-vous ?

26

Le déjeuner se révéla plus intéressant que Primrose ne s'y était attendue. Tant de courants sous-jacents parcouraient la table qu'il était difficile de tous les suivre, et elle ne pouvait se concentrer que sur une seule personne à la fois. Elle écarta Mme Middleton-Murray comme sans importance, tout comme lord et lady Cheevers ainsi que leur fille. Et Rhodes, dont les motivations étaient limpides.

M. Dasenby l'occupa quelques minutes. Ses émotions devaient former un vrai tourbillon, entre l'exaltation amoureuse et la souffrance due à l'infamie de son père. Il le cachait bien, cependant. Ses manières étaient parfaitement normales. Il parlait, écoutait et mangeait comme si tout allait au mieux. Le seul détail qui le trahissait, c'étaient ses brefs coups d'œil. Pendant le court laps de temps où elle l'observa, Ninian regarda trois fois Oliver et trois fois Mlle Cheevers – et pas une seule fois son père.

Primrose s'intéressa ensuite à lord Algernon et le surprit en train de regarder Oliver. Elle aperçut alors cette expression qui l'avait induite en erreur au cours du pique-nique sur l'île. Du regret, et quelque chose d'autre… qu'elle reconnut cette fois comme de la détermination.

Une détermination implacable.

Une détermination aussi implacable que *regrettable*.

Primrose retroussa les lèvres et attaqua son déjeuner. Comment lord Algernon osait-il regretter sa décision de tuer Oliver ? Comment osait-il jouer ses biens, puis estimer nécessaire mais regrettable de restaurer sa fortune en assassinant son neveu ?

C'était inconcevable. Impardonnable. Il aurait dû se montrer implacable envers lui-même, et cesser de parier.

Primrose mâcha avec plus de vigueur et jeta un coup d'œil à Oliver. Il l'observait et quand leurs regards se croisèrent, il se pencha légèrement au-dessus de son assiette pour lui adresser un message silencieux.

Un message qu'elle n'eut aucun mal à déchiffrer : « Méfiez-vous de Mlle Middleton-Murray ! » C'était comme si tout son corps avait crié – le regard intense, les épaules tendues, les mains crispées sur les couverts.

Primrose lui adressa un sourire apaisant.

Les mains d'Oliver se crispèrent davantage sur les couverts. Son front se plissa. Ses lèvres s'entrouvrirent puis se refermèrent comme s'il retenait une mise en garde.

Primrose lui sourit de façon plus apaisante encore, puis reporta son attention sur Mlle Middleton-Murray.

La jeune femme avait choisi de s'asseoir à côté d'elle pour le déjeuner et se montrait excessivement amicale. Primrose n'avait jamais reçu autant de compliments en si peu de temps. Mlle Middleton-Murray se disait *impressionnée* par son intellect, remplie d'*humilité* face à son savoir, et souhaitait *dévotement* se lancer dans un cours de lecture pour pouvoir devenir aussi *sage* et *érudite* que Primrose.

Sage ? Érudite ?

Primrose faillit s'étrangler de rire. Elle avala son jambon avec difficulté et risqua un coup d'œil en direction d'Oliver.

S'il avait entendu ces paroles, il ne les avait pas trouvées amusantes car il lui adressa un nouveau regard de mise en garde. *Méfiez-vous ! Méfiez-vous !*

Primrose en fut un peu piquée. La croyait-il inconsciente – ou sensible à la flatterie – au point de ne pas saisir les intentions de Mlle Middleton-Murray ?

— Avez-vous un auteur de prédilection ? lui demanda celle-ci. Un que vous recommanderiez ?

— Marc Aurèle, répondit Primrose avant d'ajouter, parce qu'elle tenait à rendre les choses *extrêmement* faciles pour Mlle Middleton-Murray : J'en ai apporté un exemplaire. Je peux vous le prêter, si vous voulez. Il est dans ma chambre ; j'irai vous le chercher tout à l'heure.

Mlle Middleton-Murray la remercia avec déférence – et une lueur de triomphe dans le regard.

Primrose jeta un coup d'œil de l'autre côté de la table.

Oliver la dévisageait d'un air profondément alarmé.

Primrose se dépêcha de monter se changer, revêtit son habit d'écuyère, puis ressortit de sa chambre sans faire de bruit et longea le couloir sur la pointe des pieds.

Ayant constaté l'absence de Mlle Middleton-Murray dans l'alcôve, elle s'empressa de gagner l'écurie. Oliver, qui faisait les cent pas dans la cour, vint à sa rencontre.

— Prim ! Pour l'amour du ciel, dit-il en refermant les mains sur son bras, ses doigts s'enfonçant presque douloureusement dans sa chair. Que diable faites-vous donc ?

— Je tends un piège à Mlle Middleton-Murray, répondit-elle en tentant de se dégager.

L'étreinte d'Oliver s'affermit.

— Elle est *dangereuse.*

— Je sais. Arrêtez, Oliver. Vous me faites mal.

Il s'empressa de la relâcher.

— Je vous prie de m'excuser.

— Je viens de lui tendre un piège parfait, précisa-t-elle.

— Mais...

— Faites-moi confiance, Oliver. Je sais ce que je fais.

— Je vous fais confiance, mais...

À ce moment-là, Rhodes apparut sur le perron de la maison. Lord Algernon se trouvait derrière lui.

Primrose se demanda ce que mijotait lord Algernon. S'était-il muni d'une flasque remplie de whisky empoisonné ? Ou bien avait-il l'intention d'attirer Oliver dans un lieu isolé pour le tuer ? En le frappant à la tête avec une pierre et en racontant ensuite qu'il avait fait une chute de cheval ? En lui tirant dessus avant de mettre ça sur le compte d'un brigand de passage ?

— Prêt pour notre promenade, Oliver ? lança lord Algernon d'un ton enjoué en traversant la cour pavée de l'écurie.

— Oui, mon oncle.

— Oh ! s'exclama gaiement Primrose. Nous nous apprêtions justement à faire un tour à cheval, mon frère et moi. Pourquoi ne pas y aller tous ensemble ?

— Quelle idée splendide ! approuva Oliver.

Lord Algernon serra les dents, puis sourit.

— Splendide, fit-il en écho.

Ils chevauchèrent pendant une bonne heure, devisant et riant, chacun des quatre cavaliers jouant parfaitement son rôle. Primrose était très énervée, les sens en alerte. La jument qu'elle montait, sensible à son humeur, cherchait sans cesse à se faufiler en tête pour se lancer au galop.

— Faisons la course, proposa Oliver quand ils atteignirent une longue étendue à découvert.

La jeune femme fut heureuse de pouvoir donner libre cours à la fougue de sa monture. Ils ne disputèrent qu'une petite course, mais elle eut l'impression de se lancer sur un champ de bataille. Le fracas des sabots était exaltant et elle garda les dents serrées, le cœur cognant à tout rompre. Un cri se forma dans sa gorge. Un hurlement sauvage de folle furieuse. Elle avait envie de se battre. Elle voulait *gagner*.

Primrose gagna – mais s'abstint de crier. Elle ravala son hurlement. Sa véhémence faisait encore bouillonner son sang, cependant, et quand lord Algernon passa près d'elle au trot, il eut de la chance qu'aucune épée ne ceigne son flanc, car elle n'aurait pas hésité à la tirer pour lui trancher la tête.

— Quoique cagneuse haridelle, votre monture est une gazelle, lady Primrose, la félicita Oliver avec un clin d'œil. Je vous laisse apprécier la rime.

Primrose imagina sa voix, murmurant à son oreille : « Une rime, Prim. Cela mérite un baiser. »

Ils regagnèrent Cheevers Court au petit trot. Profitant de l'agitation qui régnait dans la cour de l'écurie alors que les palefreniers s'empressaient de récupérer leurs montures, Primrose se caressa le nez quand elle croisa le regard de son frère, et renouvela le signal secret face à Oliver.

— Une partie de piquet ? proposa lord Algernon à celui-ci.

— Navré, mon oncle, mais Thayne et moi avons des projets. Plus tard, avec plaisir.

Lord Algernon eut un sourire un peu crispé. Il adressa un salut de la tête à son neveu et regagna la maison.

« Il commence à s'impatienter », songea Primrose.

C'était plutôt bon signe, pour le piège qu'ils comptaient lui tendre le soir même. Elle jeta un coup d'œil au ciel, où les nuages s'amoncelaient, et pria pour qu'il ne pleuve pas.

— Allons faire un tour dans la roseraie, dit Oliver.

Une fois dans le jardin, il se chargea d'informer Rhodes des derniers événements.

— Mlle Middleton-Murray s'est mis en tête que Prim était sa rivale. Elle va essayer de lui tendre son piège dans le petit escalier.

Rhodes haussa les sourcils.

— Tu l'en crois capable ? Prim est fille de duc. Mlle Middleton-Murray serait folle de tenter une chose pareille !

— Elle va le faire, dit Oliver. J'en suis certain.

— Moi aussi, renchérit Primrose. Et nous allons la prendre sur le fait.

Rhodes les observa tour à tour.

— Oh, je vois. Vous avez déjà tout prévu.

— Il n'y avait aucun fil attaché au pilastre quand je suis descendue ce matin, mais je suis prête à parier qu'il y en a un maintenant, expliqua Primrose. Bien caché derrière le pilastre.

Oliver fronça les sourcils et ouvrit la bouche.

— Je ne pense pas qu'elle m'y attende déjà, parce qu'elle ne sait pas à quel moment je vais revenir, mais…

— Oui, mais..., réussit à glisser Oliver.

— Mais si elle y est, dit Primrose en faisant claquer ses doigts, je me téléporterai dans les appartements royaux pour vous prévenir.

Oliver referma la bouche. Mais garda les sourcils froncés.

— Je pense qu'elle tendra son piège plus tard dans l'après-midi, continua Primrose. Elle a déjà planté ses jalons en demandant à m'emprunter mon livre de Marc Aurèle.

Le froncement de sourcils d'Oliver s'accentua, et il rouvrit la bouche.

— Il nous faudra le plus de témoins possible, s'empressa-t-elle d'enchaîner. Vous deux, évidemment, et si nous pouvions avoir lord et lady Cheevers, ce serait mieux.

— Entendu, fit Rhodes.

— Voilà comment je vois les choses. Je monte me changer. Je redescends. Nous sommes tous les trois au salon, le jaune ou le bleu. Mlle Middleton-Murray demande à m'emprunter le Marc Aurèle. Je monte le chercher. Elle me suit et se cache dans l'alcôve. *Vous* la suivez – et nous la prenons sur le fait. Qu'en pensez-vous ?

— Nous allons devoir régler nos montres, dit Oliver. Il faudra que nous soyons au pied de cet escalier à l'instant *exact* où elle tentera de vous piéger. Cela ne va pas être facile.

Rhodes tira sa montre de sa poche.

— Quelle heure as-tu, Ollie ?

Oliver sortit la sienne.

— Vingt-cinq. Et toi ?

Les deux hommes réglèrent leurs montres jusqu'à ce qu'elles affichent la même heure à la seconde près. Oliver tendit alors la sienne à Primrose.

— Dix minutes, lui dit-il. *Exactement* dix minutes après avoir quitté le salon, vous ressortirez de votre chambre. Pas une seconde avant, pas une seconde après.

Primrose accepta la montre qui se révéla lisse, lourde et tiède au creux de sa main.

— Dix minutes exactement.

— Nous attendrons au pied de l'escalier, conclut Oliver.

Rhodes hocha la tête.

— Veillez à ne pas faire de bruit, leur dit-elle.

— Nous serons aussi discrets que des souris.

— Eh bien, c'est parfait, déclara-t-elle en refermant la main sur la montre. Il ne reste plus qu'à passer à l'action.

Ils regagnèrent la maison, mais Oliver marqua une hésitation devant la porte.

— Imaginez qu'elle soit déjà là-haut, à vous attendre...

— Commençons par la chercher avant que Prim monte se changer, proposa Rhodes. Si elle est en bas – et qu'elle y reste – Prim ne risque aucun danger, n'est-ce pas ?

— Exact, acquiesça Oliver.

Ils entrèrent dans la maison et traversèrent en silence un premier couloir, puis un autre. Ils s'arrêtèrent face à la porte du salon jaune. Aucun d'eux ne dit un mot. Rhodes ouvrit la porte, jeta un coup d'œil à l'intérieur, et referma. Il secoua la tête.

Il passa ensuite le nez à l'intérieur du salon bleu, puis referma la porte sans faire de bruit.

— Elle est là, annonça-t-il à voix basse.

— Bien, dans ce cas je monte, dit Primrose en rassemblant la traîne de son habit d'écuyère. Je reviens aussi vite que possible. Ne la laissez pas me suivre !

— Comptez sur nous, promit Oliver. Et si vous voyez un nouveau fil attaché au...

— Je vous le ferai savoir. Un pouce en l'air voudra dire qu'il y en a un, et un pouce en bas qu'il n'y en a pas.

Un fil était bien attaché autour du pilastre de la rampe, à hauteur de cheville. C'était discret – si discret que Primrose faillit ne pas le voir.

Elle s'accroupit pour examiner le dispositif. Le fil entourait la base du pilastre, logé dans la rainure décorative, parfaitement invisible. Le nœud était robuste ; il ne pourrait pas être défait sans ciseaux.

Le reste du fil, proprement enroulé, était caché derrière le pilastre. Primrose n'eut pas besoin de le dérouler pour en connaître la longueur ; elle savait déjà qu'il devait être assez long pour atteindre l'alcôve.

Un frisson passa le long de sa colonne vertébrale, et le frisson fut suivi d'une bouffée de colère. Elle serra les dents. Mlle Middleton-Murray ne s'en tirerait pas, cette fois.

Elle se dépêcha de changer de tenue, choisissant une robe munie d'une poche au niveau de la taille pour pouvoir y loger la montre d'Oliver. Après quoi, elle sortit de sa chambre et longea le couloir sur la pointe des pieds. Le fil était toujours à la même place.

Elle prit quand même soin de vérifier l'alcôve, et la trouva vide.

Elle gagna le rez-de-chaussée, animée d'une humeur martiale. Ses émotions s'apparentaient à celles qu'éprouvent les soldats avant de livrer bataille – le cœur qui bat la chamade, résolument concentrés, décidés à gagner.

Elle s'arrêta devant la porte du salon bleu, prit un instant pour se ressaisir, puis entra.

Presque tout le monde était là : lady Cheevers, Mme Middleton-Murray, Mlle Cheevers, Ninian Dasenby, Oliver et Rhodes, ainsi que Mlle Middleton-Murray.

Oliver, Rhodes et Mlle Middleton-Murray furent les seuls à lever les yeux à son arrivée. Dasenby et Mlle Cheevers étaient en pleine conversation, Mme Middleton-Murray était concentrée sur son ouvrage, et lady Cheevers était absorbée par la lecture du *Ladies' Monthly Museum*.

Primrose leva discrètement le pouce à l'intention d'Oliver et Rhodes tandis qu'elle traversait calmement la pièce. Sur le canapé, la place voisine de Mlle Middleton-Murray était libre. Primrose s'y assit et lui adressa un sourire amical.

Mlle Middleton-Murray lui retourna son sourire et lui demanda si elle avait apprécié sa promenade à cheval.

La conversation dura cinq minutes, et au cours de ce laps de temps Mlle Middleton-Murray s'arrangea pour complimenter Primrose sur ses talents d'écuyère, son intelligence, son prénom, son deuxième prénom, la couleur de ses cheveux, son goût en matière d'habillement, sa lignée et son érudition. L'envie de prendre tout cela pour argent comptant était presque irrésistible. Pas étonnant qu'Oliver plastronne comme il le faisait.

— J'aimerais beaucoup lire ce livre dont vous m'avez parlé, avança Mlle Middleton-Murray d'un ton enthousiaste. Marc Airelle, je crois ?

— Aurèle, corrigea Primrose. Je peux aller vous le chercher, si vous voulez.

— Je vous en serais infiniment reconnaissante, lady Primrose. Si cela ne vous dérange pas, bien sûr…

— Nullement.

Primrose se leva, avança jusqu'à la porte, l'ouvrit et jeta un coup d'œil derrière elle.

Mlle Middleton-Murray lui adressa un grand sourire. Le regard de Primrose alla se poser derrière elle, sur Oliver et Rhodes. Elle referma la porte.

Dans le couloir, elle tira la montre d'Oliver de sa poche et mémorisa l'heure. *Dix minutes*.

27

Rhodes tira sa montre de sa poche et y jeta un coup d'œil désinvolte, l'inclinant de façon qu'Oliver puisse également lire l'heure, puis la rangea dans son gousset.

Oliver entreprit de compter les secondes dans sa tête. Quand il atteignit trente-cinq, Mlle Middleton-Murray se leva.

— Que dirais-tu d'une partie d'échecs, mon vieux ? proposa-t-il à Rhodes sans regarder la jeune femme, qui se glissait discrètement hors de la pièce.

— Merveilleuse idée, répondit Rhodes.

La porte se referma sans bruit. Oliver regarda autour de lui. Lady Cheevers lisait toujours le *Ladies' Monthly Museum*. Mme Middleton-Murray continuait de manier l'aiguille. Ninian et Mlle Cheevers poursuivaient leur conversation. Apparemment, personne n'avait remarqué la sortie de Mlle Middleton-Murray.

Il croisa le regard de Rhodes... qui hocha la tête.

Ensemble, ils se levèrent et s'approchèrent de lady Cheevers.

— Madame, nous aimerions nous entretenir avec vous, dit Oliver à voix très basse en inclinant la tête vers le couloir.

Lady Cheevers baissa son magazine et leva les yeux vers eux, le mouvement de sa tête faisant onduler les plumes qui ornaient son turban. Son visage se para d'une expression inquiète.

— De quoi s'agit-il ?

Oliver plaça brièvement l'index en travers de ses lèvres et désigna à nouveau le couloir.

Cette fois, lady Cheevers parut franchement alarmée. Elle posa son magazine, se leva, glissa un coup d'œil vers sa fille, assise devant la fenêtre en compagnie de Ninian, puis traversa le salon jusqu'à la porte. Rhodes l'ouvrit et ils sortirent dans le couloir.

Lady Cheevers se tourna vers Oliver tandis que Rhodes se chargeait de refermer la porte.

— De quoi s'agit-il, Votre Grâce ? s'enquit-elle.

— Thayne et moi souhaiterions vous montrer quelque chose.

— Quoi donc ?

— Nous ne pouvons pas vous le dire, madame, précisa Oliver. Il faut que vous le voyiez par vous-même.

Lady Cheevers regarda Rhodes avec des yeux écarquillés. Il lui adressa un sourire rassurant.

— Vous pouvez nous faire confiance, madame.

— Très bien, dit lady Cheevers avec un petit sourire incertain.

Alors qu'ils traversaient le vestibule, ils croisèrent lord Cheevers. Intérieurement, Oliver exulta – *Merci, mon Dieu*. Lady Cheevers s'adressa à son mari, visiblement soulagée.

— Frederick !

Cheevers les considéra tous les trois avec un haussement de sourcils.

— Que se passe-t-il, ma chère ?

— Auriez-vous l'obligeance de venir avec nous, monsieur ? demanda Oliver.

— Où donc ? s'enquit lord Cheevers, ses sourcils remontant encore plus haut sur son front.

— C'est un grand secret, Frederick, fit lady Cheevers avec un petit gloussement nerveux. Ils n'ont pas voulu me le dire, ajouta-t-elle en tendant la main vers lui.

— Il s'agit de quelque chose que vous devez voir, monsieur, déclara Rhodes avec gravité.

Le front de Cheevers forma un pli amusé. Il prit la main de son épouse et la tapota d'un geste réconfortant.

— Que diable nous mijotez-v...

— Je vous en prie, monsieur, coupa Oliver. C'est extrêmement important. Autrement, nous ne nous permettrions pas de vous importuner.

Cheevers le dévisagea, puis Rhodes, et finalement sa femme. Il conclut cet examen par un haussement d'épaules.

— Très bien. Je vous suis.

Rhodes consulta sa montre.

— Il nous reste un peu moins de six minutes.

Ils grimpèrent les trente-six marches du grand escalier qu'Oliver avait dégringolées la veille. Une fois en haut, Rhodes regarda de nouveau sa montre.

— Cinq minutes.

Ils traversèrent le couloir reliant l'aile nord à l'aile sud, puis la longue galerie de portraits, et débouchèrent dans l'autre galerie, plus petite et ensoleillée. Rhodes vérifia encore l'heure.

— Trois minutes et demie, chuchota-t-il.

Lord Cheevers ouvrit la bouche.

Aussitôt, Rhodes lui fit signe de se taire.

Cheevers battit des cils, surpris.

— Que se passe-t-il ? murmura-t-il.

— Vous le verrez bientôt, répondit Oliver avant de placer son index en travers de ses lèvres.

Cheevers fronça les sourcils, mais n'émit aucune protestation. Il devait penser qu'il s'agissait d'une farce ou de quelque espièglerie.

Oliver traversa la galerie en prenant des précautions exagérées, marchant presque sur la pointe des pieds.

Lord et lady Cheevers suivirent en silence.

La volée de quatre marches s'élevait au bout de la galerie.

Oliver s'arrêta à un mètre du pied des marches, pratiquement à l'endroit où la femme de chambre avait nettoyé le sang de Mlle Warrington.

Lord et lady Cheevers s'arrêtèrent près de lui, flanqués de Rhodes.

Oliver plissa les yeux, le regard rivé sur le pilastre. Il ne voyait aucun fil attaché là. Il promena son regard au-dessus de la plus haute marche, et ne distingua rien non plus.

Le fil devait sans doute reposer sur le sol, pour le moment. Dès que Mlle Middleton-Murray entendrait s'ouvrir la porte de Primrose, elle tirerait dessus et ils pourraient le voir.

À moins qu'elle ne soit allée dans le salon de musique jouer du piano. Auquel cas, ils passeraient pour les plus grands idiots de toute l'Angleterre.

Oliver chassa cette pensée de son esprit, se tourna vers les Cheevers et leur fit encore une fois signe de ne faire aucun bruit.

Lord et lady Cheevers lui retournèrent son regard, visiblement gênés et déroutés et, dans le cas du vicomte, légèrement agacé.

Rhodes tira sans un bruit sa montre de sa poche. Oliver la consulta. Il ne restait plus qu'une minute.

Il plaça l'index en travers de ses lèvres une dernière fois, puis reporta son attention sur la plus haute marche et attendit.

Dix secondes passèrent. Vingt. Trente. Oliver pouvait sentir l'impatience et l'agacement croissants de lord Cheevers.

Une porte s'ouvrit et se referma dans le couloir – et comme par magie, le fil apparut, quinze centimètres au-dessus de la première marche.

Oliver réprima un soupir de triomphe. Il se tourna vers les Cheevers et désigna le fil. « Regardez, leur dit-il avec les yeux. Regardez par là. »

Lord Cheevers fronça les sourcils. Il avança d'un pas et plissa les yeux vers le fil.

La bouche de lady Cheevers s'ouvrit silencieusement sur un O horrifié.

Oliver se rapprocha de l'escalier. Il désigna encore le fil, le touchant presque du doigt. Lord et lady Cheevers regardaient, bouche bée, pétrifiés d'effroi. Rhodes, lui, pinçait les lèvres d'un air furieux.

Un léger bruit de pas leur parvint, se rapprochant sans hâte de l'escalier. Le fil resta tendu au-dessus de la première marche. Presque invisible. Mortel.

Oliver grimpa silencieusement les marches, parvenant à la troisième à l'instant précis où Primrose apparaissait. Leurs regards se croisèrent. Ils faillirent presque se sourire.

Pendant une fraction de seconde, ils formèrent un tableau, tous figés sur place – puis un cri d'avertissement strident rompit le silence.

— *Attention !*

Oliver ignora le cri de lady Cheevers. Il enjamba le fil et se tourna vers l'alcôve.

— Hello, mademoiselle Middleton-Murray.

28

Ce fut un véritable tohu-bohu. Le plus grand vacarme que Primrose ait jamais entendu. D'abord, Rhodes s'élança dans l'escalier, suivi de près par lord Cheevers, aussi pressés l'un que l'autre d'aller regarder dans l'alcôve. Lady Cheevers suivit plus lentement, le visage empreint de gravité horrifiée.

— Que signifie ceci ? demanda Rhodes.

— Oh, ma chère..., dit au même instant lady Cheevers d'une voix faible, saisissant le bras de Primrose. J'ai bien cru...

Son regard se posa sur le fil qui gisait sur le sol, à leurs pieds.

— Tout va bien, lady Cheevers, assura Primrose en lui tapotant la main.

Mlle Middleton-Murray émergea de l'alcôve. Son visage était empourpré et ses yeux étincelaient, mais elle ne semblait ni intimidée ni repentante, ni même gênée d'avoir été prise sur le fait ; elle irradiait de colère. Elle releva le menton et lança à Primrose un regard de défi – si un regard avait suffi à tuer, celle-ci serait morte sur le coup.

L'espace d'un instant, Primrose fut tentée de livrer le numéro préféré d'Oliver : étendre les bras en croix et se laisser tomber à la renverse, feignant l'évanouissement. Mais elle maîtrisa cette impulsion inappropriée.

— Expliquez-vous, ordonna lord Cheevers.

Mlle Middleton-Murray gardait le menton relevé.

— Je voulais simplement faire une plaisanterie.

— Une *plaisanterie* ? tonna Rhodes.

— Le poignet brisé de Mlle Carteris relevait-il aussi de la plaisanterie ? demanda Oliver d'un ton beaucoup plus calme. Et le nez de Mlle Warrington ?

Mlle Middleton-Murray secoua la tête.

— Je ne vois pas de quoi vous parlez.

— Vraiment ? s'étonna Primrose. Dans ce cas, il vous plaira peut-être d'expliquer d'où proviennent ces éraflures au pied du pilastre ? Deux éraflures à l'endroit où, par deux fois, quelqu'un a coupé le fil qui les a fait trébucher.

Un silence suivit. Le regard de lord Cheevers passa du pilastre au fil qui gisait sur le sol, puis remonta sur Mlle Middleton-Murray. Rouge de colère, il semblait sur le point d'exploser.

— Vous avez attenté à la vie de mes hôtes ? gronda-t-il d'un ton furieux qui fit frémir Primrose.

Mlle Middleton-Murray ne cilla même pas. Elle ne sanglota pas non plus et ne demanda pas pardon ; elle se contenta de soutenir froidement le regard de son parrain.

C'est à ce moment-là que le tohu-bohu s'éleva.

Lady Cheevers lâcha le bras de Primrose et s'avança. Les plumes de son turban vibraient de colère contenue.

— Comment avez-vous pu commettre un acte aussi monstrueux ? s'écria-t-elle.

— Vous avez attenté à la vie de mes hôtes ? répéta lord Cheevers un peu plus fort, avant de le redire une troisième fois d'une voix de stentor.

Primrose échangea un regard avec Rhodes et Oliver.

Ce dernier désigna l'escalier d'un mouvement de tête.

Elle obéit avec soulagement et descendit les quatre marches, suivie des deux hommes. Derrière eux, le niveau sonore s'éleva.

— Une vipère ! s'exclama lady Cheevers. Dans notre sein !

— Dehors ! rugit lord Cheevers. Hors de chez moi !

Primrose, Oliver et Rhodes traversèrent les deux galeries et s'engagèrent dans le couloir. Les vociférations étaient toujours audibles.

— Méprisable ! s'époumonait lady Cheevers. Le comportement le plus bas, le plus indigne...

— ... partiez dans l'heure ! hurlait lord Cheevers.

Ils traversèrent rapidement le couloir, le bruit s'estompant derrière eux, et s'arrêtèrent en haut du grand escalier.

— Ma foi, ça s'est plutôt bien passé, commenta Oliver.

— Oui, dit Primrose.

Leur plan s'était déroulé comme prévu, en effet. La scène s'était toutefois révélée dérangeante. Elle réprima un frisson.

— Avez-vous remarqué son visage ? demanda Rhodes, perplexe. Pas le moindre remords.

— Parce que c'est une harpie, dit Oliver. Au sens métaphorique, bien sûr.

— Non. Dans son cas, je crois que c'est au sens littéral, répliqua Primrose. C'est une véritable harpie, ajouta-t-elle en s'efforçant vainement de réprimer un nouveau frisson.

— Tout va bien, Primrose ? questionna Oliver.

— Je trouve tout cela assez perturbant, avoua-t-elle.

Oliver lui prit la main malgré la présence de Rhodes, et elle pressa légèrement ses doigts.

— Je pensais qu'elle serait mortifiée, dit-elle. Je l'aurais été, à sa place. Mais elle était juste irritée. Elle ne bouillonnait pas, comme lord Cheevers. C'était une colère froide et silencieuse... Je reconnais qu'elle m'a un peu effrayée.

Rhodes prit son autre main.

— Tu ne la reverras plus jamais.

— Elle sera partie avant la tombée de la nuit, renchérit Oliver. Et vous pouvez être certaine qu'elle n'osera plus jamais paraître en société.

— Vous croyez ? Elle a beaucoup d'aplomb.

— Elle a été prise sur le fait par un duc, un marquis, un vicomte, une vicomtesse et une fille de duc, dit Oliver. Lucifer lui-même n'oserait plus paraître en société, après cela !

— Vous avez sans doute raison, concéda Primrose.

Ils descendirent lentement le grand escalier. Oliver ne relâcha pas sa main. Rhodes non plus.

— Pensez-vous qu'elle n'ait aucune morale ? demanda Rhodes.

— J'en suis convaincu, répondit Oliver.

Une fois dans le vestibule, ils marquèrent une nouvelle pause. Rhodes leva les yeux vers le haut de l'escalier. Primrose tendit l'oreille, mais aucun bruit de voix ne lui parvint.

— Je crois que je vais aller glisser deux mots à Mlle Middleton-Murray, déclara Rhodes en lâchant la main de sa sœur. Je vais l'avertir que si elle s'avise de t'approcher à moins de trente kilomètres, je la traînerai devant les tribunaux.

— Cent cinquante, ce serait plus sûr, dit Oliver.

Primrose et lui regardèrent Rhodes grimper l'escalier et disparaître. Oliver n'avait toujours pas lâché sa main.

— Je vais aller voir Ninian, annonça-t-il. M'assurer qu'il est en sécurité.

Ninian était toujours dans le salon bleu en compagnie de Mlle Cheevers. Assis devant la fenêtre, inclinant la tête l'un vers l'autre et parlant à voix basse, ils ne remarquèrent même pas que la porte s'ouvrait.

Mme Middleton-Murray ne remarqua rien non plus. Absorbée par son ouvrage, elle ne se doutait pas du désastre qui s'apprêtait à lui tomber dessus.

Primrose et Oliver reculèrent dans le couloir et se regardèrent. Elle eut l'impression qu'ils pensaient la même chose.

— Les appartements royaux ? suggéra-t-il, confirmant cette impression.

Une minute plus tard, ils ouvraient la porte du salon d'apparat et se faufilaient à l'intérieur. Oliver l'entraîna jusqu'à la chambre royale, où il se laissa tomber sur le lit avec un long soupir.

— Dieu merci, c'est fini, dit-il en l'incitant à s'allonger, avant de l'enlacer. Comment vous sentez-vous, Prim ? Tout va bien ?

Elle se blottit contre sa chaleur, nicha la tête au creux de son épaule et posa une main sur son torse. Un long frisson la traversa.

Oliver affermit l'étreinte de son bras.

— Elle avait un regard *meurtrier*, murmura Primrose.

— Absolument. Mlle Middleton-Murray, meurtrière.

Ils gardèrent le silence un moment, savourant l'écho de l'allitération.

— Avez-vous entendu cela, Prim ? ajouta-t-il.

— Oui, Oliver.

— Cela mérite-t-il un baiser ?

— Peut-être, répliqua Primrose en faisant tourner un des boutons de son habit. Connaissez-vous son prénom ?

— Je pense l'avoir déjà entendu, répondit Oliver en fronçant les sourcils. Lucy ? Lucilla ? Quelque chose comme ça.

— Millicent. Et son deuxième prénom est Mary. C'est elle qui me l'a dit, tout à l'heure.

Le silence qui suivit cette révélation fut plus long que le précédent.

— Vous êtes sérieuse ? demanda finalement Oliver.

— Parfaitement sérieuse.

Il coula vers elle un regard oblique.

— Mlle Millicent Mary Middleton-Murray, meurtrière ?

Primrose se mordit la lèvre et acquiesça.

Ils se mirent soudain à pouffer, puis à glousser, et éclatèrent finalement d'un irrépressible fou rire, riant jusqu'à en pleurer. Ils se retrouvèrent à bout de souffle, sur le lit à baldaquin royal.

Oliver poussa un long soupir.

— Ce n'est pas drôle, en fait.

— Non, soupira Primrose en se remettant à jouer avec le bouton de son habit.

Ils se retrouvaient au point de départ. Mlle Middleton-Murray était reléguée au passé ; restait lord Algernon.

— Vous aviez raison, Prim. Je n'aurais pas dû jouer comme je l'ai fait.

— Que voulez-vous dire ?

— Mlle Middleton-Murray et les autres jeunes femmes. Sans vraiment flirter avec elles, je ne les ai pas découragées non plus. Alors que si j'avais fait valoir clairement que je ne suis pas en quête d'une épouse, rien de tout cela ne serait arrivé.

Je ne suis pas en quête d'une épouse.

Primrose cessa de jouer avec son bouton. Elle écarta la main de son torse.

— Quelle était la citation de Marc Aurèle ? demanda-t-il.

— Laquelle ?

— Celle qui parle du fait d'être soi-même. De ne pas jouer un rôle.

Il fallut un moment à Primrose pour retrouver la citation à laquelle il faisait allusion.

— « Incarne celui que tu veux être et reste celui-là, que ce soit vis-à-vis de toi-même ou vis-à-vis des autres. »

— C'est ce que j'aurais dû faire, dit Oliver en contemplant le ciel de lit.

— Certes, mais en même temps, Oliver... c'est votre nature. Vous jouez en permanence. Donc, d'une certaine façon, vous étiez vous-même.

Il coula vers elle un nouveau regard oblique.

— C'est ce que vous pensez ?

Primrose hésita, puis hocha la tête.

— Je joue *parfois*, précisa Oliver en se redressant. Pas en permanence.

— Pardonnez-moi, dit Primrose en se redressant à son tour. Je n'avais pas l'intention de vous offenser.

Il la dévisagea un long moment, la mine renfrognée.

— Il n'y a rien de mal à jouer, assura-t-elle. Tant que vous ne lésez personne.

Oliver réagit comme si elle l'avait giflé.

— Non que je pense que vous ayez lésé qui que ce soit, s'empressa-t-elle d'ajouter.

— Vraiment ? répondit-il avec une pointe d'ironie. Je suis à peu près certain que Mlle Carteris a très mal au poignet et Mlle Warrington très mal au nez, en ce moment même.

— Ce n'était pas votre faute !

Oliver détourna les yeux.

— Si je n'avais pas joué, Mlle Middleton-Murray ne se serait pas sentie menacée par de supposées rivales.

Primrose pouvait difficilement réfuter cela.

— Certes, mais votre intention n'a jamais été de léser quiconque.

— Non, admit Oliver en se rallongeant, tournant à nouveau les yeux vers le ciel de lit. J'avais seulement l'intention de m'amuser.

Primrose mordit sa lèvre et baissa les yeux sur la housse qui recouvrait le lit. Du bout de son doigt, elle en lissa un pli.

— Je tiens à assumer dignement mon rang de duc, Prim. J'aimerais devenir un aussi bon duc que votre père. J'ai donc décidé... d'arrêter mes petits jeux.

— *Quoi ?*

Cette idée horrifia Primrose. Oliver qui ne jouerait plus à ses petits jeux, ce serait aussi triste qu'une fleur de tournesol qu'on aurait privée de ses pétales.

— Ne faites jamais cela, malheureux !

Nouveau regard oblique de la part d'Oliver.

— Vous êtes naturellement léger et c'est une excellente chose, Oliver. Un atout *enviable*, même. Qui vous aidera à faire un bon duc.

Primrose lut sa perplexité dans le soudain rapprochement de ses sourcils.

— C'est une responsabilité toute neuve, pour vous. Vous n'avez même pas encore fait le tour de vos domaines. Votre secrétaire et vos intendants en assument la plus large part.

Le froncement de sourcils d'Oliver s'accentua encore, et il ouvrit la bouche.

Primrose leva la main.

— Ce n'est pas une critique. Je sais que vous ferez le tour de vos domaines cet été, et qu'à la fin de l'année vous aurez les choses en main. Mais vous savez, Oliver, être duc est bien plus difficile qu'il n'y paraît. Ce n'est pas aussi dangereux qu'une carrière militaire, mais vos décisions affecteront des centaines de personnes. Peut-être des milliers.

Oliver referma la bouche.

Elle lissa un autre pli de la housse, préférant regarder celui-ci plutôt que d'affronter son regard.

— C'est une responsabilité qui pèse lourdement sur les épaules de mon père. Et je me dis parfois que s'il ne savait pas rire, il deviendrait fou.

Oliver ne dit rien.

Primrose laissa passer un moment, puis leva les yeux vers lui. Il l'observait d'un air grave.

— Vous aurez besoin de votre sens de l'humour, insista-t-elle. Il vous permettra de garder la tête sur les épaules. C'est pourquoi je vous déconseille de cesser de jouer. Contentez-vous simplement de...

Elle chercha ses mots.

— De mieux choisir mes jeux ? suggéra-t-il.

— Exactement, approuva-t-elle en souriant.

Oliver tendit les mains vers elle et l'attira à lui, jusqu'à ce que sa joue repose sur son torse.

— Comment faites-vous pour être aussi perspicace, Prim ?

— Je ne suis pas particulièrement perspicace.

— Moi, je trouve que vous l'êtes, assura-t-il en caressant sa chevelure.

Primrose se sentit rosir sous le compliment.

— Je lis beaucoup.

Oliver fit délicatement courir ses doigts de sa tempe jusqu'à son menton.

— « Il n'est plus paresseux ni plus parfaitement ignorant que celui qui ne fait que lire. »

— *Quoi ?* glapit-elle d'un ton indigné en le repoussant.

Oliver la gratifia de son sourire narquois.

— Marc Aurèle, Prim.

— Je sais que c'est Marc Aurèle !

— Comment ? s'étonna Oliver en écarquillant les yeux. Il existe donc une citation de Marc Aurèle que vous n'aimez pas ?

— Ce n'est pas celle que je préfère, en effet.

Primrose le regarda longuement, pencha la tête et l'embrassa. Leurs bouches s'entrouvrirent, leurs langues se frôlèrent. Puis elle s'écarta.

— Que me vaut ce plaisir ? demanda Oliver.

— Haridelle, gazelle. C'était une jolie rime.

— J'estime que ça vaut deux baisers. Pas vous ?

Elle secoua sévèrement la tête.

— Un seul. C'est une rime pauvre.

Oliver réfléchit un moment.

— Fieffée friponne.

Primrose inclina la tête et l'embrassa de nouveau. Plus longuement, cette fois. Quand il sentit sa langue dans sa bouche, il fit remonter la main jusqu'à sa nuque et maintint son visage contre le sien.

Primrose était à bout de souffle quand elle rompit leur baiser, et Oliver était tout rouge. Elle n'avait encore jamais vu ses yeux aussi sombres.

— Une autre allitération, exigea-t-elle.

Il plissa le front un moment.

— Duc dodu et dandy.

Primrose rit et lui livra ses lèvres, s'immergeant dans la saveur et la chaleur de sa bouche, dans les merveilles de ses lèvres, de sa langue et de ses dents. Un baiser qui la laissa, une fois de plus, haletante.

— Marquis mélancolique, dit-il. Vicomte vertueux.

— Vous avez oublié le comte.

— Je vous le laisse.

Primrose s'accorda un temps de réflexion.

— Comte cauteleux.

Oliver lui sourit, puis attira sa bouche vers la sienne. Son baiser se révéla exigeant, quoique joueur, un mélange qui semblait n'appartenir qu'à lui. Aucun homme n'aurait su l'embrasser comme Oliver – ce mordillement taquin de sa lèvre inférieure et le glissement tentateur de sa langue contre la sienne. Il n'était pas capable de se téléporter d'un endroit à un autre, mais il possédait quand même un pouvoir magique. Ses baisers étaient magiques. Sa bouche était magique.

Le baiser s'intensifia, se fit moins joueur, plus profond. Cette passion exclusivement concentrée sur elle la bouleversait. C'était grisant. Parfait. Il dévorait sa bouche à présent et la pressait contre lui, une main enfouie dans sa chevelure, l'autre étreignant sa taille.

Il remua sur le lit, l'entraînant dans son mouvement, et brusquement Primrose se retrouva avec une jambe d'Oliver entre les siennes.

Elle se figea et cessa de l'embrasser. Il y avait plusieurs épaisseurs de tissu entre eux – robe, jupon, chemise, pantalon – mais la cuisse d'Oliver ne s'en retrouvait pas moins nichée entre ses jambes.

— Oliver ? dit-elle en soulevant la tête pour le regarder.

— Cela ne vous plaît pas ?

Elle ne savait pas trop si cela lui plaisait ou non. C'était intime et… dangereux, comme si quelque chose d'autre qu'un baiser risquait de se produire.

Il scrutait son visage, guettant sa réponse.

Primrose tenta de trouver les mots susceptibles de traduire ce qu'elle ressentait, mais elle était soudain incapable de penser. Son cœur battait vite et ses poumons semblaient avoir rétréci. Elle avait surtout une conscience aiguë de la taille et de la robustesse de sa cuisse entre les siennes.

— Je pressens un danger, avoua-t-elle.

— Non, rien de dangereux, je vous le promets, dit-il en effleurant délicatement sa joue. Je pense que ça vous plaira. Si cela ne vous plaît pas, nous arrêterons.

Ce fut la douceur de cet effleurement qui la décida, cette caresse aussi légère qu'une plume. Oliver jouait peut-être avec elle, mais il ne lui ferait aucun mal.

— D'accord, fit Primrose – et après une seconde d'hésitation, elle inclina la tête pour l'embrasser.

Cette cuisse la perturbait, cependant. Impossible de faire comme si elle n'était pas là. D'autant que la position amenait son entrejambe au niveau de la hanche d'Oliver. Et même si plusieurs épaisseurs de vêtements les séparaient, cela ne l'empêchait pas de presser contre ladite hanche. Peut-être était-ce d'ailleurs ce qui rendait ce contact aussi... dangereux ?

Oliver resserra son bras autour de sa taille en même temps qu'il soulevait les hanches, le mouvement l'incitant à cambrer le dos. Instinctivement, elle se frotta contre lui.

Et retint son souffle.

Il recommença.

— Oh, souffla Primrose contre sa bouche.

— Est-ce que ça vous plaît ?

— Je ne sais pas.

Mais ce n'était pas entièrement vrai. Son esprit ne savait peut-être pas si ça lui plaisait ou non, mais son corps le savait très bien, car lorsque Oliver recommença, un léger gémissement lui échappa.

Il rit et continua de l'embrasser tout en remuant les hanches, son bras enserrant fermement sa taille. C'était un peu comme si elle chevauchait sa cuisse, sa hanche et… Oh, mon Dieu… cette pression rythmique contre son intimité…

La sensation était vraiment très plaisante. Comme si l'intérieur de son corps se mettait à fondre.

Primrose s'agrippa d'une main à la chevelure d'Oliver et de l'autre à son épaule, et lutta pour garder le contrôle de son esprit. Mais ses efforts se révélèrent futiles. Son esprit avait déjà cessé de fonctionner. La main d'Oliver reposait sur son derrière à présent, il la pressait plus fermement contre lui. Et au lieu de se sentir outragée, Primrose prenait plaisir à cette étreinte.

— Voilà, c'est bien, Prim…, murmura-t-il.

Il souleva les hanches tout en l'incitant à se plaquer contre lui. Une onde de plaisir la traversa tout entière.

Le rythme s'accéléra. Respirer devint difficile ; penser, impossible. Elle pouvait seulement exister, se frotter contre la hanche d'Oliver – elle aurait voulu ne jamais s'arrêter, mais tout cessa brusquement dans un jaillissement d'extase qui la prit complètement au dépourvu.

Oliver s'immobilisa. Son bras enlaçait sa taille pour la maintenir contre lui et sa bouche déposait de doux baisers sur sa joue.

Elle mit un moment à retrouver son souffle. Retrouver ses esprits exigea encore plus de temps. Que venait-il de se passer, au juste ?

Oliver caressait son dos et ses cheveux ; il gloussa doucement à son oreille.

— Je savais que ça vous plairait.

Primrose releva la tête. Il lui fallut plusieurs secondes pour accommoder sa vision. La pièce tournoyait étrangement autour d'elle, comme si elle venait de se téléporter. Mais ce n'était pas le cas : toute la magie venait d'Oliver.

— Quel était cet enchantement ?

— C'est un cadeau que je vous fais, répondit-il en souriant.

Un cadeau ? Primrose inspira pour remplir ses poumons et le regarda. Il avait l'allure d'un vrai débauché – cheveux en bataille, cravate de travers, les joues empourprées et les yeux sombres et étincelants.

Un *cadeau* pour elle ?

Qu'est-ce que cela signifiait ?

Que devait-elle répondre ?

— Merci, dit-elle finalement.

Le sourire d'Oliver s'élargit.

— Il n'y a pas de quoi.

Son pendentif en forme de corne oscillait entre eux, menaçant d'aller se perdre dans les replis de sa cravate. Oliver l'attrapa d'une main et l'immobilisa pour l'observer. Son expression changea subtilement, ses yeux se plissant et un léger pli vertical venant s'inscrire entre ses sourcils, comme s'il évaluait la conduite à tenir.

Un frisson d'excitation traversa Primrose. Allait-il suggérer de tester l'efficacité de l'amulette ?

Le cadeau d'Oliver lui avait permis de se sentir plus vivante que jamais et l'avait également rendue intrépide. Elle avait envie de jeter son bonnet par-dessus les moulins et de faire des choses choquantes, comme de toucher la peau nue d'Oliver et se laisser toucher par lui.

Partout. Tout de suite. Sur le lit royal.

Elle retint son souffle, anticipant ses paroles : « Soumettons cette breloque à l'épreuve du test, Prim. »

Il lâcha le pendentif, remua en dessous d'elle et grimaça.

— Bien que j'apprécie énormément de vous avoir au-dessus de moi, Prim, je vais devoir vous demander de vous écarter. J'ai besoin d'un moment pour, euh... me ressaisir.

Prim se sentit profondément déçue et son intrépidité se recroquevilla sur elle-même, remplacée par la gêne.

Elle s'écarta franchement, laissant trente bons centimètres entre eux. Que venait-elle donc de *faire* ? Et que venait-elle donc de *s'imaginer* ?

Le moment de gêne se prolongea, ressemblant de plus en plus à de la mortification. Elle s'était frottée contre la hanche d'Oliver ! Sans vergogne. Comme la dernière des gourgandines.

Près d'elle, il rajustait son pantalon. Le regard de Primrose suivit le mouvement de sa main – et y resta rivé. Le pantalon d'Oliver semblait plus rempli que d'habitude. *Beaucoup* plus rempli.

La compréhension atteignit enfin son esprit.

Oh.

Primrose s'assit sur le lit, choquée. Pendant un moment, elle put à peine respirer.

Elle était sans doute innocente, mais elle n'était pas naïve. De même qu'elle savait que la partie de l'anatomie située entre les jambes d'une femme s'appelle la vulve, elle savait que le relief de la braguette d'Oliver signifiait que son organe masculin était en érection.

Et elle savait aussi que cela signifiait qu'il avait envie de coucher avec elle.

Elle détourna les yeux, plus du tout gênée mais perplexe. Si Oliver avait envie de coucher avec elle, pourquoi s'était-il interrompu ?

Ce matin, il lui avait dit qu'il ne jouait pas avec elle. Et cet après-midi, il avait dit qu'il n'était pas en quête d'une épouse. Que devait-elle en conclure ?

Qu'il voulait quelque chose qui soit plus sérieux qu'un jeu, mais moins sérieux qu'un mariage ?

Une liaison ?

— Malédiction ! s'exclama-t-il en se redressant en position assise. Regardez ça, Prim. Voilà qu'il pleut !

Primrose tourna les yeux vers la fenêtre. La pluie s'était effectivement mise à tomber.

Oliver descendit du lit et s'approcha de la fenêtre. Il regarda au-dehors.

— Peste et malédiction, dit-il en se retournant vers elle. Je voulais vraiment le coincer ce soir.

Les traits de son visage se détendirent alors qu'il la regardait, et il pencha la tête sur le côté.

— Le style de votre coiffure est intéressant, Prim.

Elle porta les mains à sa chevelure et découvrit que sa coiffure s'était écroulée. Ses cheveux retombaient sur ses épaules.

— Le style de votre nœud de cravate l'est tout autant, mon cher, répliqua-t-elle.

Oliver baissa les yeux sur sa lavallière.

— En effet, constata-t-il avant de passer dans le boudoir.

Primrose descendit du lit à son tour et le suivit. Oliver s'était planté devant le miroir pour renouer sa cravate. Il s'écarta afin de lui faire de la place.

La jeune femme arrangea ses cheveux, mais son attention était surtout focalisée sur Oliver – ses doigts agiles, la façon qu'il avait de froncer les sourcils quand il se concentrait, de plisser les yeux et de pincer les lèvres aussi, tandis qu'il s'efforçait de discipliner les plis de sa cravate.

À quel jeu jouaient-ils, tous les deux ?

À quel point ce jeu était-il sérieux ?

Elle ouvrit la bouche pour le lui demander, puis la referma.

À quel point souhaitait-elle que ce soit sérieux ?

Oliver croisa son regard dans le miroir et lui fit un clin d'œil, avant d'adopter une pose avantageuse.

— Je suis parfait, décréta-t-il.

Et il l'était.

Aussi parfaitement ridicule que ridiculement parfait.

29

À l'heure du dîner, il pleuvait à verse. Primrose enveloppa ses épaules d'un châle de cachemire – le temps avait nettement fraîchi – et descendit au salon. Lord Algernon était la seule personne présente, debout devant la cheminée.

— Bonsoir, lady Primrose. Sacré refroidissement, n'est-ce pas ? Venez donc près du feu.

Primrose sourit et s'exécuta.

— J'ai appris ce qui a failli vous arriver cet après-midi. Comment allez-vous ?

— Bien, je vous remercie.

— Quelle affaire épouvantable ! Frederick ne se le pardonnera jamais. Et la pauvre Isobel est dans tous ses états. Elle ne se joindra pas à nous pour le dîner. Le choc l'a laissée prostrée.

— Oh, souffla Primrose.

— Vous avez en revanche un moral d'acier, lady Primrose, dit lord Algernon d'un ton jovial qu'elle trouva légèrement condescendant.

— Je n'ai jamais vraiment été en danger, assura-t-elle.

La porte du salon s'ouvrit à ce moment-là, et lord Cheevers entra. Il s'avança vers la cheminée.

— Lady Primrose, dit-il d'un ton embarrassé. Je vous dois des excuses.

La porte s'ouvrit à nouveau sur Rhodes et Oliver.

Ils ne les rejoignirent pas près de la cheminée, préférant se rapprocher d'une fenêtre pour contempler le crépuscule. Rhodes avait cependant réussi à croiser le regard de Primrose et s'était discrètement caressé le nez.

— Quand je pense que vous avez failli être victime d'un accident sous mon propre toit, reprit Cheevers. À l'instigation de ma filleule !

— Vous n'êtes pas à blâmer, lord Cheevers.

Il la regarda d'un air hésitant, et Primrose vit qu'il ne formulait pas ces excuses par simple souci de politesse : il était sincèrement bouleversé.

— Vous n'êtes pas à blâmer, répéta-t-elle. Tout le monde en est convaincu. N'est-ce pas, monsieur ? ajouta-t-elle à l'intention de lord Algernon.

— Cela va de soi, acquiesça celui-ci en posant une main rassurante sur l'épaule de son ami. Cette affaire est une véritable diablerie, Frederick, mais vous n'y êtes pour rien. Mlle Middleton-Murray semblait être une jeune fille charmante. Personne n'aurait pu soupçonner pareille malveillance de sa part. Au fait, lady Primrose, ajouta-t-il en se tournant vers elle, puis-je vous demander comment vous en êtes venue à soupçonner Mlle Middleton-Murray de nourrir d'aussi sombres desseins ? Car si j'ai bien compris, les deux demoiselles qu'elle a piégées dans cet escalier ont cru à un accident.

Le regard de lord Algernon était intense, et l'instinct souffla à Primrose que sa question ne relevait pas de la simple curiosité. Craignait-il qu'elle le soupçonne de nourrir de sombres desseins, lui aussi ?

— Oh, tout à fait par hasard, assura-t-elle. Ce sont les éraflures à la base du pilastre qui m'ont mise sur la voie. Je les avais remarquées en passant.

— Vous devez avoir l'œil redoutablement aiguisé.

— Normalement aiguisé, je dirais, répondit Primrose, avant de jeter un coup d'œil vers la fenêtre. Si vous voulez bien m'excuser. J'ai quelque chose à dire à mon frère.

Elle inclina poliment la tête vers Cheevers et Algernon, puis s'éloigna de la chaleur de l'âtre pour rejoindre Rhodes et Oliver.

— Que se passe-t-il ? demanda-t-elle à voix basse.

Rhodes lui jeta un coup d'œil, puis reporta son attention sur la pluie.

— Devine ce que Benoît a trouvé sous mon oreiller, dit-il sur le même mode.

— De la petite angélique ?

Rhodes hocha la tête.

— Je me demandais où était passé oncle Algy, cet après-midi, murmura Oliver. Maintenant je sais : il est allé cueillir des fleurs.

— Sait-il que vous avez échangé vos chambres ? chuchota Primrose.

Rhodes secoua la tête, sans cesser de regarder par la fenêtre.

— Benoît a vérifié les deux chambres. Il n'y avait de petite angélique que sous l'oreiller de mon ancienne chambre.

— Tant mieux. Mais je n'aime pas l'idée qu'il soit venu rôder dans ta chambre.

Il faisait assez sombre au-dehors pour qu'elle puisse voir le salon se refléter sur les vitres constellées de gouttes de pluie.

Rhodes ne dit rien, mais son reflet grimaça.

— Heureusement que Benoît a fait disparaître l'arsenic, murmura Primrose.

Elle regarda le reflet de Cheevers et Algernon sur la vitre. Elle pouvait voir leurs bouches remuer, et elle percevait le léger murmure de leurs voix.

— Heureusement, oui, confirma Oliver qui regardait lui aussi le reflet de son oncle sur la vitre.

Elle entendit la porte s'ouvrir et vit entrer Mlle Cheevers. La jeune fille lui parut plus pâle qu'à l'accoutumée – à moins qu'il ne s'agisse d'un effet du miroir sombre et déformant dans lequel elle se reflétait ? Primrose tourna la tête. Non, la fenêtre n'avait pas menti : Mlle Cheevers était très pâle. De fait, elle semblait malheureuse.

— Mademoiselle Cheevers, dit Primrose en s'écartant de la fenêtre. Comment allez-vous ?

La jeune fille hésita, puis s'avança vers elle.

— Lady Primrose, je suis désolée qu'une telle chose ait pu arriver.

— Je vais parfaitement bien. J'ai eu bien plus de chance que vos cousines.

Les yeux de Mlle Cheevers s'emplirent de larmes, et Primrose s'en voulut de sa maladresse.

— Venez donc vous asseoir avec moi sur le canapé pour bavarder tranquillement avant le dîner, dit-elle.

Mlle Cheevers la suivit docilement et s'assit.

— C'est tellement affreux. Tellement choquant ! L'idée que Milly ait pu faire quelque chose d'aussi… d'aussi…

Elle laissa sa phrase en suspens et mordit sa lèvre.

Primrose l'observa un instant.

— Ce n'est peut-être pas tout à fait une surprise pour vous, mademoiselle ? avança-t-elle prudemment.

— Oh, si ! C'en est une ! Mais…

— Mais ?

Le front de Mlle Cheevers se plissa légèrement et elle regarda Primrose d'un air hésitant. Celle-ci attendit.

— Milly m'a poussée du ponton, une fois, confia la jeune fille à voix basse. Quand nous étions enfants. Elle a dit ensuite que c'était un accident, mais ça n'en était pas un. Je sais que ça n'en était pas un.

— Du ponton ?

Mlle Cheevers hocha la tête, et son front se plissa violemment.

— Mais cela remonte à si longtemps, lady Primrose ! C'est pour ça, quand Emma a trébuché dans l'escalier, et ensuite Margaret, je n'ai jamais pensé – pas un instant – que… que…

Primrose prit les mains de la jeune fille entre les siennes.

— Évidemment que vous n'y avez pas pensé, dit-elle d'un ton apaisant.

— Je l'aurais dit à mes parents, autrement. Mais je n'ai pas pensé que… et…

Les mains de Mlle Cheevers tremblaient autant que sa voix, et des larmes perlaient au bord de ses cils.

Primrose jeta un coup d'œil vers la cheminée pour s'assurer que lord Cheevers n'écoutait pas, et baissa la voix :

— Si vous l'aviez dit à vos parents, je doute qu'ils vous auraient crue. Ils vous auraient peut-être même grondée pour avoir eu des pensées peu charitables.

Mlle Cheevers réfléchit un instant.

— Probablement, admit-elle d'une voix qui tremblait toujours.

— Il ne vous viendrait jamais à l'idée de faire tomber quelqu'un dans l'escalier, aussi est-il parfaitement naturel que vous n'ayez pas suspecté Mlle Middleton-Murray de le faire. Si vous vous sentez coupable, je puis vous assurer que c'est parfaitement injustifié. Le blâme repose entièrement sur les épaules de Mlle Middleton-Murray.

Mlle Cheevers finit par lui sourire, malgré ses larmes. Elle chercha ensuite un mouchoir et s'en tamponna les yeux.

Le dîner fut assez morose, car les événements de l'après-midi hantaient encore tous les esprits. Lord Algernon lui-même semblait éteint. Il avala le repas en silence, sans lâcher la moindre plaisanterie ni faire retentir son rire jovial.

Depuis sa place, Primrose jouissait d'une excellente vue sur l'oncle d'Oliver, et elle l'observa à la dérobée. À plusieurs reprises, elle le surprit en train de regarder son neveu.

Regret et détermination : telles étaient bien les deux émotions que trahissait son visage. Mais elle eut l'impression que la détermination s'était accrue. La façon dont ses lèvres pressaient l'une contre l'autre et dont il serrait résolument les dents, le maintien rigide de ses épaules… Lord Algernon avait tout d'un homme fermement décidé à commettre un acte déplaisant.

Les rideaux de la salle à manger étaient fermés, mais Primrose entendait la pluie frapper aux carreaux. « Faites que la pluie cesse, pria-t-elle en silence. Que nous puissions en finir ce soir. »

Hélas, il pleuvait toujours quand elle se retira au salon avec Mlle Cheevers, à la fin du dîner.

Elle jeta un coup d'œil à sa compagne. La jeune fille semblait passablement affligée.

— Pourquoi ne montez-vous pas vous coucher ? suggéra Primrose. Je serais très heureuse de lire dans mon coin, vous savez.

— Oh, non ! s'exclama Mlle Cheevers, déterminée à jouer son rôle d'hôtesse. Je vais nous servir une tasse de thé et nous pourrons bavarder. Avez-vous vu les dernières gravures de mode de Londres ?

— Je crains de n'avoir pas grand intérêt pour la mode, avoua Primrose. J'aimerais toutefois demander conseil à M. Dasenby au sujet de ma garde-robe. Il a un œil extraordinaire pour les couleurs, contrairement à moi.

Elle jeta un regard éloquent à la robe de soirée qu'elle portait et dont la soie était d'une nuance de bleu assez quelconque.

Le visage de la jeune fille s'illumina.

— Ninian a ce don, en effet, approuva-t-elle. Il sait toujours exactement ce qu'une personne doit porter... Oh ! ajouta-t-elle en écarquillant les yeux. J'ai une idée. Attendez-moi un instant, lady Primrose ! dit-elle avant de quitter précipitamment la pièce.

Primrose attendit, et cinq minutes plus tard Chloé Cheevers revint, rose et essoufflée, serrant quelque chose contre sa poitrine.

— Ninian m'a donné ceci, dit-elle en s'approchant de la table de bridge pour y déposer son fardeau.

Primrose s'approcha et découvrit qu'il ne s'agissait pas de morceaux de papier coloré, comme elle l'avait d'abord cru, mais d'échantillons de tissu.

— Juste ciel ! s'exclama-t-elle, stupéfaite. Mais il y en a au moins cent !

— Cent vingt, précisa Mlle Cheevers en étalant les échantillons. Il m'avait aidée à choisir le coloris de mes robes pour la saison, mais... j'ai attrapé la rougeole de mes frères et je n'ai pas pu aller à Londres. L'année prochaine, cependant, enchaîna-t-elle en regardant Primrose avec un grand sourire, je pourrai !

Elles trièrent les échantillons par couleurs, et elles étaient en pleine conversation au sujet de celles-ci quand les gentlemen firent leur apparition au salon. M. Dasenby fut le premier à franchir la porte.

— Ninian ! s'écria Mlle Cheevers. Venez donc nous aider à choisir des coloris pour lady Primrose.

Dasenby s'empressa d'obéir à cette requête.

Oliver et Rhodes furent les suivants à entrer. Ils jetèrent un coup d'œil à la table de bridge, couverte de tissus, et obliquèrent aussitôt en direction de la cheminée.

Lord Algernon et lord Cheevers furent les derniers à les rejoindre.

Primrose leur prêta à peine attention car Dasenby triait les échantillons, écartant bon nombre d'entre eux. Elle sursauta quand on lui tapota l'épaule. C'était Rhodes.

— Ollie et moi allons jouer aux échecs dans la bibliothèque.

Elle hocha la tête et regarda derrière lui.

— Où sont passés les deux autres ?

— Dans la salle de jeu.

— Soyez prudents, dit-elle en baissant la voix.

— Toujours, répondit Rhodes.

Primrose reporta son attention sur les petits carrés d'étoffe.

— Ce qui vous convient le mieux, ce sont les tons pastel, décréta Dasenby. Ce rose serait parfait, et ce bleu, et ce vert aussi... Mais pas ceux-là.

Une demi-heure plus tard, Primrose tenait entre les mains huit échantillons que Ninian avait choisis pour elle – un rose, un corail, un lavande, deux vert tendre, un jaune et deux bleus. Elle fut heureuse qu'un des deux bleus soit le bleu pervenche.

— Merci, dit-elle. Cela me touche beaucoup, monsieur Dasenby. Il me tarde de commander de nouvelles robes.

Et étrangement, alors qu'elle avait toujours trouvé fastidieuses les visites chez sa couturière, elle était vraiment impatiente de le faire.

Dasenby la gratifia d'un sourire à la fois satisfait et timide.

— Oh ! s'exclama Mlle Cheevers. Je n'ai pas vu passer l'heure ! J'avais promis de passer voir maman voilà dix minutes, dit-elle en soulevant légèrement le bas de ses jupes. Bonsoir, lady Primrose. Bonsoir Ninian, souffla-t-elle avant de quitter le salon.

La porte se referma derrière elle, et Dasenby entreprit de rassembler les échantillons. Primrose lui apporta son concours.

— Vous vous connaissez depuis longtemps avec Mlle Cheevers ?

— Depuis l'enfance, dit Dasenby en s'interrompant dans sa tâche, rougissant légèrement. Vous pensez peut-être que nous sommes trop familiers l'un envers l'autre ?

— Non, répondit Primrose en riant.

Ce qu'elle pensait, c'était que Ninian Dasenby et Chloé Cheevers étaient parfaitement assortis. Ils avaient la même douceur de caractère, la même timidité.

Dasenby regarda autour de lui et parut seulement remarquer que le salon s'était vidé.

— Où est mon cousin ? demanda-t-il. Où est mon père ? ajouta-t-il aussitôt d'un ton alarmé.

— Westfell et mon frère sont dans la bibliothèque, et votre père est avec lord Cheevers dans la salle de jeu.

— Oh.

Il semblait clairement inquiet.

— Pourquoi n'allez-vous pas les voir ? suggéra Primrose. Je finirai de ranger.

— C'est ce que je vais faire, oui, dit-il en se dépêchant de gagner la porte.

La jeune femme continua de rassembler les échantillons par couleurs. Les rouges avec les roses, les oranges avec les jaunes. Elle en était aux verts quand Dasenby fit soudain irruption dans la pièce.

— Je n'arrive pas à les réveiller !

Elle leva les yeux.

— Je vous demande pardon ?

— Thayne et mon cousin sont dans la bibliothèque, et je n'arrive pas à les réveiller !

30

Primrose souleva le bas de ses jupes et se mit à courir, traversant le couloir et le vestibule, ses souliers claquant contre le dallage de marbre. Elle ouvrit la porte de la bibliothèque avec une telle force que le battant alla heurter le mur.

Après la tombée de la nuit, la superbe bibliothèque semblait aussi vaste qu'une cathédrale remplie d'ombres, et son plafond se perdait dans l'obscurité. La seule lumière provenait de la cheminée, devant laquelle deux fauteuils formaient un petit coin confortable, éclairé par un chandelier et la lueur de l'âtre.

Rhodes et Oliver étaient assis dans ces fauteuils, de part et d'autre d'un échiquier déployé sur une petite table. Aucun d'eux n'avait réagi à l'entrée fracassante de Primrose.

Rhodes s'était effondré sur la table et sa tête reposait sur ses bras, dans une posture évoquant celle d'un écolier qui se serait endormi sur son devoir d'arithmétique. Oliver était renversé sur son fauteuil, la tête dodelinant contre le dossier et les yeux clos.

— Rhodes ! s'écria-t-elle en secouant l'épaule de son frère. Oliver !

Ils ne cillèrent ni l'un ni l'autre.

Dasenby gifla le visage d'Oliver.

— Mon cousin ! Réveillez-vous !

Oliver n'eut pas un frémissement.

Primrose se pencha au-dessus de Rhodes. Elle crut un moment qu'il ne respirait plus et son cœur se serra… mais elle perçut ensuite une douce exhalaison.

— Pensez-vous à de l'arsenic ? chuchota Dasenby d'un ton horrifié.

— Je ne sais pas. Allez chercher Benoît. Vite !

Il courut hors de la pièce.

Primrose n'avait jamais paniqué de sa vie, mais elle se sentait tout près de céder. Son cœur battait très fort et ses pensées tournoyaient comme une nuée d'oiseaux affolés. « Réfléchis ! s'intima-t-elle sévèrement. Garde la tête froide ! »

En plus de l'échiquier et du chandelier, il y avait deux verres de punch vides sur la table. Primrose regarda autour d'elle et aperçut un saladier d'argent sur le dessus de la cheminée. Elle l'examina. Le bol à punch contenait encore l'équivalent d'un verre ou deux de liquide ambré. Une louche était inclinée contre le bol. Elle la souleva, remua le punch avec et huma l'odeur du breuvage.

Un parfum capiteux s'en éleva.

Dans sa tête, Primrose tria les différentes composantes de ce parfum – rhum, citron, mélange d'épices – et ne décela rien d'incongru.

« L'arsenic n'a ni goût ni odeur », avait dit Benoît.

Elle reposa la louche et retourna près des fauteuils. L'un après l'autre, elle renifla les verres de Rhodes et d'Oliver. Tous deux avaient la même odeur que le bol de punch.

Dasenby était sorti si précipitamment qu'il n'avait pas convenablement refermé la porte. Celle-ci était restée entrouverte de quelques centimètres, et alors que Primrose levait les yeux du verre qu'elle venait de renifler, elle vit la porte commencer à s'ouvrir lentement.

Son cœur bondit de soulagement : Dasenby revenait déjà avec Benoît.

Elle ouvrit la bouche pour lui parler du punch, mais la porte s'immobilisa. Il y eut une longue pause, comme si la personne qui se trouvait derrière attendait en dressant l'oreille.

Primrose referma la bouche. Son cœur bondit à nouveau, non de soulagement mais d'inquiétude. Dasenby aurait ouvert franchement la porte et serait entré. Un domestique aurait frappé. Une seule personne était susceptible d'ouvrir la porte de la bibliothèque aussi prudemment.

Lord Algernon. Qui venait vérifier si ses victimes étaient mortes.

L'inquiétude de la jeune femme s'évanouit, remplacée par un furieux désir de vengeance.

Elle s'accroupit derrière le fauteuil d'Oliver et chercha du regard une meilleure cachette. Là-haut, dans les ténèbres de la galerie, personne ne pourrait la voir.

Elle ferma les yeux et fit le souhait s'y retrouver. Bien qu'elle fût accroupie, elle se sentit gagnée par une sensation de vertige. Quand elle rouvrit les yeux, elle vit lord Algernon entrer dans la bibliothèque.

Il resta immobile un moment, l'oreille aux aguets, puis referma la porte, si doucement qu'elle n'entendit même pas le cliquetis du pêne.

Il s'approcha de la cheminée sur la pointe des pieds.

Primrose se remit lentement debout et observa, tellement fascinée par la scène qu'elle en oubliait de respirer.

Lord Algernon baissa les yeux sur Oliver. Son visage se tordit. Elle vit son regret – puis la grimace de regret disparut et seule la détermination resta. Il crispa résolument la mâchoire, tira un linge de l'intérieur de son gilet, plaça une main à l'arrière de la tête d'Oliver et, de l'autre, pressa fermement le linge sur son nez et sa bouche.

Le cœur de Primrose cessa de battre. Elle ne réfléchit pas : elle se contenta d'agir – et souhaita se retrouver en bas, à côté de lord Algernon.

— Arrêtez ! cria-t-elle dès qu'elle sentit ses pieds fermement plantés sur le sol, même si la pièce tournait un peu autour d'elle.

Lord Algernon eut un mouvement de recul si soudain qu'il faillit tomber. Il s'écarta vivement, laissa tomber le linge, tituba en arrière de quelques pas puis s'arrêta, le regard rivé sur elle, les yeux écarquillés, la bouche ouverte.

La tête d'Oliver roula sur le côté. Mais il ne se réveilla pas.

Primrose posa la main sur son épaule d'un geste protecteur. Elle croisa le regard de lord Algernon.

— Assassin, siffla-t-elle.

Les narines de lord Algernon palpitèrent et sa mâchoire se contracta. Ses poings, aussi.

Primrose eut soudain conscience qu'en plus d'être beaucoup plus grand et robuste qu'elle, l'homme était aussi désespéré. Un soupçon d'inquiétude la gagna. *Il pourrait me tuer.* Elle le dévisagea en s'efforçant de ne pas laisser voir sa peur.

— Qu'avez-vous mis dans le punch ? demanda-t-elle.

Il secoua la tête. Toute une série d'émotions passa sur son visage, se succédant trop rapidement pour qu'elle puisse les reconnaître, puis finalement, ses traits se figèrent sur un masque de la froide résolution.

Primrose se raidit, prête à se téléporter s'il l'attaquait. Mais il se retourna et se dirigea vers la porte.

— Qu'avez-vous mis dans le punch ? répéta-t-elle.

Il l'ignora et pressa le pas.

Elle courut derrière lui.

— Qu'avez-vous mis dedans ? cria-t-elle en l'attrapant par le bras.

Lord Algernon l'écarta si violemment qu'elle perdit l'équilibre et tomba à la renverse. Il ouvrit la porte et plongea dans le couloir.

Primrose se remit sur pied et jeta un coup d'œil vers Rhodes et Oliver. Qu'est-ce qui était le plus important ? Rattraper lord Algernon, ou continuer de veiller sur eux ?

Le punch – c'était le punch, le plus important. Et une seule personne savait ce qu'il y avait dedans.

Elle courut jusqu'au couloir. Lord Algernon s'était déjà engagé dans le vestibule. Primrose s'élança à sa poursuite, ses pantoufles de chevreau claquant sur le sol.

Elle vit lord Algernon ouvrir la porte de la terrasse et disparaître à l'extérieur.

Primrose regarda derrière elle – le couloir était vide de tout témoin – et souhaita se retrouver devant cette porte. Elle l'ouvrit alors qu'elle était encore en proie au vertige, s'élança dehors… et entra en collision avec lord Algernon.

Il laissa échapper un glapissement de surprise et la repoussa.

Primrose faillit à nouveau tomber. Elle tituba en arrière vers la porte qui se refermait.

Lord Algernon se détourna et fila.

— Qu'avez-vous mis dans le punch ? cria-t-elle derrière lui.

Il ne répondit pas.

La jeune femme s'écarta de la porte. Il faisait noir, humide et froid. Elle distingua la silhouette de lord Algernon qui traversait la terrasse ; il était presque arrivé à l'escalier.

Primrose souhaita se retrouver en haut de ces marches. Gardant les yeux ouverts malgré la sensation de vertige, elle fit un pas de côté pour garder l'équilibre.

Lord Algernon surgit de l'obscurité, presque invisible. Primrose chercha à l'attraper, manqua son bras, agrippa de justesse les pans de son manteau.

— *Qu'avez-vous mis dans le punch ?*

Il poussa un hurlement de rage, la souleva du sol et la projeta en bas des marches.

Primrose n'avait pas été officier de cavalerie. Elle ne savait pas comment tomber sans se rompre le cou. Mais elle savait se téléporter.

Elle atterrit cependant sur le gravier du bas des marches, assez durement pour que ses poumons se vident entièrement.

Elle resta étalée là, le temps que le vertige se dissipe. Des pas dévalèrent l'escalier et passèrent près d'elle – lord Algernon.

Elle se redressa à quatre pattes et trouva assez de force pour crier.

— *Qu'avez-vous mis dans le punch ?*

Pas de réponse. Elle tendit le cou pour le voir, mais n'y parvint pas. Le crissement de ses pas sur les gravillons s'éloignait pour se perdre sous le crépitement de la pluie.

Primrose souhaita retourner dans la bibliothèque. Bien qu'elle fût à quatre pattes, la sensation de vertige fut si forte qu'elle faillit s'effondrer. Elle ferma les yeux.

Une fois que le monde se fut stabilisé autour d'elle, elle rouvrit les yeux et se mit debout. La bibliothèque était exactement telle qu'elle l'avait laissée une minute plus tôt : le chandelier allumé, l'échiquier, les deux silhouettes immobiles dans les fauteuils.

Elle se rapprocha de Rhodes et se pencha au-dessus de lui. Respirait-il encore ? Et Oliver ?

Oui. Ils respiraient tous les deux.

Étrangement, les entendre respirer lui donna envie de pleurer. Le soulagement, peut-être ? Ou la peur de ne rien entendre, la prochaine fois qu'elle se pencherait pour écouter leur souffle ?

Son cœur battait trop vite. Ses cheveux étaient humides de pluie. Primrose essuya son visage et découvrit que des petits gravillons s'étaient incrustés dans ses paumes. Elle les chassa, et entendit soudain courir dans le couloir. Dasenby fit irruption dans la pièce, Benoît sur ses talons.

— Je pense qu'il y avait quelque chose dans le punch, annonça Primrose. Ils en ont bu tous les deux.

Benoît acquiesça, s'approcha des fauteuils. Il s'accroupit pour écouter la respiration de Rhodes et lui prit ensuite le pouls.

Dasenby le regarda faire, visiblement très inquiet.

— Votre père est venu ici, lui dit Primrose. Il a tenté d'étouffer Oliver. Je l'en ai empêché.

— De l'étouffer ? répéta-t-il en levant les yeux vers elle.

Elle hocha la tête et réalisa soudain ce que cela impliquait.

— Ils n'ont pas été empoisonnés ? Seulement drogués ?

— Peut-être, dit Benoît en se relevant. Le punch, où est-il ?

Primrose le lui montra et il renifla le restant de punch comme elle l'avait fait.

— Monsieur Dasenby, dit-il, pouvez-vous aller trouver un domestique ? Il faudrait savoir qui a fait ce punch.

Ninian ne se formalisa pas de recevoir des ordres de la part d'un valet ; il hocha la tête et s'empressa d'obéir.

Benoît retourna près de la table. Il ouvrit la bouche de Rhodes, se pencha, respira, puis souleva une de ses paupières et examina sa pupille.

Primrose le regardait faire en se tordant les mains, l'espoir et la crainte formant un nœud douloureux dans son estomac. « Faites qu'ils ne meurent pas, implora-t-elle en silence. Par pitié, faites qu'ils ne meurent pas... »

Benoît examina ensuite Oliver.

— Pensez-vous qu'ils aient absorbé de l'arsenic ? demanda-t-elle d'une voix chancelante.

— Je pencherais plutôt pour du laudanum.

— C'est une bonne chose, n'est-ce pas ?

— Tout dépend de la quantité qu'ils ont absorbée.

Il s'approcha de la cheminée, remua le contenu du bol de punch, en préleva une louche et le goûta prudemment.

Primrose le regarda faire avec attention.

Benoît resta immobile un long moment, le regard perdu dans le vide, et elle comprit qu'il analysait les différentes saveurs.

— Alors ? demanda-t-elle quand il reposa la louche dans le bol.

— C'est sucré, dit le valet, mais l'arrière-goût est amer.

— Le laudanum aussi, n'est-ce pas ?

Benoît hocha la tête, et ils tournèrent les yeux vers la porte comme Dasenby revenait, essoufflé.

— Le punch a été élaboré dans la salle de jeu par mon père. Lord Cheevers et lui en ont pris un verre chacun. Après quoi, un des valets s'est chargé d'apporter le reste pour Thayne et mon cousin. J'ai parlé au valet. Selon lui, le bol était encore plein aux trois quarts.

Primrose et Benoît regardèrent le bol de punch, tâchant d'estimer ce que Rhodes et Oliver avaient bu. Trois verres chacun ? Quatre ?

— Lord Cheevers a-t-il bu son verre de punch ? demanda Benoît.

— Oui, répondit Dasenby. Il était endormi dans la salle de jeu, mais il s'est réveillé quand je l'ai secoué.

— Comment va-t-il ? questionna Primrose.

— Somnolent. Il pensait avoir trop bu. Il s'en est excusé auprès de moi et il est monté se coucher.

— Bien, fit Benoît. Je pense que nous pouvons dire qu'il s'agissait de laudanum. Lord Algernon n'aurait pas empoisonné son vieil ami, n'est-ce pas ? ajouta-t-il en retournant près de la table pour se pencher au-dessus d'Oliver.

— Aurais-je dû dire à lord Cheevers qu'on a versé quelque chose dans le punch ? demanda Dasenby.

Primrose interrogea Benoît du regard.

— S'il n'a bu qu'un seul verre, il devrait s'en remettre sans problème. Pour Thayne et Westfell, en revanche..., ajouta le valet en grimaçant. Nous allons devoir les monter à l'étage.

— Les croyez-vous en danger de mort ? s'enquit Primrose.

— Non. Je ne le crois pas. Mais il serait préférable de les réveiller et de les faire vomir. Monsieur Dasenby, aidez-moi à porter le duc dans sa chambre, s'il vous plaît.

Dasenby s'empressa de s'exécuter. Ensemble, Benoît et lui redressèrent Oliver. Ninian passa un de ses bras autour de ses épaules, et le valet en fit autant. Oliver s'affaissa entre eux.

— Restez avec votre frère, lady Primrose, dit Benoît. Nous revenons aussi vite que possible.

Restée seule dans la bibliothèque, Primrose n'eut rien d'autre à faire que surveiller la respiration de son frère et se ronger les sangs. Elle se les rongea si bien qu'elle mit plusieurs minutes à remarquer la chose qui gisait sur le sol – le linge avec lequel lord Algernon avait tenté d'étouffer Oliver. Elle le ramassa. Il s'agissait d'une cravate de mousseline, repliée plusieurs fois sur elle-même.

Primrose la posa sur la table et vérifia encore une fois la respiration de Rhodes. Avait-elle faibli ?

Elle défit sa cravate, raide d'amidon, et la plaça à côté de celle de lord Algernon.

— Tu vas t'en sortir, murmura-t-elle en s'agenouillant à côté de son frère, caressant ses cheveux. Continue de respirer.

Le chagrin étreignit sa poitrine. Si Rhodes venait à mourir… Si Oliver venait à mourir…

Elle se remit debout, soulagée, quand Benoît et Dasenby revinrent. Ils soulevèrent Rhodes du fauteuil, passèrent ses bras au-dessus de leurs épaules et avancèrent vers la porte.

— Dans quelle chambre allez-vous le mettre ? demanda-t-elle lorsqu'ils atteignirent le vestibule, les deux hommes faisant une pause pour reprendre leur souffle.

— Dans la même que Westfell, dit Benoît. Ce sera plus simple pour veiller sur eux.

Primrose acquiesça et se dépêcha de monter le grand escalier. Elle traversa le couloir, frappa à la porte d'Oliver et ouvrit sans attendre qu'on l'invite à entrer.

Oliver était étendu sur le lit à baldaquin, sans connaissance. Grimshaw, son valet, s'efforçait de le dévêtir. La jeune femme s'approcha.

— Laissez-moi vous aider.

— Lady Primrose, vous ne devriez p...

— L'heure n'est pas aux convenances !

Le valet acquiesça. Ensemble, ils dégagèrent Oliver de sa veste queue-de-pie. Il était lourd, inerte, difficile à manier, et son habit était très ajusté au niveau des épaules.

Ensuite, Primrose laissa le valet déboutonner le gilet d'Oliver, regagna la porte et jeta un coup d'œil dans le couloir.

Benoît et Dasenby apparurent au même instant, et elle maintint pour eux la porte grande ouverte.

Les deux hommes haletaient fortement quand ils déposèrent Rhodes sur le lit, à côté d'Oliver. Benoît entreprit immédiatement de le débarrasser de son habit, et elle s'empressa de l'aider.

Quand Oliver et Rhodes furent en bras de chemise et pantalon, Benoît se tourna vers Primrose.

— Je vais tâcher de les réveiller pour les faire vomir. Vous n'avez pas besoin de voir ça, lady Primrose.

— Oh, mais...

— Accordez-nous une demi-heure, je vous prie. Monsieur Dasenby, il vaudrait mieux que vous escortiez mademoiselle. Ne la laissez surtout pas toute seule.

Primrose cilla en entendant ces mots – puis comprit ce que le valet sous-entendait. Elle était la seule à avoir vu lord Algernon tenter d'étouffer Oliver.

Benoît se pencha au-dessus de Rhodes, puis releva les yeux vers elle.

— Le punch. Veillez à ce qu'aucun des domestiques ne boive ce qui reste.

— Les domestiques ? s'étonna Dasenby. Pourquoi feraient-ils cela ?

— Parce que c'est ce qu'ils font, en général, dit Benoît.

Il reporta son attention sur Rhodes et souleva sa paupière pour examiner la pupille.

Dasenby et Primrose échangèrent un regard. Benoît étant lui-même un domestique, il devait savoir à quoi s'en tenir.

Ils quittèrent la chambre et redescendirent.

La bibliothèque était telle qu'ils l'avaient laissée – échiquier déployé, chandelier allumé, bol de punch sur le dessus de la cheminée.

Dasenby attrapa le bol, hésita un instant comme s'il ne savait pas quoi en faire, puis versa le liquide sur le feu.

Un sifflement s'éleva, suivi de quelques crépitements et d'une déplaisante odeur de sucre brûlé. Dasenby reposa le bol sur la table, à côté de l'échiquier.

— Et maintenant ?

— Allons vérifier la salle de jeu.

Ils y trouvèrent deux verres de punch. L'un vide et l'autre plein. Dasenby porta le verre plein jusqu'à la cheminée et le renversa. Il y eut un autre sifflement, et la même odeur écœurante s'éleva.

La porte s'ouvrit et ils sursautèrent quand un valet entra. Le valet sursauta aussi.

— Je vous prie de m'excuser. Je croyais qu'il n'y avait plus personne, dit-il en reculant.

— Nous allions justement sortir, déclara Primrose.

Ils passèrent dans le couloir, laissant le valet débarrasser les verres et moucher les chandelles.

La jeune femme jeta un coup d'œil à Dasenby. Se demandait-il si le valet aurait bu le verre de punch ? Elle n'avait pu s'empêcher de se poser la question.

Un âpre vent coulis s'enroula autour de ses chevilles, lui tirant un frisson, et elle réalisa que ses cheveux étaient humides, ainsi que le bas de sa robe. Où diable avait-elle bien pu laisser son châle ?

Elle ne tarda guère à le retrouver au salon, près des échantillons de tissu. Une femme de chambre s'y trouvait également, occupée à redresser les coussins et à moucher les chandelles.

Primrose rassembla les coloris que Ninian avait sélectionnés pour elle, et quand ils regagnèrent le couloir, elle resserra son châle autour de ses épaules, consciente du silence qui régnait dans la vaste demeure.

Où se trouvait lord Algernon ? Préparait-il une nouvelle attaque ?

— Lady Primrose, je pense que vous devriez faire dormir votre caméristе dans votre chambre ce soir.

Elle tourna les yeux vers Dasenby.

— Mon père…, commença-t-il avant de s'interrompre.

— Il s'est enfui dehors.

— Quand bien même. Lady Primrose, ajouta-t-il d'un air suppliant, je pense sincèrement que ce serait préférable.

Elle songea aux centaines de portes et fenêtres que comportait la maison, et à l'aile vide dans laquelle elle dormait – les Carteris étant partis, ainsi que les Warrington et les Middleton-Murray.

— Vous avez sans doute raison.

Ils demandèrent à un valet de dresser un lit d'appoint dans sa chambre, puis Dasenby l'accompagna à l'étage pour en superviser l'installation.

— Pensez-vous qu'une demi-heure soit passée ? demanda-t-elle ensuite.

Ninian consulta sa montre et acquiesça. Ils se dépêchèrent de gagner la chambre d'Oliver et frappèrent à la porte.

— Qui est là ? demanda la voix de Benoît.

— C'est nous, répondit Primrose.

Une clef tourna dans la serrure, et la porte s'ouvrit. Benoît s'écarta pour les laisser entrer, puis referma la porte à clef.

Rhodes et Oliver reposaient côte à côte sur le lit, profondément endormis, les couvertures remontées jusqu'au menton.

— Vous n'avez pas pu les réveiller ? demanda Primrose, gagnée par un frisson d'appréhension.

— Si, nous les avons réveillés tous les deux, répondit Benoît. Cela n'a pas été facile.

Elle remarqua alors que le valet était décoiffé, qu'il avait retiré sa veste et remonté ses manches de chemise.

— Ont-ils vomi ? questionna-t-elle en s'approchant du lit.

— Oui, tous les deux.

— Pensez-vous qu'ils vont se rétablir ? dit-elle en écartant les cheveux de Rhodes de son visage, posant la main sur son front.

— Je le crois, oui.

Des larmes de soulagement vinrent picoter ses yeux. Elle battit des cils pour les chasser, puis contourna le lit pour passer de l'autre côté. Penchée au-dessus d'Oliver, elle écarta également ses cheveux de son visage.

— Grimshaw et moi nous relaierons à leur chevet cette nuit.

Primrose chercha du regard le valet d'Oliver, mais il ne se trouvait plus dans la pièce.

— Il est parti rafraîchir les cuvettes, précisa Benoît.

Elle hocha la tête et continua de caresser les cheveux d'Oliver. Il souleva péniblement les paupières, battit plusieurs fois des cils, puis concentra son regard sur son visage.

— Prim.

Il extirpa maladroitement une main des couvertures et la lui tendit. Primrose la prit et l'enveloppa entre les siennes.

— Comment vous sentez-vous ?

Ses pupilles étaient si contractées qu'elles disparaissaient presque au fond de ses iris vert, brun et or.

Oliver ne répondit pas, se contentant de lui adresser un sourire endormi.

Ce sourire l'affecta plus qu'aucun des sourires qu'elle avait reçus dans sa vie. Sa gorge se noua, son cœur se serra et de nouvelles larmes embuèrent ses yeux – pas de soulagement cette fois, mais d'une autre émotion, puissante et douloureuse.

Les paupières d'Oliver retombèrent. Entre les mains de Primrose, la sienne reposait toujours, grande, tiède et détendue. Il sombra à nouveau dans le sommeil.

Elle déglutit plusieurs fois avant de trouver sa voix.

— Lui avez-vous expliqué ce qui est arrivé ? demanda-t-elle au valet. Est-ce qu'il a compris ?

— Oui. Mais je ne jurerais pas qu'il s'en souviendra au réveil.

La jeune femme sentit Ninian rôder nerveusement derrière elle. Elle s'écarta pour lui laisser la place et le regarda se pencher au-dessus d'Oliver. Il cligna des yeux une demi-douzaine de fois et déglutit à deux reprises. Un muscle tressaillit au niveau de sa mâchoire. Primrose éprouva un vif élan de compassion. Cette situation devait être épouvantable pour lui.

Elle se tourna vers le valet.

— Je vous remercie de votre aide, Benoît.

— Je n'ai fait que mon travail, lady Primrose.

Elle aurait aimé pouvoir rester au chevet de Rhodes et Oliver, mais elle faisait confiance à Benoît. Le valet était jeune, robuste et intelligent. De plus, cette chambre était celle d'Oliver, et elle n'aurait jamais dû s'y trouver. Elle resta donc cinq minutes de plus à les regarder dormir, puis se décida à quitter la pièce.

Dasenby l'escorta jusqu'à sa chambre de l'aile sud et attendit qu'elle ait ouvert sa porte.

— Bonne nuit, lady Primrose, dit-il.

Elle posa la main sur son bras pour le retenir.

— Je vous en prie, n'allez pas chercher votre père ce soir, monsieur Dasenby. Attendez que Rhodes et Oliver soient à nouveau sur pied.

Ninian hésita, puis hocha la tête.

— Et verrouillez votre porte.

Il hésita un peu plus longtemps, puis hocha à nouveau la tête.

— Bonne nuit, monsieur Dasenby.

Elle le regarda longer le couloir, les flammes des appliques murales palpitant sur son passage et faisant trembloter les ombres. *Pauvre garçon.* Sa vie était en train de s'effondrer de toutes parts.

Primrose soupira, entra dans sa chambre où l'attendait sa camériste, et referma la porte à clef.

31

Primrose s'éveilla au bruit des rideaux qu'ouvrait sa femme de chambre. Le soleil entra à flots dans la pièce. Ses pensées s'ébrouèrent lentement et elle se souvint brusquement des événements de la veille. Elle se redressa dans son lit.

— Quelle heure est-il ?

— 8 heures, madame.

Primrose rabattit les couvertures et quitta son lit. Elle procéda impatiemment à sa toilette et s'habilla aussi vite qu'elle put. Seul un léger hématome à la hanche révélait que lord Algernon l'avait poussée du haut de l'escalier de la terrasse.

Elle fixa son pendentif en forme de corne autour de sa gorge, attrapa un châle et se dépêcha de quitter sa chambre. Elle longea le couloir, descendit les quatre marches, traversa la courte galerie lumineuse, la longue galerie des portraits, un autre couloir et arriva, à bout de souffle, devant la porte d'Oliver.

Elle frappa, et Benoît vint lui ouvrir après un moment.

— Comment vont-ils ? demanda-t-elle.

— Ils sont réveillés et en parfaite santé. Mais il ne serait pas convenable de vous laisser entrer, lady Primrose. Ils n'ont pas fini de s'habiller.

— Oh, souffla-t-elle. Bien. Dans ce cas... Avez-vous eu des nouvelles de lord Algernon ?

— Non, dit Benoît en secouant la tête. Mais M. Dasenby est passé il y a dix minutes. Je crois qu'il est descendu prendre le petit déjeuner.

— Oh, souffla-t-elle encore. Vous voudrez bien dire à mon frère que je le verrai dans la petite salle à manger, dans ce cas ?

— Naturellement, assura le valet en s'inclinant poliment avant de refermer la porte.

Primrose descendit, impatiente de parler avec Ninian Dasenby, mais elle découvrit que le jeune homme n'était pas le seul occupant de la pièce. Lord et lady Cheevers se trouvaient là également, ainsi que leur fille.

Ils échangèrent les salutations du matin. Primrose garnit son assiette au petit bonheur la chance et prit place à côté de Ninian.

— Comment allez-vous ? demanda-t-elle poliment. J'espère que vous avez bien dormi.

— Très bien, milady, répondit Dasenby du même ton poli. Et vous-même ?

— Très bien aussi.

Primrose disait la vérité, mais elle ne pensait pas que ce fût le cas de Dasenby. Il avait les yeux cernés de fatigue.

Elle aurait voulu lui dire tant de choses que la présence des Cheevers interdisait...

— Avez-vous vu votre père, ce matin ? se contenta-t-elle de demander.

— Non, répondit-il avant de baisser les yeux sur l'assiette de Primrose. Vous avez bon appétit ce matin, milady.

Elle baissa à son tour les yeux sur son assiette et fut étonnée d'en découvrir le contenu. Était-ce vraiment elle qui avait choisi trois saucisses *et* du riz pilaf *et* des œufs ? Mais où avait-elle donc la tête ?

Elle mangea lentement, dans l'espoir de pouvoir parler à Ninian une fois que les Cheevers auraient quitté la pièce. Elle arrivait enfin à bout de son pilaf quand la porte de la salle à manger s'ouvrit. Elle leva aussitôt les yeux...

Mais ce n'était qu'un valet, qui apportait du thé frais.

Elle mangea encore plus lentement, tandis que lord et lady Cheevers remplissaient à nouveau leur tasse de thé. Lady Cheevers portait un turban de style mauresque, ce matin.

Primrose avait mangé ses deux œufs et entamait sa première saucisse quand la porte s'ouvrit à nouveau. Son frère apparut cette fois, immédiatement suivi d'Oliver.

Elle reposa sa fourchette et son couteau.

— Bonjour, dit-elle. Comment allez-vous ?

Ses yeux lui avaient cependant déjà fourni la réponse à cette question. Les deux hommes semblaient en parfaite santé.

— Je me sens en excellente forme, merci, répondit Oliver. J'ai dormi comme un bébé.

Il lui décocha un clin d'œil tandis qu'il se tournait vers le buffet.

Soulagée, Primrose écarta son assiette. Elle n'aurait jamais pu manger trois saucisses ! Surtout après des œufs *et* du pilaf ! Elle sirota son thé pendant que Rhodes et Oliver garnissaient généreusement leurs assiettes, puis s'asseyaient en face d'elle et de Dasenby.

Les deux hommes avaient visiblement bon appétit, et Primrose s'en réjouit. Le laudanum ne leur avait apparemment fait aucun mal. Elle continua de siroter son thé pendant qu'ils mangeaient, tout en dirigeant ses pensées vers les Cheevers. *Partez. Partez.* Malheureusement, ils prenaient eux aussi plaisir à siroter leur thé et ne manifestaient aucune intention de quitter la salle à manger.

Le majordome entra, la mine grave. Il s'avança jusqu'à lord Cheevers et se pencha pour lui murmurer quelque chose à l'oreille.

Le visage du vicomte pâlit. Il reposa sa tasse en déséquilibre au bord de la soucoupe, provoquant un tintement de porcelaine.

Devinant une mauvaise nouvelle, Primrose se raidit.

Lady Cheevers eut le même pressentiment.

— De quoi s'agit-il, Frederick ? demanda-t-elle, une note d'inquiétude teintant sa voix.

Cheevers ouvrit la bouche, puis la referma, comme si le choc l'avait soudain rendu silencieux. Il ne regarda pas sa femme ; ses yeux s'étaient tournés vers Dasenby.

Primrose réalisa alors que le majordome regardait Ninian, lui aussi.

— De quoi s'agit-il ? répéta lady Cheevers d'une voix plus aiguë.

Lord Cheevers déglutit.

— Les jardiniers ont trouvé un homme noyé dans le lac, annonça-t-il d'une voix rauque.

Lady Cheevers couvrit sa gorge de sa main.

« Oh, mon Dieu », songea Primrose.

— C'est Algernon, ajouta le vicomte.

Le visage de Dasenby perdit d'un coup toutes ses couleurs. Il reposa sa tasse, aussi maladroitement que leur hôte un instant plus tôt.

Le visage de Cheevers se plissa de chagrin et de compassion.

— Mon cher garçon, je suis désolé...

Oliver posa ses couverts, recula sa chaise et contourna la table. Saisissant les épaules de Ninian, il s'adressa à Cheevers.

— Où se trouve le corps ?

Le vicomte secoua la tête et leva les yeux vers le majordome.

— Sur le ponton, Votre Grâce, dit celui-ci.

Oliver pressa les épaules de Dasenby pour le réconforter.

— Venez, Ninian, dit-il d'une voix douce. Allons le voir.

Dasenby se leva. Cheevers l'imita.

Oliver prit son cousin par le bras et l'entraîna vers la porte. Nul ne dit mot tandis que les quatre hommes quittaient la pièce – Cheevers, le majordome, Dasenby, Oliver. Ce dernier lança un regard en arrière – un bref coup d'œil vers elle, un autre vers Rhodes – puis il disparut.

La porte se referma sur eux.

Primrose réalisa qu'elle était restée pétrifiée dans la même position depuis que le majordome était apparu – sa tasse de thé à mi-chemin entre la soucoupe et ses lèvres. Elle la reposa silencieusement et croisa le regard de Rhodes.

— Mon Dieu, souffla lady Cheevers en cherchant son mouchoir d'une main tremblante. C'est épouvantable !

Oui, c'était épouvantable, mais c'était aussi...

Logique. Juste.

Le meurtrier était mort.

32

Après huit ans dans l'armée, Oliver avait vu plus que son content de cadavres. Celui d'oncle Algernon faisait partie des moins pénibles à regarder ; son corps n'était pas mutilé et son visage n'était pas déformé par un rictus d'agonie ou de désespoir. Il était trempé et dépenaillé, mais paisible.

Lord Cheevers, lui, n'avait probablement pas eu l'occasion de voir beaucoup de cadavres. Il détourna le visage, comme si cette vision lui était insupportable.

Ninian ne détourna pas les yeux.

Oliver se souvint du rire d'oncle Algy et des guinées qu'il glissait dans sa main il y avait si longtemps.

Il semblait plus petit mort que vivant. Il semblait également creux, maintenant que sa forte personnalité était éteinte. Finalement, les rides du sourire qui étoilaient le coin de ses yeux restaient le seul indice de l'homme qu'il avait été.

Oliver poussa un long soupir.

— Je suis désolé, Nin.

— Ce n'est pas votre faute, répondit Ninian d'une voix mouillée.

Cette formule avait un sens que lord Cheevers ne pouvait pas comprendre : oncle Algy ne s'était pas noyé accidentellement. Il avait choisi cela – le lac – plutôt que la justice des hommes.

Oliver poussa un autre soupir, passa le bras autour des épaules de Ninian et le serra contre lui.

— Venez, Nin. Il faut que nous parlions. Lord Cheevers va s'occuper de tout, n'est-ce pas ?

— Bien sûr, répondit le vicomte en tamponnant ses yeux de son mouchoir.

Ils marchèrent un moment dans l'herbe humide sans rien dire. Ils atteignirent finalement une petite tonnelle couverte de roses. Le banc de bois qui se trouvait en dessous était sec.

— Asseyons-nous, suggéra Oliver.

Une fois assis, Ninian cala les coudes sur ses genoux, inclina la tête et regarda ses mains jointes. Toutes les lignes de son corps reflétaient la tristesse, et bien qu'il fût assis à côté d'Oliver, il paraissait seul et abandonné. Oliver passa à nouveau son bras autour de ses épaules et l'étreignit.

— Comment a-t-il pu faire ça ? murmura Ninian.

Oliver ne demanda pas ce qu'il entendait par là. Il se dit que son cousin envisageait l'ensemble – les tentatives de meurtre *et* le suicide.

— Nous ne le saurons jamais, répliqua-t-il. Mais je suppose… qu'après s'être engagé sur la pente fatidique, il n'a pas tardé à découvrir qu'il ne pouvait plus revenir en arrière, ni même s'arrêter. Alors il s'est contenté d'aller jusqu'au bout de la pente, parce qu'il n'avait pas d'autre choix.

Et au lieu d'un duché, il avait trouvé la mort.

Ninian et lui étaient tous deux orphelins, désormais.

Oliver inclina la tête jusqu'à ce que sa tempe touche celle de son cousin.

— Vous n'êtes pas seul. Je suis là.

— Je sais, dit Ninian d'une voix chevrotante.

— Nous ne sommes pas les derniers des Dasenby, Nin : nous sommes leur renouveau. Tout recommence avec nous. Vous et moi.

Ninian prit une profonde inspiration, puis hocha légèrement la tête.

— Je sais que sur le papier nous ne sommes que cousins, mais à mes yeux nous sommes frères.

Un silence accueillit cette déclaration.

— Frères ? répéta finalement Ninian.

— Oui. Vous êtes mon frère et je suis le vôtre. Si cela vous convient, bien sûr.

Ninian laissa échapper un rire incertain et essuya ses yeux.

— Cela me convient.

Ils restèrent assis sous la tonnelle couverte de roses pendant une demi-heure avant qu'Oliver raccompagne son cousin à la maison. Lady Cheevers étreignit chaleureusement Ninian et fut aux petits soins pour lui, telle une mère poule veillant sur son poussin. Mlle Cheevers vint s'asseoir près de lui sur le canapé et pressa sa main quand elle constata que personne ne regardait. Oliver déclina la tasse de thé qu'on lui offrait, préférant partir à la recherche de Primrose et Rhodes. Il les trouva dans la bibliothèque.

— Il faut que nous parlions, dit Rhodes. Allons à l'étage, où nous ne serons pas interrompus.

Ils tinrent conférence dans l'ancienne chambre de Rhodes. Primrose prit le fauteuil, Oliver cala sa hanche contre le rebord de la fenêtre, et Rhodes s'adossa à un montant du lit. Les deux hommes écoutèrent attentivement Primrose leur relater les événements de la veille.

— Il a plaqué un linge contre mon nez et ma bouche ? répéta Oliver. Et je ne me suis pas réveillé ?

— Absolument.

— Mon Dieu, souffla-t-il. C'est... perturbant. Merci, Prim. Si vous n'aviez pas été là...

— C'est votre cousin que vous pouvez remercier. C'est lui qui s'est inquiété de vous. J'étais persuadée que vous ne risquiez rien.

Oliver échangea un regard avec Rhodes.

— Nous aussi.

— Continue, Prim, fit Rhodes. Lord Algernon t'a-t-il dit quelque chose ?

— Pas un mot.

Oliver écouta, bouche bée, le récit que Primrose livra de sa poursuite de lord Algernon.

— Il t'a poussée du haut de la terrasse ? s'indigna Rhodes, sa voix grimpant d'une octave.

— Je me suis téléportée en bas des marches, dit Primrose.

— Quand même...

Son frère était si choqué qu'il n'arrivait plus à parler. Oliver comprenait exactement ce qu'il ressentait, parce qu'il en restait sans voix, lui aussi. Un frisson s'insinua profondément dans sa poitrine. Primrose aurait pu *mourir*.

— Imagine que tu n'aies pas eu le temps de te téléporter..., dit Rhodes. Si tu n'avais pas...

— L'essentiel, c'est que j'aie pu le faire, l'interrompit-elle d'un ton détaché. Je crois cependant qu'il serait préférable que nous ne mentionnions pas cet épisode devant papa et maman, ajouta-t-elle.

— Entendu.

— Vous êtes-vous fait mal ? demanda Oliver.

— Un léger bleu, c'est tout. Bien, enchaîna-t-elle, soucieuse de changer de sujet. Je suggère que nous

nous mettions en route pour le Gloucestershire dès que possible. Qu'en dites-vous ?

Oliver ne répondit pas à cette question. Son esprit n'arrivait pas à se détacher de cette scène entre Primrose et oncle Algy sur la terrasse.

— Un léger bleu ? répéta Rhodes comme en écho.

La porte s'ouvrit, et Benoît entra dans la pièce. Il se figea quand il les aperçut.

— Je vous prie de m'excuser, dit-il en s'inclinant, s'apprêtant à ressortir.

— Attendez un instant, Benoît, fit Oliver en levant la main. Entrez et fermez la porte, je vous prie.

Le valet s'exécuta.

— En quoi puis-je vous être utile, Votre Grâce ?

— Si d'aventure vous vous entreteniez avec le valet de mon oncle, j'aimerais parvenir à mieux comprendre ses dernières heures.

— J'ai déjà pris la liberté de m'entretenir avec lui, déclara Benoît. Le valet de lord Algernon est resté éveillé jusqu'à 1 heure du matin, mais son maître n'est jamais venu. Son lit n'a pas été défait.

— Il n'a pas osé retourner à la maison après notre affrontement, dit Primrose.

— Il a probablement pensé que tu avais prévenu tout le monde, fit Rhodes en se frottant les yeux.

— Ce sera tout, Votre Grâce ?

— Oui, dit Oliver. Je vous remercie.

Benoît ressortit et ferma la porte.

— Ton valet est sacrément futé, lança Oliver à Rhodes. Si jamais tu décidais un jour de t'en défaire, je le prendrais volon…

— Je ne compte pas m'en défaire, coupa Rhodes en se frottant à nouveau les yeux. Braconnage interdit.

— Je ne comptais pas braconner, répondit Oliver d'un ton indigné. J'ai dit « si »…

— Nous devons quitter cette pièce, décréta Primrose en se levant. Immédiatement.

— Pourquoi ? demanda Oliver, interloqué.

— C'est la deuxième fois que Rhodes se frotte les yeux. Lord Algernon a dû placer de la petite angélique dans les tentures du lit. Dehors, dit-elle en désignant la porte. Tout de suite.

— Peste, grommela Rhodes en s'écartant du lit. J'avais oublié. Merci, Prim.

Ils sortirent et finirent de parler en se promenant au jardin. Puis Rhodes décida de regagner la maison pour écrire à ses enfants et leur annoncer qu'il serait bientôt auprès d'eux, dans le Gloucestershire.

Oliver le regarda s'éloigner, avant de se tourner vers Primrose.

— Je vous avais bien dit que j'arriverais à l'expédier dans le Gloucestershire.

Primrose ne tenta même pas d'égratigner sa suffisance.

— C'est vrai, se contenta-t-elle de répondre.

Oliver repensa aux cinq jours qu'ils venaient de vivre, secoua la tête et laissa échapper un rire amer.

— Pauvres lord et lady Cheevers. Leur partie de campagne aura été un vrai désastre. Un poignet brisé, un nez cassé *et* un mort. Je doute qu'ils en donnent une autre de sitôt.

— Oh, je crois que si vous demandiez la main de Mlle Cheevers, ils considéreraient cette partie de campagne comme extrêmement réussie.

— Très drôle, dit Oliver.

Il prit sa main, la cala au creux de son bras et se dirigea vers la maison.

— Où allons-nous ?

— Dans les appartements royaux.

33

Ils ne croisèrent personne tandis qu'ils se dirigeaient vers les appartements royaux. Oliver ouvrit la porte, et Primrose se glissa à l'intérieur. Elle savait que s'il avait suggéré de venir ici, c'était parce qu'il avait envie de l'embrasser.

Une idée qui ne lui déplaisait pas et qui lui plaisait même beaucoup, en fait, mais ce qu'elle souhaitait avant tout, c'était lui parler. Pas de lord Algernon ou de Ninian Dasenby, pas de Rhodes. Non, elle voulait lui parler d'elle et de lui. Plus spécifiquement, elle voulait savoir ce que ces baisers volés signifiaient pour lui.

« Regarde les choses en face et connais-les pour ce qu'elles sont. » Primrose avait réfléchi à cette maxime la veille, quand elle avait cru qu'Oliver était en train de mourir, et elle savait ce que ces baisers signifiaient pour elle.

Ils signifiaient qu'elle était amoureuse de lui.

Comment la chose était-elle arrivée ? Comment celui qui l'avait agacée pendant toute son enfance avait-il soudain pris une telle importance à ses yeux d'adulte ?

À moins que le phénomène ne se soit pas produit de façon soudaine ? Les graines avaient peut-être été semées des années auparavant, pour rester endormies pendant tout ce temps ?

Mais le comment et le pourquoi étaient secondaires. Ce qui comptait, c'était le résultat, et le fait qu'elle veuille dire à Oliver ce qu'elle ressentait. Et vérifier s'il partageait ses sentiments.

S'il ne l'aimait pas, autant le savoir dès maintenant.

Primrose ouvrit la marche jusqu'à la chambre royale, avec son estrade ridicule et son lit à colonnes dorées, plus ridicule encore.

Oliver ne se laissa pas retomber sur le matelas comme il l'avait si souvent fait. Cette fois, il s'approcha de la fenêtre et regarda au-dehors.

Primrose l'observa. Il s'était révélé sous son vrai jour au cours de ce séjour. Ni frivole, ni sot, le jeune duc de Westfell était un homme décidé, intelligent, compatissant et impartial. Au plus noir des situations qu'ils avaient traversées, il avait toujours gardé son sens de l'humour – non comme un écervelé qui n'a pas conscience du danger qui le menace, mais comme un homme qui perçoit le danger et qui choisit de rire malgré celui-ci, parce que la vie est plus belle quand on rit.

Elle aimait cela chez lui. Beaucoup. Son rire égayait sa vie.

Oliver se détourna de la fenêtre. Le soleil l'éclairait à contre-jour, plongeant son visage dans l'ombre, et son expression était difficile à distinguer.

— Prim..., commença-t-il avant d'hésiter.

La jeune femme hésitait aussi. Elle ne savait pas trop comment aborder le sujet. C'était intimidant, mais repousser le moment ne ferait que rendre cette épreuve encore plus délicate. Elle inspira longuement.

— Prim... voulez-vous m'épouser ?

Le cœur de Primrose fit un bond immense – puis replongea tout au fond de sa poitrine. Ce n'était pas la première fois qu'Oliver lui demandait de l'épouser. Ce n'était même pas la deuxième, ni la troisième.

« C'est encore une de ses plaisanteries », se dit-elle. Mais l'espoir bourgeonnait dans son cœur.

— Pourquoi ? répliqua-t-elle d'une voix que la peur de sa réponse rendit plus dure. Pour vous sauver de Mlle Cheevers ?

— Elle ne voudrait pas de moi, même si je lui demandais sa main. Et je ne lui demanderai pas sa main, parce que je ne souhaite pas l'épouser.

Il s'écarta de la fenêtre. L'éclairage à contre-jour l'empêchait toujours de distinguer son expression, mais elle le voyait assez pour savoir qu'il la dévisageait.

— Celle que je veux épouser… celle que je veux *vraiment* épouser… c'est vous, Prim.

L'espoir fleurit follement, cette fois. Primrose noua ses mains.

— Pourquoi ?

— Pourquoi ? répéta Oliver en riant. Parce que…

Il laissa sa phrase en suspens pendant plusieurs secondes.

— Parce que je vous aime, dit-il finalement.

Primrose ouvrit la bouche, s'apprêtant à demander à nouveau pourquoi, mais Oliver la devança :

— J'aime votre façon de pensée. J'aime les choses que vous dites. J'aime le fait de ne pas être un duc à vos yeux, mais seulement Oliver.

Il s'était lentement approché d'elle tandis qu'il prononçait ces mots et elle distinguait clairement son visage à présent, son beau regard chargé d'intensité.

— Et je vous aime parce que vous êtes belle et courageuse et drôle et astucieuse et sage, et parce que vous lisez trop de livres et que vous avez la langue acérée et que vous embrassez comme un ange débauché et qu'il n'existe personne d'autre qui soit comme vous dans toute l'Angleterre.

Primrose se découvrit incapable de parler. Elle pouvait seulement le regarder.

— Alors, Primrose Garland... voulez-vous m'épouser ?

Elle hocha la tête et trouva juste assez de voix pour murmurer :

— Oui.

Le visage d'Oliver s'illumina de soulagement. Il rit et l'emprisonna d'une étreinte si exubérante qu'il fit sortir tout l'air de ses poumons.

— En doutiez-vous ? demanda-t-elle, haletante.

— Évidemment que j'en doutais ! dit-il en la reposant délicatement sur ses pieds. Figurez-vous que je tiens de source sûre que je suis simplet, et tout le monde n'est pas forcément disposé à avoir un époux simplet, quand bien même fût-il duc.

Il lui sourit, inclina la tête, et l'embrassa.

Primrose répondit à ce baiser avec enthousiasme.

Au bout de plusieurs minutes, ils émergèrent de ce baiser aussi rouges et essoufflés l'un que l'autre. Oliver la souleva dans ses bras et la déposa sur le lit royal, puis s'étendit à côté d'elle et poussa un soupir de béatitude. Primrose savoura la vision de son beau visage : les cheveux bruns et décoiffés, la peau hâlée, les yeux aux tons sylvestres et la bouche qui savait si bien sourire.

Son Oliver.

Il irradiait de bonheur. Son bonheur était visible sur toutes les parties de son corps – pas seulement sa bouche et ses yeux, mais son menton, ses sourcils et son nez. Même ses oreilles semblaient heureuses. Mais c'était ce qu'Oliver faisait le mieux : être heureux. Il excellait au jeu du bonheur.

Et ce bonheur déteignait sur ceux qui l'entouraient.

Le regard de Primrose s'attarda sur sa bouche. En plus de refléter le bonheur, la bouche d'Oliver appelait les baisers.

Il allongea le bras et caressa sa joue, son menton et sa gorge, de façon si légère et délicate que Primrose frissonna. Il suivit la ligne de sa clavicule du bout des doigts et trouva la chaînette d'or et la petite corne qui y était attachée.

Il garda la corne un instant entre le pouce et l'index, puis la lâcha et reprit ses caresses, ses doigts remontant le long de sa gorge.

— Aimeriez-vous... vous savez ? demanda-t-elle.

Il rapprocha ses sourcils.

— Ceci est très énigmatique, Prim.

— Soumettre la corne à l'épreuve du test, clarifia-t-elle en se sentant rougir.

Oliver l'observa plusieurs secondes sans rien dire.

— Est-ce ce que vous désirez ?

— Peut-être, dit-elle en rougissant encore plus. Et vous ?

— Peu importe. Nous pouvons attendre. Ou nous pouvons le faire maintenant. Selon ce que vous préférez.

Primrose tenta de déchiffrer son expression, car malgré sa réponse diplomatique, Oliver avait forcément une opinion.

— C'est à vous de voir, Prim.

Accomplis chacun de tes actes comme si c'était le dernier de ta vie.

— Je veux essayer maintenant.

Oliver considéra sa réponse un moment, puis sourit.

— D'accord.

Il ne l'embrassa pas. Il descendit du lit, gagna la porte, la ferma et cala une chaise sous la poignée. Il revint alors sur le lit.

— Êtes-vous sûre de vous, Prim ?

— Je le suis.

Il grimpa sur l'estrade et ôta sa veste.

La jeune femme sentit sa gorge se dessécher. Elle s'assit sur le lit. Devait-elle ôter ses vêtements ?

Oliver retira ses bottes – non sans mal.

Primrose ôta ses souliers, le cœur battant.

Oliver défit sa cravate et la laissa retomber sur le lit.

Primrose ne fit rien. Elle commençait à se sentir assez nerveuse.

Oliver, vêtu de son pantalon, de sa chemise et de son gilet, debout sur l'estrade, baissa les yeux vers elle et se frotta les mains.

— Bien, dit-il d'un ton très pragmatique. Mettons-nous au travail. Cela ne devrait prendre qu'une minute.

— Une minute ? répéta-t-elle, partagée entre surprise et déception. Pas plus ?

Il lui adressa un clin d'œil.

— Je plaisante, Prim, dit-il en grimpant à quatre pattes sur le lit. Ça prendra une demi-heure au moins, ajouta-t-il en croisant son regard. Êtes-vous vraiment sûre de vous ?

— Oui, assura Primrose qui se sentait pourtant plus nerveuse qu'elle ne l'avait jamais été de sa vie.

Oliver perçut sans doute sa nervosité, car il fit un jeu de l'étape du déshabillage. Il imposa deux règles. Premièrement, ils devaient enlever un seul vêtement à la fois et à tour de rôle. Deuxièmement, chacun devait tenir pour l'autre le rôle du valet ou de la camériste.

Oliver déboutonna sa robe ; elle déboutonna son gilet.

Il lui ôta son jupon ; elle le débarrassa de sa chemise. Le haut de son bras droit présentait de larges hématomes.

— Le grand escalier ? demanda-t-elle.

— Le grand escalier.

Le torse d'Oliver était velu. Pas énormément, mais le triangle de poils formait une ligne qui disparaissait sous la ceinture du pantalon. Primrose regarda, fascinée, les muscles jouer sous sa peau au gré de ses mouvements.

Oliver se racla la gorge.

— Un peu de concentration, Prim.

Elle sursauta et releva les yeux vers son visage.

— Les bas, à présent, dit-il.

Il lui ôta ses bas, et elle lui rendit la pareille.

Les mollets d'Oliver se révélèrent plus velus que son torse, et remarquablement musclés. Ses propres jambes paraissaient fines et lisses, en comparaison.

Il lui retira son corset ; elle lui retira son pantalon en rougissant vivement. Elle ne portait plus que sa chemise, et lui son caleçon.

Les cuisses d'Oliver étaient moins poilues que ses mollets, mais tout aussi musclées. Un bleu couronnait l'un de ses genoux, et un autre marbrait sa cuisse.

Primrose posa les yeux sur son caleçon et en oublia les bleus. Elle se sentit soudain comme essoufflée. Le caleçon d'Oliver présentait une protubérance tout à fait fascinante…

Elle tendit la main, mais il l'écarta.

— Nous allons maintenant jouer à un nouveau jeu.

— Mais je veux continuer de jouer à celui-ci !

— Nous y reviendrons plus tard. Allongez-vous.

Primrose obéit à contrecœur, ravalant sa déception.

Oliver se pencha au-dessus d'elle.

— Je vais vous toucher, dit-il, et vous devrez me toucher *exactement* de la même façon. Si vous vous trompez, vous perdrez votre tour.

— Oh.

Sa déception s'envola, remplacée par l'impatience.

Il posa légèrement les doigts sur la face interne de son poignet, là où battait son pouls, puis les fit remonter avec lenteur le long de son bras jusqu'à son épaule. Cette caresse, aussi subtile que le frôlement d'un voile, déclencha une onde de chaleur qui lui serra le ventre et fit durcir ses mamelons sous sa fine chemise de lin. Elle se révéla incapable de détourner les yeux de son regard intense, le souffle court et le cœur battant.

Oliver répéta la même caresse deux fois sur chaque bras.

— À votre tour, dit-il.

Primrose s'assit sur le lit.

— J'espère que vous avez été attentive, ajouta-t-il en s'allongeant.

Elle avait été très attentive, mais la vision d'Oliver étendu sur le lit, seulement vêtu de son caleçon, était extrêmement perturbante.

Primrose s'agenouilla près de lui, se mordit la lèvre et imita son geste : le bout de ses doigts sur son pouls, remontant jusqu'en haut du bras. Elle trouva fascinants la texture de sa peau et le frémissement de ses muscles à son contact. Ses doigts parcoururent son bras une fois, deux fois, trois…

— Non, décréta Oliver en s'asseyant.

— Comment ça, « non » ?

— Deux fois, dit-il en agitant l'index. Je ne l'ai fait que deux fois.

— Mais…

— Les règles sont les règles, Prim. Votre tour s'arrête là.

Primrose se rallongea, contrariée. Comment avait-elle pu commettre une faute aussi élémentaire ?

— Ne bougez pas, ordonna-t-il. C'est une autre règle : vous ne devez pas bouger quand je vous touche.

— D'accord.

Elle tourna vers le ciel de lit un regard renfrogné. Fâchée contre elle-même, elle attendit de sentir les doigts d'Oliver revenir sur son poignet... mais ils se posèrent sous sa cheville droite.

Primrose se tendit de délicieuse impatience. Allait-il... ?

Oui. Les doigts d'Oliver remontaient subtilement sur sa cheville, son mollet, sous sa chemise et au-dessus du genou... Elle retint son souffle. Ces doigts la chatouillaient, éveillant une onde de chaleur dans leur sillage. Elle n'avait encore jamais réalisé que l'intérieur de ses cuisses était aussi sensible, et elle dut faire un effort pour se retenir de se tortiller.

Oliver s'arrêta à mi-cuisse et écarta sa main.

Primrose remplit ses poumons, et se prépara à l'exploration de sa jambe gauche. Elle y survécut tout juste ; les muscles de son ventre étaient noués et ses mains crispées sur la housse du lit. Ses poumons s'étaient contractés, eux aussi, et elle osait à peine respirer. Son esprit, en revanche, battait la campagne.

Oliver s'étendit à côté d'elle avec un sourire angélique.

— À vous de jouer, dit-il.

Primrose lâcha le souffle qu'elle retenait et s'efforça de rassembler ses esprits. Elle se sentait chaude, moite, et incapable de penser. Ses mains lâchèrent la housse et elle se redressa, tremblante.

« Concentre-toi, s'intima-t-elle. Ne commets pas d'erreur, cette fois. »

Elle prit une longue inspiration, puis une deuxième, le ventre noué d'impatience.

Oliver cala les mains derrière sa tête et leva les yeux, l'air très détendu. Nonchalant, même. Excepté ce qui se trouvait dans son caleçon. Cette partie de son anatomie n'avait rien de détendu.

Primrose reprit une inspiration et posa délicatement le bout de ses doigts sur sa cheville nue. Lentement – très lentement – et très, *très* légèrement, elle fit remonter ses doigts le long de sa jambe, le taquinant comme il l'avait taquinée. Elle passa la courbe de son mollet, franchit le sommet de son genou et bifurqua sur la face interne de sa cuisse.

La peau d'Oliver frémissait sous ses doigts. Sa pose était toujours nonchalante, mais les muscles de son ventre étaient contractés. Et l'effort qu'il devait fournir pour rester immobile l'obligeait à serrer les dents.

Osait-il seulement respirer ?

Primrose laissa ses doigts sur sa cuisse, juste au bord de son caleçon, et observa son torse – ces tétons tentateurs, si semblables aux siens et si dissemblables à la fois – pour s'assurer qu'il respirait. Oui, il respirait toujours.

Elle renouvela l'opération en partant de la cheville gauche. Soucieuse d'obéir aux directives d'Oliver, elle ne fit pas remonter ses doigts plus haut que les siens, malgré la puissante envie qu'elle avait de le faire. Elle aurait voulu pouvoir l'explorer sans jamais s'arrêter. Faire glisser sa main plus haut et découvrir les secrets que recelait son caleçon.

À quoi ressemblait son organe ?

Il serait sûrement poilu ; elle avait déjà deviné cela, au moins. Étant donné qu'elle avait des poils sur son pubis, il serait logique qu'Oliver en ait aussi.

Mais en aurait-il beaucoup ? Un peu comme une fourrure ?

— Avez-vous terminé, Prim ?

— Oui, répondit-elle en écartant sa main de sa cuisse pour s'allonger à nouveau, impatiente de continuer le jeu.

— Très bien, dit Oliver en se penchant au-dessus d'elle. Faites bien attention.

Elle retint son souffle, guettant le contact de sa main, mais cette fois il ne l'employa pas : il utilisa sa bouche.

Il déposa un baiser au coin de ses lèvres, puis de la pointe de la langue traça un chemin jusqu'à sa gorge, et déposa une nuée de baisers, légers comme des plumes, le long de sa clavicule, juste au-dessus de l'encolure de la chemise. Un délicieux frisson la parcourut. Et son esprit se remit à partir dans tous les sens.

Oliver releva la tête.

— Pensez-vous vous souvenir de tout ça ?

Bouche, gorge, clavicule.

— Oui.

— Bien.

Il baissa à nouveau la tête, et elle fut délicieusement choquée de sentir sa bouche se presser contre son sein, l'humidité de sa langue se communiquant à la fine étoffe de la chemise, ses dents emprisonnant délicatement son mamelon durci. Sa chemise aurait aussi bien pu ne pas se trouver là. Elle sentait parfaitement la douceur de ses lèvres, la tiédeur de sa langue, le bord acéré de ses dents.

Il la mordilla tendrement.

Primrose retint son souffle.

Oliver laissa échapper un gloussement.

— Ça vous plaît ?

— Oui.

Il recommença, lui tirant un soupir, et elle eut à nouveau envie de se tortiller, puis il reporta son attention sur l'autre mamelon... Et ce fut au tour de Primrose.

Elle s'assit. Oliver ne portait pas de chemise – il n'y aurait donc pas de tissu entre sa bouche et sa peau, et c'était justement ce qu'elle *voulait*. Elle voulait sentir le goût de sa peau. Pourquoi était-elle donc aussi nerveuse ?

Elle regarda Oliver, étendu sur le lit. Il posait sur elle un regard intense.

Primrose humecta ses lèvres. *Bouche, gorge, clavicule, mamelons*. Elle prit une inspiration et s'inclina pour déposer un baiser au coin de ses lèvres.

Sa nervosité s'envola, laissant seulement place à l'impatience.

Elle refit exactement ce qu'avait fait Oliver et lécha sa gorge. La saveur de sa peau s'épanouit sur sa langue, subtile et salée. Son odeur emplit ses narines – bois de santal et quelque chose d'autre. Quelque chose de subtil et masculin.

Sa clavicule ensuite, pluie de petits baisers tout légers, sa peau lisse sous ses lèvres, et ensuite...

Primrose s'arrêta, nouée d'impatience. Elle regarda ces tétons, leurs larges aréoles tentatrices, puis inclina la tête, se sentant soudain pleine d'audace. Voilà qu'elle s'apprêtait, elle, lady Primrose Garland, à toucher de sa bouche le poitrail nu d'un homme !

Elle donna un coup de langue à la pointe dressée du téton, puis la mordilla délicatement. Le corps d'Oliver se tordit. Encouragée, Primrose mordilla plus fort. Plus fort qu'il ne l'avait fait.

— Les règles, Prim, haleta-t-il. N'oubliez pas les règles.

— Vos règles sont stupides.

Et alors, rien que pour voir ce qu'il ferait, elle prit son mamelon entre les dents et tira.

Le corps d'Oliver se tordit à nouveau, et il émit un son à mi-chemin entre le soupir et le gémissement.

Primrose relâcha son mamelon.

— Je propose d'appliquer des changements à votre jeu.

— Ah, vraiment ?

— Oui. Pour commencer, je pense que vous devriez retirer ça, dit-elle en faisant glisser la main sur son ventre jusqu'à la ceinture du caleçon.

Il s'immobilisa tout à fait, et elle sentit ses muscles se contracter sous ses doigts.

Il regarda son visage. Il semblait avoir à nouveau cessé de respirer.

— Nous pouvons le faire, dit-il avant de déglutir. Si vous voulez.

34

— Je le veux.

Elle défit les deux boutons. Les battements de son cœur s'accélérèrent quand la braguette du caleçon s'écarta.

L'organe d'Oliver n'était pas poilu. Ce fut sa première surprise. Il était entouré d'une épaisse touffe de poils sombres, mais le membre viril en lui-même était parfaitement lisse. Puissant, robuste, luisant et surmonté d'une tête ronde.

La deuxième surprise fut sa couleur. Il n'était pas de la même couleur que sa peau, ni de celle de ses mamelons. Il était… Elle chercha un mot pour décrire sa couleur. Rubicond ?

Oliver souleva les hanches pour l'aider à enlever le caleçon, révélant un nouvel hématome sur sa hanche, et se retrouva tout nu. Intégralement nu.

Primrose savoura la vision de son corps, puis leva les yeux vers son visage.

Il guettait sa réaction.

— Les statues antiques sont trompeuses, dit-elle.

Oliver rit – puis retrouva soudain son sérieux.

— Déçue ?

— Oh, non. Pas du tout.

Elle tendit la main dans l'intention de toucher ce fascinant organe, se ressaisit avant d'avoir accompli le geste et replia les doigts. Elle ne savait rien de l'appareil reproducteur masculin. Pouvait-on le toucher ? *Devait-on* le toucher ?

— Comment cela s'appelle-t-il ? demanda-t-elle.

Oliver baissa les yeux sur son organe comme s'il ne l'avait encore jamais vu.

— Nous pouvons l'appeler George, si vous voulez ?

Primrose ne put s'empêcher de rire et lui appliqua une tape sur le bras.

— Non, espèce de benêt. Je veux savoir comment *cela* s'appelle. De même qu'on dit bras, jambe, coude…

Oliver la gratifia de son petit sourire moqueur.

— J'appelle ça une queue.

Queue. Quel drôle de nom. Primrose plissa le front.

— Comme la queue d'un animal ?

— Non, pas comme la queue d'un animal, répondit-il en riant. Franchement, Prim, vous avez le chic pour égratigner la vanité d'un homme.

Si Oliver était vaniteux, il en avait tous les droits. Car en dépit de ses hématomes, il était superbe. Magnifique. La perfection de son anatomie ainsi déployée était à couper le souffle.

— À votre tour, dit-il. Retirez-moi cette chemise.

Primrose se révéla soudain incapable de respirer, et son cœur se mit à battre beaucoup trop vite.

Oliver s'agenouilla pour faire délicatement passer sa chemise au-dessus de sa tête – alors qu'il était *nu*, juste à côté d'elle – et elle se retrouva *nue* elle aussi, et c'était… excitant, effrayant et presque écrasant.

Il laissa retomber la chemise et scruta attentivement son corps – ses seins, sa taille et le triangle de poils blonds qui venait couronner le haut de ses cuisses. Elle lut de la satisfaction dans son regard. Et de la convoitise, aussi.

Son regard descendit jusqu'à ses orteils avant de remonter, et s'arrêta sur le léger bleu de sa hanche.

— L'escalier de la terrasse ? demanda-t-il.

— L'escalier de la terrasse.

— Je suis content que vous en soyez sortie entière, dit-il en croisant son regard.

— Je suis contente que *vous* soyez entier.

Les yeux d'Oliver s'attardèrent sur la petite corne dorée qui pendait au bout de sa chaîne.

— Allongez-vous, murmura-t-il.

— Pardon ?

— Voyons, Prim. Nous sommes au beau milieu d'un jeu. Un peu de concentration, que diable.

Elle n'aurait pas dit qu'ils en étaient « au milieu ». Elle avait l'impression qu'ils étaient beaucoup plus loin.

Elle s'allongea sur le lit, tendue d'incertitude et d'impatience. Sa peau nue la picotait sous le regard d'Oliver.

Il posa la main sur sa cheville droite. Ses doigts remontèrent le long de son mollet, s'immiscèrent au creux de son genou et le soulevèrent tout en l'écartant, de façon à exposer son entrejambe. Primrose se raidit instinctivement.

— Faites-moi confiance, dit-il en croisant son regard.

Elle lui faisait confiance. Complètement, absolument confiance. Malgré sa gêne, elle le laissa donc écarter de la même façon sa jambe gauche. Elle était chaude et moite, déchirée entre un profond sentiment de honte et un désir tout aussi profond. Elle aurait voulu pouvoir couvrir sa nudité, mais elle avait encore plus envie de découvrir ce qu'Oliver allait faire.

Il fit glisser sa main le long de sa cuisse et, cette fois, remonta *jusqu'en haut*. Ayant atteint ce sommet, il autorisa ses doigts à s'aventurer.

Primrose retenait son souffle. Et s'agrippait des deux mains à la housse du lit.

Oliver prenait lentement connaissance de la partie la plus secrète de son anatomie, ses doigts explorant amoureusement les intimes replis de sa chair.

Primrose tâcha de penser à respirer. Tout son être était concentré sur ce que faisait Oliver.

Son pouce pressa un point qui déclencha en elle une vive pulsation de plaisir.

Il la regarda avec son sourire malicieux.

— Ça vous plaît, Prim ?

Elle fut incapable de lui répondre, mais réussit à hocher la tête.

Il renouvela les caresses de son pouce et Primrose réalisa qu'en plus d'avoir une bouche magique il avait aussi des mains magiques. Elle ferma les yeux et laissa la sensation s'épanouir dans tout son corps.

Le pouce d'Oliver s'immobilisa.

Primrose rouvrit les yeux.

Il l'observait.

Elle aurait dû se sentir gênée, ainsi exposée sur ce lit, mais elle ne ressentait plus le moindre embarras. Elle se sentait merveilleuse. Et d'une audace folle.

Oliver soutint son regard tandis qu'il insérait un doigt en elle.

— Oh ! souffla Primrose.

Il replia son doigt, et elle se découvrit à nouveau privée de l'usage de la parole.

Il recommença.

— Ça vous plaît ?

Elle ne put répondre, ni même hocher la tête.

— Je prends cela pour un oui, dit-il avec son sourire malicieux.

Il inséra un autre doigt en elle, et son pouce renouvela ses caresses magiques. Le plaisir déferla. Primrose émit un son similaire à celui qui avait échappé à Oliver un peu plus tôt, entre soupir et gémissement. C'était comme si elle fondait de l'intérieur. Son corps remuait sans qu'elle le lui ordonne et elle se retrouva bientôt frémissante, au bord d'un précipice dangereusement attirant...

Oliver retira ses doigts.

— À votre tour.

Primrose ouvrit les yeux. Il n'allait quand même pas s'arrêter *maintenant* ?

— À votre tour, répéta-t-il en souriant avant de s'allonger, les mains calées derrière la tête, dans une posture d'attente.

Primrose eut du mal à s'asseoir sur le lit. Son corps tout entier vibrait de tension accumulée. Ce maudit farceur se jouait d'elle. Mais on pouvait très bien être deux à jouer ce petit jeu.

Elle le regarda, nu et souriant, beau et agaçant. Son regard se posa sur sa queue. Cet organe étrange et fascinant qu'elle n'avait pas encore touché. Et elle comprit soudain qu'elle avait un problème.

— Je ne peux pas vous faire ce que vous m'avez fait. Nous ne sommes pas faits de la même façon.

— J'ai exploré, dit-il. Vous pouvez explorer, vous aussi.

Explorer. Un frisson d'impatience la traversa quand elle entendit ce mot.

Elle tendit la main vers sa queue, curieuse de découvrir une sensation nouvelle – puis elle se souvint des règles du jeu. Elle perdrait son tour si elle commençait par là.

Elle arrangea soigneusement les jambes d'Oliver en écartant ses genoux. Il semblait très impudique, dans cette position. Sa queue jaillissait de son nid de poils, et deux protubérances en forme d'œuf pendaient en dessous.

— Qu'est-ce que c'est ? demanda Primrose.

— Mes boules, répondit-il.

Le nom semblait logique, étant donné leur forme. « Explorer », avait-il dit.

Primrose humecta ses lèvres, puis répéta ce qu'Oliver lui avait fait en faisant glisser sa main à l'intérieur de ses cuisses. Sa peau était étonnamment lisse et aussi sensible que la sienne, à en juger d'après les frissons qui le traversaient. Elle plongea les doigts dans l'épaisse touffe de poils, et ils se révélèrent plus rugueux que les siens.

— Attention, dit Oliver d'une voix légèrement tendue. Les bijoux de George sont assez sensibles ; ne les pressez pas fort.

— Les bijoux ? Je croyais que vous appeliez cela vos boules ?

Elle en caressa une du bout du doigt, et eut la satisfaction de voir un frisson parcourir son corps tout entier.

— Boules, bijoux… le sens est le même.

Les yeux d'Oliver étaient plus sombres, ses joues empourprées et ses lèvres entrouvertes.

Primrose l'observa un moment – Dieu qu'il était beau ! – puis se força à se concentrer sur le jeu. Il voulait de l'exploration, il allait en avoir.

Elle consacra plusieurs minutes à faire connaissance avec ses boules, les caressant délicatement et observant la façon dont son corps se tordait en réaction. Elle passa ensuite à la chose qu'elle avait le plus envie de toucher – sa queue.

Elle était très différente de ses boules, plus ferme, plus chaude et plus douce. Elle eut l'impression de la sentir pulser avec vigueur sous ses doigts.

— George est plus robuste, dit Oliver d'une voix tendue. Ne craignez pas de le malmener.

Primrose regarda sa queue d'un air dubitatif. La peau semblait assez délicate.

— Allez-y. Vous ne me ferez pas mal.

Alors elle enveloppa la colonne de chair de sa main pour en mesurer la circonférence. Ses doigts n'arrivaient pas à en faire le tour. « Ne craignez pas de la malmener », avait-il dit. Elle resserra sa main, doucement pour commencer, puis, voyant qu'il ne cillait pas, elle serra davantage, sans parvenir toutefois à faire se rejoindre son pouce et le bout de ses doigts.

Sa queue semblait vibrer dans sa main. Elle semblait incroyablement vivante. Excitante. Nouvelle. La jeune femme n'avait encore jamais rien touché de tel.

Elle relâcha son étreinte et fit coulisser sa main sur toute la longueur de sa queue pour en découvrir la texture – chaude, ferme et douce. Elle fit courir le bout de ses doigts sur l'extrémité lisse, puis tout autour du bord, sur la sorte de collerette. Un nouveau frisson traversa le corps d'Oliver, et sa queue eut un sursaut d'impatience. Oh oui, il aimait ça !

Elle recommença et lui jeta un coup d'œil. Il fermait les yeux très fort et son visage était figé en une grimace. Tous les muscles de son corps semblaient contractés : sa mâchoire, ses épaules, son ventre, ses cuisses.

Primrose agaça encore de son pouce l'extrémité de sa queue et regarda les muscles de son ventre se contracter et les tendons de son cou s'étirer.

Si la queue d'Oliver possédait une texture exceptionnelle, elle possédait aussi un parfum unique – masculin, musqué et très excitant. Elle fut tentée d'en approcher son visage pour s'emplir les poumons de son odeur. Tentée, aussi, de découvrir quel goût pouvait bien avoir cette peau chaude et lisse...

Oliver se redressa soudain et s'assit sur le lit. Il saisit son poignet et l'écarta.

Primrose le dévisagea, alarmée. Lui avait-elle fait mal ?

Ses yeux étaient très sombres, ses joues très rouges et il était haletant, mais il ne donnait pas l'impression d'avoir mal.

— Qu'est-ce qui ne va pas ? demanda-t-elle.

— Votre tour est terminé.

Elle ne l'avait pourtant pas amené au bord d'un précipice dangereusement attirant, lui semblait-il. Primrose ouvrit la bouche pour protester – et comprit soudain que c'était justement parce qu'elle l'avait amené au bord du gouffre qu'il avait tant de mal à respirer.

Oliver relâcha sa main.

— Prim, George me charge de vous informer que nous pouvons poursuivre ce jeu ou bien soumettre la corne à l'épreuve du test, mais que nous ne pourrons pas faire les deux. Pas aujourd'hui.

— Oh.

Oliver parut légèrement honteux.

— George n'a pas assez de sang-froid pour envisager les deux. C'est fort regrettable, mais il manque d'entraînement. Il tient cependant à ce que vous sachiez que sa maîtrise s'améliorera s'il a régulièrement l'occasion de s'entraîner.

Primrose mordit l'intérieur de sa joue pour se retenir de rire. Tous les hommes parlaient-ils de leur queue à la troisième personne ?

— Si nous continuons ce jeu, que se passera-t-il ensuite ?

— Nous mettrons nos bouches à contribution, répondit-il en souriant.

Primrose se sentit gagnée par un flot de chaleur, de nervosité et de folle impatience. Elle était curieuse d'embrasser sa queue. De goûter cette peau.

— C'est à vous de voir, Prim. Qu'est-ce qui vous ferait le plus plaisir ?

Les deux lui faisaient envie. Mais il y aurait encore le lendemain, et le jour suivant, et celui d'après. Des dizaines de jours, des centaines. Des milliers.

Elle soupesa les deux options.

— La corne.

35

Le talisman en forme de corne l'empêchait de concevoir, mais il n'empêchait pas d'avoir mal la première fois. Oliver eut beau la prévenir et Primrose avait eu beau s'y attendre, la première poussée se révéla plus douloureuse qu'elle ne l'avait anticipé. Elle prit une grande inspiration et se contracta.

Tendu au-dessus d'elle, Oliver s'interrompit.

— Prim ? demanda-t-il en amorçant un mouvement de retrait.

Elle incrusta ses doigts dans ses biceps.

— Je vous interdis de vous retirer.

— Aïe, fit Oliver en inclinant la tête pour mordiller le lobe de son oreille. Quelle autorité !

— Je suis une vraie harpie, acquiesça Primrose, pourtant consciente des impressionnantes dimensions de son sexe.

— Ce n'est pas une allitération.

— Pardon ?

— Une vraie... quoi ? Donnez-moi une allitération, Prim.

La jeune femme dut faire un gros effort, car son esprit était complètement engourdi.

— Une vraie... une vraie... vipère ! Je suis une vraie vipère !

— Allitératif et littéral, commenta Oliver avant de lui décocher son sourire malicieux. C'est aussi une allitération. Je suis un génie.

— Vous êtes un nigaud, lui dit-elle.

— Un nigaud génial ? suggéra-t-il, son visage s'illuminant de façon comique.

Primrose rit, et réalisa que la douleur s'était dissipée. Les dimensions du sexe d'Oliver n'avaient pas changé, mais elle ne le percevait plus comme un intrus. Il semblait même s'adapter plutôt bien. Plaisamment, même.

Les hanches de Primrose remuèrent instinctivement, et elle se cambra un peu pour l'inciter à se rapprocher davantage.

Oliver cessa de sourire. Son regard se fit plus intense.

— Prim ?

— Ça ne fait plus mal du tout.

— Alors, dans ce cas…

Il baissa la tête, l'embrassa, et ondula souplement des hanches, offrant au corps de Primrose ce qu'il mourait d'envie de recevoir : toute la longueur de son sexe.

Agrippée à ses biceps, elle retint son souffle.

Oliver allait et venait, encore et encore, sur un rythme délicieux auquel elle répondait spontanément. Il accéléra la cadence et leurs corps unirent leurs efforts. Primrose atteignit le bord du précipice, le franchit… et il bascula avec elle. Elle sentit sa chute – de longs spasmes parcourant tout son corps. Et Oliver étant ce qu'il était, il rit pendant sa chute, à gorge déployée. Primrose se mit à rire, elle aussi.

La chute cessa. Le corps d'Oliver se fit lourd contre le sien. Il poussa alors sur l'un de ses bras et se détacha d'elle en roulant de côté. Il resta un instant étendu, haletant, puis se remit à rire et passa les bras autour de ses épaules pour l'attirer contre lui.

Ils restèrent ainsi, le souffle court, étroitement enlacés.

Primrose trouva ce moment très agréable. Elle pressa le nez contre l'épaule d'Oliver et inspira profondément son odeur. Elle adorait cette odeur.

Son corps se refroidit petit à petit, et elle apprécia d'autant plus la chaleur d'Oliver. Leurs souffles étaient à nouveau calés sur le même rythme, et elle n'eut pas besoin de tâter son pouls pour savoir que leurs cœurs étaient parfaitement accordés.

Cette parfaite intimité entre eux lui semblait irréelle. Elle avait décidé depuis longtemps que les choses qu'elle souhaitait dans un mariage – la passion, l'amour, la fusion des esprits – étaient inaccessibles, et pourtant elle avait trouvé tout cela chez Oliver Dasenby. L'agaçant, l'absurde et merveilleux Oliver Dasenby.

— Vous savez, Prim, j'en suis venu à m'enticher de cette chambre. Je crois que j'installerai des colonnes dorées dans ma chambre de duc. Mais quatre, c'est vraiment dérisoire. Moi, j'en mettrai une douzaine !

— Les colonnes d'or sont exclusivement réservées à la royauté, déclara Primrose d'un ton sévère.

Ils gardèrent le silence pendant une nouvelle minute, et une question surgit soudain dans l'esprit de la jeune femme.

— Oliver, appelez-vous vraiment votre queue « George » ?

— Je l'ai fait aujourd'hui, oui.

« Idiot », fut-elle tentée de dire. Mais elle ne le fit pas, car Oliver n'était ni idiot ni simplet. Il était tout simplement… Oliver. L'exceptionnel Oliver. Elle ne pourrait jamais aimer personne d'autre au monde, et elle ne le traiterait plus jamais d'idiot.

— George me charge de vous dire que vous pouvez l'appeler George, vous aussi. Ou monsieur George, si vous tenez à être polie.

Primrose pouffa de rire.

— Vous êtes définitivement idiot, Oliver, déclara-t-elle avant de se mordre la lèvre. Je vous demande pardon. Vous n'êtes pas idiot. Je ne vous traiterai plus jamais d'idiot.

— Quoi ? Ah non, ne dites pas ça ! Si je veux vous épouser, c'est uniquement pour votre langue acérée.

Elle sourit contre son épaule.

— Vraiment ?

— Vous êtes la seule femme d'Angleterre qui ose traiter le duc de Westfell de simplet. Ne commencez pas à être gentille avec moi, ou je serai contraint de retirer mon offre.

Il est vraiment amoureux de moi. Sa gorge se serra.

— D'accord, murmura-t-elle.

Oliver remua légèrement et Primrose sentit que son humeur changeait, passant à un registre plus sérieux.

— Je compte solliciter votre avis sur les nombreuses décisions que j'aurai à prendre, Prim, et je tiens à ce que vous soyez franche avec moi. Si vous estimez que je commets une erreur, pour l'amour du ciel, *dites-le-moi*.

— Quel genre de décisions ?

— Des décisions duchères.

Elle ne lui dit pas que le mot « duchère » n'existait pas – il le savait déjà.

— Vos chargés d'affaires seront là pour vous conseiller.

— Oui, et je sais que je pourrai aussi demander conseil à votre père et à Rhodes. Mais j'aimerais pouvoir m'entretenir de certaines choses avec vous.

— Bien sûr, si c'est ce que vous souhaitez.

— Absolument. Votre opinion a beaucoup d'importance à mes yeux, Prim.

Elle se sentit rougir. Et il n'y eut pas que ses joues à s'échauffer : sa poitrine aussi, comme si son cœur lui-même rougissait.

Oliver caressa son épaule de son pouce.

— Vous êtes plus douée que moi pour juger les gens. Vous avez su prendre la mesure de Ninian longtemps avant moi.

— Mais je me suis trompée sur votre oncle. Et vous avez su que Mlle Middleton-Murray était une harpie bien avant moi.

— Peut-être, mais deux têtes pensent mieux qu'une seule. Vous voyez les choses sous un autre angle que moi. Je crois que nous ferions un meilleur duc de Westfell en unissant nos talents.

Primrose réfléchit un moment, puis hocha la tête.

— Oui, je le crois aussi.

Son pouce effleura à nouveau son épaule d'une caresse nonchalante.

— La première décision dont j'aimerais discuter avec vous concerne Ninian.

— De quelle façon ?

— J'aimerais lui donner un de mes domaines – et je sais que mes hommes d'affaires me déconseilleront de le faire, mais j'y tiens, Prim. Cela me semble *juste*.

Elle comprit ce qu'il voulait dire. Cela semblait juste, en effet. Profondément juste.

— Combien de domaines possédez-vous ?

— Neuf. Dont six inaliénables.

— Dans ce cas, oui, donnez-lui-en un.

— Vous le pensez vraiment ? demanda Oliver en changeant de position de façon à voir son visage.

— Bien sûr. Il vous a sauvé la vie. Trois fois. Quatre, si vous comptez la fois où il a sauté du ponton, persuadé que vous alliez vous noyer.

— Vous ne pensez pas que ce serait inconsidéré ? Extravagant ? Que cela condamnerait mes héritiers aux privations et à la pauvreté ?

— Si vous aviez six cousins et que vous vouliez donner un domaine à chacun d'eux, je tenterais peut-être de vous en dissuader. Mais un domaine à Ninian ? Non. Je pense que c'est une excellente idée.

— Très bien, dit Oliver en reposant la tête sur le lit. C'était notre première décision en tant que Westfell. Je trouve que ça s'est bien passé, pas vous ?

— Si, si.

— Êtes-vous prête pour la suivante ?

— Bien sûr.

— Quel domaine dois-je lui donner ?

— Celui qu'il préfère.

— Pourquoi n'ai-je pas songé à cela ? s'esclaffa Oliver. Vous voyez, je savais qu'il y avait une raison pour que je vous épouse. Ce qui m'amène à ma décision suivante – *notre* décision suivante... Quand faut-il que nous nous mariions ?

— Quand souhaitez-vous vous marier ?

— Le plus tôt possible. Si je le pouvais, j'irais à cheval jusqu'à Londres pour obtenir une dérogation, mais...

— L'enterrement de votre oncle.

— Oui, soupira-t-il. Dites-moi, Prim, combien de temps devrons-nous attendre après ses funérailles pour pouvoir nous marier sans que cela paraisse inconvenant ?

Primrose considéra attentivement la question.

— Nous devrions laisser passer quelques mois, mais... nous pouvons aussi nous marier le mois prochain, si nous faisons cela sans cérémonie. Quelque chose d'intime et de discret. Rien que le premier cercle de la famille.

— Le mois prochain ? gémit Oliver. George et moi n'y survivrons jamais, dit-il en plaçant son visage au-dessus du sien. Heureusement que nous avons cela, ajouta-t-il en prenant le pendentif en forme de corne dans sa main.

Primrose rougit. Il rit et l'embrassa, tenant toujours la corne, puis reprit son sérieux.

— Vous ne regrettez pas, Prim ?

Elle n'eut pas besoin de lui demander de quoi il parlait.

— Certainement pas ! « Vis chaque jour comme si c'était le dernier. »

Oliver relâcha la corne et lui décocha son sourire malicieux.

— Vous avez une citation de Marc Aurèle pour chaque circonstance ?

Primrose sourit, hésita, puis formula une pensée qui s'était lentement formée dans son esprit ces derniers jours.

— Je crois que Marc Aurèle devait être assez semblable à vous.

— Moi ? répondit-il, stupéfait. J'en doute.

— « Il en faut très peu pour avoir une vie heureuse ; tout est à l'intérieur de vous, dans votre façon de penser. » C'est vous, Oliver.

— Ma foi, oui, mais...

— « La mort nous sourit à tous ; tout ce que l'on peut faire, c'est sourire à la mort. » C'est vous aussi. Sauf que vous ne vous contentez pas de sourire : vous riez.

Oliver la considéra d'un air étrange.

— Vous êtes troublante, Prim.

— Pourquoi ?

— Parce que c'est une de mes citations préférées, et que je change toujours « sourire » par « rire ».

Ils échangèrent un long regard. Primrose ne savait pas quoi dire. C'était effectivement troublant.

Oliver retrouva son sourire malicieux et effleura de l'index le bout de son nez.

— Nous sommes faits l'un pour l'autre, Prim, dit-il avant de se redresser. Nous ferions mieux de nous habiller. On va lancer des domestiques à notre recherche si nous ne nous montrons pas bientôt.

Primrose s'assit aussi et descendit du lit. Depuis combien de temps étaient-ils là ?

— Quelle heure est-il ?

Oliver trouva son gilet et consulta sa montre.

— Presque midi. Il reste encore une heure avant le déjeuner.

— Dieu soit loué.

Ils s'entraidèrent pour se rhabiller, puis passèrent dans le boudoir pour procéder aux touches finales. Oliver passa plusieurs minutes devant le miroir à refaire le nœud de sa cravate. Primrose tâcha d'arranger sa coiffure, puis renonça. Il lui aurait fallu une brosse et il n'y en avait pas.

Quand il eut fini de nouer sa cravate, il croisa son regard dans le miroir.

— En ce qui concerne nos fiançailles... Je préférerais ne pas en parler à Ninian avant les obsèques. Pour lui laisser le temps de digérer un événement à la fois.

— Je vous approuve.

— Mais nous pouvons l'annoncer à Rhodes dès aujourd'hui. Il me tarde de voir la tête qu'il fera ! jubila-t-il, avant de retrouver soudain son sérieux. J'espère que ça ne va pas le replonger dans le cafard – la perspective d'un mariage, alors qu'Evelyn est morte ?

— Peut-être un peu, mais je sais qu'il sera heureux pour nous.

Oliver acquiesça, puis examina de nouveau sa cravate.

Primrose l'observa dans le miroir – ce léger froncement de sourcils quand il se concentrait – et réalisa qu'elle ne lui avait pas encore dit qu'elle l'aimait.

— Je vous aime, lâcha-t-elle brusquement.

Il cessa de tripoter sa cravate. Son froncement de sourcils disparut. Leurs regards se trouvèrent dans le miroir. Il lui sourit.

— Je sais.

— Comment le savez-vous ?

— Parce que vous n'auriez jamais rien fait de tout cela si ce n'était pas sérieux pour vous, répondit-il en indiquant la chambre royale.

Il avait raison, bien sûr.

— Et vous ? L'auriez-vous fait si ce n'était pas sérieux pour vous ?

— Avec vous ? répliqua Oliver en souriant. Non. Ça n'a jamais été un jeu pour moi, Prim. Je déteste devoir vous dire cela, ajouta-t-il en inclinant la tête sur le côté, mais votre coiffure est déshonorante.

— Votre cravate l'est tout autant.

— Non, elle ne l'est pas. Je lance une nouvelle mode. Les ducs ont le droit de lancer des modes.

Oliver bomba le torse et prit une pose avantageuse devant le miroir.

Et Primrose ne put retenir un éclat de rire.

36

Oliver partit à la recherche de lord Cheevers pendant que Primrose montait se recoiffer dans sa chambre. Il trouva le vicomte dans son bureau.

— Puis-je échanger un mot avec vous, lord Cheevers ?

Ils s'entretinrent des détails concernant l'enterrement. Cheevers, douloureusement affecté par la mort de son vieil ami Algernon, tamponna ses yeux de son mouchoir à plusieurs reprises.

— Thayne, lady Primrose et moi-même serons tenus de partir le lendemain des obsèques, annonça Oliver. Ninian sera le bienvenu pour nous accompagner, mais il se peut qu'il souhaite rester chez vous.

— Il peut rester sous mon toit aussi longtemps qu'il le voudra. Tout l'été, s'il le souhaite. Le fils d'Algernon sera toujours le bienvenu ici. Toujours. Maintenant que son père est…

L'émotion fit trembler sa voix. Oliver se demanda s'il appréciait Ninian pour lui-même, ou seulement parce qu'il était le fils d'Algernon. Puis il grimaça. C'était la seule raison qui lui avait fait tolérer Ninian à l'origine : il était le fils de son ami.

Mais Oliver avait l'intention de rectifier cela. Et il ferait de son mieux pour que lord Cheevers voie la vraie valeur de son cousin.

— Je ne l'ai pas encore dit à Ninian, mais... j'ai l'intention de lui faire don d'un de mes domaines.

Cheevers baissa son mouchoir et le regarda, surpris.

— C'est extrêmement généreux, Westfell.

— Ninian m'a sauvé la vie, déclara franchement Oliver. Je ne peux pas vous expliquer l'affaire en détail, car cela implique une autre personne, mais je puis vous assurer que sans lui je ne serais pas là aujourd'hui.

Cheevers parut encore plus surpris.

— Ninian a plus de courage et d'intégrité que bien des hommes. Votre fille pourrait s'estimer heureuse s'il lui demandait sa main.

Lord Cheevers cessa de paraître surpris pour paraître mal à l'aise. Oliver en devina aisément la raison : il rêvait d'un duc pour gendre.

— Lady Primrose et moi annoncerons nos fiançailles d'ici quelques jours, précisa-t-il. Vous comprenez, bien sûr, que nous ne pouvons pas le faire maintenant. Ce serait... inconvenant.

— Oh, souffla Cheevers, pris de court, malaxant son mouchoir entre ses mains. Je comprends. Bien sûr. Oui. Absolument. Félicitations, ajouta-t-il avec un pâle sourire.

— Merci, dit Oliver.

Il abandonna Cheevers dans son bureau et partit à la recherche de Primrose. Il l'aperçut qui descendait le grand escalier, et ils se rejoignirent sur la troisième marche.

— Vous êtes ravissante.

Ses joues se teintèrent d'une délicate nuance de rose. Oliver prit sa main, la pressa discrètement, puis la relâcha.

— Que diriez-vous d'aller trouver votre frère ?

Ils trouvèrent Rhodes dans la bibliothèque, occupé à rédiger des lettres.

Oliver referma la porte derrière eux et prit la main de Primrose. Ils s'avancèrent jusqu'au grand bureau et attendirent que Rhodes remarque leur présence. Oliver retint son souffle, anticipant la stupéfaction de son ami quand il les découvrirait main dans la main.

Rhodes leva les yeux. Son regard se porta sur leurs visages, avant d'aller se poser sur leurs mains jointes.

— Ah. Il était temps.

— Il était temps ? répéta Oliver. Qu'est-ce que tu entends par là ?

Rhodes reposa sa plume.

— J'entends que cela fait des années que j'attends ce moment.

— Des années ? Ça me ferait bien rire !

Rhodes se cala confortablement contre le dossier de sa chaise avec un petit sourire satisfait.

— J'ai dit un jour à mon père que ça finirait par un mariage, vous deux. Je le lui ai dit l'été qui a suivi notre première année à Cambridge. Rappelle-moi combien de temps ça fait ? lança-t-il en plissant le front tandis qu'il feignait de réfléchir. Dix ans ?

— Tu ne lui as pas dit ça !

— Mais si.

— Comment pouvais-tu le savoir alors que nous-mêmes, nous n'en savions rien ? releva Primrose.

— Parce que je suis remarquablement intelligent, répliqua Rhodes d'un petit air suffisant.

Oliver roula des yeux. Et eut la certitude que Primrose en faisait autant.

— Il nous fait marcher, lui dit-il. Il ne savait rien du tout.

— Ricane tant que tu veux, j'ai la preuve. Regarde..., fit Rhodes en soulevant une des lettres qu'il avait fini d'écrire. Adressée à Père et Mère, dit-il en la dépliant. « Je pense qu'Oliver et Primrose vont enfin se décider à se fiancer. Ils n'ont pas cessé de roucouler toute la semaine passée. Je flaire un mariage avant la fin de l'été. »

Rhodes tourna la lettre vers eux et désigna le passage qu'il venait de lire.

Oliver vérifia. Il disait la vérité.

Le petit sourire satisfait de Rhodes s'élargit.

— Et toc !

Oliver se tourna vers Primrose.

— Il est très agaçant quand il veut, n'est-ce pas ?

— Extrêmement.

Oliver se pencha et fit claquer un baiser sur ses lèvres.

— Hou ! s'écria Rhodes. Pas devant moi, espèce de barbare !

— Ne vient-il pas de me traiter de barbare ? demanda Oliver.

— Si, c'est ce qu'il vient de faire.

Oliver la gratifia d'un baiser encore plus retentissant.

Rhodes couvrit ses yeux, telle une dame prude à l'opéra quand les danseurs arrivent sur scène.

— Allez-vous-en, soupira-t-il d'un ton accablé.

— N'es-tu pas censé nous adresser tes vœux de bonheur ? demanda Oliver.

Rhodes baissa les mains.

— Vous n'en avez pas besoin. Vous serez parfaitement heureux, tous les deux.

Son regard s'arrêta soudain sur la cravate d'Oliver.

— Pour l'amour du ciel, Ollie, arrange-moi cette cravate ! On jurerait que tu viens de culbuter ma sœur.

— Eh bien, justement…

Rhodes grimaça et couvrit ses oreilles.

— Ne dis rien ! Je ne veux pas le savoir.

Oliver rit et entraîna la jeune femme vers la porte, le cœur léger de soulagement. Rhodes avait encore mieux pris la nouvelle qu'il ne l'avait espéré.

— Vous êtes un dégénéré, grommela Primrose une fois qu'ils furent dans le couloir. M'embrasser de cette façon devant mon frère !

— Un duc dégénéré, approuva-t-il. Allitération, ajouta-t-il en arquant le sourcil.

— Franchement, Oliver, vous êtes démoniaque.

— Un duc dégénéré et démoniaque, dites donc ! enchaîna-t-il avec un sourire malicieux. Allez, Prim, vous ne pouvez pas nier que cela mérite un baiser.

Il pencha la tête et pointa le doigt vers ses propres lèvres.

Les coins de la bouche de Primrose se relevèrent tandis qu'elle s'efforçait de réprimer un sourire.

— Seul le ciel sait pourquoi j'ai accepté de vous épouser.

— Parce que vous m'aimez, répondit Oliver en la soulevant par la taille pour la faire tournoyer. Et que je vous aime, ajouta-t-il avant de faire un deuxième tour en la soulevant plus haut, lui tirant un éclat de rire. Et nous allons être *très* heureux ensemble.

Épilogue

Ninian Dasenby assista à l'enterrement de son père et, le mois suivant, au mariage de son cousin dans le Gloucestershire. Après cela, il accompagna le duc et la duchesse dans leur tournée des domaines du duché de Westfell.

— Neuf domaines, dit le duc au terme de cette tournée. C'est trop de tracas pour un seul homme. Je vais m'effondrer sous le poids d'un tel fardeau.

Il lui offrit alors l'un de ses domaines, et pas n'importe lequel : celui que Ninian préférait, un manoir du XVe siècle, niché au creux d'une des douces vallées du Shropshire.

Ninian passa un mois de bonheur à choisir les coloris de sa nouvelle demeure.

En novembre, il se rendit à Londres en compagnie du duc et de la duchesse. Celui-ci devait siéger à la Chambre des lords, et Ninian choisirait les coloris de la résidence Westfell de Berkeley Square.

La duchesse et lui étaient en train de discuter de la gamme de couleurs pour le grand salon, quand le duc revint de sa première séance parlementaire.

— Comment était-ce ? demanda la duchesse.

— Un calvaire, répondit le duc en s'avançant dans la pièce. D'un ennui mortel.

— Vraiment ? s'enquit la duchesse d'une voix douce.

— Mortel, répéta le duc. *Mortel.*

Il se laissa alors tomber sur le sol et resta là, les yeux clos et les bras en croix.

Ninian était désormais habitué aux excentricités de son cousin. Il mordit sa lèvre et jeta un coup d'œil à la duchesse. Celle-ci leva les yeux au ciel.

— Au sujet de ce rouge..., enchaîna-t-elle comme si la présence de son époux sur le sol était parfaitement ordinaire – ce qui était effectivement le cas.

Le duc finit par rouvrir les yeux.

— Cognac, dit-il d'une voix plaintive.

La duchesse se leva, s'approcha des carafes à liqueur, servit à son époux un verre de cognac, rejoignit l'endroit où il était étendu et le lui tendit.

— Idiot, dit-elle.

Le duc se redressa sur un coude pour accepter le cognac.

— Oui, mais *votre* idiot.

Ils échangèrent ce regard intime et taquin qui ne manquait jamais de faire rougir Ninian, puis la duchesse retourna sur le canapé et à leur discussion sur les couleurs.

Le duc survécut à ses premières séances parlementaires. Ninian et la duchesse s'accordèrent sur les coloris de toutes les pièces et, au retour du printemps, la résidence de Berkeley Square était entièrement redécorée. Elle ne ressemblait plus du tout à ce qu'elle avait été à l'époque des précédents ducs. Dès qu'on y mettait le pied, on savait qu'on pénétrait dans un foyer heureux. Un foyer peuplé de gens qui passaient leur temps à rire.

Tôt dans la saison, les Westfell donnèrent un bal, qui se révéla un nouveau calvaire pour le duc. Organiser un bal, déclara-t-il, était plus compliqué qu'organiser une campagne militaire. De fait, l'épreuve fut si pénible qu'il fut pris de vapeurs deux jours avant l'événement. La performance du duc à cette occasion fut si réussie que son public – Ninian, la duchesse et un valet extrêmement chanceux – rit jusqu'à en pleurer.

Malgré les vapeurs du duc – ou peut-être grâce à elles – le bal fut un grand succès. Ninian dansa avec Chloé Cheevers. Deux fois. Il dansa de nombreuses fois avec elle cette saison-là, et le dernier jour de mai, il rassembla son courage et demanda à lord Cheevers la permission de faire la cour à sa fille.

Peu de temps après, Ninian s'agenouilla pour demander à Chloé Cheevers de l'épouser.

Et la jeune femme dit oui.

Remerciements

Nombre de personnes m'ont aidée à faire de ce livre ce qu'il est, au premier rang desquelles figure ma conceptrice éditoriale, Laura Cifelli Stibich, mais je dois aussi de nombreux remerciements à ma relectrice, Maria Fairchild, et au correcteur, Martin O'Hearn.

Le logo de la série a été conçu par Kim Killion de Killion Group, et la couverture est l'œuvre de la talentueuse Jane D. Smith. Merci, Jane !

Mes derniers remerciements – mais certainement pas les moindres – s'adressent à mes parents, sans l'appui desquels ce livre n'aurait jamais connu le jour.

AVENTURES & PASSIONS

4 octobre

J.J. McAvoy

Aphrodite et le duc

Inédit

Aphrodite Du Bell déteste son prénom. Alors que le Ton loue sa peau brune, ses cheveux et ses traits exquis, Aphrodite n'en peut plus d'être identifiée à la déesse de la beauté et de l'amour. Il y a quatre ans, ses attraits n'ont pas empêché Evander Eagleman de l'abandonner pour en épouser une autre ! Lorsque sa mère lui demande d'accompagner sa jeune sœur pour son entrée dans le monde, elle se promet de se garder des hommes et notamment d'Evander. Or, ce dernier, désormais veuf, est bien déterminé à reconquérir la jeune femme. Si le cœur innocent d'Aphrodite vacille à sa vue, sa famille mettra tout en œuvre pour la protéger.

✦

Renee Ann Miller

Les fripouilles – 6 – Pour un baiser volé

Inédit

Du haut de ses 28 ans, lady Sara Elsmere est plus intéressée par l'étude des papillons que par la perspective du mariage. Pourtant, devant l'ultimatum fraternel – trouver un mari ou cesser ses études –, elle se rend à un bal déguisée en bergère. Et c'est là que, la prenant pour une autre, Ian McAllister, duc de Dorchester, lui vole un baiser brûlant. Hélas, il y a des témoins et le scandale menace. Songeant aux deux garnements que sont ses pupilles, Ian envisage sérieusement d'épouser ce bas-bleu. Mais peut-être le souvenir des lèvres de lady Sara joue-t-il dans cette décision un rôle plus important qu'il ne veut bien le reconnaître...

Minerva Spencer

Whitechapel – 2 – Le passé de Mlle Tremblay

Inédit

Cécile Tremblay a tout perdu lors de la Révolution française. Réfugiée en Angleterre, elle est devenue tireuse d'élite pour la petite troupe de la Foire aux Femmes Fantastiques Farnham, où elle a trouvé un foyer. C'est aussi dans ce cirque qu'elle a eu une aventure avec lord Gaius Darlington, qu'elle a vertement congédié lorsqu'il lui a proposé de faire d'elle sa maîtresse après son mariage. Pourtant, lorsqu'il se présente à sa porte en quête de travail, ayant perdu son titre, sa fortune et sa fiancée, elle ne peut se résoudre à l'abandonner à son sort. Qui sait ? Un dur labeur lui apprendra peut-être comment il faut se conduire avec une femme.

✦

Eva Leigh

Dernière chance – 3 – Le grand retour de Willa

Inédit

Dominic Kilburn et Willa Ransome ont la désagréable surprise de tomber nez-à-nez sur une île écossaise, loin de toute civilisation, qu'ils ne pourront quitter avant deux semaines. Willa est livide : comment pourra-t-elle endurer la présence de celui qui lui a brisé le cœur et l'a humiliée un an plus tôt en l'abandonnant le jour de leur mariage ? Dom, lui, ne sait pas s'il supportera le poids de la culpabilité et du remord d'avoir saboté leur amour. Pourtant, ainsi réunis, les cœurs s'ouvrent et les vieilles plaies commencent enfin à cicatriser…

Anna Bradley

La société secrète – 5 – Retour à Coldstream

Inédit

Mairi Cameron débarque à Londres à la recherche de Daniel Adair, le garçon avec qui elle a été élevée et qui a disparu inexplicablement. La grand-mère de la jeune femme est accusée de l'avoir tué et lui seul peut l'innocenter. Elle retrouve sa trace à l'institution de Lady Clifford où il est domestique. Mais ce jeune homme ne comprend rien : il se nomme Daniel Brixton et a toujours vécu à Londres ! Devant le désarroi de Mairi, Daniel accepte pourtant de l'accompagner à Coldstream. Ensemble, parviendront-ils à faire éclater la vérité ?

✦

Eloisa James

Les plaisirs – 3 – Plaisirs interdits

Pour Quentin Dewland, un redoutable séducteur, les plaisirs de l'amour sont désormais de lointains souvenirs. Depuis son accident, sur ordre de son médecin, les efforts physiques lui sont interdits. Pourtant, quand il rencontre Gabrielle, sa future belle-sœur tout juste arrivée des Indes, des idées de conquêtes viennent à nouveau le tourmenter. Tant pis pour les recommandations médicales, les migraines et autres douleurs, il mettra la jeune femme dans son lit !

Julia Quinn

Les Blydon – 1 – Splendide

Il y a deux choses que tout le monde sait à propos d'Alex Ridgely : il est le duc d'Ashbourne et il ne se soumettra jamais aux affres du mariage. Du moins, c'était avant qu'une jeune Américaine ne se jette sous les roues d'un fiacre pour sauver la vie de son neveu. Qui plus est, cette courageuse étrangère est drôle, intelligente, loyale, mais femme de chambre. Une situation qui ne peut absolument pas convenir à son rang ! Or, troublé par le souvenir du baiser ardent qu'ils ont échangé, l'irréductible célibataire décide d'en apprendre davantage sur celle qui a enflammé son cœur...

13905

Composition
FACOMPO

Achevé d'imprimer en Italie
par GRAFICA VENETA
le 6 août 2023

Dépôt légal : septembre 2023
EAN 9782290387023
OTP L21EPSN002546-555529

ÉDITIONS J'AI LU
82, rue Saint-Lazare, 75009 Paris

Diffusion France et étranger : Flammarion